古典詩歌研究彙刊

第 六 輯

龔鵬程 主編

第 22 冊

蘇轍詩歌之風格與價值（上）

林 秀 珍 著

國家圖書館出版品預行編目資料

蘇轍詩歌之風格與價值（上）／林秀珍 著 — 初版 — 台北縣
永和市：花木蘭文化出版社，2009〔民97〕
目 4+242 面：17×24 公分
（古典詩歌研究彙刊 第六輯：第 22 冊）
ISBN 978-986-6449-73-4（精裝）
1.（宋）蘇轍 2. 學術思想 3. 宋詩 4. 詩評
851.4516 98013956

ISBN - 978-986-6449-73-4

9 789866 449734

古典詩歌研究彙刊
第六輯 第二二冊 ISBN：978-986-6449-73-4

蘇轍詩歌之風格與價值（上）

作 者 林秀珍
主 編 龔鵬程
總 編 輯 杜潔祥
出 版 花木蘭文化出版社
發 行 所 花木蘭文化出版社
發 行 人 高小娟
聯絡地址 台北縣永和市中正路五九五號七樓之三
電話：02-2923-1455／傳眞：02-2923-1452
網 址 http://www.huamulan.tw 信箱 sut81518@ms59.hinet.net
印 刷 普羅文化出版廣告事業
初 版 2009 年 9 月
定 價 第六輯 25 冊（精裝）新台幣 35,000 元

蘇轍詩歌之風格與價值（上）

林秀珍 著

作者簡介

國立高雄師範大學國文研究所博士，現任正修科技大學通識中心助理教授。碩士論文《北宋園林詩之研究》（台灣師範大學國文研究所）、博士論文《蘇轍詩歌之風格與價值》（高雄師範大學國文研究所）。曾發表〈《人物志》「觀」的審美精神〉、〈蘇轍題畫詩〉、〈由人物賞鑑到文論——看南朝文學審美意識〉、〈從程明道的「理趣詩」看其對天人關係的實踐〉、〈梅、歐、蘇三家對韓愈詩風的承繼與開拓〉等單篇論文。

提　　要

　　如果研究宋代文學，一定會想到北宋詩、詞、書、畫四絕的蘇軾。「蘇軾」在北宋文壇，不論是文學成就或是人格，都是為後人所歌頌的對象。

　　文學史上的「三蘇」，蘇洵、蘇軾、蘇轍，同為古文八大家之一，蘇洵以政論文著稱，而蘇軾、蘇轍在詩文的領域上，都有不錯的成績。蘇轍詩近二千首，歷代詩論家佳有不少好評，可是在蘇軾耀眼的光芒下，卻鮮少有人談論他的詩歌作品，蘇軾研究論著相當多，相對的，蘇轍詩歌上面的開發，卻有很大的發揮空間。蘇轍真不如蘇軾？在詩歌領域的成績如何？蘇軾、蘇轍的詩歌，有無互相補充說明之處。筆者以為，不僅希望藉由此文，了解蘇轍詩的形式風格、主題思想而已，可以更進一步從唱和詩、書信往來、學術異同，兄弟情誼，甚至個性性情上，彼此相互參照，對蘇軾詩有所佐證與發明。這些都有學術研究的必要性、急切性和價值。

　　本論文研究範圍，主要針對蘇轍近二千首的詩作進行分析。從詩歌的內容與形式來評價蘇轍詩歌的特色，影響詩歌風格的因素，分為外在與內在。外在為政治、社會 文化等因素；內在為本身性情氣質 思想模式 學養等影響因素。本文所謂「風格」，指作品內和形式上所表現出來的總特色，是作家創作個性在作品中的具體表現。具體的表現在題材的處理、主題的提煉、形象的塑造、藝術手法和語言運用。以歸納、分析、比較、評鑑為主，凸顯其詩歌風格，並與蘇軾唱和詩作一比較，以論斷其詩歌價值和歷史地位。

　　宋代文學的範疇裡，詩歌既有理論，宋詩又有屬於自己的風格特色。在研究蘇轍題畫詩、邊塞詩、詠史詩，園林詩、詠物詩、六言詩的詩類學術訓練上面，學習掌握住宋代美學的特色。對於唐、宋詩歌意象的表達，文字技巧的點化新變等相關學術價值，更開拓出新的學習領域。從研究唱和詩、兄弟文學家，對日後研究同一詩門的優劣異同、傳承，此研究希冀對他人能有所啟發。

目

次

蘇轍（1039～1112），字子由，號潁濱遺老。

《中國歷代名人圖鑑》，蘇州大學圖書館編著

第一章 緒 論

　　唐詩與宋詩是中國古典詩歌的兩大高峰。〔註1〕歷年來，唐詩的
研究是個熱門的領域，而宋詩研究仍究極待開發。相較於唐詩，「宋
代詩人大約九千家，有詩集傳世者在六百家以上，十餘年來學界研究
的對象還不足百家。」〔註2〕所以這塊蘊含豐富資源的礦區，值得深

〔註1〕　宋・嚴羽《滄浪詩話》：「唐朝與本朝人詩，未論工拙，直是氣象不同。」
　　　　（《詩話叢刊》，頁629，弘道文化事業有限公司，1972年8月）清・
　　　　陳梓《定泉詩話》卷五：「唐自成一代之詩，宋亦自成一代之詩。唐詩
　　　　自有優劣，宋亦自有優劣，本不必較量高下。」錢鍾書《談藝錄》首
　　　　章即開宗明義提出：「詩分唐宋」之說。「唐詩宋詩，亦非僅朝代之別，
　　　　乃體格性分之殊。」（台北：書林出版公司，1988年11月）吳小如〈宋
　　　　詩漫談〉云：「總的來說，在唐詩以後，能在中國詩歌史上獨樹一幟的，
　　　　只有宋詩；能有資格與唐詩相頡頏，基本上可以分庭抗禮的，也只有
　　　　宋詩；對於後世，除了唐詩，能給予詩歌以重大影響的，還是只有宋
　　　　詩。」引自張師高評編《宋詩綜論叢編》（高雄：麗文文化公司，1993
　　　　年10月）頁3。繆鉞〈論宋詩〉云：「唐詩如芍藥海棠，穠華繁采；
　　　　宋詩如寒梅秋菊，幽韻冷香。唐詩如啖荔枝，一顆入口，則甘芳盈頰；
　　　　宋詩如食橄欖，初覺生澀，而回味雋永。」「宋詩，僅異於唐詩而已。」
　　　　引自黃永武、張師高評編著：《宋詩論文選輯》（一）（高雄：復文書局，
　　　　1988年5月）頁4～5。另參考張師高評〈清初宗唐詩話與唐宋詩之爭
　　　　——以「宋詩得失論爲考察重點」〉，有關學唐變唐與唐音宋調之形成
　　　　之論題，《中國文學與文化研究學刊》第一期，（台北：學生書局，2002
　　　　年6月）頁84～94。
〔註2〕　張師高評〈宋詩研究的面向和方法〉，《會通化成與宋代詩學》（台南：

入開墾。

　　蘇洵、蘇軾、蘇轍父子三人，世稱「三蘇」。在宋代文學史上，各自在文章、詩歌上佔有一席之地。唐宋八大古文家，三蘇父子居其三。蘇洵以政論著稱，其文章「士爭傳誦其文，時文爲之一變。」（張方平〈文安先生墓表〉）蘇軾、蘇轍二人在散文及詩歌，都有不錯的成績。尤其蘇軾在詩歌上卓越的成就，更成爲宋詩的代表之一。蘇轍詩作近二千首，歷代詩論家屢有佳評，[註3] 同時代文人秦觀也已體

　　　國立成功大學出版組，2000 年 8 月）頁 326～329。學術研究必須「要詳人所略，異人所同，重人之所輕，而忽人之所謹」重視冷門學科，唯有學術分工，學術接力，學術才能蓬勃發展。

[註3]　其一，蘇門四學士之一的秦觀，在〈答傅彬老簡〉中說：「閣下又謂三蘇之中，所願學者登州（蘇軾）爲最優，於此尤非也。老蘇先生，吾不及識其人。今中書（蘇軾）、補闕〈蘇轍〉，則僕嘗身事之矣。中書之道如日月星辰，經緯天地，有生之類皆知仰其高明。補闕則不然，其道如元氣，行於混淪之中，萬物由之而不知也。故中書嘗自謂『吾不及子由』，僕竊以爲知言。」見宋・秦觀撰，徐培均箋注《淮海集箋注》（上海：上海古籍出版社，1994 年）。
　　　其二，宋・周必大曰：「吾友陸務觀當今詩人之冠冕，數勸予哦蘇黃門詩。退取欒城集觀之，未識旨趣。甲申閏月辛未，郊居無事，天寒踞爐如餓鴟。劉友子澄忽自城中寄此卷相示，快讀數過，溫雅高妙，如佳人獨立，姿態易見。然後知務觀於此道眞先覺也。」（〈跋子由和劉貢甫省上示座客詩〉）見張健編輯《南宋文學資料彙編》（台北：成文出版社，1978 年 12 月），頁 223。
　　　其三，元・方回《瀛奎律髓》卷十：「子由詩佳處，世鮮會者。」（《四庫全書》，冊 1366，頁 109）。又卷二四曰：「周益公嘗問陸放翁以作詩之法，放翁對以宜讀子由詩。……或問蘇子瞻勝子由否？以予觀之，子瞻浩博無涯，所謂『詩濤洶退之』也，不若『詩骨聳東野』則易學矣，子由詩淡靜有味，不拘字面事料之儷，而鍛意深，下句熟。東坡自謂不如子由，識者宜細咀之可也。」見《四庫全書》冊 1366，頁 334。
　　　其四，「放翁謂子由詩勝子瞻，亦有見也。」見王仲鏞箋證《升庵詩話箋證》（上海：上海古籍出版社，1987 年 12 月），頁 432，引《升庵詩話補遺》卷上（函海本）「子由四絕句」條箋證引語。
　　　其五，清・王士禎評：「文定作〈文忠墓志〉，謂『自黃州後，其文一變，如川之方至，而轍瞠乎不能及。』然此早歲之作（指《南行集》、《岐梁唱和集》、），亦自不敵矣。」引自《帶經堂詩話》卷二，（台北：清流出版社，1976 年 10 月 10 日），頁 2。

察出蘇轍詩「深不可測」的特色。但另一方面，因爲蘇軾文學造詣的出類拔萃，相形之下，蘇轍就顯得遜色不少。〔註4〕蘇轍是否難敵蘇軾耀眼的光芒，詩歌上的成就果眞處處不如蘇軾？另外，蘇軾、蘇轍唱和詩歌優劣高下之間，是否一面倒？彼此間有無相互補充、相得益彰處？筆者以爲：可從兄弟情誼、詩歌唱和、書信往來、學術異同諸方面稍加強調，以凸顯「預設」成果之可行可信。這些都有學術研究的必要性、急切性和價值。

目前，臺灣學界以蘇轍爲研究對象的學位論文，按時間順序排列有八。一、高光惠《蘇轍文學研究》（台灣大學中文研究所碩士論文，1989 年 5 月）；二、李李《三蘇散文研究》（文化大學中文研究所博士論文，1992 年）；三、陳明義《蘇轍詩集傳研究》（東吳大學中文

其六，清‧翁方剛《石洲詩話》卷三：「文定自是北宋一作家，而《鈔》亦不入。」《鈔》指《宋詩鈔》。見郭紹虞編選、富壽蓀校點《清詩話續編》（上海：上海古籍出版社，1983 年 12 月）下，頁 1420。

其七，清‧翁方剛《石洲詩話》卷三：「漁洋云：『文定（轍）視文忠（軾），郱、苢矣。』然實亦自在流出，無一毫掩飾，雖局面略小，然勝於子美多矣，抑且大於聖俞也。」《清詩話續編》下，頁 1420。

〔註4〕較論蘇軾、蘇轍之優劣，歷代詩論家多所關注，如：。

其一，清‧紀昀說：「子由詩究不及東坡，此論似高而非。」見方虛谷原選、紀曉嵐批點《紀批瀛奎律髓》（台北：佩文書社，1960 年 8 月）冊三，卷24，頁980，〈送別類〉。

其二，明‧胡應麟《詩藪》雜編卷五亦曰：「宋人有以爲勝子瞻者，方氏《律髓》取其說，大謬也。」（《清詩話續編》上（上海古籍出版社，1983 年），頁 856。

其三，清‧張謙宜《絸齋詩談》卷五：「蘇子由詩，勢平而意淺，不足以起發人。」見《清詩話續編》上，頁 856。

其四，清‧王士禎《池北偶談》卷上云：「蘇文忠公《鳳翔八觀詩》，古今奇作，。與杜子美、韓退之鼎峙。文定（蘇轍）皆有和作，謂之《岐梁唱和集》，然魄力不逮文忠矣。」（台北：正文書局，1974 年），頁 174。

其五，清‧賀裳《載酒園詩話》：「欒城身分氣慨總不如兄，然瀟灑俊逸，于雄姿英發中，兼有醇醲飲人之致。雖亦遠于唐音，實宋詩之可喜者也。吾暱之殆甚于老坡。」見《清詩話續編》上，頁 429「蘇轍條」。

研究所碩士論文，1993 年）；四、王素琴《蘇轍古文研究》（國立政
治大學中文研究所碩士論文，1995 年）；五、王治平《蘇轍古文中的
歷史思想》（國立清華大學歷史研究所碩士論文，1996 年）；六、廖
志超《蘇軾蘇轍兄弟唱和詩研究》（國立台灣師範大學國文研究所碩
士論文，1997 年）；七、吳叔樺《蘇轍史論散文研究》（國立高雄師
範大學國文教學碩士班碩士論文，2002 年）；八、郭宗南《蘇轍史論
文研究》（國立成功大學中文研究所碩士，2003 年）

　　八本學位論文中，四本以蘇轍古文為研究內容，偏於文章研究，
另有二本，分別為史學、經學，針對蘇轍學術上的研究成果。《蘇軾
蘇轍兄弟唱和詩研究》則統計整理出蘇軾、蘇轍兄弟唱和詩作，探索
兩人的生平、思想、感情上的關聯，可惜只加以分期，並列出時間與
詩作的關係，卻未對八百多首詩加以分析。只有高光惠《蘇轍文學研
究》述及詩歌部分，但蘇轍詩只佔論文其中一章，未能詳探蘇轍詩歌
內容及思想面貌。

　　另外，檢視研究蘇轍文學、學術的著作，臺灣有：陳雄勛《三蘇
及其散文之研究》〔註5〕、陳政雄《蘇轍學術思想述評》〔註6〕、李
栖《題畫詩散論》〈蘇轍題畫詩〉〔註7〕、黃啓方《宋代詩文縱談》〈三
蘇詩〉〔註8〕這些專書，大多論及蘇轍詩的部分，未能窺見全貌。《蘇
轍學術思想述評》一書，引用蘇轍的詩文作為佐證，但在某些篇章，
尤其在第二章第三節〈道家思想〉、第四節〈佛學思想〉中的舉例，
卻出現介紹蘇軾為主，脫略了蘇轍思想，有反客為主的小瑕疵。

　　大陸學者曾棗莊研究三蘇詩文，數量居冠。其論蘇轍相關書籍
包括有《蘇轍年譜》〔註9〕、《三蘇文藝思想》〔註10〕、點校的《欒

〔註5〕　台北：文史哲出版社，1991 年。
〔註6〕　台北：文史哲出版社，2000 年 12 月。
〔註7〕　台北：華正書局，1993 年 2 月。
〔註8〕　台北：商務印書館，1997 年 8 月。
〔註9〕　西安：陝西人民出版社，1986 年。
〔註10〕成都：文藝出版社，1986 年。另有版本為，台北：學海出版社，1995

城集》〔註 11〕、《蘇轍評傳》〔註 12〕、《三蘇傳》〔註 13〕、《宋文紀事》〔註 14〕、《三蘇研究》〔註 15〕、《中華大典、宋遼金元文學分典、蘇轍卷》〔註 16〕、與舒大剛合編《北宋文學家年譜》〔註 17〕、與舒大剛合編《三蘇全書》，〔註 18〕共二十冊（索引一冊）。其中，《中華大典、宋遼金元文學分典、蘇轍卷》收入有關蘇轍詩文歷代評價與論述。《蘇轍評傳》全面性的介紹蘇轍生平事蹟，及許多有價值的資料，但非以詩歌爲專著，之外，其他則多兼論三蘇，或爲資料性的蒐集整理，未見專論蘇轍詩歌。此外，孔凡禮《蘇轍年譜》〔註 19〕

年 8 月。

〔註 11〕與馬德富合作，上海：上海古籍出版社，1987 年。

〔註 12〕台北：五南圖書出版公司，1995 年。

〔註 13〕台北：學海出版社，1995 年。

〔註 14〕與李凱、彭君華合編，成都：四川大學出版社，1995 年。

〔註 15〕成都：巴蜀書社出版，1999 年 10 月。

〔註 16〕南京：江蘇古籍出版社，1999 年。

〔註 17〕台北：文津出版社，1999 年。

〔註 18〕北京：語文出版社，2001 年。《三蘇全書》的內容，分別爲：

《蘇氏易傳》，蘇軾撰，第一冊。《東坡書傳》蘇軾撰，第一冊、第二冊。《詩集傳》蘇轍撰，第二冊。《春秋集解》蘇轍撰，第三冊。《論語說》（輯佚）第三冊。（以上爲經部）

《謚法》蘇洵撰，第三冊。《古史》蘇轍撰，第三、四冊。《龍川略志》蘇轍撰，第四冊。《龍川別志》蘇轍撰，第五冊。（以上史部）

《東坡志林》蘇軾撰，第五冊。《仇池筆記》蘇軾撰，第五冊。《東坡手澤》蘇軾撰，第五冊。《艾子雜說》舊題蘇軾撰，第五冊。《老子解》蘇轍撰，第五冊（以上子部）

《蘇洵集》第六冊。《蘇軾詩集》第六冊──第十冊。《蘇軾詞集》第十冊。《蘇軾文集》第十一冊──第十五冊。《蘇轍集》第十六冊──第十八冊。（以上集部）

《蘇批孟子》舊題蘇洵撰，第十九冊。《歷代地理指掌圖》，舊題蘇軾撰。《蘇沈良方》蘇軾、沈括撰，第十九冊。《物類相感志》舊題蘇軾撰，第十九冊。《調謔編》舊題蘇軾撰，第十九冊。《格物粗談》舊題蘇軾撰，第十九冊。《雜纂二續》舊題蘇軾撰，第十九冊。《漁樵閑話錄》舊題蘇軾撰，第十九冊。《答問錄》舊題蘇軾撰，第十九冊。《游仙夢記》舊題蘇轍撰，第十九冊。（以上別錄）

《三蘇全書篇目索引》第二十冊

〔註 19〕北京：學苑出版社，2001 年 6 月，第一刷。

提供研究上的方便性，對於了解蘇轍詩的編年居功厥偉。

由此可見，臺海兩岸學者，評述蘇轍文學內容的著作，多針對其古文、文藝思想、學術思想、生平介紹之中，至於詩歌專論，卻未嘗多作著墨。

再論期刊部分，臺灣學界討論蘇轍詩歌者，有張健〈蘇轍和文與可洋州園亭三十詠析論〉(《明道文藝》卷二三五，1995 年 10 月)、李怡芬〈蘇軾「中秋月」詩賞析——兼述蘇軾、蘇轍兩人的一段中秋緣、手足情〉(《中國文化月刊》卷二一三，1997 年 12 月)、蔡秀玲〈論蘇軾與蘇轍的同題分詠詩〉(《台中商專學報》卷三十一，1999 年 6 月)、張師高評〈蘇軾蘇轍邊塞詩之主題與風格〉(四川大學紀念蘇軾逝世 900 週年學術研討會論文，2001 年 8 月)。另有拙作二篇：〈蘇轍崇道思想及其文論〉(《人文及社會科學通訊》第十三卷第一期，2002 年 6 月)、〈蘇轍題畫詩研究〉(《中國古典文學研究》第七期，2002 年 6 月)。大陸方面，則有唐驥〈少公峭拔千尋麓：熙寧變法時期的蘇轍詩〉(《寧夏大學學報》，1999 年 3 月)等研究論文。筆者以為，這些篇章都只觸及蘇轍詩歌研究中的一部份，並未全面。

從上得知，有關蘇轍詩歌的研究，存在許多應該開拓的空間，值得學界繼續深入討論。

本文的目的，在探究蘇轍詩歌之風格與價值。「風格」一詞，最早是指人物的風度品格。如晉、葛洪《抱朴子、品行》、或《世說新語、德性》、或如《晉書、庾亮傳》所云，這是從內在道德情操與外在丰姿、儀態品評人物之美。〔註20〕至南朝，劉勰《文心雕龍、議對》、顏之推《顏世家訓、文章》，已將品藻人物特色的用語，轉而置之文

〔註20〕葛洪《抱朴子、品行》：「士有行己高簡，風格峻峭」、「以傾奇屈伸者為妖妍標秀，以風格為端嚴者為田舍樸騃」，或如《世說新語、德性》：「李元禮風格秀整，高自標持」，或如《晉書、庾亮傳》：「風格峻整。」參蔡英俊〈「風格」的界義及其與中國文學批評理念的關係〉一文，《文心雕龍縱論》，(台北：學生書局)，黃美鈴《唐代詩評中風格論之研究》(台北：文史哲出版社)，頁1~4。

學藝術的審美觀念上面。〔註21〕風格的形成，可分爲：一、作家作品，二、時代地域，三、文體文類，四、語言等方面。個人的學養、氣質不同，時代地域的風尚及文藝理論，寫作文體或文類的考量，以及語言使用上的習慣特色，都是造就一個作家作品風格差異甚大的原因。

本文所謂「風格」，指作品從內容和形式上所表現出來的總特色，是作家的創作個性在作品中的具體表現。具體地表現在題材的處理、主題的提煉、形象的塑造、藝術手法和語言的運用等方面。〔註22〕筆者嘗試從內容、思想、詩歌理論、藝術技巧各方面深入探討蘇轍詩整體所形成之詩歌風格，而不只是單純的在各章各節羅列並歸納出蘇轍詩之風格要點。另外，蘇轍詩之價值呈現，將在結論中做說明。

論文研究蘇轍詩歌所採用的版本，筆者擇選高秀芳、陳宏天點校，北京中華書局出版的《蘇轍集》（全四冊）爲主。《蘇轍集》冊一，輯蘇轍詩《欒城集》卷一至卷十六，1277 首。《蘇轍集》冊三，輯蘇轍《欒城後集》卷一至卷四，《欒城三集》卷一至卷五，共 512 首詩。《蘇轍集》冊四，收錄《欒城集》補佚 3 首，以及劉尙榮佚著輯考所得 19 首。總計蘇轍詩 1811 首。另輔以曾棗莊、舒大綱主編《三蘇全書》第十六冊《蘇轍集》所引詩歌，〔註23〕及北京大學古文獻研究所

〔註21〕 《文心雕龍‧議對》曰：「……及陸機斷義，亦有鋒頭，而諛辭弗剪，頗累文骨。亦各有美，風格存焉。」又《顏世家訓‧文章》：「古人之文，宏材逸氣，體度風格，去今實遠。」。清‧方東樹《昭昧詹言》卷一曰：「嘗論唐、宋以前詩人，雖亦學人，無不各自成家，彼雖多見古人變態風格，然不屑向他人藉口，爲客氣假象。」（台北：廣文書局，1962 年 8 月），頁 33。

〔註22〕 參看彭會資《中國文論大辭典》，頁 607～608，「風格」條。（南昌：百花文藝出版社，1990 年 7 月）。

〔註23〕 《三蘇全書》中《蘇轍集》（北京語文出版社，2001 年）比高秀芳點校《蘇轍集》（北京：中華書局，1999 年），多收錄了：〈太白山祈雨詩〉5 首、〈舜泉詩〉、〈筠州聖祖殿詩〉6 首（《蘇轍集》卷十六）；〈大雨聯句〉、〈嘲僧聯句〉、〈詩一首〉、〈上元後一日觀燈寄王内〉、〈次韻仇池見寄〉、〈益昌除夕感懷〉、〈除夕〉、〈四月二十八日新熟寄仇池〉、〈六月十三日病起走筆寄仇池〉、〈題李十八黃龍寺畫壁〉、〈次韻張禹直開元寺畫壁兼簡李德素〉、〈寇萊公〉、〈過豫章〉、〈張公洞〉、

編輯之《全宋詩》第十五冊，卷八七三收錄北京中華書局未收之詩，[註24] 得 31 首，一共有 1842 首詩，在本論文檢索之內。綜參上列諸本，作爲探討文本。

　　研究蘇轍詩所採用之研究方法，以歸納、分析、比較、評鑑爲主，從蘇轍詩歌主題、內容表現的精神內蘊，及其作品所呈現的風貌和格調，凸顯其詩歌風格，並與蘇軾唱和詩作一比較，以論斷其詩歌價值和歷史地位。

〈睢陽五老圖〉、〈殘句四則〉(《蘇轍集》卷二十四) 得 31 首詩。

[註24]　《三蘇全書》之《蘇轍集》作〈上元後一日觀燈寄王內〉，《全宋詩》作〈上元後一日觀燈寄王四〉；《蘇轍集》作〈次韻張禹直開元寺畫壁兼簡李德素〉，《全宋詩》作〈次韻張禹直開元寺觀畫壁兼簡李德素〉；《蘇轍集》作〈殘句四則〉，《全宋詩》作「句」。之外，《全宋詩》將《蘇轍集》(北京：中華書局) 未收之詩與《三蘇全書、蘇轍集》對照，發現《三蘇全書、蘇轍集》此書收錄之詩，也比《蘇轍集》多 31 首，其多出之數目、題名與《全宋詩》相同。

第二章　蘇轍詩歌寫作背景與文藝理論

第一節　寫作背景

　　蘇轍（1039～1112），字子由，又字同叔，晚號潁濱遺老，又號東軒長老，人稱潁濱、潁濱先生、欒城公、欒城、欒城先生、高安居士、宛丘先生、補闕、子由先生、黃門公、蘇黃門、蘇門下、蘇侍郎、蘇循州、少蘇公、少公等，賜諡文定。〔註1〕四川眉山人，與父親蘇洵、兄蘇軾號稱「三蘇」，父子三人並同為唐宋古文八大家之一。蘇轍為北宋中期重要的文學家、政治家、思想家、經學家。

　　蘇轍博覽群書，沉靜好學，著述方面成果豐富。

　　一生寫了1839首詩，從留傳於世的第一首詩〈絕勝亭〉，為嘉祐二年（1057）十九歲時之作，一直到政和二年（1112）卒，詩、文並重。蘇轍一生歷經慶曆新政、熙寧變法、元祐更化、紹聖紹述，從宋仁宗寶元二年，至宋徽宗政和二年，歷經仁宗、英宗、神宗、哲宗、徽宗五朝，蘇轍共度過七十三個年頭，比年六十六歲的蘇軾（1036

〔註1〕參孔凡禮《蘇轍年譜》（北京：學苑出版社，2001年6月），頁1；孫汝聽《潁濱年表》，高秀芳、陳宏天點校《蘇轍集》（北京：中華書局，1999年7月）第四冊，頁1372～1413。《欒城遺言》，見蘇籀《雙溪集》冊三（附遺言），引自《叢書集成初編》（北京：中華書局，1984年5月）冊1493，頁215～221。

～1101），還多活了七年。其政治生涯蹇困，沉淪下僚二十年，曾位至副相，晚年隱居潁濱不出。

蘇轍有子三人，蘇遲（字伯充）、蘇适（字仲南）、蘇遠（又名遜，字叔寬）。另有六女。一女適文務光（文同四子）、一女適王适（字子立）、一女適曹煥（字子文，曹九章之子）、一女適曾縱（字元距，曾鞏弟曾肇之子）、一女適王浚明（字子家，王廷老之子）、一女適胡仁脩。蘇轍之孫有蘇簡、蘇策、蘇籀。

以下便從時代背景、學風思潮、家學師友、個人經歷四大類來介紹蘇轍寫作背景。

一、時代背景

北宋歷經宋太祖趙匡胤十六年、太宗二十二年、眞宗二十五年、仁宗四十一年、英宗四年、神宗十八年、哲宗十五年、徽宗二十五年、欽宗一年，共二百零三年的時間。宋太祖開國之初，以武力取得天下，深知得民心的重要，故而拉攏文士。由一介武夫變成尊儒重文之君，宋代君主常親自主持考試，擴大取士名額，廣設學校，欲營造出一「郁郁乎文哉」的人文氣象。

之後，其歷任的皇帝都勤奮好學，禮遇文人，大開科舉之門。太宗一朝的貢舉，僅進士就錄取了一千三百六十八人，如果加上諸科，取人就更多。〔註2〕文人形成維繫北宋社會政治重要的一股力量。

北宋文人因國事而群體結黨，相互交爭，始於仁宗潮的慶曆黨爭。〔註3〕

北宋的黨爭，起初是因爲政治意見的不同，但到了神宗之後，愈演愈烈，變成了彼此間意氣之爭。王安石爲首的新黨，和司馬光爲首的舊黨，新、舊派的爭執，勢力的消長，幾經更迭，循環反覆。

〔註2〕 姚瀛艇《宋代文化史》（開封：河南大學出版社，1992 年 2 月），頁20。

〔註3〕 沈松勤《北宋文人與黨爭》（北京：人民出版社，1998 年 12 月），頁1。

　　神宗熙寧變法，宋神宗重用王安石進行新法改革推動。新黨執政，呂惠卿與王安石因內部鬥爭，而彼此猜忌。神宗去世，皇太后聽政，全面廢除新法，召用舊黨人士。由於門戶之見，舊黨之間，又分成以蘇軾爲首的蜀黨、以程頤爲首的洛黨、以劉摯爲首的朔黨。等到皇太后去世，哲宗親政，章惇捲土重來，把所有舊黨排除出權力中心，對蘇軾、蘇轍等舊黨人士不擇手段的展開政治迫害，手段陰狠，誣加罪狀，導致以後黨爭無法排解的地步。〔註4〕

　　徽宗即位，對哲宗元祐、紹聖時期，處理新、舊黨爭的疏失，意圖，兼用新、舊黨人，調和兩黨爭議，並改年號爲「建中靖國」，將章惇、蔡京等人貶逐，並召回元祐大臣。後因徽宗沉迷道教，蔡京、童貫等人獨攬大權，剷除異己，手段卑劣，甚至三立黨人碑事件，國家元氣大傷，終至衰危的命運。

　　宋太祖趙匡胤結束紛亂的五代場面，重建一統帝國，卻始終爲外族契丹和羌人所擾。對外戰爭一再失敗，使得宋朝不得不以賠錢納絹緩和衝突，並以割讓燕雲十六州，換得邊疆一時的安定和平。外交上的挫敗，而內部又有文人間的爭鬥，北宋這種看似繁華，其實是虛弱的王朝，看在士大夫眼中，令知識份子覺得失望又迷惘，沉重的失落感導致宋人深遠的心理危機。一部分經世致用的士大夫，對現實反省並強烈的引發對社會的使命感、社會秩序的重建，與促進歷史文化的發展，刻意強調文人對社會的先驅作用。另一部分的文人則對人生理想產生幻滅和自信心的崩潰，只好逃遁於現實世界之外，以致將人生理想的追求由外轉向內，造成宋型文化的內傾與封閉。〔註5〕宋人在內心深處努力調和這種

〔註4〕　當時被放逐的元祐黨人有三十多人。據陸游《老學庵筆記》記載：「紹聖中貶元祐黨人，蘇子瞻儋州，子由雷州，劉莘老新州，皆戲其字之偏旁也，時相之忍愎如此。」見《叢書集成初編》（北京：中華書局，1984年5月）冊2766，頁37。章惇把蘇軾流放到儋州，蘇轍流放雷州，是一個文字遊戲的報復。筆記之說雖不可盡信，但也可看出當朝新、舊黨爭之激烈。

〔註5〕　參看馮天瑜、何曉明、周積明等著《中華文化史》中，（台北：桂冠

矛盾，宋人比唐人來得細膩、敏感，由內向外的反省思考，塑造出知性的文化性格，與唐的壯麗、豪放形成強烈的對比。

二、學風思潮

（一）儒釋道三教合一

北宋是五宗七派的禪宗時代；南宋則是公案禪、默照禪的分立時代。〔註6〕

宋初，雲門和臨濟並盛。臨濟正宗由風穴（汝州）延沼（公元896～9731）上繼興化存獎（公元830～888）的系統傳承而下。其後各代為首山省念（926～992）、汾陽善昭（947～1024）、慈明楚圓（986～1039）。楚圓的門人黃龍（隆興）慧南（1002～1069）和楊歧（袁州）方會（992～1049）分別開創了黃龍、楊歧兩派，和臨濟等五宗合稱七宗，都盛行於南方。

宋初一些儒家學者仍舊用傳統的倫理觀點著文排斥佛教，如孫復《儒辱》、石介《怪說》、李覯《潛書》、歐陽脩的《本論》，都是代表之作。另一方面，宋儒也力圖透過復興儒學來對抗這股潮流。由於禪宗的實踐趨向於簡易，理論典據又集中在有限的幾部經典，如《華嚴》、《楞嚴》、《圓覺》、《起信》等，一些中心概念如理事、心性等名詞，有時也牽合儒家的經典《中庸》來作解釋，這些都使得儒者在思想上，修養上更多更易地得到佛家思想的影響，終致構成一套有系統的理論來和佛教相抗衡，這便是宋代勃興的理學。〔註7〕事實上，佛教傳入中土後，漸漸深入士大夫生活中，至唐、宋，佛教與中國文化早已彼此會通融合。

圖書公司，1993年5月）頁899～903，第七章〈兩宋：內省、精緻趨向與市井文化的勃興〉。並參看葛兆光：《禪宗與中國文化》（台北：天宇出版社，1988年9月），頁50～54。
〔註6〕褚柏思《中國禪宗史話》（台北：新文豐出版公司，1981年9月），頁237。
〔註7〕參呂澂《中國佛學源流略講》（臺北：里仁書局，1985年1月）。

　　北宋文人與禪門交往頻繁。歐陽脩曾激烈反對佛老，著〈本論〉斥佛法為中國患。而在廬山見祖印禪師後，「自致仕居潁上，日與沙門遊，因自號六一居士，名其文曰居士集。」終「息心危坐，屏卻酒肴，臨終數日令往近寺借華嚴經，讀至八卷，倏然而逝。」〔註8〕他早年雖極力排佛，但終究敵不過禪宗這種追求適意自然的人生哲學。

　　蘇洵赴汴京舉進士不中，泝江至潯陽登廬山，謁祖印訥禪師問法，〔註9〕多次向禪師請益，在功名之外尋求心靈慰藉。

　　荊公王安石曾問文定張方平曰：「孔子去世，百年生孟子，後絕無人，或有之而非醇儒。方平曰：豈為無人，亦有過孟子者。安石曰：何人。方平曰：馬祖、汾陽、雪峰、巖頭、丹霞、雲門。」〔註10〕文士與禪僧往來，研佛習理，親自參與佛經寫作，加上禪的平易近人，導致宋代禪風大盛。

　　宋人繼承唐代崇道思潮，宋太宗即位，在各地興建道觀，親自召見華山道士陳摶，禮遇有加。〔註11〕宋真宗仿效唐代宗祖老子的模式，虛構了一個「趙氏天尊」作為自己的始祖。〔註12〕北宋末年徽宗時，自己當上了神仙，成了道君皇帝。「天禧末，天下僧三十九萬七千六百一十五人，尼六萬一千二百三十九人。」〔註13〕（《續資治通鑑》卷九十二〈宋紀·徽宗〉）

> （政和七年）夏四月，庚申，帝諷道籙院曰：朕乃昊天上帝元子，為大霄帝君，睹中華被金狄之教，焚指煉臂，捨身以求正覺，朕甚憫焉。遂哀懇上帝，願為人主，令天下歸于正道。帝允所請，令弟青華帝君權朕大霄之府。朕夙

〔註8〕《佛祖統紀》卷四十五，《續脩四庫全書》冊1287，頁630～631。

〔註9〕《佛祖統紀》卷四十五，《續脩四庫全書》冊1287，頁623。

〔註10〕《佛祖統紀》卷四十五，《續脩四庫全書》冊1287，頁632。

〔註11〕《宋史》（楊家絡主編，鼎文書局，1978年9月初版）卷四五七，列傳第216〈隱逸〉上，頁13420～13421。以下所引皆同此版本。

〔註12〕《宋史》卷一百零四，志第五十七，頁2527～2543。

〔註13〕《宋朝事實》卷七〈道釋〉記載了北宋當時道教盛行的盛況。《續資治通鑑》卷九十二〈宋紀·徽宗〉。

昔驚懼，尚慮我教所訂未周，卿等可上表章，冊朕為教主道君皇帝。

道教是本土宗教，道家被轉化成道教的源頭，在北宋，道家、道教一直有很好的發展。宋太宗依靠道士張守眞降神，證明自己是「君權神授」的傳襲地位。宋眞宗迎天書、修道觀，轉移自己割讓燕雲十六州的恥辱，到徽宗更是崇道貶佛。「北宋末年，宋徽宗一度推行佛教道化的措施，改寺院爲道觀，使佛、僧尼名稱都道教化，企圖泯滅佛道差別。」〔註14〕徽宗信用道士林靈素、張虛白，自稱道君教主皇帝，此時崇道熱潮達到頂峰，「道教之行莫盛於此時」，〔註15〕不論這是帝王鞏固君權的謀術，抑或是道教長生飛仙的不死渴望，北宋道教蓬勃發展，上有所好，下必甚焉，帝王、人民從上至下全都籠罩在一片宗教狂熱當中。

宋代本土之儒家，在禪、老的影響下，理學家順著儒、釋、道三教歸一的趨勢，以儒家理法、倫理思想核心，糅合道家、道教的宇宙生成、萬物化生的理論，和佛家的哲學思辯，建立一精緻、周延的哲學體系，形成理學。三教之間，彼此互相排斥，卻又吸收汲取，釋、道與儒家哲學思維的交融，主要在於內在獨立精神的主體意識，從知性、內省、盡精微而至廣大的宇宙觀、人生觀，甚至於行爲方式，涵融會通於宋代儒學思想當中。

（二）學術發展

北宋初年學術發展與文風轉變是密切關聯的。大致上可以分爲三個階段：第一階段：從天聖至景祐年間（1023～1037）是以歐陽脩爲代表的古文運動。第二階段，慶曆時期（1041～1049），以范仲淹、胡瑗、孫復、石介等爲代表的義理之學。第三階段，熙寧時期（1068～1077），王安石變法，宋神宗下詔『罷黜聲律』，王安石訓釋經旨所

〔註14〕 魏道儒著《宋代禪宗文化》（中州古籍出版社，1993年9月），頁72。
〔註15〕 《宣和遺事・前集》，見《叢書集成初編》（北京：中華書局，1985年）冊3889。

代表的新學，初具規模的周、張、二程的理學。」〔註16〕

　　宋初浮艷華靡、雕章麗句的西崑體盛極一時，王禹偁、范仲淹、寇準、林逋等人以平淺質樸的詩文，一掃淫靡文風的西崑體，柳開、孫復、穆修鼓吹復古運動，言論上不外「明道」、「致用」、「尊韓」、「重散體」、「反西崑」五點。〔註17〕對於西崑體正式嚴加批評和攻擊的，始於理學家石介。北宋文壇領袖歐陽脩以明道、致用等口號，標榜文、道的聯繫，將復古理論和創作結合起來，形成一股有力的改革力量，待至門下學生曾鞏、王安石、蘇軾等人努力，才眞正在宋代文壇發生重大影響。

　　王荊公新學的建立，奠基於它體察到宋王朝「積貧積弱」的社會現象。宋神宗重用王安石變法，任命王安石提舉經義局，由呂惠卿、王雱等兼修撰，重新解釋《詩》、《書》、《周官》等書。神宗熙寧八年，完成《三經新義》，成爲全國學校必讀的教科書和科舉考試的依據，爲新法提供了理論武器。

　　除此之外，北宋時期以張載爲主的關學，和王安石的新學，蘇軾爲主的蜀學，以及二程的洛學，幾乎同時形成，在學術上呈現互相爭鳴的地步。

三、家學師友

（一）先　世

1. 蘇味道

　　蘇洵《蘇氏族譜》〔註18〕云：「蘇氏出於高陽，而蔓延于天下。唐神龍（705～707）初，長史味道刺眉州，卒于官，一子留于眉，眉

〔註16〕姜廣輝著《理學與中國文化》（上海：上海人民出版社，1995 年 11月二刷），頁 48。

〔註17〕參看劉大杰《中國文學發展史》（台北：華正書局，1987 年 7 月）第十七章〈宋代的社會環境與文學發展〉，頁 587。

〔註18〕曾棗莊、舒大剛主編《三蘇全書、集部》（北京：語文出版社，2001年）第六冊，《蘇洵集》卷十九，頁 261。

之有蘇氏自是始。」《舊唐書》卷九十四，列傳第四十四有傳。河北省欒城縣爲三蘇祖居，〔註19〕有蘇味道墓遺址。蘇轍把自己的作品，結集爲《欒城集》。

2. 蘇 祜

《蘇氏族譜》：「蘇祜有子六人：宗善、宗日弁、杲、宗晁、德。」蘇祜不仕，享年五十四。

3. 蘇杲──蘇轍之曾祖

蘇洵的祖父叫蘇杲，祖母爲宋氏。蘇洵《族譜後錄下篇》〔註20〕引其父蘇序言：「而吾父杲最好善，事父母極孝，與兄弟篤友愛，與朋友篤于信，鄉閭之人，無親疏皆敬愛之。娶宋氏夫人，事上甚孝謹，而御下甚嚴。」蘇杲，不仕，享年五十一。

4. 蘇序──蘇轍之祖父

蘇洵的父親叫蘇序，母史氏，有三子，長曰澹，次曰渙，三子爲洵。蘇洵《族譜後錄下篇》：「先子少孤，喜爲善而不好讀書。晚乃爲詩，能白道，敏捷立成。……性簡易，無威儀，薄于爲己而厚于爲人，與人交，無貴賤皆得其歡心。見士大夫曲躬盡敬，人以爲諂，及其見田父野老亦然，然後人不以爲怪。」

因尊敬祖父蘇序，避其名諱，蘇轍、蘇軾兩人日後在其文集中，替人寫詩、文序，都不用「序」字而改以「引」字。如，蘇轍〈施崇寧寺馬并引〉〔註21〕、〈穎川擇勝亭詩并引〉〔註22〕、〈和子瞻沉香山

〔註19〕欒城縣位于河北省中南部、太行山東麓，距石家莊市區僅 24 公里。欒城縣于周定王二十年（西元前 587 年）因晉國大夫、中軍元帥欒書食于此，得名欒邑，西漢置官縣，東漢改名欒城縣，唐末改名欒氏縣，五代復名欒城縣至今。見高梅淑〈修建「三蘇」祖居紀念館弘揚民族文化〉，《中國第十屆蘇軾研討會論文集》（濟南：齊魯書社，1999 年 3 月）頁 581。

〔註20〕同上《蘇洵集》卷十九，頁 269。

〔註21〕《欒城後集》卷四，《蘇轍集》，頁 928。

〔註22〕《欒城後集》卷五，《蘇轍集》，頁 943。

子賦并引〉〔註23〕、〈和子瞻歸去來詞并引〉，〔註24〕蘇軾〈跋送石昌言引〉〔註25〕、〈跋先君書送吳職方引〉〔註26〕等，均爲例證。

轍之先祖爲人正直、豁達，重情有義，不慕榮利，不圖仕進的人格特質，爲蘇轍兄弟做人行事的表率。

5. 蘇澹、蘇渙——伯父

在蘇序有意的栽培下，蘇澹、蘇渙都以文學舉進士。蘇渙並於宋仁宗天聖二年（1024）進士及第。蘇渙仕進做官，在蜀地眉山產生了很大的影響。

蘇轍〈伯父墓表〉云：「公是時獨勤奮問學，既冠，中進士乙科。及其爲吏，能據法以左右民，所至號稱循良。一鄉之人欣而慕之。學者自是相繼輩出。至於今，仕者常數十百人，處者常千數百人，皆以公爲稱首。」〔註27〕

蘇氏一家，自唐始於四川眉山之地，有五代先人皆不出仕，若非伯父蘇渙的表率作用，「凡眉之士大夫，修身於家，爲政於鄉，皆莫肯仕者。」〔註28〕蘇軾曾回憶說：「天聖中，伯父解褐西歸，鄉人嗟嘆，觀者塞途。」（〈謝范舍人啓〉）曾鞏也道：「渙以進士起家，蜀人榮之，意始大變，皆喜受學。及其後，眉之學者多至千數百人，皆以公爲稱首。」（〈蘇序墓志銘〉）

蘇轍九歲，伯父自京師奔喪返鄉才認識之，幼年時，和蘇軾一同服侍伯父左右，觀察伯父言行，他回憶說：「于少而讀書，師不煩。少長爲文，日有程，不中程不止。出遊於途，行中規矩。入居室，無惰容。非獨吾爾也，凡與吾遊者舉然。」（〈伯父墓表〉）

蘇祐、蘇杲、蘇序這三代無意於仕，在蘇渙這一代開始了仕進功

〔註23〕《欒城後集》卷五，《蘇轍集》，頁941。
〔註24〕《欒城後集》卷五，《蘇轍集》，頁942。
〔註25〕孔凡禮點校《蘇轍文集》（北京：中華書局，1986年）卷66，頁2068。
〔註26〕《蘇轍文集》卷69，頁2192。
〔註27〕《欒城集》卷二十五，《蘇轍集》冊二，頁414。
〔註28〕同上註〈伯父墓表〉，頁414。

名的路途。對蘇轍兄弟而言，有很大的啓示作用。

（二）父——蘇洵

蘇洵，字明允，在蘇渙進士及第時（1024），蘇洵已經十六歲。天聖五年（1027）蘇洵也參加科舉考試，可惜不第。蘇洵個性恬淡，早年的「遊蕩」，正在於喜登臨山水，由之視野的擴大，見識也顯得不凡。他在〈憶山送人〉詩中云：

> 少年喜奇跡，落拓鞍馬間。縱目視天下，愛此宇宙寬。〔註29〕

蘇洵二十七歲，開始發憤讀書。「及長，知取士之難，遂絕意於功名，而自托於學術，實亦有得而足恃。」（〈上韓丞相書〉）〔註30〕於是盡燬曩時所爲文數百篇，取《論語》、《孟子》、韓子及其他聖人、賢人之文，終日端坐讀之七、八年，專心致力於儒家學術，大究六經百家之說，旁及諸子各家，終「胸中之言日益多，不能自制。」

蘇轍〈墳院記〉一段記載父親的文字：「先公既壯而力學，晚而以德行文學名於世。」〔註31〕蘇洵影響蘇轍日後在做人做事上篤實與敦厚的性格。

1. 人格：溫和、純明篤實之君子〔註32〕

2. 學問：重「實用之學」

> 洵著書無他長，及言兵事，論古今形勢，至自比賈誼。（〈上韓樞密書〉）〔註33〕

蘇洵對賈誼的評價及推崇，正是蘇洵他一生學問致力處。《蘇軾文

〔註29〕《蘇洵集》卷一，《三蘇全書、集部》冊六，頁25。
〔註30〕《蘇洵集》卷七，《三蘇全書、集部》第六冊，頁92。
〔註31〕《欒城三集》卷十，《蘇轍集》冊三，頁1240。
〔註32〕歐陽脩〈故霸州文安縣主簿蘇君墓誌銘並序〉，《居士集》卷三十四，歐陽脩稱讚蘇洵「君之文博辨宏偉，讀者悚然想見其人。既見，而溫溫似不能言；及即之，與居愈久，而愈可愛。間而出其所有，愈叩而愈無窮。嗚呼，可謂純明篤實之君子也。」見《歐陽脩全集》（北京：中國書店，1992年10月，第3次印刷）頁241。
〔註33〕《三蘇全書、集部》第六冊，《蘇洵集》卷四，頁59。

集》卷四十四〈與王庠書〉:「儒者之病,多空文而少實用,賈誼陸贄之學,殆不傳於世。」歐陽脩在〈薦布衣蘇洵狀〉中,也說:「其議論精於物理而善識變權,文章不為空言而期於有用。其所撰權書、衡論、機策二十篇,辭辯閎偉,博於古而宜於今,實有用之言,非特能文之士也。」〔註34〕蘇洵重實用少空文的為學態度,形成蜀學重要的思想之一,而歐陽脩對蘇洵文章義理論說的精妙,可謂極為賞識。

3. 蘇洵以人情說解六經

　　北宋理學主張重天理、滅人欲,而蘇洵卻以人情論說六經。影響了蘇氏兄弟對儒家經典的解說,都是依循蘇洵的觀點而詮釋之。

　　《嘉祐集、六經論》卷六:「此聖人用其機權以持天下之心,而濟其道於無窮。」(《易論》)〔註35〕

　　「風俗之變,聖人之為也。聖人因風俗之變,而用其權。」(《書論》)〔註36〕

　　「夫豈不善使人之情,皆泊然而無思,和易而優柔,以從事於此。則天下固亦大治,而人之情又不能皆然。……」(《詩論》)〔註37〕

　　蘇洵以通權達變論聖人,以人情解六經。從蘇轍身上也能夠看到這一思想理路。

　　在蘇轍《詩論》中提到:「六經之道,惟其近乎人情,是以久傳而不廢。」又「聖人之為經,……未嘗不近于人情。」(《欒城應詔集》卷四)

　　「人情」解經,從俗世人情好惡上看待經典,因為蘇氏重史論,就現實應用層面來說,與其有為而發、好發議論的褒貶精神有關。

〔註34〕《歐陽脩全集》下,《奏議集》卷第十四,頁869,(北京:中國書店,1992年10月)。

〔註35〕《三蘇全書、集部》第六冊,《蘇洵集》卷十三,頁174。

〔註36〕同上註,頁182。

〔註37〕同上註,頁180。

父親是蘇轍最重要的人生導師。「幼學無師，受業先君。」(《欒城後集》卷二十〈祭亡兄端明文〉)〔註38〕看出蘇轍一生受蘇洵的影響是極爲深刻的。

（三）兄──蘇軾

第二個影響蘇轍的重要人物，便是其兄蘇軾。

「轍少而無師，子瞻既冠而學成，先君命轍師焉。」〔註39〕蘇轍自小便跟著蘇軾學習，他在〈祭亡兄端明文〉說：「兄敏我愚，賴以有聞。」蘇軾對弟弟的教導和愛護，是子由難以忘懷的。故曰：「撫我則兄，誨我則師」〔註40〕兄弟之間相處融洽，亦師亦友般的情誼，是日後政治生涯中最重要的精神支持。

蘇軾在政治表現出一種以儒家爲基礎，積極用世、經世濟民的思想，他關心國家社會，對現實政治提出許多批評和意見。當身處逆境時，並沒有太多消極悲觀，反而以正面樂觀的性格和生活態度，度過許多生死關頭，是蘇轍學習的榜樣。

1. 文藝思想的先驅

「予先君宮師平生好畫，家居甚貧，而購畫常若不及。予兄子瞻少而知畫，不學而得用筆之理。轍少聞其餘，雖不能深造之，亦庶幾焉。」(〈汝州龍興寺脩吳畫殿記〉)〔註41〕

蘇轍除了從兄學習繪畫、觀畫之外，也浸淫書藝。「願從兄發之，洗硯處兄左」〈子瞻寄示岐陽十五碑〉。〔註42〕

2. 養生學道的切磋

宋朝道風瀰漫，老莊道家、黃老道教、禪宗在北宋形成一風潮。蘇軾和蘇轍好道，彼此常會交換心得。蘇軾年少時就喜歡莊子，曰：

〔註38〕《欒城後集》卷二十，《蘇轍集》，頁1099。
〔註39〕《欒城後集》卷二一〈子瞻和陶淵明詩集引〉，《蘇轍集》，頁1110。
〔註40〕《欒城後集》卷二二〈亡兄子瞻端明墓誌銘〉，《蘇轍集》，頁1128。
〔註41〕《欒城後集》卷二十一，《蘇轍集》，頁1106。
〔註42〕《欒城集》卷一，《蘇轍集》，頁19。

「吾昔有見於中，口未能言，今見《莊子》，得吾心矣。」〔註43〕他與老莊道家的關係，其實早在年少時就見出端倪。〈與劉宜翁使君書〉：「齠齔好道，本不欲婚宦，為父兄所強，一落世網，不能自逭。然未嘗一念忘此心也。」〔註44〕

蘇軾與佛家淵源也很深。年輕時在蜀地，與文雅大師惟度、寶月大師惟簡交往，通判杭州，喜聽海月大師惠辯說法。「每往見師，清坐相對，時一聞言，則百憂消解，形神俱泰。」〔註45〕貶居黃州，「閑居未免看書，唯佛經以遣日。」〔註46〕蘇軾是北宋文壇傑出的文學家，一生與禪僧往來密切，他自己說：「吳越多名僧，與予善者常十九。」惠洪也說：「東坡蓋五祖戒禪師之後身。」〔註47〕兄弟倆人彼此在貶謫生活中，互相勉勵，以學道養生來渡過困厄的生活。〔註48〕

3. 精神力量的來源

「烏臺詩案」時，蘇軾落獄，蘇轍竭力為兄辯解，並願乞納在身官替兄贖罪。〈為兄軾下獄上書〉：「臣早年失怙恃，惟兄軾一人相須為命。」〔註49〕蘇軾則在獄中寫下：「與君世世為兄弟，更結人間未了因。」〔註50〕（《蘇軾詩集》卷十九）兄弟之情，令人動容。

（四）師　友

對蘇轍影響最大的師長與朋友中，當以歐陽脩、張方平兩人最為

〔註43〕〈亡兄子瞻端明墓誌銘〉，《欒城後集》卷二十二，《蘇轍集》，頁1126。

〔註44〕《蘇軾文集》冊四，卷四十九，頁1415。

〔註45〕《海月辯公真贊》《蘇軾文集》冊二，卷二十二，頁638。

〔註46〕〈與章子厚參政書〉《蘇軾文集》卷四十九，頁1412。

〔註47〕釋覺範：〈跋東坡仇池錄〉《石門文字禪》卷二七，《四庫全書》冊1116，頁513。

〔註48〕〈寄子由三法──食芡法、胎息法、藏丹砂法〉，頁2337～2339，〈學龜息法〉，頁2339～2340，〈服茯苓法〉，頁2348，見《蘇軾文集》卷七十三。蘇轍也屢次向蘇軾展示學道成果。

〔註49〕《欒城集》卷三十五，《蘇轍集》，頁622。

〔註50〕〈予以事繫御史臺獄獄吏稍見侵自度不能堪死獄中不得一別子由故作二詩授獄卒梁成以遺子由〉《蘇軾詩集》卷十九。

重要。

1. 歐陽脩

歐陽脩爲北宋文壇的領袖。字永叔，自號醉翁，晚號六一居士。熙寧初，與王安石政見不合，以太子少師致仕。詩文兼韓愈、李杜之長，爲一代文宗。深知時學者，以新奇相尚，力黜五代柔靡華艷的文風。

（1）知遇之恩

蘇軾兄弟走上政壇，全靠歐陽脩大力推薦與提拔。蘇轍在文集裡，屢屢提到歐陽脩對父兄和自己的知遇之恩。

> ……念昔先君子，嘗蒙國士知。舊恩終未報，感嘆不勝悲。
> 〔註51〕

父親受到歐公的賞識，自己亦受歐公提拔，他感念昔日受學於歐陽脩的情景，在給歐陽辯（歐公之子）的詩中，寫道：

> 我年十九識君翁，鬢髮白盡顴頰紅。奇姿雲卷出翠阜，高論河決生清風。我時少年豈知道，因緣父兄願承教。文章疏略未足云，舉止猖狂空自笑。公家多士如牛毛，揚眉抵掌氣相高。下客逡巡愧知己，流枑低昂隨所遭。……〔註52〕

十九歲初出茅廬的小子，才疏學淺，因父兄的緣故，得以和濟濟名士聚於一堂，承教於歐公門下，實爲有幸。歐陽脩一生和三蘇一直都保持密切的師友關係。

（2）文風之影響

歐陽脩的文章風格對蘇轍古文影響，在清·劉熙載《藝概、文概》中提到一些重要的觀點：

> 子由稱歐陽公文「雍容俯仰，不大聲色，而義理自勝。」東坡〈答張文潛書〉謂子由文「汪洋澹泊，有一唱三嘆之聲，而其秀傑之氣，終不可沒。」此豈有得於歐公者耶？〔註53〕

〔註51〕〈歐陽太師挽詞三首之三〉《欒城集》卷四，《蘇轍集》，頁69。
〔註52〕〈送歐陽辯〉《欒城集》卷十五，《蘇轍集》，頁299。
〔註53〕劉熙載撰：《藝概》（台北：華正書局，1988年9月），頁31。

蘇轍文章「一波三折」〔註54〕的韻致，表現在其長篇詩歌裡波瀾起伏的古文筆法的運用，與歐陽脩風格有相近之處。而歐陽脩憂國憂民、忠貞爲國的儒士風範，更在他的心裡成爲效法學習的對象。

2. 張方平

張方平，字安道，號樂全居士。張安道望高一時，人品高潔，達政而有見地。蘇轍〈乞賜張宣徽諡箚子〉云：「始以博學高文名冠多士，終以中立不倚，望重累朝。練達政體，言不虛發。遭遇聖明，眷禮隆異。每用其言，輒效見當世，其所不用，皆有驗於後。」（《欒城後集》卷十六）〔註55〕

（1）人生導師

由於張方平的引薦，三蘇才有機會認識歐陽脩。蘇轍初見張方平時的情景：「予年十八，與兄子瞻東遊京師。是時張公安道守成都，一見以國士相許，自爾遂結忘年之契。」〔註56〕熙寧三年（1070）張方平知陳州（河南淮陽），辟蘇轍爲陳州教授，三年。熙寧十年（1077），張方平爲南京留守，又辟蘇轍爲簽書應天府判官。

他與張方平的關係乃「師友之交，親戚之情。」〔註57〕又說：「從公陳宋，庇于有仁。既博以文，又約以禮。示我夷易，行不知止。南遷而還，迎我而笑。世將用子，要志於道。」不僅情同父子，亦師亦友，一生都維持著深厚的情誼。

（2）崇道思想

另一方面，張公好道家修養，蘇轍跟隨張安道期間，受其影響，後來他們的往來的詩中，有大半談論養生修煉之事，以下章節將有述及。

3. 司馬光

司馬光字君實，仁宗寶元初登進士第，神宗時矣新法與王安石不

〔註54〕同上註《文概》，頁29，「余謂大蘇文一瀉千里，小蘇文一波三折。」
〔註55〕《蘇轍集》，頁1061。
〔註56〕《欒城三集》卷一〈追和張公安道贈別絕句〉引，《蘇轍集》，頁1161。
〔註57〕〈再祭張宮保文〉，《欒城後集》卷二十，《蘇轍集》冊三，頁1095。

合，退隱洛陽，有私人園林「獨樂園」。蘇軾、蘇轍皆有詩歌詠之。

嘉祐六年（1061），仁宗皇帝於崇政殿策試所舉賢良方正，親自主持御試，直言極諫之士。蘇轍作〈御試制科舉〉一文，責備宋仁宗的外交、內政，司法、經濟諸多不是，「內則蠱惑之所汙，以傷和伐性；外則私謁之所亂，以敗政害事。陛下無謂好色於內不害外事也。」〔註58〕當時主考官司馬光以三等，范鎮（景仁）反對，愈降其等。胡宿（武平）認為其策不對所問，比喻失當，非所宜言，力請黜之。眾考官以為不當收，司馬光力排眾議，曰：「轍於同科四人中，言最切直，有愛君憂國之心，不可不收。」〔註59〕可見其愛才惜才，提拔後進之心。

元祐年間（1086），司馬光和蘇轍在政策實施的意見上也多有分歧。蘇轍說：「司馬君實既以清德雅望專任朝政，然其為人不達吏事。」〔註60〕免役法上，蘇轍以為不知差雇之弊，「至今僅二十年，吏民皆未習慣。」，反對司馬光限期廢除免役法。又司馬光主張立即恢復詩賦取士，蘇轍認為「不專用王氏之學，仍罷律義」，但延緩一年實行。眾人皆曰「以為便」，而君實「始不悅矣。」

司馬光雖為館閣重臣，名望傾世，但蘇轍擇善固執的一面，可以由上述事件看出蘇轍不以輩份論事的堅持了。

四、生平經歷

（一）性情特質

蘇洵在《嘉祐集》卷十四〈名二子說〉一文，已明白表示蘇軾、蘇轍兩人截然不同的性格特質：「輪、輻、蓋、軫，皆有職乎車，而軾獨若無所為者。雖然，去軾則吾未見其為完車也。軾乎，吾懼汝之不外飾也。天下之車，莫不由轍，而言車之功者，轍不與焉。雖然，車仆馬斃，而患亦不及轍。是轍者，善處乎禍福之間也。轍乎，吾知

〔註58〕見〈潁濱遺老傳〉《欒城後集》卷十二，頁1015，《蘇轍集》冊三。
〔註59〕《蘇軾文集》冊二，卷十六〈司馬溫公行狀〉，頁477。
〔註60〕同前註58，〈潁濱遺老傳〉，頁1018～1019。

免矣。」〔註61〕

「軾」是車上作為扶手的橫木，顯露在車體易見的地方，因而蘇洵說「懼汝之不外飾」，蘇軾的個性豪放不羈，鋒芒畢露，容易遭致危險，東坡一生屢遭貶斥，幾乎遭致一死的命運。而蘇轍性格卻如同「車轍」，車子輾過的痕跡，既無危險，對車行也無實際功能，但因無功所以無過，深沉穩重，澹泊沖和的性情，讓蘇子由在日後激烈的黨爭中，雖屢遭貶謫，卻能安身而退，悠閒的度過晚年。蘇軾、蘇轍兩人的性情特質，就在父親蘇洵的期望與擔憂中開展自己的人生。

據涵芬樓《說郛》卷四十六《瑞桂堂暇錄》記載的一段小故事，自小蘇轍就有著較為篤實的性格。：「老泉攜東坡、穎濱謁張文定公。時方入習制科業，將應詔。文定公與語，奇之，館於齋舍。翌日，文定公忽出六題，令人持與坡、穎云：『請學士擬試。』文定密於壁間窺之。兩公得題，各坐致思。穎濱於題有疑，指以示坡；坡不言，第舉筆倒敲几上云：《管子注》，穎濱疑而未決也。又指其次，東坡以筆勾去。即擬撰，出以納文定，閱其文益喜。勾去一題，乃無出處，文定欲試之也。次日，文定見老泉云：『皆天才。長者明敏尤可愛，然少者謹重，成就或過之。』所以二公皆愛文定，而穎濱感之尤深。」〔註62〕

蘇轍對於自己不熟悉的出處，一再斟酌，而蘇軾卻大膽的假設，甚至自己想當然爾。張方平對於自己擬無出處的題目與兄弟兩人，測試他們的反應，蘇軾聰敏，蘇轍謹慎，由小處可以得見兩人性格的不同，沉穩的性格讓子由成就「或過之」。

在當代文人米芾〈西園雅集圖記〉〔註63〕這篇作品中描繪這場

〔註61〕《三蘇全書、集部》第六冊，《蘇洵集》卷十八，頁245。

〔註62〕《筆記小說大觀》（台北：新興書局印行，1975年）二十五編，冊二，頁752。

〔註63〕「其烏帽黃道服，捉筆而書者，為東坡先生。……道帽紫衣，右手倚石，左手執卷而觀書者，為蘇子由。」由此描述可知蘇轍的形象應是讀書不倦、儀態有仙風。文見米芾：《寶晉英光集補遺》，《叢書集成初編》（北京：中華書局，1985年4月），冊1932，頁76。

文人雅宴的盛會。米元章眼中的蘇軾、蘇轍的形象分別是：「其烏帽黃道服，捉筆而書者，為東坡先生。……道帽紫衣，右手倚石，左手執卷而觀書者，為蘇子由。」由此描述可知蘇轍的形象應是溫文儒雅、讀書不倦的文士、儀態有仙道風骨。

蘇軾富有才氣，善於掌握住場面的氣氛，容易成為眾人注目的焦點，而蘇轍身材高大〔註64〕、溫雅閒靜，較不易引人注意。但溫和的氣質，顯現儒者風範。

（二）求學過程

1. 道士張易簡的引導

《龍川略志》卷一《夢中見老子言楊綰好殺高郢嚴震皆不殺》條：「余幼居鄉閭，從子瞻讀書天慶觀。」〔註65〕年約五歲。蘇軾〈眾妙堂記〉〔註66〕：「眉山道士張易簡教小學，常百人，予幼時亦與焉。居天慶觀北極院，予蓋從之三年。」

幼年道家思想的啟蒙，對蘇轍日後的崇道思想，有舉足輕重的關係。

2. 父蘇洵的啟蒙

《欒城三集》卷十〈藏書室記〉蘇轍回憶父親對他的影響：「予幼師事先君，聽其言，觀其行事。今老矣，猶志其一二。先君平居不治生業，有田一廛，無衣食之憂。有書數千卷，手緝而校之，以遺子孫曰：『讀是，內以治身，外以治人，足矣。此孔氏之遺法也』。」〔註67〕

蘇洵對兩個兒子的教導，積極而用心的規劃他們的學習內容。

洵有二子軾、轍，齠齔授經，不知他習，進趨拜跪，儀狀

〔註64〕蘇軾〈戲子由〉曾這樣描寫：「宛丘先生長如丘，宛丘學舍小如舟。常時低頭誦經史，忽然欠伸屋打頭。……」（《蘇軾詩集》卷七）。
〔註65〕《三蘇全書》冊4，《龍川略志》第一，頁485。
〔註66〕《蘇軾文集》卷十一，頁361。
〔註67〕蘇轍：〈藏書室記〉《欒城三集》卷十，《蘇轍集》冊三，頁1238。

　　甚野，而獨文字中，有可觀者。始學聲律，既成，以爲不
　　足盡力於其間，讀孟、韓文，一見以 爲可作。引筆書紙，
　　日數千言，奎然溢出，若有所相。(〈上張侍郎第一書〉)

蘇洵教導二子研讀經典，學習孟、韓文字，又學聲律，打下良好的學問根基，同時也準備科舉應試之用。除此之外，儒家經史學問的涉略，蘇洵還旁涉了道、佛範圍。

　　君少與我師皇墳，旁資老聃釋迦文。〔註68〕

　　大量且廣博的閱讀，爲蘇洵用心的規劃教育兒子的方向。不侷限在儒家義理、或仕進考試的準備，不爲讀書而讀書，而爲知識而讀書，故能打下其博厚的學基礎。

3. 母程氏的教導

　　母親程氏，眉山人，大里寺丞程文應之女，家世極好。〔註69〕「生而志節不群，好讀書，通古今，知其治亂得失之故。」〔註70〕慶曆五年（1045）七歲時，父蘇洵遊學四方，由母親親自教導，「公生十年，而先君宦學四方，太夫人親授以書，聞古今成敗，輒能語其要。」〔註71〕亦勉勵兄弟二人，要有當世志，曾對兄軾曰：「汝能爲滂，吾顧不能爲滂母耶？」〔註72〕可見母親對他們期望甚高。

　　《欒城三集》卷十〈墳院記〉記敘，蘇軾、蘇轍小時，先公、先夫人皆曰：「吾嘗有志茲世。今老矣，二子其尚成吾志乎？」〔註73〕力學篤行，承繼先人之志，兄弟背負著家人對其仕進的理想。

〔註68〕《蘇軾詩集》卷三十七〈子由生日以檀香觀音像及新合印香銀篆槃爲壽〉。

〔註69〕司馬光〈程夫人墓誌銘〉，〈李薦師友談記〉紀錄蘇軾之語云：「外祖甚富，二家聯姻，皆以子貴封官。」舅程濬最爲顯貴，其子程之才，字正輔，娶蘇轍幼姐八娘爲妻，卻因虐待八娘致死，蘇、程兩家交惡四十年之久。

〔註70〕蘇轍〈墳院記〉《欒城三集》卷十，《蘇轍集》冊三，頁1240。

〔註71〕《欒城後集》卷二十二〈亡兄子瞻端明墓誌銘〉，《蘇轍集》冊三，頁1117。

〔註72〕同上註。

〔註73〕《蘇轍集》冊三，頁1240～1241。

4. 劉巨的授業

蘇轍受學的另一個儒學導師爲劉巨。宋、葉寘《愛日齋叢鈔》卷四：「眉山劉微之巨，教授郡城之西壽昌院，從游至百人，蘇明允命東坡兄弟師之。時尚幼。」〔註74〕

（三）出仕經歷

嘉祐二年（1057），蘇轍十九歲時與兄蘇軾同登進士科，又同策制舉。轍年二十三（1061）舉直言，仁宗親策之於廷，時上春秋高，始倦於勤，轍因所問，極言得失，入四等，以蘇轍爲試秘書省校書郎充商州軍事推官。蘇軾除簽書鳳翔府判官，轍奏乞養親，不赴商州任。

熙寧三年（1070），任陳州學官，熙寧六年（1073），改齊州掌書記。熙寧九年（1076），簽書南京判官，元豐三年（1080），因蘇軾烏臺詩案，欲乞納在身官爲兄贖罪，坐謫監筠州鹽酒稅。元豐八年（1085）任績溪令，除校書郎。

同年，神宗去世，年僅十歲的哲宗繼位，反對新法的高太后召回被迫離開的大臣，蘇轍從秘書省校書郎、禮部郎中、起居舍人、右司諫（1086）、起居郎（元祐元年九月）、中書舍人（同年十一月）、戶部侍郎（元祐四年）、吏部侍郎（同年六月）、改翰林學士、出使契丹、御史中丞（元祐五年）、尚書右丞（元祐六年二月，相當於副相），一路清雲直上。

元祐四年（1089），蘇轍五十一歲，在中書省右司諫時期（1086）即展現他的政治長才，他在元祐元年二月至十一月共上奏章七十四篇（同期蘇軾所奏爲二十篇），所奏涉及元祐許多重大政治問題，因見解獨到，論述精闢，多數被朝廷採納。十一月升任中央行政機構六部之一的戶部侍郎，掌全國人戶、土地、錢穀、貢賦、征役等事，握國家財政大權。他在任上所提出和採取的措施，都可證明他是「精練吏

〔註74〕《叢書集成初編》（北京：中華書局，1985 年 4 月）冊 325，頁 146。

事，通知民情」之「強練幹達之人」。〔註75〕

　　元祐七年（1092），哲宗親政，蘇轍任尚書右丞，擢門下侍郎。紹聖元年（1094），蘇轍上〈論御史策題札子二首〉，哲宗不悅，由門下侍郎出知汝州，再貶袁州，三貶分司南京、筠州居住。紹聖二年（1095）五十七歲，貶居筠州。紹聖四年（1097），貶官筠州，復遷雷州。元符元年（1098），六十歲，貶官雷州，復遷循州。元符二年（1099）貶居循州，次年，貶官循州，徙永州、岳州，還居潁昌。徽宗建中靖國元年（1101），年六十三，閑居潁昌十年，政和二年（1112）以七十四歲的年齡去世。

（四）詩文著述

　　《四庫全書總目・欒城集提要》：「蓋集爲轍所手定，與東坡諸集出自他人裒集者不同，故自宋以來原本相傳，未有妄爲附益者。」

　　蘇轍詩文著述目錄沒有蘇軾那樣複雜混亂，都是由蘇轍自己親手校訂完成，因此版本的爭議及訛誤的部份較小。蘇轍集共計有《欒城集》九十六卷，包含《欒城集》五十卷、《欒城後集》二十四卷、《欒城三集》十卷、《應詔集》十二卷。

　　蘇轍於《欒城後集引》提到詩文著述時間的先後，分三個階段：第一個時期：「元祐六年（1091），年五十有三，始以空疏備位政府，自是無述作之暇，顧前後所作至多，不忍棄去，乃裒而集之得五十卷題曰《欒城集》。」〔註76〕第二個時期，如《欒城第三集引》云：「崇寧四年（1105，閑居潁昌），余年六十有八，編近所爲文得二十四卷，目之《欒城後集》。又五年，當政和元年（1111，閑居潁昌），復收拾遺稿，以類相從，謂之《欒城第三集》。」這是《欒城集》作品的第三個時期。詩文的收集由蘇轍親手校定，篇卷極爲完整。

〔註75〕曾棗莊《蘇轍評傳》（台北：五南圖書公司，1995 年 6 月）頁 174～195。
〔註76〕見陳宏天、高秀芳點校《蘇轍集》冊四，頁 1365，《附錄一、序跋提要》。

　　蘇轍另外還有《詩集傳》二十卷、《春秋集解》十二卷、《老子解》二卷、《論語拾遺》一卷、《孟子解》一卷、《古史》六十卷、《龍川略志》十卷、《龍川別志》二卷。

　　蘇轍一生創作，詩一千八百多篇，散文一千餘篇。他曾自述：「予少以文字爲樂，涵泳其間，至以忘老。」〔註77〕讀書寫作，著書立論，爲蘇轍平生志業，在書海中，樂而忘憂，以此終老。

第二節　文藝理論

一、詩學理論

（一）重視思想內容

　　以蘇轍〈詩病五事〉（《欒城三集》卷八）〔註78〕爲文學思想重心。郭紹虞稱讚蘇轍，在宋人談詩強調藝術技巧，歷來偏重於考據，或以尚風格而流於禪機的環境中，「罕有重在思想內容者，他卻能獨樹一幟。」〔註79〕強調蘇轍重視詩歌思想內容的特點。

1. 揚杜抑李

> 李白詩類其人，駿發豪放，華而不實，好事喜名，不知義理之所在也。（其一）

李白詩，出神入化，無跡可求，高度的藝術技巧，不可以常理繩之。蘇轍對李白的評語著重在內容上面，「華而不實，好事喜名，不知義理之所在」。學者錢振鍠《詩話》對蘇轍所持觀點提出質疑，以爲其「狂悖庸妄」。〔註80〕認爲蘇轍言論太過，狹隘的文學批評觀，端從內容上面實未能深入探討李白詩歌之美。

〔註77〕同上註《欒城後集引》，頁 1365。
〔註78〕高秀方、陳宏天點校：《蘇轍集》（北京：中華書局，1999 年 7 月）冊三，頁 1228～1230。
〔註79〕蘇轍〈詩病五事〉，見郭紹虞《宋詩話考》（北京：中華書局，1985 年 4 月）上卷，頁 10～13。
〔註80〕引上註用語。

白始以詩酒奉事明皇，遇讒而去，所至不改其舊。永王將
竊據江淮，白起而從之不疑，遂以放死。今觀其詩固然。
唐詩人李、杜稱首，今其詩皆在，杜甫有好義之心，白所
不及也。（其一）

宋人「李、杜優劣」之論，爲當代爭論的重要話題。蘇轍以詩歌的思
想內容來評斷李白、杜甫高下優劣，符合當朝文人看法。〔註81〕「李
白詩的中心主題是理想與現實的矛盾，主導方面在於突出自我的理想
主義、反抗精神和英雄性格。而杜詩的主旨，卻在憂國憂民。杜詩中
有機結合的愛國主義和忠君思想，不僅是儒家思想體系中的菁華，也
是中華民族的傳統美德。」〔註82〕杜甫繼承儒家詩教，重視詩歌的教
育意義；李白詩飄逸，他鄙夷權貴，蔑視王侯，任俠好義，救困扶危，
李、杜應不分優劣，只應有詩歌內容趨向不同的分別。

2. 白居易拙於紀事

《大雅、綿》九章，……事不接，文不屬，如連山斷嶺，
雖相去絕遠，而氣象聯絡，觀者之其脈理之爲一也。蓋附
離不以鑿枘，此最爲文之高致耳。……

如白樂天詩，詞甚工，然拙於紀事，寸步不遺，猶恐失之。
此所以望老杜之藩垣而不及也。（其二）

蘇轍稱讚《詩經、大雅、綿》九章，章節意脈跳躍，語不接而意接，
氣象聯絡，前後照應，脈理爲一，不滿侷限於詩歌體製，流於記帳式

〔註81〕《冷齋夜話》、羅大經、葉盛持此說。「李白優劣論」多有文章述及，
從詩歌淵源看，李杜兩人走的路線是不同的。馬積高先生說得好：「李
白主要向《莊》、《騷》和樂府詩歌學習，而追求一種神奇浪漫與妙語
天然相結合的美。杜則熟精《文選》理，力求把漢魏風骨與六代的『清
辭麗句』結合起來，杜也學《騷》，但從藝術借鑑來說與李不同。……
李白所代表的是我國封建社會歷史一個極爲光輝的時代，杜甫代表一
個走向衰落的時代，然而他（李白）主要不是它（時代）的歌頌者，
而是它的批評者，故他們是不可優劣的。」見《李白研究論叢》（成
都：巴蜀書社出版，1990年12月）第二輯，頁297～298，300。
〔註82〕蔡鎮楚〈論歷代詩話之李杜比較研究〉，《李白研究》第二輯，（成都：
巴蜀書社出版，1990年12月），頁136。

的敘事，這些見解是很有眼光的。

當朝人黃庭堅詩論重視「安排佈置」，清方東樹《昭昧詹言》卷十二云：「山谷之妙，起無端，接無端，大筆如椽，轉折如龍虎，掃棄一切，獨提精要之語。每每承接處，中互萬里，不相聯屬，非尋常意計所及。」〔註83〕蘇轍與之有相似處，認同此觀念，但並未強調此詩歌技巧之運用。

3. 韓愈歌頌殘殺之不當

> 韓退之作《元和聖德詩》，言劉闢之死曰：「宛宛弱子，赤立傴僂。牽頭曳足，先斷腰膂。次及其徒，體骸撐拄。末乃取闢，骏汗如瀉。揮刀紛紜，爭切膾脯。」此李斯頌秦所不忍言，而退之自謂無愧于雅頌，何其陋也。（其三）

元和二年，唐憲宗即位，西川節度使劉闢反叛，朝廷擒劉闢處死。韓愈的〈元和聖德詩〉就是歌頌憲宗聖德。〔註84〕蘇轍譏刺韓愈為了歌功頌德，不惜將血淋淋的畫面描畫下來，還暗自得意，感到十分鄙陋。

4. 不喜孟郊啼饑號寒

> 唐人工于爲詩，而陋于聞道。孟郊嘗有詩曰：「食薺腸亦苦，強歌聲無歡。出門如有礙，誰謂天地寬？」郊，耿介之士，雖天地之大，無以安其身，起居飲食，有戚戚之憂，是以卒窮以死。而李翱稱之，以爲郊詩「高處在古無上，平處猶下顧沈、謝。」至韓退之亦談不容口。甚矣。唐人之不聞道也。（其四）

蘇軾兄弟都不喜歡孟郊（751～814）的詩風。蘇軾有詩批評孟郊的艱澀：「初如食小魚，所得不償勞。又似煮彭虫越，竟日嚼空螯。」〔註85〕但也讚美其情感真摯的流露，「詩從肺腑出，出輒愁肺腑。」

〔註83〕台北：廣文書局印行，1962 年 8 月。
〔註84〕韓愈〈元和聖德詩〉詩序云：「凡千有二十四字，指事實錄，具載明天子文武神聖，以警動百姓耳目，傳示無極。」錢仲聯編：《韓昌黎詩繫年集釋》上，（學海出版社，1985 年）頁 627～630。
〔註85〕〈讀孟郊詩二首之一〉《蘇軾詩集》卷十六。

〔註 86〕對孟郊苦寒一派，蘇轍則針對詩歌內容的狹隘，思想淺陋，多寫訴窮愁潦倒、苦澀淒寒感到不滿，進一步責怪稱讚孟郊之人「陋于聞道」。

6. 評王安石之詩、政不分

> 王介甫，小丈夫也。不忍貧民而深疾富民，志欲破富民以
> 濟貧民，不知不可也。方其爲得志也，爲〈兼併〉之詩，
> 其詩曰：「三代子百姓，公私無異財。人主擅操柄，如天持
> 斗魁。賦予皆自我，兼併乃奸回。……」及其得志，專以
> 此爲志，設青苗法以奪富民之利。……吏緣爲奸，至倍息，
> 公私皆病矣。……至于今日，民遂大病。源其禍，出于此
> 詩。……（其五）

郭紹虞先生對蘇轍抨擊王安石的論點，實乃由於蘇轍思想過於保守〔註 87〕以爲文藝必爲政治服務，甚至以民之貧富爲天經地義，根本把文學內容與政治理念，混爲一談。此條詩論，對王安石〈兼併〉詩的抨擊，不是就詩論詩，而是以詩論政，失去文學批評的原則了。

（二）平淡中見真醇

> 唐朝文士例能詩，李杜高深得到希。我得君詩笑無語，恍
> 然重見儲光羲。（〈題韓駒秀才詩句〉《欒城後集》卷四，《蘇轍集》
> 冊三／頁 938）

儲光羲的詩風，近於恬淡一派。〔註 88〕蘇轍讚美韓駒詩句，〔註 89〕

〔註 86〕〈讀孟郊詩二首之二〉《蘇軾詩集》卷十六。

〔註 87〕郭紹虞《宋詩話考》，頁 11。

〔註 88〕「摩詰（王維）才高於儲，擬陶則儲較王爲近。但儲詩亦惟此種佳，有廉頗用趙人意」《載酒園詩話又編》，見《清詩話續編》（上海：上海古籍出版社，1983 年 12 月，1 版）頁 310。也就是賀裳認爲儲光羲與陶淵明平淡的詩風是接近的。劉大杰《中國文學發展史》，頁 455，將儲光羲列入王孟詩派，有著樸實自然的閒適詩風。（台北：華正書局，1987 年 7 月）

〔註 89〕在吳榮富〈韓駒詩風析論〉一文中提到：「韓居秀才日雖曾在許下求蘇轍之印可，唯其往後心摹手追者皆大蘇，而非小蘇。故一般所謂『從蘇轍學』與『潁濱門下數清才』，皆未詳考也。」其論證可釐清

雖未如李白自由浪漫或杜甫的沉鬱雄渾，然近陶詩的淡而有味，別有特色。《艇齋詩話》提到：「人問黃門：『何以比儲光羲？』黃門云：『見其行鍼布線似之。』」〔註90〕如細密的針茸佈線，布局謹慎，情感綿密，深刻婉轉。在蘇轍看來，韓駒詩風是「高處似桃淵明，平處似王摩詰。」〔註91〕

　　蘇軾兄弟晚年和陶詩特別多，尤其是蘇軾因早年積極用世，遭受政治迫害，轉而避談政治。在詩歌思想上面，紹聖四年（1097）蘇軾居海南，蘇轍居雷洲，蘇轍在〈子瞻和陶淵明詩集引〉一文，提到：

> 書來告曰：「吾于詩人無所甚好，獨好淵明之詩。淵明作詩
> 不多，其詩質而實綺，臞而實腴。自曹、劉、鮑、謝、李、
> 杜諸人皆莫及也。」

蘇軾愛陶詩，蘇轍亦追隨，「子瞻嘗稱轍詩有古人之風，自以為不若也。……轍雖馳驟從之（軾）常出其後，其和淵明，繼之者亦一二焉。」陶詩平淡中，有繁華落盡皆真醇的風采，而非清瘦枯槁的。

（三）清空的詩境

> 早歲吟哦已有詩，年來七十才全衰。開編一笑恍如夢，閉
> 目徐思定是誰？敵手一時無復在，賞音他日更難期。老人
> 不用多言語，一點空明萬法師。（〈讀舊詩〉《欒城三集》卷一，
> 《蘇轍集》冊三／頁 1165）

蘇轍（1039～1112）晚年整理自己的詩集，七十歲時（1108）寫下〈讀舊詩〉一首，感慨北宋詩壇曾經在歐陽脩的帶領下，元祐詩風，蘇門四君子、六學士引領風騷，如今蘇軾（1036～1101）、黃庭堅（1045～1105）、秦觀、陳師道均已去世。「一點空明萬法師」是蘇轍總結作詩經驗所得，應是從蘇軾〈送參寥師〉：「欲令詩語妙，無厭空且靜。靜

　　一般人的誤解，極有參考價值。見《宋代文學研究叢刊創刊號》，1995
　　年3月。

〔註90〕丁福保輯《歷代詩話續編》（台北：木鐸出版社，1983年，初版）頁
　　　321。

〔註91〕見胡正亨《唐音發籤》（台北：木鐸出版社）卷五，頁47。

故了群動，空故納萬境」得來。追求一種虛靜、涵納萬物的道家美學。

　　從以上可知，詩歌思想內涵是蘇轍創作批評的主要原則，其次詩歌風格及意境表現，追求平淡自然。

二、藝術理論

（一）書畫相資

　　書法重筆法線條，繪畫重墨色渲染，而兩者之間「有筆有墨謂之畫」。〔註92〕早在謝赫「六法」中的「骨法用筆」就指出了繪畫與書法相借鏡的意義。唐荊浩《筆法記》的「六要」也提出繪畫上筆墨的重要。宋人對於書畫用筆的關係尚無深刻的認識，但蘇軾「詩鳴草聖餘，兼入竹三昧」〈題文與可墨竹〉，輕輕點到畫竹筆法與草書相同；而黃庭堅「李侯寫影韓幹墨，自有筆如沙畫錐」〈詠李伯時摹韓幹三馬次蘇子由韻簡伯時兼寄李德素〉，他的題畫詩就大量出現書、畫同法的詩句。〔註93〕可知北宋文人對書與畫的認識，已有一定程度的了解。蘇轍除了知畫觀畫外，也懂書藝。「願從兄發之，洗硯處兄左」〈子瞻寄示岐陽十五碑〉，〔註94〕顯示他欲向蘇軾學習書法精進一層的意願。詩、書、畫可說是北宋文人生活中不可缺的養料。蘇轍題畫詩句有幾則：

> 策牘試篆隸，丹青寫飛走。（〈畫學董生畫山水屏風〉《欒城三集》卷三，《蘇轍集》冊三／頁 1193）
>
> 筆墨墮地稱奇珍。（〈西軒畫枯木怪石〉《欒城三集》卷三，《蘇轍集》冊三／頁 1188）
>
> 篇章俊發已可駭，丹青絕妙當誰知。……手狂但可時弄筆，口病未免多微詞。〈題王詵都尉畫山水橫卷三首之二〉《欒

〔註92〕　清代畫家惲恪說，見《甌香館集——畫跋》，頁 220，《叢書集成初編》（北京：中華書局）頁 2293～2295。

〔註93〕　參看李栖《兩宋題畫詩論》（台北：學生書局，1994 年 7 月），第六章〈宋題畫詩巨擘——蘇軾與黃堅題畫詩〉。

〔註94〕　《欒城集》卷一，《蘇轍集》，頁 19。

城集》卷十六,《蘇轍集》冊一／頁 308)

「丹青」繪畫用書法「寫」字之筆意,簡單的說就是運用線條輕重表現。枯木怪石合用「筆、墨」畫法,「在造型的當中,畫家的感情一直和筆力融合在一起活動。凡筆的曲直、粗細、長短、乾濕,乃至勁、老、鬆、活、厚、潤等,莫不可以表現種種情緒。」〔註95〕蘇轍對書畫形式技巧的討論,見出他對兩者之間相資的繪畫見解。

(二)賦形寫神

形似與傳神是繪畫鑑賞重要的一個課題。自魏晉南北朝在老莊玄風的影響下,對人物品鑑由道德內容轉而以風神氣韻為主,神采為主,形貌為次,顧愷之「傳神寫照」的人物畫特色,成了文人畫論批評的主要見解。加上蘇轍本身崇道、好道的性格,對莊子崇尚自然的藝術精神,自有一番體會。

> 落筆縱橫中自喜,賦形深穩妙無餘。〈張秀才見寫陋容〉(《欒城集》卷十二,《蘇轍集》冊一／頁 229)

> 賦形驚變態,觀佛覺無心。〈將出洛城過廣愛寺見三學演師引觀楊惠之塑寶山朱瑤畫文殊普賢為賦〉(《欒城集》卷四,《蘇轍集》冊一／頁 73)

「賦形」摹形繪狀是題寫畫作的基本功夫之一。若只講究描摹形貌卻無法掌握住人物神態的變化是不夠的。故而蘇轍認為「畫馬不獨畫馬皮,畫出三馬腹中事。」,〔註96〕還要畫出馬匹內在的精神特性。

因此畫中所見的人物顯現的氣韻,就不僅只是外表皮毛上的容態而已,描繪文殊菩薩法相,山林脩練的清苦,身體百般磨難,容貌卻端詳如盛開之蓮,「山林脩道幾世劫,顏貌偉麗如開蓮」(〈畫文殊普賢〉(《欒城集》卷二),維摩入山脩道顏容枯槁,身形病瘦,但兩目

〔註95〕陳兆復《中國畫研究》(台北:丹青圖書公司,1986 年 3 月)第六章〈筆墨論〉。

〔註96〕「畫師韓幹豈知道,畫馬不獨畫馬皮。畫出三馬腹中事,似欲譏世人莫知。」〈韓幹三馬〉《欒城集》卷十五,頁 295。

卻炯然散發奕樣的神采。子由重視畫作透顯出的內在精神，而外在形貌則是次要的。

> 誰人好道塑遺像，鮐皮束骨筋扶咽。兀然隱几心已滅，形如病鶴竦兩肩。骨節支離體疏緩，兩目視物猶炯然。（〈楊惠之塑維摩像〉《欒城集》卷二，《蘇轍集》冊一／頁 25）

此論同蘇轍詠物題寫石刻像的觀點一樣「誰言寸膚像，勝力妙人天。」〈榮陽唐高祖太宗石刻像〉（《欒城集》卷十五）若僅侷限於骨、形「寸膚」的刻畫而卻忘記主體的神態，那就本末倒置了。

因此賦形寫神並不忽視形的重要，但更強調「藉外顯內」，是蘇轍題寫畫作的重要標準，也傳達出子由對繪畫的賞鑑理論。

（三）詩畫學養

人文內涵的蓄養，藉由詩書、藝術之間的融冶，可以擴充畫作的思想內容。

> 摩詰本詞客，亦自名畫師。平生出入輞川上，鳥飛魚泳嫌人知。……細甎淨几讀文史，落筆璀璨傳新詩。……（〈題王詵都尉山水橫卷三首之一〉《欒城集》卷十六，《蘇轍集》冊一／頁 307）
>
> 扁也工斲輪，乃知讀文字。〈王維吳道子畫〉（《欒城集》卷二，《蘇轍集》冊一／頁 24）

「讀文史」、「讀文字」，學問知識有助於詩作見解之提出，是宋代「以文字為詩」風氣的例證。宋人因雕版印刷的發明，書籍便宜、流通方便，再加上書院林立，可謂知識爆炸的時代，人人飽讀詩書，助長知識深厚與藝術才能的發揮成正面影響的觀念。第一首詩，強調詩畫之間的關聯。次首，以《莊子》典「輪扁斲輪」，[註97] 說明技近於道，得之於手而應於心；文字貴意，讀書在於能超越語言文字的言象，通向內在知覺審美觀照的美感，這和藝術表現是相通的。

王維、王詵是前代與當代知名的文人畫家，蘇轍對兩人評價甚高。讀書，是作畫的基礎；作畫，是讀書餘暇之事，文人首要以讀書

〔註97〕《莊子今注今譯‧天道》（北京：中華書局，1983 年）。

為重，學養氣質的涵蘊，奠基於詩書，致力於詩書，則下筆作詩字字珠璣，璀璨如金石美玉。故而蘇轍的標準認為，讀文史、為詞客，讀書是成為一個優秀畫家的條件之一。

（四）鑑賞意境

意境是意和象的，隱和秀的統一。〔註98〕如何傳神寫照，達到情與景合一，是藝術賞鑒關注的焦點。

> 周生執筆心坐馳，流傳人間眩心脾。〈周昉畫美人歌〉（《欒
> 城集》卷十四，《蘇轍集》冊一／頁263）

「執筆心坐馳」，藝術的感知是一連串「心」的認知作用。創作歷程重在構思前的醞釀時期，就是《文心雕龍‧神思》「神用象通，情變所孕。物以貌求，心以理應」所說的這一過程。心性主體的自由，能讓意念之發動「規矩虛位，刻鏤無形」。故而作品要別開生面，顯現與眾不同之處，就必須要有所發明，這與作畫歷程時「心」的觀察與體會，不無關係。唯「心」有所「得」，才能感動人心所產生的情感與之共鳴。

> 人人開生面，絕妙推心得。（〈次韻張禹直開元寺觀壁畫兼簡李德
> 素〉《全宋詩》卷八七三／頁10162）

觀畫者領會到一幅作品的絕妙意趣，必是從視覺上畫面意境相契，進而與所抒發的情感產生共鳴。

> 清新二大士，典我夜燒香。（〈問蔡肇求李公麟畫觀音德雲〉《欒
> 城集》卷十五，《蘇轍集》冊一／頁301）

蘇轍受到老莊道家及禪宗思想影響，追求幽遠清空的意境。「清新」的舉出，標示著蘇轍對繪畫的審美趣味，也和當時宋代文壇求平淡、雋永的藝術境界相接軌。「文人寫意山水畫的興起則擴展了作家的想像空間，將審美情趣導向高雅脫俗、忘卻物我的方向。」〔註99〕超越形跡和現世心靈的自由，清曠不俗的藝術境界，融合了文人生命閑靜遠趣的心和社會政治解脫出來超遠淡泊的精神。

〔註98〕葉朗《中國美學史大綱》（台北：滄浪出版社，1986年9月），頁611。
〔註99〕張毅《宋代文學思想》（北京：中華書局，1995年），頁87～93。

第三章 從「自我意識」看蘇轍詩歌主題類型

　　「自我意識」〔註1〕主題建構是以精神為主體所貫串的內容，是自己對自身的意識，是意識的自由自主性，其本質在於理性、生命和思維。對於一個知識份子，通過心靈世界的運動，透過自我意識結構功能的「行動──反思」。由理性的帶領走向精神的環節，透過理性，抽離出單純的抽象心靈自身，而進入真正面對的現象世界。簡單的說，在「行動──反思」心靈活動的過程中，蘇轍「自我意識」的掘發，從對人生、對社會、對生活等各種領域裡，主體自主的意志與現象世界交互的進程，於衝突矛盾中展現價值意義，並追尋個人內在本質，所產生的理性知覺的具體內容。

〔註1〕 「自我意識」（Selbstbewusstsein）在《精神現象學》中具有極其重要的意義。「現象」是精神的具體內容，自我意識是精神的靈魂。「自我意識」的結構在精神現象學中由三個環節構：實體與主體、理性和生命、心靈和世界。自我意識，既是一實體，又是一主體；既是一對象，又是一意識；既是一自我，又是一社會，既是一理性，又是一生命，既是一心靈，又是一世界。高全喜《自我意識論》，頁44～47，（台北：博遠出版有限公司，1993年9月）。
以黑格爾《精神現象學》的「自我意識」作為討論宋代文人蘇轍的內心世界，其「精神」作為普通的概念，是自然萬事萬物的共相，是事物的基質和實體的理論，突顯將「人」放在主體位置重要性，而以此探究生命世界的內容。頁44～47。

　　「主題」表現出作者較爲集中的情感線索，思想意旨與藝術表現方式。〔註2〕「主題」是作品中作者所要點醒的中心意旨。此節，蘇轍詩歌的「主題類型」，則是針對作家的理念或意圖的表現，所反映出來的一種系統性結構。對作家如何利用同一主題或母題來抒發積懷以及反映時代，作深入探討。〔註3〕這恰好可以和「自我意識」結合起來。每一個作者都應該站在自身角度考察問題的產生，檢視問題發生時本質上的矛盾和衝突。

　　作爲主體的蘇轍，有強烈的淑世情懷和高揚的本體自覺。面對思考意識的框架，與生命價值意義，我試圖尋繹詩人生命的出口。

第一節　生命情境之展開

　　一個作家的生命情境，包括著他對自我生命的掌握與客觀環境的影響。從行旅與貶謫相關的山水紀行，出處的仕隱衝突，人生理想的典範追尋與史蹟懷古的詠嘆，都遷繫著主體思想的自我期許與對待。

一、山水紀行

　　山水風情充滿著迷人的色彩，沉浸於其美感經驗當中，除了觀照眼前的好山好水之外，自然物象的指涉，能讓個人的精神生命充蕩在主觀意識的活動裡。山水與人的思想交流，形成了一個廣闊的天地，優游行樂於自然風景中，可以忘憂、散懷。所以徐復觀說：「『遊』的內容乃是使人的精神得到自由解放」，〔註4〕更深一層的解釋，「遊」的特質可以超越感官享受，將自己的精神投入山水之中，安頓自己、

〔註2〕　參見王立《中國古代文學十大主題》〈緒論〉（台北：文史哲出版社，1994年7月初版），頁7。
〔註3〕　陳鵬祥〈主題學研究與中國文學〉，《主題學研究論文集》（東大圖書公司，1983年11月）又陳鵬祥：《主題學理論與實踐》（台北：萬卷樓圖書有限公司，2001年5月），頁239。
〔註4〕　徐復觀《中國藝術精神》（台北：學生書局，1992年7月，第十一次印刷），頁60。

成就自己。

　　山水描寫和情志抒發，也就是詩人和景物之間，存在著若即若離，又融合爲渾然一體，彼此相互映照，形成一種「寂然凝慮，思接千載，悄焉動容，視通萬里」〔註5〕情景交融的面貌。」古代《詩經》與《楚辭》，以主觀意志，標示不同的生命情調，並創作了抒情傳統的典範。〔註6〕《詩》以群體意識「言志」，創造社會性的表意結構；屈原的楚辭，則是強烈自我形象的抒情作品，他們在精神原型上都是一種「敘言表意」的創作。

　　魏、晉時代的文人，感嘆於人世無常與生命短暫，他們沉浸在企神求仙、隱逸山林的玄遠風尙，忘乎形骸、得反自然，以逍遙無待通達老莊虛靜無爲的生命境界。在知識份子自我意識覺醒的探索之際，愛好山水、行樂遊覽，也成了展現自我神采、表現個人風貌的方式之一了。歷來，文人之遊賞山水，多通過情志的抒展，而達到「騁目遊懷」「縱情逸志」的自在逍遙。

　　因此，山水景觀，在時間的縱向上，跨越朝代與時間，易觸發人世滄桑的喟歎；在空間的橫向上，地域四時的變換，滿足視覺感官的刺激享受，可以予人多重的聯想和感受。「抒情寫志」與「暢遊行樂」的山水遊覽，兩者之間並無相衝突或悖逆之處，反而呈現相互交織羅列的緊密關係。

　　嘉祐元年（西元 1056）三月，蘇轍十八歲，第一次隨父親從四川到京城開封，途經閬中出褒斜谷，發橫渠鎮，入鳳翔驛，過長安，

〔註5〕　〈神思〉，劉勰著、范文瀾註《文心雕龍注》（台北：學海出版社，1991 年 2 月），卷六，頁 493。

〔註6〕　張淑香在〈抒情傳統的本體意識〉一文，提到陳世驤首先從比較文學、文學史觀提出「中國的抒情傳統」，高有工從美學理論來探討文學與藝術的抒情美典，蔡英俊從「比興」、「物色」、「情景交融」來觀察，呂正惠從「物色與緣情說」角度切入六朝抒情美學，張淑香則從「發生學」與「本體論」思考，此抒情傳統的背後，必然蘊藏著一個本體的導源，從社會文化的觀點，也許就是一種意識形態。《中外文學》第二十卷第八期，1992 年 1 月，頁 85～86。

五月抵達京城開封。兄弟二人初次出蜀，心中興奮之情，不言而喻。他們沿途欣賞了名山勝景，也見識京城巍峨的宮闕，並因進士及第而認識當朝重要的人物。蘇轍個性上較為謹重、內向，可以從〈上樞密韓太尉書〉中看出。「轍生十又九年矣，其家居所遊者，不過鄰里鄉黨之人；所見不過數百里之間。」又「余生雖江陽，未省至嘉樹。」（〈初發嘉州〉《欒城集》卷一）他生長於四川眉州，卻連附近名勝嘉州大佛都未去過。可惜第一次出蜀所留下的作品不多，而且大部分都失傳了。

　　嘉祐二年四月（西元 1057），母程氏卒，直至嘉祐四年（西元 1059）十月，母喪期滿，與兄軾侍父離眉州，赴京候官。這次入京，全家出動，沿著長江南下，共走了半年之久。父子三人沿途詩作不少，合稱《南行集》。

　　熙寧四年（西元 1071），王安石變法，蘇軾上書神宗反對新法，蘇軾除杭州通判，至陳州與蘇轍相晤，留七十餘日。〔註7〕蘇軾途中賦山水記遊詩二十首，抵杭後二十首，寄二絕：轍次韻九首，和十三首。〔註8〕

　　熙寧年間，「嵩洛紀行詩」約二十首，蘇轍掌齊州書記，「濟南湖山流泉詩」，二十多首。直至元豐年間，蘇轍坐貶筠州，南遷途中，寫了大量的山水紀行詩歌，多達五十餘首，此時期的作品是最成熟也是最豐富之作。每次的山水遊歷，對蘇轍來說都是一次重要的里程碑，記錄著他人生境遇的起伏。

　　根據蘇轍山水紀行詩作承繼與開拓，可分為兩種內容：

（一）詩騷的抒情傳統

　　自古，文學和政治就有分不開的關係。「詩大序」所強調的「志」，重視文學的「美刺」作用，而「離騷」是心靈的自我追尋，為蘇轍繼

〔註7〕　《蘇軾文集》卷六十六，〈寄鐵墓厄臺〉：「舊游陳州，留七十餘日。」頁 2075。

〔註8〕　孔凡禮《蘇轍年譜》（北京：學苑出版社，2001 年 6 月），頁 93。

承抒情傳統路線下的詩歌表現。

蘇轍十九歲進士及第，因母喪返蜀。二十一歲同父兄再次赴京，顯得意氣飛揚。在〈初發嘉州〉一詩，順著水流而下，眼前的山水景色，鳴起急征的進行曲，交織成前進仕途的樂章。

> 放舟沫江濱，往意念荊楚。擊鼓樹兩旗，勢如遠征戍。紛紛上船人，檣急不容語。余生雖江陽，未省至嘉樹。嶘嶘九頂峰，可愛不可住。飛舟過山足，佛腳見江滸。舟人盡斂容，競欲捫其拇。俄頃已不見，烏牛在中渚。移舟近山陰，壁峭上無路。云有古郭生，此地苦箋註。區區辨蟲魚，爾雅細分縷。洗硯去殘墨，遍水如黑霧。至今江上魚，頂有遺墨處。覽物悲古人，嗟此空自苦。余今南方行，朝夕事鳴櫓。至楚不復流，上馬千里去。

> 誰能居深山，永與禽獸伍。此事誰是非？行行重回顧。（《欒城集》卷一，《蘇轍集》冊一／頁 2）

一路上，舟楫輕快的飛越，兩岸的風景變化萬千，「擊鼓樹兩旗，勢如遠征戍」筆直的樹林恰若迎風的旗幟，氣勢如同軍隊遠征一般，激起蘇轍激昂的情緒。上京的路途中，風光和在四川的景物不同，沿途上「岸闊山盡平，連峰遠非漢」（〈過宜賓見夷中亂山〉），「蕭蕭遠風起，泛泛野雁驚。忽過百餘里，山水互變更」（〈江上早起〉），「莫行百里一回頭，落日孤雲靄新畫。前山更遠色更深，誰知可愛信如今」（〈江上看山〉），景色的變化令人驚嘆。舟楫輕快的飛過一山又一山，嘉州大佛，高與山齊，僅僅它的一個腳趾就可以擺下一張桌子，蘇轍寫出航行的遊客競相要捉佛像腳指的俏皮樣，聳入雲霄的石佛，巍峨矗立，令人嘆為觀止。烏牛山位河流交會處，壁崖陡峭，景色秀麗，沿岸的名勝古蹟很多。在嘉州的烏牛山上有《爾雅》臺。相傳郭璞在這裡寫下我國第一部訓詁專書。河山的壯麗，文人孜孜矻矻的史跡過往，蘇轍特別留心人民生活的差異。他們途中還行經屈原塔、嚴顏碑、望夫臺，看了八陣磧、灩澦堆、昭君村，激起了蘇轍的幽思。

臨江慷慨心自明，南訪重華訟孤直。（〈屈原塔〉）《欒城集》卷

一，《蘇轍集》冊一╱頁5)

軍中生死何足怪，乘剩使氣可若何？(〈嚴顏碑〉《欒城集》卷

一，《蘇轍集》冊一╱頁5)

山高身在心不移，慰爾行人遠行役。(〈望夫臺〉《欒城集》卷

一，《蘇轍集》冊一╱頁6)

「孤直」、「心不移」、「置生死於度外」，前賢的範式流風標誌著完美人格的學習對象。讀書人的終極價值就在對生命的認識及努力，詩人面對人生情境，從反省自我主體，延續詩騷諷詠的傳統，「體物寫志」，對社會現狀紀錄下真實的聲音。

元豐三年，四十二歲的蘇轍被貶筠州，赴貶所途中，過盱眙、高郵、揚州、潤州、金陵、池州、青陽、廬山、磁湖，一路上均有詩。但因蘇轍需送嫂侄至黃州，故先將家眷安置在九江(〈妻孥寄九江〉)，再繼續沿長江西上，五月底到達黃州，與兄蘇軾同遊武昌(今湖北鄂城)西山。

這次南貶遷官五十多首詩作，是他山水紀行中最精采的部分。失志本是讀書人的普遍情懷，但因為仕途困頓，而在哀悲與自然環境變動下轉變成積極的力量，通透出一種生命的豁達與自適。

南遷私自喜，看盡江南山。孤舟少僮僕，此志還復難。局促守破窗，聯篇過重巒。忽驚九華峰，高拱立我前。蕭然九仙人，縹緲凌雲煙。碧霞為裳衣，首冠青琅玕。揮手謝世人，可望不可攀。我行竟草草，安能拍其肩。但聞有高士，臥聽松風眠。松根得茯苓，狀若千歲龜。煮食一朝盡，終身棄腥羶。腹背生綠毛，輕舉如翔鸞。相逢欲借問，已在長松端。何年脫罪罟，出處良自便。芒鞋拄藤杖，逢山即盤桓。斯人未可求，巖室儻復存。(〈過九華山〉《欒城集》卷十，《蘇轍集》冊一╱頁179)

全詩關鍵為首句「喜」字，詩中傳達出淡泊名利、樂觀自適的情懷。「南遷私自喜」以遠離是非的心境，縱然化解了蘇轍南遷的鬱憤和不平；然而「孤舟」對應「此志還復難」，孤掌難鳴的意象深植在讀者

心中。接著八句以擬人化的手法，描摹九華峰的高拱，恍惚迷離，猶如以碧霞爲衣裳，首冠青琅玕、遺世而獨立的九位仙人。「事起景接，事轉景收」，忽事忽景，移情入景，更讓詩人困頓的感情得以宣洩。船行江上，蘇轍心理投射對道家仙境的想望，進而引發他對成仙的聯想。詩中以高士、茯苓、千歲、輕舉等想像仙人之舉止「相逢欲借問，已在長松端」，時空由現實空間轉向心理空間。終了以詰問句法暗喻他欲逃脫束縛，歸隱以自適。

上一首的山水紀行，蘇轍並未將抒情換作悲苦的基調，或是哀傷的自憐，而能開拓另一空間，展現儒家仕子「窮則獨善其身，達則兼善天下」的理想。

在下一首〈黃州陪子瞻遊武昌西山〉，蘇轍寫出另一種遊歷山水的情懷。

> 千里到齊安，三夜語不足。勸我勿重陳，起遊西山麓。西山隔江水，輕舟亂鳧鶩。連峰多回溪，盛夏富草木。杖策看萬松，流汗升九曲。

元豐三年（1080），蘇軾貶黃州，蘇轍貶筠州，兄弟兩人經逢政治迫害，千里之遙再次相聚黃州，格外珍惜，三天三夜都不足以道盡心中話語。他們拄著手杖，同遊武昌西山，欲看盡江南美景。

> 蒼茫大江涌，浩蕩眾山蹙。上方寄雲端，中寺倚巖腹。清泉類牛乳，煩熱須一掬。縣令知客來，行庖映修竹。黃鵝時新煮，白酒亦近熟。山行得一飽，看盡千山綠。幽懷苦不遂，滯念每煩促。歸舟浪花暝，落日金盤浴。妻孥寄九江，此會難再卜。君看孫討虜，百戰不搔目。猶憐江上臺，高會飲千斛。巾冠墮臺下，坐使張公哭。異時君再來，攜被山中宿。（〈黃州陪子瞻遊武昌西山〉《欒城集》卷十，《蘇轍集》冊一／頁180）

蘇轍即景寫眞，利用視覺上下的移動，以「動態的演示」〔註9〕展現主題，大江「涌」、眾山「蹙」，江水滔滔的湧動，群山環繞擁蹙在一

〔註9〕黃永武《中國詩學設計篇》（台北：巨流圖書公司，1999年），頁8。

起，雲霧縹緲於山巒間像個皺著眉頭的老頭，顯得十分的生動。仰望上端的雲、平視而去的禪寺、俯視下的清泉，眼光的遊移，步步進逼視野的寬闊遼遠。兄弟兩人接受縣令招待，喝酒吃肉，翠綠的竹林中，映著黃鵝、白酒，色彩的輝映，更增添山中顏色。而遠望逸樂是蘇轍貶官以「樂」寄「苦」，為引出下句「幽懷苦不遂」，全詩後半以此開展，前半部清亮愉悅的心情轉而沉吟低迴。

「幽懷」、「苦悶」正是蘇轍內心深處的聲音，「苦」字適切的描繪蘇子由的心境。受讒被謗，忠臣志士無法見容於朝廷，「歸舟」、「落日」的照映，人生似乎已走到窮途末路。政治鬥爭失敗的屈原，感慨人生艱辛的沉重心情，此時的他想起「忽反顧以游目兮，將往觀乎四荒。佩繽紛其繁飾兮，芳菲菲其彌章。民生各有所樂兮，余獨好修以為常。」（〈離騷〉）〔註10〕屈原堅持潔身自愛，凸顯自己的高節和品格，在極悲觀失望時產生辭官退隱的念頭，然而在理智的考慮下又不甘心如此，「將往」一詞，改變了他的決定。蘇轍此時也有如此想法，筆鋒一轉「君看孫討虜，百戰不搖目」想起三國時孫權的強悍，激勵他的內心的慾望。末句以「君再來」的呼告，另開境界，寄予安處現實的心意，為迷惘未知的人生，留下餘韻無窮的意味。

哲宗親政後對舊黨人士的打壓，蘇轍的南貶的路途是「南過庾嶺更千山，炎潤由來共一天」汲汲奔走之餘，還必須為生計煩惱憂心，「米鹽奔走笑當年」，〔註11〕心中的痛苦可想而知。〈阻風〉詩：

> 大水葭洲浦，牽挽無復施。我舟恃長風，風止將安為。塌然委積水，坐被弱纜維。市井隔峰嶺，食盡行將饑。長嘯呼風伯，厄窮豈不知？蓬蓬起東南，旗尾西北馳。所望乃大謬，開門訊舟師。舟師掉頭笑，沿泝要有時，泝者不少息，沿者長嗟咨。飄風不終日，急雨長相隨。雨止風亦止，倏倏弄清漪。我言未見信，君行自見之。（《欒城後集》卷一，

〔註10〕 王逸注〈離騷〉，《楚辭》（台北：商務印書館，1965年）。

〔註11〕 〈次韻子瞻連雨江漲〉二首之一，《欒城後集》卷二，《蘇轍集》，頁889。

《蘇轍集》冊三／頁887）

紹聖元年（1094）蘇轍已五十六歲，第二次被貶筠州，過眞州，江漲數倍，風雨不順。首八句寫風伯擋道，坐困舟上，行進不得，面臨糧盡將饑的窘境。飄風有時，急雨相隨，讓渡江的行客心急如焚，蘇轍也在人群當中，望著這突如其來的場面，感嘆自己的遭遇，連渡江赴任，也被不可預知的命運作弄。全詩四個「風」字，二個「雨」字，像狂風暴雨一般向蘇轍襲擊，卻毫無招架之力。

　　在蘇轍人生最後的一年，遁隱十年後，寫下的山水詩，仍可感受到他濃厚向慕古風的淑世情懷。

　　　閉門不出十年久，湖上重遊一夢回。……可憐舉目非吾黨，
　　　誰與開尊共一杯。歸去無言掩屏臥，古人時向夢中來。（〈遊
　　　西湖〉《欒城三集》卷三，《蘇轍集》冊三／頁1197）
　　　早歲南遷恨舳艫，歸來平地憶江湖。……前朝宰相終難得，
　　　父老咨嗟今亦無。（〈泛潩水〉《欒城三集》卷三，《蘇轍集》冊三
　　　／頁1197）

「可憐舉目非吾黨」、「前朝宰相終難得」在政治迫害下，士大夫的氣節與風範，早已蕩然無存，蘇轍爲碩果僅存的少數人之一，其山水詩比賦著諷刺與感慨。

　　身歷其境的的山水行旅，對於蘇轍來說，所有的壯志逸懷、幽思失意都寫在其中。山的崇峻，海的浩瀚，走出宮苑之外的大江南北，蘇轍的山水行路有著儒家讀書人「求天下奇文壯觀，以知天下之廣大」的豪情，可惜沉淪下僚二十餘年，壯心雖不再，但山水見證一段段心潔志高不屈撓的貶居遷謫史。

（二）暢神的山水遊覽

　　「乘物以遊心」（〈人間世〉），道──精神──形──萬物，乃從形上到形下的開展，由本體到現象，開放感官知覺，與物冥合著與天地精神相往來的絕對自由。「暢神」的山水攬勝，是山水詩最重要的一個議題。「詩人感物，聯類不窮，流連萬象之際，沉吟視聽之區」

（《文心、物色》），大自然結合著詩人的眼睛，流連萬物之中感時體物，對山水賞心悅目的美感經驗進行創作。

　　蘇轍對山川景物的描摹精采，觀察仔細，壯麗的景色，猶如置於目前，一一映入眼簾。

> 舟行瞿唐口，兩耳風鳴號。渺然長江水，千里投一瓢。峽門石為戶，鬱怒水力嬌。扁舟落中流，浩如一葉飄。呼吸信奔浪，不復由長篙。捩柁破潰旋，畏與亂石遭。兩山蹙相值，望之不容舠。漸近乃可人，白鹽最雄高。草木皆倒生，哀叫悲玄猨。白雲繚長袖，零落如飛毛……。（〈入峽〉《欒城集》卷一，《蘇轍集》冊一／頁 7）

三峽地勢的險隘敧狹，自古已然。聽覺的摹擬，視覺的移動，呼應江水的洶湧磅礡。蘇轍擅於白描、層遞。夔峽門的險阻，江流鬱怒不暢，一葉扁舟急流行駛，江中亂石林立、漩渦處處，江流彎曲，江面狹小似又窘迫，忽然又豁然開朗，從江流洶湧、江流湍急、江面之窄，峽中之山，兩岸草木、猿聲都給人如身歷其境之感。對於有泉城美名的齊州，蘇轍自然也不會錯過。

> 飛泉來無窮，發自嵩嶺背。奔馳兩山間，偶與亂石會。傾流勢摧毀，泥土久崩潰。堅姿未消釋，截薛儼相對。居然受噴濺，雷轉諸窾內。初喧墮深谷，稍放脫重隘。跳沫濺霏微，餘瀾洶澎湃。……（〈過韓許州石淙莊〉《欒城集》卷四，《蘇轍集》冊一／頁 76）

泉水的真實感，就在動詞的點動和形容詞和名詞的堆疊，讓飛泉輕快奔放的意象擬人化起來。發——嶺背、奔馳——兩山、會——亂石；而飛泉跳動的力度感，尤其重在字句轉折處，喧、墮、放、脫、跳、濺、洶、澎、湃，靈活的運用動詞之美。

　　齊州以湖山流泉之勝著稱於世。神宗熙寧六年（1073），蘇轍由陳州改任齊州掌書記，留居山東三年。歷經李師中（誠之）、李肅之（公儀）、李常（公擇）先後出知齊州知州。濟南地區有許多名勝，〈和孔教授武仲濟南四詠〉、〈西湖二詠〉、〈舜泉復發〉、〈答文與可以六言

詩相示因道濟南事作十首〉(《欒城集》卷五)則較爲集中的描述其山水之美。

　　登臨岡巒遊覽山水,已成爲蘇轍心靈寄託與精神探索所在。看〈遊太山四首之四——初入南山〉詩:

> 自我來濟南,經年未嘗出。不知西城外,有路通石壁。初行澗谷淺,漸遠峰巒積。翠屏互舒卷,耕耨隨欹側。雲木散山阿,逆旅時百室。茲人謂川路,此意屬行客。久遊自多念,忽誤向所歷。嘉陵萬壑底,棧道百迴曲。崖巇遮崢嶸,征夫時出沒。行李雖云艱,幽邃亦已劇。坐緣斗升米,被此塵土厄。何年道褒斜?長嘯理輕策。(《欒城集》卷五,《蘇轍集》冊一／頁95)

泰山,自古即爲聞名遐邇的齊魯名山。蘇轍來到濟南經年,卻因公事繁忙,以致無閑遊玩山水。詩人懊惱自己誤陷政治之路,身拘俗務,忽略了遠峰巒積。翠屏舒卷的江山美景。繼而感嘆「坐緣斗升米,被此塵土厄」的不得志,幽邃的崇山峻嶺,引起獨立蒼茫山水中的英雄寂寞之感,仕、隱的矛盾,何時得以跳脫。蘇轍還遊覽他處「一念但清涼,四方盡兄弟。何言庇華屋?食苦當如薺」(靈巖寺)、「歲時未云久,筋骸老難再。山林無不容,疲薾坐自礙。」(嶽下)藉景抒懷是蘇轍山水詩議論化的表現。

　　除此之外,閔子騫墓、灤源石橋爲著名的人文勝蹟,蘇轍在〈齊州閔子祠堂記〉、〈齊州灤源石橋記〉有文記載之。

　　由六朝以來的「模山範水」以形寫物的技巧,空間佈置或山水再現,蘇轍朝向寓情山水的「感興寄託」、「藉景說理」,開展詩情、思理之間的和諧韻味。遊山玩水之際,將人生態度的表現轉化爲一種思辯和哲理。

　　元豐三年(1080),蘇轍自南京赴筠州,途中經廬山遊覽,寫下廬山之美。

> 山上流泉自作溪,行逢石缺瀉虹霓。定知雲外波瀾闊,飛到峰前本末齊。入海明河驚照曜,倚天長劍失提攜。誰來

> 臥枕莓苔石，一洗塵心萬斛泥。(〈遊廬山山陽七詠——開先瀑
> 布〉《欒城集》卷十，《蘇轍集》冊一／頁 183)

詩人將瀑布擬人化，自比作溪水的流泉，乘隙縫流洩而下，模想雲外
源頭處，波瀾壯闊，到了山峰前面重整隊伍，高低錯落的流水都整齊
如一，真是奇想。腹聯以「倚天長劍失提攜」，劍的銳利、攝人與高
峭，來比擬瀑布的流速之快、猛、急，奔洩急下，實為壯觀之極。「失
提攜」妙與俠客練就獨門功夫的困難相聯繫，讀書仕子所缺不就是那
把可以遊刃於心的利劍嗎？尾聯以問句來終結詩人遊心天地間的快
意，洗去塵俗一切煩惱憂慮，歌詠生命，存於山水。

> 鳥依山，魚依湖，但有所有無所無。輕舟沿洄窮遠近，肩
> 輿上下更傳呼。翩然獨往不攜挈，兼擅魚鳥兩所娛。困依
> 巖石坐嶻絕，行牽翠蔓隨纏紆。道逢懃思訪其廬，誦詩清
> 切秋蟬孤。……人生變化安可料，憐汝久遁終無圖。鳧鷖
> 不足鶴有餘，一俯一仰戚與蘧。嗟我久欲從逃逃，方圓不
> 敢左右攀。(〈次韻子瞻遊孤山訪惠懃惠思〉《欒城集》卷四，《蘇轍
> 集》冊一／頁 67)

> ……奔騰陣馬過，洶湧晴雲駛。紛紛散環玦，卷卷浮雲被。
> 匯流忽騰鞏，曲岸相撐抵。欹危起丘山，汗漫接洲沚。連艘
> 自凌轢，千槌競紛委。剛強初悍頑，潰散終披靡。掃除就虛
> 曠，沿洄弄清沚。我行無疾徐，乘流得坎止。偶然追還期，
> 愧此墮千指。陰陽有定數，開塞亦常理。窮冬治舟行，嗟此
> 豈天意。(〈河冰〉《欒城集》卷十四，《蘇轍集》冊一／頁 275)

第一首詩，藉山水興寄人生浩嘆。「人生變化安可料」人生能掌握的
「有」與「無」，非外力所能控制與主導。一俯一仰，得失之間，難
以評判，若追求身心自由，必脫離外在的拘縶，回歸心靈的無爭、平
靜和安詳。

次首，元豐八年（1085），哲宗繼位，以蘇轍秘書省校書郎，由
績溪北上赴京，時在隆冬，過汴河遇河水冰凍，舟楫寸步難行。旅遊
的勞頓、宦遊的羈愁，蘇轍超然的以「陰陽有定數，開塞亦常理」化

解眼前的境遇。河冰的聲響、圖像，聽覺、視覺，層層渲染，巧構形似之言，摹寫河冰的壯觀，詩中寫景帶有理性，「寓景說理」，心存興寄，大筆劈開困厄，突顯人格精神的高揚。

另外，有一部分是想像的山水紀行，蘇轍他本身並未到過此地，憑著詩文的唱和所寫的山水詩。如〈次韻子瞻減降諸縣囚徒事畢登覽〉、〈和子瞻鳳翔八觀——東湖〉、〈和李公擇赴歷下道中雜詠十二首〉、〈答文與可以六言詩相示因道濟南事作十首〉、〈和孔武仲金陵九詠〉等，其中與蘇軾往來唱和的山水詩歌最多，這些山水詩歌多帶著蘇轍個人平淡的色彩，幽靜閑遠。

蘇轍山水紀行，是屬於「表現型」的山水詩，不單純是描寫山水景色，而是添加個人主觀色彩，側重情感化的心靈體驗與生命化的精神超越。〔註12〕蘇轍的寫景山水詩，與謫遷緊密聯繫，因此得以見出言志的抒情傳統意涵，之外，也在遊山玩水的暢神傳統中，體悟到蘇轍寄託於山水間的精神面貌。以議論為主的山水詩，時而激揚高亢，時而婉轉低昂，述說著山水與人生的會通。

二、仕隱衝突

讀書人無不以仕進做官為人生目的。仕宦與隱逸在現實中屬於交互遷繫的兩個方向，達，能兼善天下，隱，則獨善其身，包含著儒家積極進取和道家消極遁逸的思想。仕與隱的最大衝突，來自於理想與現實的矛盾對立，即個人主觀意志和客觀環境的妥協調和。

（一）顯達則兼善天下

蘇轍在人生的開始，就面臨了仕隱之間的抉擇。《南行集》中堪

〔註12〕唐代詩人寫作山水記遊，注重情景交融、思與境偕，天人合一，超越生命，以王維、孟浩然、李白、杜甫、韋應物、柳宗元為代表。參葛曉音《山水田園詩派研究》（瀋陽：遼寧大學出版社，1993年）第六～九章，頁194～348，又參張師高評〈記遊與謫遷——以東坡山谷詩為例〉，見劉昭明主編：《旅行與文藝國際會議論文集》（中山大學文學院，書林出版有限公司，2001年12月），頁144。

可代表蘇轍早期對仕與隱觀念的想法。先看一首〈渦陽早發〉：

> 春氣入楚澤，原上草猶枯。北方吹栗林，梅蕊颯已無。我
> 行亦何事？驅馬無疾徐。楚人信稀少，田畝任萊蕪。空有
> 道路人，擾擾不留車。悲傷彼何懶？歎息此亦愚。今我何
> 爲爾，豈亦愚者徒？行行楚山曉，霜露滿陂湖。(《欒城集》
> 卷一，《蘇轍集》冊一／頁 11)

這首南行途中，從渦陽出發的早上，由景寫情，因情議論，對世人忙
忙碌碌的奔走，「空有道路人，擾擾不留車」作出嘲笑的口氣。「我行
亦何事？驅馬無疾徐」「今我何爲爾，豈亦愚者徒」跟著那群被嘲弄的
愚者，對自己勞苦奔波的行程，「何爲爾」感到困惑，豈是愚者之徒？
〈江上早起〉詩就透露他嚮往隱居之樂的生活。「超越江湖上，殊勝地
上行。且遊市井喧，暮宿無人聲。江上誠足樂，無怪陶朱生」。〔註13〕
〈初發嘉州〉詩，蘇轍初出四川，對此行前去亦留下徬徨的心情寫照。

> 余今方南行，朝夕事鳴櫓。至楚不復留，上馬千里去。誰
> 能居深山？永與禽獸伍。此事誰是非？行行重回顧。(《欒城
> 集》卷一，《蘇轍集》冊一／頁 2)

「此事誰是非？」反覆的詰問，翻疊的思緒，徘徊不前頻頻回首，出
世與入世，爲「是」爲「非」，對仕宦之路，猶疑不決。

不熱衷於仕途功名的心情，是其來有自的。蘇洵在〈族譜後錄下
篇〉〔註14〕《嘉祐集》)云：

> 自唐之衰，其賢人皆隱於山澤之間，以避五代之亂，及其
> 後僭僞之國相繼亡滅，聖人出而四海平一，然其子孫猶不
> 忍去其父祖之故，以出仕於天下。

又蘇轍在〈伯父墓表〉亦云：

> 蘇氏自唐始家於眉，閱五季皆不出仕。蓋非獨蘇氏也，凡
> 眉之士大夫，修身於家，爲政於鄉，皆莫肯仕者。〔註15〕

〔註13〕《欒城集》卷一，《蘇轍集》，頁 4。

〔註14〕《蘇洵集》卷十九，見《三蘇全書·集部》(北京：語文出版社，2001
年)，冊六，頁 268。

〔註15〕《蘇轍集》冊二，頁 414，《欒城集》卷二十五〈墓表銘四首之一〉。

父親蘇洵少年不喜讀書，而其父蘇序對其廢學一點也不以爲忤。「君少獨不喜學，年已壯猶不知書。職方君（蘇序）縱而不問，鄉閭親族皆怪之。或問其故，職方君笑而不答。君亦自如也。」〔註16〕其兄蘇軾也有鄙棄功名的念頭。「軾齠齔好道，本不欲婚宦，爲父兄所強，一落世網。」〔註17〕「人生本無事，苦爲世事誘。」〔註18〕故而蘇轍在〈上巳後〉一詩曾說：「我家舊廬江上，隱居三世相因」。〔註19〕雖然如此，但儒家仕進的力量終究勝過道家退隱的想法，畢竟十九歲進士及第，難掩其意氣風發。他的古文名作〈上樞密韓太尉書〉說：「求天下奇文壯觀，以知天地之廣大」，已可知他胸懷鴻鵠之志的遠大理想。在〈辛丑除日寄子瞻〉就寄寓了光明的將來：

> ……同爲洛中吏，相去不盈尺。濁醪幸分季，新筍可餉伯。
> 巉巉嵩山美，漾漾洛水碧。官閒得相從，春野玩朝日。安
> 知書閣下，群子並遭讁。偶成一朝榮，遂使千里隔。何年
> 相會歡，逢節勿輕擲。（《欒城集》卷一，《蘇轍集》冊一／頁12）

東坡在鳳翔，子由在京，蘇轍商州推官不赴任，兩人雖相隔兩地，但蘇轍期望有朝一日，受到朝廷重用，與兄相隨，實現獨善其身而後兼善天下的儒家仕進思想。

（二）妄語自知當見棄

蘇轍十九歲舉進士，二十三歲舉直言。滿懷抱負的蘇轍，卻因「口妄」、「直言」種下仕途不遇的種子。

嘉祐六年（1061），蘇轍二十三歲，與兄蘇軾參加制科考試。八月丁卯（十七日），翰林學士吳奎、龍圖閣直學士楊畋、御史中丞王疇、知制誥王安石考試制科舉人於秘閣進行蘇軾、蘇轍以試論六首〈王者不治夷狄〉、〈禮義信足以成德〉、〈劉愷丁鴻孰賢〉、〈禮以養人爲

〔註16〕歐陽脩〈故霸州文安縣主簿蘇君墓誌銘〉見《歐陽脩全集》（中國書店，1992年10月）頁241。
〔註17〕蘇軾〈與劉宜翁使君書〉《蘇軾文集》冊四，頁1415。
〔註18〕蘇軾〈夜泊牛口〉，《蘇軾詩集》卷一。
〔註19〕《欒城三集》卷五，《蘇轍集》，頁1204。

本〉、〈既罪備萬福〉、〈形勢不如德〉〔註20〕等，合格入榜，其科號賢良方正能直言極諫。秘閣考試後又進行御試，由仁宗親自主持，考官為胡宿、沈遘、范鎮、司馬光以及蔡襄。〔註21〕這是蘇轍第一次，也是最後一次見到仁宗皇帝，因為之後不到兩年，仁宗就因病去世了。

　　蘇轍針對時政，所上〈御試制科策〉以「志勤道遠」〔註22〕為中心思想，其尖銳、激烈的言論，矛頭直指年老的仁宗皇帝怠惰荒政。「今陛下無事則不憂，有大事則懼，臣以為陛下失所憂矣。」又以昔者夏、商、周、漢、唐六帝之「沉湎於酒，荒耽於色；晚朝早罷，早寢晏起」寫仁宗「陛下自近歲以來，宮中貴姬至以千數，歌舞飲酒，歡樂失節，坐朝不聞咨謨，便殿無所顧問。」沉迷於婦人之情，爭為侈靡之事。他痛陳「陛下擇吏不精，百姓受害於下，無所告訴；陛下賦斂煩重，百姓日以貧困，衣不蓋體。」「府庫空虛，入不支出，而不能均；兵革怠惰，驕而不為用，而不能制；閑田滿野，衣食不足，而不能闢；河水歲決，北人受害，而不能救；戎狄放肆，邀取金幣，而不能服。陛下治天下而至使不察。」指斥於政治上的種種不當，仁宗卻又力興美政教化天下，勸桑農，興學校，今或以寬恤、或以減省、或以均稅名號紛出，蘇轍疑為是「惑於虛名，而未知為政之綱」，〔註23〕其觀察論理，可真謂是鞭辟入裡，針針見血。

　　此言一出，引起朝內軒然大波，司馬光考其策，入三等，范鎮欲降其等，胡宿以其言不問所對，力請黜之（《長編》）。仁宗不許，曰：「其言切直，不可棄也」。〔註24〕「吾以直言求士，士以直言告我。今而黜之，天下其謂我何？」〔註25〕轍終入第四等，兄軾入第三等。

〔註20〕收錄於《欒城應詔集》卷十一，見《蘇轍集》冊四，頁 1338～1344。
〔註21〕參看《蘇潁濱年表》，見《蘇轍集》冊四，頁 1374～1375。
〔註22〕《欒城應詔集》卷十二，第一道〈御試制策〉，《蘇轍集》冊四，頁 1349。
〔註23〕同上註，頁 1349～1360。
〔註24〕孫汝聽《蘇潁濱年表》，《蘇轍集》，頁 1375。
〔註25〕〈遺老齋記〉《欒城三集》卷十，《蘇轍集》，頁 1237。

可見一國之君的仁宗其仁慈與寬宏大度，讀到蘇軾的〈制科策〉還高
興的說：「朕今爲子孫得兩宰相矣」。

　　蘇轍感念仁宗的寬厚，曾有「早歲西廂跪直言，起迎天步晚臨軒」
〔註26〕之句，可惜他的一片忠貞之心，卻因此直言妄語而仕途偃蹇。
蘇轍十九歲（1057）進士及第，直至仁宗嘉祐七年（1062）才被任命
商州軍事推官，這段時間命官爭論不休，人事任命未決，和朝廷不得
直言有很大的關係。

> 怪我辭官免入商，才疏深畏忝周行。學從社稷非源本，近
> 讀詩書識短長。束舍久居如舊宅，春蔬新種似吾鄉。閉門
> 已學縮頭龜，避謗仍兼雉尾藏。（〈次韻子瞻聞不赴商幕三首之
> 一〉）《欒城集》卷一，《蘇轍集》冊一／頁16）
>
> 南商西洛曾盧署，長吏居民怪不來。妄語自知當見棄，遠
> 人未信本非才。厭從貧李嘲東閣，懶學談張緩兩腮。知有
> 四翁遺跡在，山中豈信少人哉。（〈次韻子瞻聞不赴商幕三首之
> 二〉《欒城集》卷一，《蘇轍集》冊一／頁16）

表面蘇轍以兄長出仕鳳翔，父親旁無侍子，奏請留京養親，辭不赴任
商州，實際上，對自己不受重用，難掩失望之情。其一，蘇轍自云「辭
官」乃因「才疏」，有辱於仕行，故而從現實社會中的磨練學習，不
如從聖賢詩書中獲得人生因應的智慧。其實這是藉口，蘇軾〈病中聞
子由得告不赴商州三首之二〉就說出了之間的原因：「答策不堪宜落
此，上書求免亦何哉」。〔註27〕〈同上之三〉「辭官不出意誰知，敢
向清時怨位卑」。「位卑」讓蘇轍心裡不是滋味，屈於現實，所以願當
「縮頭龜」「雉尾藏」，如龜縮頭，雉藏尾。起句「怪我」伏筆照應，
實爲引起結句「避謗」的結果，然雉藏不能盡尾，鋒芒自顯的子由，
對此事留下不平的悲怨。

〔註26〕〈去年冬轍以起居郎入侍邇英講不逾時邊中書舍人雖忝冒愈深而瞻
　　　　望清光與日俱遠追記當時所見作四絕句呈同省諸公〉《欒城集》卷十
　　　　五，《蘇轍集》，頁293。
〔註27〕蘇軾《蘇軾詩集》卷三。

其二，側筆寫遠人，描摹自己的內心之怨。蘇轍初至京，曾受河南澠池縣主簿，現又被任命商州軍推官，「虛署」針對兩地都未赴任之事。其中原因，不是因為「才」，而是「妄語見棄」。「自知」一語，預知下場如此，頗有宿命無奈之感。頸聯所用兩個典故，「貧李」指李商隱、「諛張」指唐相張說。李商隱早年投靠令狐楚，倍受禮遇，後因黨爭，受其子令狐綯冷落；而張說緩兩腮，不再批評朝政。蘇轍自嘲，既「厭」李商隱的憤恨，也「懶學」張說的阿諛奉承。古有云：「不患人之不己知」(《論語‧學而》)賢人的聲名遠播，山中隱居豈少人知之？

「少年高論苦崢嶸，老學寒蟬不復聲。」〔註28〕〈御試制科策〉對蘇轍的一生之影響是極大的，不僅迫使少年得志的他辭官，也讓他的仕途之路多舛，種下晚年「閉門不出十年久」的隱居生活。

（三）蝮蛇當前猛虎後——政治權力鬥爭

熙寧二年（1069），張方平知陳州，辟蘇轍為州學教授。

熙寧三年（1070）蘇轍在〈初到陳州〉詩中寫道：「謀拙身無向，歸田久未成。來陳為懶計，傳道愧虛名。」〔註29〕詩中充滿牢騷之意，他來陳州任州學教授完全是不得已，本想辭官卻因生活無著，自己的政治主張不合時宜，落得不見容於朝廷。年僅三十二歲的蘇轍（1070），本應有一番作為的心情，但因與王安石變法立場不同，壯心消磨，又是「衰」，又是「懶」。

> 鬢髮年來日向衰，相寬不用強裁詩。壯心付與東流去，霜蟹何妨左手持。(〈次韻楊褒直講攬鏡〉《欒城集》卷三，《蘇轍集》冊一／頁49)

> 壯心衰盡愧當年，刻意為文日幾千。老去讀書聊度歲，春來多睡苦便甄。(〈次韻柳子玉見贈〉《欒城集》卷三，《蘇轍集》冊一／頁49)

〔註28〕〈次韻子瞻與安節夜坐三首之二〉《欒城集》卷十一，《蘇轍集》，頁212。

〔註29〕二首之一，《欒城集》卷三，《蘇轍集》，頁50。

故國老成誰復先，壯心空寄語當年。灌夫失意貧無友，梅福辭官晚作仙。（〈次韻任遵聖見寄〉《欒城集》卷三，《蘇轍集》冊一／頁 50）

「壯心付與東流去」、「壯心衰盡愧當年」、「壯心空寄語當年」，少年英雄氣短，未老先衰的頹廢心態，可以想見蘇轍內心的失望與感嘆。

「疏」、「慵」、「閑」、「懶」的宦海生涯，找不到積極上進，看不見人生目標。

……區區學舍曾未知，春晚日長唯有睡。才智有餘安得閑，疏慵顧我自當然。……（〈贈提刑賈司門青〉《欒城集》卷四，《蘇轍集》冊一／頁 67）

年來病懶百不堪，未廢飲食求芳甘。（〈和子瞻煎茶〉《欒城集》卷四，《蘇轍集》冊一／頁 78）

日永官閑自在慵，門前客到未曾通。憐君避世都門裏，勸我忘憂酒盞中。（〈次韻王鞏見寄〉《欒城集》卷八，《蘇轍集》冊一／頁 144）

蘇轍於陳州期間，滿腔愛國意識，卻得不到國家重用，這對他的打擊很大。詩中出現懶、慵、無奈、退縮、消極、失望的情懷。〈見兒姪唱酬次韻五首〉之四還出現了「閑極自成趣」〔註30〕自我麻醉、自我陶侃的詩句。

蘇轍在張方平改任南都留臺的閑職時，他有感而發的寫下〈送張公安道南都留臺〉抒發自己抑鬱不得志的心情。

識公歲已深，從公非一日。仰公如重雲，庇我貧賤跡。公歸無留意，我處念平昔。少年喜文字，東行始觀國。成都多遊士，投謁密如櫛。紛然眾人中，顧我好顏色。猖狂感一遇，邂逅登仕籍。爾來十六年，鬢髮就衰白。謀身日已謬，處世復何益？從來學俎豆，漸老信典冊。自知百不堪，

〔註30〕「身病要須閑，閑極自成趣。空虛雖近道，懶拙初非悟。偶將今生腳，還著古人屨。大小適相同，本來無別處」。〈見兒姪唱酬次韻五首〉之四，《欒城後集》卷三，《蘇轍集》冊三，頁 922。

偶未三見黜。譬如溝中斷，誰復強收拾。高懷絕塵土，舊好等金石。庠齋幸無事，樽俎奉清適。居然遠憂患，況復取秩式。汪洋際海深，淡泊朱弦直。徇時非所安，歸去亦何失？道存尚可卷，功成古難必。還尋赤松子，獨就丹砂術。恨無二頃田，伴公老蓬蓽。（《欒城集》卷三，《蘇轍集》冊一／頁55）

壯志消沉之感充塞此首五古之中。念昔「少年喜文字，東行始觀國。成都多遊士，投謁密如櫛。紛然眾人中，顧我好顏色。」少年英雄氣盛，壯志凌雲，關心國家政治，對自己充滿信心。他在〈初發彭城有感寄子瞻〉曾說：

閉門書史叢，開口治亂根。文章風雲起，胸膽渤澥寬。不知身安危，俛仰道所存。……誓將貧賤身，一悟世俗昏。（《欒城集》卷七，《蘇轍集》冊一／頁130）

自負的言語中，有力挽狂瀾、扶傾濟弱的滿腔熱血，欲在仕途上一展長才，道盡胸懷大志的不可一世。可惜建功立業，不能完全由自己決定，「道存尚可卷，功成古難必」，既不願同於流俗、也不願與時俯仰，「高懷絕塵土」失望之餘，想像能遠離憂患選擇歸隱一路，修道成仙，練就丹砂術，頤養天年，成就生命的完整。本想辭官歸田，但因受限於現實，「恨無二頃田」，只好委屈在「宛丘學舍小如舟」小小的州學之地。「方為籠中閉，仰羨天際搏」〔註31〕坐如籠中鳥般，徒羨自由飛翔的鳥兒，「行逢佳處輒嘆息，想見茅屋藏榛菅。」〔註32〕在陳州時期與在杭州的蘇軾往來信件裡處處流露出「隱居亦何樂」〔註33〕的隱遁之情。

　　蘇轍在陳州任上的特點是「閑」，而在齊州學官書記職務是「忙」。清閑的生活，位居小官，難有施展懷抱的空間，讓蘇轍痛感有志難伸。

〔註31〕〈次韻子瞻遊甘露寺〉《欒城集》卷四，《蘇轍集》，頁64。
〔註32〕〈和子瞻焦山〉《欒城集》卷四，《蘇轍集》，頁62。
〔註33〕「託身遊宦鄉，終老羨箕潁。隱居亦何樂？親愛親隨影。……」《欒城集》卷三〈次韻子瞻潁州留別二首之一〉，《蘇轍集》，頁57。

　　元豐二年（1079）蘇轍四十一歲，烏臺詩案發生，寫下〈四十一歲歲莫日歌〉對自己前半生做了反省與思索。

> 小兒不知老人意，賀我明年四十二。人生三十百事衰，四十已過良可知。少年讀書不曉事，坐談王霸了不疑。脂車秣馬試長道，一日百里先自期。不知途中有陷阱（穴井），山高日莫多棘茨。長裾大袖足鉤挽，卻行欲返筋力疲。蝮蛇當前猛虎後，脫身且免充朝饑。歸來掩卷淚如雨，平生讀書空自誤。山中故人一長笑，布衣託粟何所苦。古人知非不嫌晚，朝來聞道行當返。四十一歲不可言，四十二歲聊自還。（《欒城集》卷九，《蘇轍集》冊一／頁169）

蘇轍從小兒無知的話語點醒人生困頓的瓶頸，「少年讀書不曉事，坐談王霸了不疑」年少時不經事的豪語，以為可以坐談王霸，建功立業；不知路途中有陷阱。「蝮蛇當前猛虎後」這班變法勢力將蘇轍視為眼中釘，阻擋前進去路，處境顯得十分艱難，身心疲憊下，而有「歸來掩卷淚如雨，平生讀書空自誤」讀書無用的嘆息。對於一生不幸的遭遇，非一「苦」字可以言喻。元豐五年（1082）蘇轍四十四歲，寫了〈次韻孔平仲著作見寄四首之四〉詩，說明他目前困於經濟不能歸隱，而政治上又是閉口自求多福的窘境，真真苦不堪言。

> 治生非所長，兒女驚滿屋。作官又迂疏，不望載朱轂。因緣坐罪罟，未許即潛伏。空餘讀書病，日與古人逐。老妻憐眼昏，入夜屏燈燭。上官念貧窶，時節饋醪肉。衰年類蒲柳，世事劇麻粟。數日望歸田，寄語先栽竹。文章亦細事，勤苦定何足。君詩四相攻，欲看守陴哭。愧無即墨巧，不解火牛觸。自非太學生，雕琢事干祿。安心已近道，閉口啓非福。胡為調狂詞，玉石相落碌。腹中抱丹砂，舌下漱白玉。作詩雖云好，未免亂心目。奕秋教二人，不取志鴻鵠。摩詰非不言，遺韻寄終曲。（《欒城集》卷十一，《蘇轍集》冊一／頁216）

元豐八年（1085），先是資政殿大學士兼侍讀呂公著薦蘇轍有才氣，

可充諫官，以及門下侍郎司馬光推舉蘇轍等人於朝，蘇轍以承議郎爲秘書省校書郎。〔註34〕蘇轍聞知此訊，有詩：

> 讀書猶記少年狂，萬卷縱橫曬腹囊。奔走半生頭欲白，今
> 年始得校書郎。（〈初聞得校書郎同官三絕之一〉《欒城集》卷十四，
> 《蘇轍集》冊一／頁266）

蘇轍的狂妄和自負之情溢於言表，卻只落得個校書郎的工作，「始得」二字，極爲傳神的描繪出蘇轍的憂憤。「忠誠爲國始終憂。」〔註35〕但是卻因爲他的直言，讓他沉淪下僚二十年，「一廢十五年，直坐才多爾」，〔註36〕內心充滿不滿與無奈。

蘇轍的出仕與隱逸的關鍵，主要是經濟問題讓它無法隨心所想，欲任去留，自從黨爭黨人互相爭權傾軋，蘇轍並未有積極入世的意志，處處表現出「不如歸去」的隱逸情懷。但這時（哲宗元祐年間1086～1092）卻是蘇轍平步青雲的開始。

朱熹曾評論蘇軾、蘇轍昆仲說：「東坡雖然疏闊，卻無毒。子由不做聲，卻險。」〔註37〕兩人的性格大異其趣，蘇轍城府較深，經歷的政治經驗及人生歷練，讓他能在政治打擊中生存，並得到較高的職位。不容於徇私鑽營的官僚體制，「知其不可爲而爲」這是儒家思想的悲劇性，也是蘇轍生命主體的存在價值。

對於一生蘇轍而言，追求實現自我的機會，以道輔君，以政治人是他最大的希望，否則就不會陷入如此痛苦的深淵裡。此類詩歌多直敘鋪陳，以寫志爲主。

〔註34〕《長編》卷三百五十七本年六月戊子紀事：呂公薦轍有才氣。司馬光薦呂大防、王存、李常、孫覺、胡宗愈、韓宗道、梁燾、趙君錫、王嚴叟、晏知止、范純禮、蘇軾、蘇轍、朱光庭等，或以行義、或以文學，皆爲眾所推伏。

〔註35〕〈癸丑二月重到汝陰寄子瞻二首之一〉《欒城集》卷五，《蘇轍集》，頁82。

〔註36〕〈送王廷老朝散知虢州〉《欒城集》卷十四，《蘇轍集》，頁282。

〔註37〕《朱子語類》（台北：文津出版社，1986年12月）卷130，頁3110～3111。

三、典範追尋

典範追尋就是對自我價值認同所尋求的理想人格。而「所謂理想人格，乃指能表現文化精神或價值，而為人們崇奉、取法的人格。」〔註38〕在蘇轍人生歷程中，從早期出仕，中年黨禍，晚年隱居，前人的腳步支持著他朝理想堅持奮鬥，成為逆境困頓中的力量。其所仰慕者，依時代，首為杜甫、白居易，次為阮籍、嵇康，再為陶淵明。僅以試論述如下：

（一）我今貧與此老同──杜甫

宋人繼承中唐韓愈「文以載道」的傳統，進而發展為「文道合一」的新觀念。〔註39〕這種文學自覺與獨立的改變，在多數宋人眼中，詩人的內在人格修養與外顯的儒家精神結合起來，形成一股強大的時代思潮。宋代士人對孟子（養氣）、韓愈（明道）的內省氣質，反映出重視個人學術涵養及品行道德的理學論題；宋代儒林意識高漲，文人集團凝聚成堅強的勢力，對文學產生崇高的使命感。文人對自我要求、認同的標準，與唐代大相逕庭。〔註40〕

杜甫儒道相融的生命情趣，普遍與宋人心靈相契合。尤以杜甫其憂國憂民、愛國「致君堯舜上，再使風俗淳」的高尚情操，最令人感動。蘇轍〈送王鞏兼簡督尉王詵〉一詩曰：

> 可憐杜老貧無依，杖藜曉入春泥濕。諸家厭客頻惱人，往往閉門不得入。我今貧與此老同，交遊冷落誰相容。幸君在此足遊衍，終日騎馬西復東。送君仍令君置酒，如此貧交世安有。君歸速語王武子，因君回船置十斗。（《欒城集》卷七，《蘇轍集》冊一／頁136）

著眼於「可憐杜老貧無依」，杜甫的窮厄困頓、潦倒窮苦，處逆境而

〔註38〕蔡明田〈先秦儒家思想中理想人格〉，見《現實與理想》（台北：聯經出版事業公司，1993 年 4 月），頁 49。

〔註39〕周裕鍇《宋代詩學通論》（成都：巴蜀書社，1997 年）〈詩法篇──學養與識見〉，頁 136～138。

〔註40〕歷來文學上多有李、杜優劣論的討論。

不屈，超卓曠達的儒者人格風範，蘇轍內心崇仰敬慕。「我今貧與此老同」蘇子由自比杜甫，即使走在人生低潮、危厄的環境當中，卻不向命運低頭，昂然而勇敢，積極而奮進，胸懷「大庇天下寒士俱歡顏」的豪情。

他在〈和張安道讀杜集〉談到杜甫對宋詩學的影響，也順筆帶到自己的遭遇，空有滿腹詩賦，卻不能一展抱負。

> ……杜叟詩篇在，唐人氣力豪。……論文開錦繡，賦命委蓬蒿。初試中書目，旋聞廊廟逃。妻孥隔豺虎，關輔暗旌旄。入蜀營三徑，浮江寄一艘。投人慚下舍，愛酒類東皋。飄泊終浮梗，迂疏獨釣鼇。誤身空有賦，掩脛惜無袍。……
> （《欒城集》卷三，《蘇轍集》冊一／頁 55）

有杜詩的存在，才顯得唐人氣度的恢弘。「杜詩的可貴之處，根本在于繼承風騷之正統。整個宋代詩歌的發展，從某種角度來看，可視為一部杜詩影響史。」〔註41〕事實上，杜甫個人的遭遇造成他在文學上的偉大成就。感時不遇、遭逢災難，致使詩人終身漂泊，「飄泊終浮梗，迂疏獨釣鼇」，如「浮梗」般的游蕩，「迂疏」得只孤芳自賞，三折三轉。從時間上，鄜州逃難，妻子失所；空間上，蜀地感懷，寄人籬下；心理上，自己的疏闊，誤身於功名，這也比附著蘇轍的歸鄉情節，歸結於現實，流露出沮喪憂戚之感。

> 江城寒氣入肌膚，得告歸來強自扶。五馬獨能尋杜老，一床深愧致文殊。（〈病中賈大夫相訪因遊中宮僧舍二首之一〉《欒城集》卷十二，《蘇轍集》冊一／頁 238）

蘇轍與賈大夫遊中宮僧舍，天寒入肌，幾不能行，以「杜老」的衰病，比擬自己體弱多衰，有「獨宿江城蠟炬殘」〔註42〕難言的抑鬱。即使

〔註41〕許總《杜詩學發微》（南京：南京出版社，1989 年 5 月）
〔註42〕杜甫〈宿府〉，這是一首秋懷的詩，杜甫作於廣德二年（764 年）。嚴武鎮蜀，薦杜甫為「節度使書中參謀」，閒暇時與杜甫詩酒唱和，交誼甚篤。然杜甫住在府中，生活呆板，且人事複雜，以區區微職，談不上施展抱負，內心充滿抑悶之情。參見邱師燮友：《新譯唐詩三百首》（台北：三民書局，2001 年 8 月），頁 366～367。

終老，閑居潁昌，種決明自適，也以杜甫自比。

> 決明明目，功見本草。食其花葉，亦去熱惱。有能益人，
> 翄可以飽。三嗅不食，笑杜陵老。(〈種決明〉《欒城三集》卷五，
> 《蘇轍集》冊三／頁 1203)

杜甫對蘇轍來說，是儒家積極用世的理想典範，其憂懷君王天下的高節壯志令蘇轍欽慕不已。宋代知識份子，有感於唐天寶之亂後，中國存在的內憂外患，紛爭不斷，這種憂患意識反應在詩歌上，產生強烈的現實批評精神。蘇轍承繼著杜甫偉大的操守與思想，這也是北宋文人對杜甫推崇的時代性反映。〔註43〕

（二）也能不畏風雪寒──白居易

　　現實生活的磨鍊，造就蘇轍隨遇而安的內在性格，如不能積極用世，退一步則可隱退而去。白居易樂天知命，既具儒家兼濟天下、忠君愛國的意識，且具道家樂觀知命、豁達通透的人生境界。唐宣宗曾以詩弔之：「綴玉聯珠六十年，誰教冥路作詩仙，浮雲不繫名居易，造化無為字樂天」。〔註44〕蘇轍讀過《白樂天集》後云：「樂天少年知讀佛書，習禪定，既涉世履憂患，胸中了然，照諸幻之空也。故其還朝為從官，小不合，即捨去，分司東洛，優游終老。」〔註45〕為白樂天的曠達樂觀，深深的吸引。蘇軾也曾云：「淵明形神似我，樂天心相似我」〔註46〕之語。二蘇兄弟深切感受到白居易的人格特質與處世態度，切合著儒家進退有捨的行為表徵。

　　唐憲宗元和十年（815），白居易上書被謗，貶為江州司馬；元和十五年被召回長安，遇李宗閔、李德裕爭權，他自動要求外放，出任

〔註43〕張宏生〈元祐詩風的形成及其特徵〉，《宋代文學研究叢刊》創刊號，頁 188，1995 年 3 月。

〔註44〕參見邱師燮友《新譯唐詩三百首》（台北：三民書局，2001 年 8 月），頁 151。

〔註45〕《蘇轍集》冊三〈書白樂天集後二首〉《欒城後集》卷二十一，頁 1114。

〔註46〕郭紹虞輯《宋詩話輯佚》（北京：中華書局，1987 年 5 月）上，頁 45，《王直方詩話》118 條。

杭州太守。興修水利,愛民如子,深受人民愛戴。

> ……一官粗包裹,萬卷中自足。還如白司馬,日聽杜鵑哭。……(〈次韻孔平仲著作見寄四首之一〉《欒城集》卷十一,《蘇轍集》冊一／頁 215)

官場險惡,彼此鉤心鬥角,爭權奪利。「一官粗包裹」其比喻之巧,極為貼切。官門的黑暗,去留無時,隨時都可能因政治因素而遭到貶謫,唯有徜徉萬卷書中,才是自足保身之道。白司馬的哀樂不起,引人敬歎。〈讀樂天集戲作五絕〉:

> 樂天投老刺蘇杭,溪石胎禽載舳艫。我昔不為二千石,四方異物固應無。(之三)(《欒城三集》卷三,《蘇轍集》冊三／頁 1194)

> 樂天引洛注池塘,畫舫飛橋映綠楊。溟水隔城來不得,不辭策杖看湖光。(之四)

> 樂天種竹自成園,我亦牆陰數百竿。不共伊家鬥多少,也能不畏雪霜寒。(之五)

這三首詩名為「戲作」,寫於蘇轍七十三歲。前段用輕鬆愉快的筆調寫白樂天,而後段蘇轍嚴肅的寫心情,兩老相比,看似寫事,實是託志。個人與樂天相比,有同有異。第一首,白樂天晚年出任杭州太守及蘇州刺史,對比蘇轍年老隱居生活。居易有「溪石胎禽」的「四方異物」,而蘇轍未嘗為二千旦,故無。居易有畫舫飛橋之樂,而己自潩溝泛舟至舊文潞公之曲水園,「半篙春水花千片,八尺輕船酒一壺。徐轉城陰平野闊,稍通竹徑小亭孤。」〔註47〕亦自得其樂。居易有竹園,蘇轍亦有牆陰數百竿。蘇轍雖不同於白樂天,有好友互相唱酬,有四方寶珍異物,但相同的是都有對抗論敵「不畏霜雪寒」的堅強意志。

　　對於自己拙且懶的個性,杜門養病十年,而白樂天居洛陽未必可以如此。

> 七十四年明日是,三千里外未歸人。……時人莫作樂天看,燕坐端能畢此身。(〈除日二首〉《欒城三集》卷三,《蘇轍集》冊

〔註47〕〈泛潩水〉《欒城三集》卷三,頁 1197,《全宋詩》卷八七一,頁 10151。

三／頁 1195）

蘇轍詩并引自注云：「樂天居洛陽日，正與予年相若，非齋居道場輒
攜酒尋花，遊賞泉石，略無暇日。」對於自己遁隱的決心與游心於外
的適意，自比白樂天要來得強多了。

（三）稍容嵇阮醉喧嘩──嵇康、阮籍

阮籍，容貌瓌傑，志氣宏放，傲然獨得，任性不羈，而喜怒不形
於色。博覽群籍，尤好老莊。嗜酒能嘯，善彈琴。〔註48〕阮籍本有濟
世之志，屬魏晉之際，天下多故，名士少有全者，籍遂不問世事，常
酣飲而醉。

嵇康，遠邁不群，美詞氣，有風儀，而土木形骸，而不自藻飾，
人以為龍章鳳姿，天質自然。恬靜寡欲，含垢匿瑕，寬簡有大量。
〔註49〕

他們是竹林七賢之代表人物，標誌著黑暗政權統治下風流名士的
人物典型，美豐姿、富文藻、清音吐屬、機鋒有辯才，所謂人物風神，
卻須常藉酒逃避，企圖在大自然中找尋人生的慰藉和哲理的根植。蘇
轍藉由對「竹」意象的肯認，捨棄外在頹廢消沉的生命思索，而重視
反映內在主體潛藏的生命風貌，以物比賦，再現人生價值

> 誰將修竹寄鄰家，秋斫長竿春食芽。旋築高牆護雞犬，稍
> 容嵇阮醉喧嘩。（〈再賦葺居三絕之一〉《欒城後集》卷四，《蘇轍
> 集》冊三／頁 925）
> ……吾家老圃倦栽接，但以歲寒相嫵媚。一朝紛紛看黃落，
> 嵇阮相過無醉地。……（〈林筍復生〉《欒城三集》卷二，《蘇轍
> 集》冊三／頁 1179）
> 竹林遭凍曾枯死，春筍連年再發生。天與歲寒終倔強，澤
> 分淇澳轉敷榮。狂鞭已逐草侵徑，疏影長隨月到楹。嵇阮
> 欲來從我飲，開門一笑亦逢迎。（〈林筍〉《欒城三集》卷三，《蘇

〔註48〕《晉書》卷四十九〈列傳第十九〉，頁 1359。
〔註49〕《晉書》卷四十九〈列傳第十九〉，頁 1369。

轍集》冊三／頁 1196）

　　苦寒壞我千竿綠，好雨還催眾筍長。痛飲雖無嵇阮客，瓢

　　尊一試午陰涼。(〈大雨後詠南軒竹二絕句之一〉《欒城三集》卷四，

　　《蘇轍集》冊三／頁 1201）

「誰將修竹寄鄰家，秋斫長竿春食芽。」「吾家老圃倦栽接，但以歲
寒相嫵媚」、「天與歲寒終倔強，澤分淇澳轉敷榮」、「苦寒壞我千竿綠，
好雨還催眾筍長」翠綠長竿的修竹，展現旺盛的生命風姿，伴隨竹林
七賢真性情、真才性的魏晉風度，放浪形骸、飲酒作樂，此狂誕不經
的氣質戰勝虛偽禮教社會制度。

　　詩中對阮籍、嵇康的寬容體貼、對其精神的感召與欣賞，「稍容
嵇阮醉喧嘩」、「嵇阮相過無醉地」、「嵇阮欲來從我餘，開門一笑亦逢
迎」、「痛飲雖無嵇阮客，瓢尊一試午陰涼」，是詩人生命澄澈通悟下
的心靈寫照。與「竹」、「筍」意象結合的阮籍、嵇康，代表的是高揚
的文人主體意識和不屈不撓的士人氣節。「苦寒」、「霜凍」的隱喻下，
政治環境的惡劣，仍不能阻擋「千竿綠」、「眾筍長」勃發的生命力，
而竹的堅韌、不俗，亦為自我性格的表達。

　　……口腹不擇味，四體不澤安。遇物一皆可，孰為我憂患。

　　阮生未忘酒，嵇生未忘鍛。欲忘富貴樂，託物僅自完。無

　　託中自得，嗟哉彼誠賢。(〈寄題孔氏顏樂亭〉《欒城集》卷十三，

　　《蘇轍集》冊一／頁 251）

「未忘酒」「未忘鍛」託物自完，僅是表面的功夫，真能無所依託，
便能出處自得，窮達如一，阮籍、嵇康才堪稱為賢。

　　魏晉時，學者以莊、老為宗而黜六經，談者以虛蕩為辯而賤名檢，
行身者以放濁為通而狹節信，進仕者以苟得為貴而鄙居正，當官者以
望空為高而笑勤恪。〔註50〕故觀竹林七賢之行而覺禮教崩弛之所由，
藉酒使心思脫離凡俗，使靈性歸真反樸。對阮籍、嵇康的追崇，是蘇

〔註50〕《通鑑紀事本末》冊三，卷第十二〈西晉之亂〉，頁 1040～1041，（北
　　　　京：中華書局，1986）。

轍在政敵政治打壓下，對政治熱情的失望怨嗟，走向崇尚自由、超然物外的心理跨越，轉而潛沉的心理歷程。

（四）時聽淵明詠歸去──陶淵明

蘇轍詩集對前人的追詠以陶淵明的著墨最多，除了於詩集中二十多處提到陶淵明，另有四十四首次韻蘇軾的詠陶詩，[註51] 心所繫念高居其他詩人之冠。足以見得，陶潛，在蘇軾兄弟心裡佔了多重要的地位。陶潛，一名淵明，晉宋時期著名詩人，堅持不與權貴世俗勢力合流，亦不爲五斗米折腰。陶淵明所凸顯的氣韻風度，如李澤厚先生所說：「魏晉『人的覺醒』，從建安風骨、正始之音直到陶淵明的自挽歌，對人生、生死的悲傷並不使人心衰氣喪，相反，獲得的恰好是一種具有一定深度的積極感情。」[註52] 這種情感，恰是歷經萬般風浪沉澱後，朗徹開闊的生命境界。

先看〈次韻轉運使鮮于侁新堂月夜〉一詩。

> 長愛陶先生，閑居棄官後。床上臥看書，門前自栽柳。低
> 佪顧微祿，畢竟誰挽袖。索莫秋後蜂，青熒曉天宿。惟將
> 不繫舟，託此春江溜。尺書慰窮獨，秀句驚枯朽。遙知新
> 堂夜，明月入杯酒。千里共清光，照我茅簷漏。（《欒城集》
> 卷八，《蘇轍集》冊一／頁 146）

床上看書，門前栽柳，閑適愜意的生活，蘇轍最爲嚮往。爲著微薄俸祿，而須留連官場，但將此心抱著隨順自然的心情，如同陶淵明隱遁入春光無限的時空中，掌握住人生的美好。又另外在〈次韻子瞻和淵明飲酒二十首之一〉詩，顯現出他對陶淵明不慕榮利，任性自得，反映在他本身對官場生涯的厭倦，以及生性疏懶的個性的描寫。

〔註51〕〈次韻子瞻和淵明飲酒二十首〉、〈子瞻和陶公讀山海經詩欲同作而未成夢中得數句覺而補之〉、〈次韻子瞻和陶公止酒〉、〈次韻子瞻和淵明擬古九首〉、〈和子瞻次韻陶淵明停雲詩〉、〈和子瞻次韻陶淵明勸農詩〉、〈和子瞻和陶淵明雜詩十一首〉。

〔註52〕李澤厚《美的歷程》（台北：三民書局，1996 年 9 月）第五章〈魏晉風度〉，頁 102。

> 我性本疏懶，父母強教之。逡巡就科選，逮此年少時。幽憂
> 二十年，懶性祇如茲。偶然踐黃闥，俯仰空自疑。乞身未敢
> 言，常愧外物持。(《欒城後集》卷一，《蘇轍集》冊三／頁 878)

「懶」，對蘇轍其一生在宦途上的遭遇是最佳詮釋。政治層面受到打
壓迫害，或不予重用，心理層面的失望無奈，生活層面的無力窘困，
都離不開「懶」字。本不想當官，因父母的教育期盼，科舉選士，一
舉成名，對仕宦的不經意，卻幽憂二十年。身陷官門，苦不堪言，忍
隱著心志，始終為外物形勢所役使。「愧」於面對真實的自我，故而
在詩集中，每每提到他「疏懶」的心情。

> 懶將詞賦占鴟臆，頻夢江湖把蟹螯。(〈久不作詩呈王適〉《欒
> 城集》卷一二，《蘇轍集》冊一／頁 235)
>
> 樂易向人無不可，疏慵憐我正忘言。(〈魯元翰中大挽詞二首之
> 二〉《欒城後集》卷一，《蘇轍集》冊三／頁 876)

疏懶，不得已也。可是蘇子由對於自己身不由己的苦衷，「時聽淵明
詠歸去，猶應為我故遲淹」〔註53〕、「陶令歸田未能。眼看雲山無奈」，
〔註54〕流露出為五斗米折腰的窘困，仕與隱的矛盾，正是內心煎熬的
主因。

> 河陽罷後成南圃，彭澤歸來臥北窗。(〈寄題江渙長官南圃茅齋〉
> 《欒城集》卷十二，《蘇轍集》冊一／頁 225)

筠州貶居時期，蘇轍趨向於辭官歸隱，希望有朝一日，能罷官歸隱向
陶淵明一樣，躬耕南山下，坐臥北窗前，拋開俗塵俗世，過著悠然恬
適的生活。

> 遠客安常道，低蓬稱小溪。雲添濕帆雨，舟滯沒篙泥。草
> 綠耕牛健，村深候鳥啼。陶翁方作令，歸去未成題。(〈次韻
> 遲初入宣河〉《欒城集》卷十三，《蘇轍集》冊一／頁 258)

「歸去」的主題，正是蘇轍心中一直以來的願望，基於生計問題，始

〔註53〕 〈次韻毛君偶成〉《欒城集》卷十一，《蘇轍集》，頁 210。
〔註54〕 〈答文與可以六言詩相示因道濟南事作十首之六〉《欒城集》卷六，
　　　　《蘇轍集》，頁 111。

終未能讓他自在無罣的一償宿願。所以陶淵明家貧，卻耽酒，其瀟灑，自為蘇子由所不能相比的。也是如此，從「飲酒」的歌詠，一澆胸中塊壘，一吐不快。蘇轍雖遭厄運，但心境平和，言詞之間少悲憤，有傷世之感，孤芳自賞，傲骨猶存。

嗜酒，只是一種心理安慰。蘇轍〈次韻子瞻和淵明飲酒二十首〉雖云「飲酒」，但均不從「酒」起興。蘇軾喜愛陶淵明，和詩極多，蘇轍深受影響，也寫了不少和陶詩。因為是唱和東坡詠陶，故而容易引人與東坡相比較。清、賀裳《載酒園詩話》卷一曾說：「古人和意不和韻，故篇什多佳。……然如子瞻和陶《飲酒》，雖不似陶，上有雙鵰並起之妙。至子由所和，竟不知何語矣。」〔註55〕賀裳所言，若依唱和詩來看，確實不甚理想，但蘇轍因其著眼點在於藉陶淵明反省自身，感嘆時事，悲嗟命運，羨歡歸隱山林，憂心國家紛擾，以同一概念呈現不同面貌。這也是蘇子由借題發揮的最佳例子。

杜甫〈可惜詩〉曰：「寬心應是酒，遣興莫過詩。此意陶潛解，吾生復汝期。」白居易〈效陶潛體詩〉有：「歸來五柳下，還以酒養眞。人間榮與利，擺落如泥塵。」實而「晉人多言酒，此未必意眞在酒」〔註56〕陶潛的生命涵養著老莊道家潛沉的生命力度，全生保眞，不因外在環境改變自己內在最眞實的本性，這也是陶淵明一直以來受到歷代文人崇敬的地方。

「陶公酒後詩偏好，疏傅金餘客屢醺」〔註57〕、「士師憔悴經三黜，陶令幽憂付一酣」〔註58〕、「貧如陶令仍耽酒，窮似湘纍不問天」〔註59〕、「賴有陶翁伴，貧居得自寬」〔註60〕、「西行漫遣親朋喜，早

〔註55〕 《載酒園詩話、和詩》，見郭紹虞編選、富壽蓀校點《清詩話續編》上，頁282（上海：上海古籍出版社，1983年12月）。

〔註56〕 宋葉夢得《石林詩話》卷下，《四庫全書》冊1478，頁1007。「蓋方時艱難人各懼禍，惟託於醉，可以粗遠世故。」

〔註57〕 〈白雲莊偶題〉《欒城集》卷十二，《蘇轍集》，頁229。

〔註58〕 〈再和毛國鎮趙景仁唱和三首〉《欒城集》卷十，《蘇轍集》，頁188。

〔註59〕 〈次煙韻答黃庭堅〉《欒城集》卷十二，《蘇轍集》，頁223。

賦陶翁歸去詩」〔註61〕、「陶亮貧非病，孟嘉醒亦顛」〔註62〕陶淵明雖家貧，不因此而懷憂喪志，失去本真，朦蔽自我，寧願歸耕田野，也不以五斗米折腰，可見其重氣節之要。「環堵蕭然，不蔽風日，短褐穿結，簞瓢屢空，晏如也。」（〈五柳先生傳〉）「引壺觴以自酌，眄庭柯以怡顏，倚南窗以寄傲，審容膝之易安。」（〈歸去來辭〉）

　　仕宦之路的坎坷，同似淵明，故而蘇轍也勸其子遲早點罷官歸去。〈次韻子瞻和淵明擬古九首〉：

> 閉門不復出，茲焉若將終。蕭然環堵間，乃復有爲戎。我
> 師柱下史，久以雌守雄。金刀雖云利，未聞能斫風。世人
> 欲困我，我已安長窮。窮甚當辟穀，徐觀百年中。（《欒城後
> 集》卷二，《蘇轍集》冊三／頁901）

安貧樂道是此詩透露出的訊息。蘇轍杜門隱居，消解本我、物我，理想與現實之間的衝突，實現長久以來對現世的不妥協、不退縮下的人生抉擇。因「我已安長窮」自無困人之事，因「久以雌守雄」故無入而不自得。修道學辟穀的長生之法，靜觀天地，去除雜念，安養百年。

　　在蘇轍心裡，杜甫是心目中的導師，終生遵奉的對象。白居易、陶淵明爲生活上樂天知命的榜樣，與竹、筍意象結合的阮籍、嵇康，正是在政治打壓下，對抗黑暗政治的崇高形象。他們有一個共通的特點，就是懷抱儒家讀書人的耿介氣格和狷潔自守的情操，兀傲於塵俗，與世推移。

四、歷史懷古

　　「在古典的中國，歷史幾乎取代西方宗教的地位，成爲連繫所有人類生命與精神的守護者。靠恃著歷史不死的記憶，人足以克服虛然

〔註60〕　〈九日三首〉《欒城三集》卷三，《蘇轍集》，頁1191。
〔註61〕　〈次韻李曼朝散得郡西歸留別二首之二〉《欒城集》卷十五，《蘇轍集》，頁284。
〔註62〕　〈九日陰雨不止病中把酒示諸子三首之三〉《欒城三集》卷三，《蘇轍集》，頁1175。

殞沒的命運，繼續存在。」〔註63〕中國有千年的歷史，「對歷史的重視在世界各民族中是很突出的。」〔註64〕「殷鑑知來」可以知興替。

　　歷史事跡與懷古情懷，兩者常常是夾雜一起出現的。若從二者的內容特質上來區分，「詠史詩是關注生命的現象，而懷古詩則關注生命的本質」，〔註65〕「詠史詩大抵藉一二古人古事以喻況自己，發揮個人情志，或對一二古人古事加以批評；懷古則是以表達生命無常的歷史悲感，所反省的是眾人共同的命運。」〔註66〕不論是登臨遺跡詠懷，抑或是議論史事人物，以歷史事跡，引發詩人的懷想，觸景而詠，都是本節討論的內容。

　　蘇轍詠史懷古之詩歌主題類型，依其內容思想可分爲，史論型、詠懷型與覽跡懷古三類。〔註67〕

（一）史論型

　　「史論」，就是對歷史事件予以論斷。沈德潛在《說詩晬語》〔註68〕中曾以「粘著一事，明白斷案」八字對史論作下註腳。史論型的「論」，重要的一點，能於一般的看法中見出作者的別具慧眼，見解敏銳，不但超出一般人的想法，有時更是刻意翻案，出奇制勝。

　　〈和子瞻鳳翔八觀八首——秦穆公墓〉寫對子車氏之三子奄息、

〔註63〕張淑香〈抒情傳統的本體意識〉《中外文學》第二十卷第八期，1992年1月。

〔註64〕王水照《宋代文學通論》（高雄：復文圖書出版，2000年6月），頁458。

〔註65〕侯迺慧〈唐代懷古詩研究〉，《中國古典文學研究》第三期，2000年6月。

〔註66〕廖蔚卿〈論中國文學的兩大主題——從登樓賦與蕪城賦探討「遠望當歸」與「登臨懷古」〉，《幼獅學誌》第十七卷第三期。

〔註67〕齊益壽〈談六朝詠史詩的類型〉，提到詠史詩可分史傳、詠懷、史論三種，而方瑜在〈李商隱的詠史詩〉一文論述到詠史的另一種內容：覽跡懷古。蘇轍博覽全書，對歷代人物史事，有深刻且精闢的見解。

〔註68〕《說詩晬語》下，見《詩話叢刊》（台北：弘道文化事業出版社，1972年8月再版），頁1915。並參上註齊益壽先生之說。

仲行、鍼虎三良從秦穆公死的看法。

　　《左傳》文公六年：「秦伯任好卒，以子車氏之三子奄息、仲行、鍼虎為殉，皆秦之三良也。」《史記》卷五秦本紀：「武公卒，葬雍平陽，初以人從死，從死者六十六人。」後來情況更加嚴重，「繆公卒，葬雍，從死者百七十七人。秦之良臣子輿氏三人名曰奄息、仲行、鍼虎，亦在從死之中。秦人哀之，為作歌黃鳥之詩。」「《詩序》云：『黃鳥，哀三良也。國人刺穆公以人從死，而作是詩也。』古今無異說。」〔註69〕秦穆公，姓嬴，名任好。秦人惜三良之從葬而死，而哀悼之。春秋時期，秦國以人殉葬的習俗不絕，對子車氏三子自願殉葬穆公，歷來都採取同樣的看法。

　　曹植有一首〈三良詩〉。

　　　　功名不可為，忠義我所安。秦穆先下世，三臣皆自殘。生時等榮樂，既莫同憂患。誰言捐軀易，殺身誠獨難。……（《文選》卷第二十一）

曹植仍然維持傳統君臣關係的思想，「忠義」二字是讓三臣赴死就義的主因，「殺身成仁」既完成美名，也實現生死共憂患的誓言。這是從愚忠的角度出發。

　　再看王粲也有〈詠史詩〉一首，提到秦穆公與三良之事。

　　　　自古無殉死，達人共所知。秦穆殺三良，惜哉空爾為。結髮事明君，受恩良不訾。臨歿要之死，焉得不相隨。……
　　　　人生各有志，終不為此移。……（《文選》第二十一）〔註70〕

王粲則認為春秋沒有「殉死」一俗，秦穆公臨死前要三人陪葬，奄息等三人，君命難為，不得不從，故而秦穆公是殺死三良的兇手。卻也認為，此三子雖不是志願，但因與君王「結髮」「受恩」，有不得不死的宿命觀。其後，蘇軾對此事件，也不出前人看法。

　　……昔公生不誅孟明，豈有死之日而忍用其良。乃知三子

〔註69〕朱守亮著《詩經評釋》（台北：台灣學生書局，1988年8月）上，頁361。

〔註70〕《文選》（台北：藝文印書館，1991年12月），頁302。

　　徇公意，亦如齊之二子從田橫。……（〈鳳翔八觀——秦穆公
　　墓〉《全宋詩》卷七八六）

蘇軾此話的重點在於，秦穆公生時並未濫殺無辜，更何況才德傑出過
人，可當百夫的三賢臣，死後是不可能要他們殉葬的。如同齊賓客從
田橫而死，是志願的。楚漢相爭之際，漢高祖劉邦得到天下，欲收攬
齊國的田橫，田橫自剄，跟隨他的兩個門客，在他死後，於墓旁挖了
洞，自剄而死，追隨田橫而去。〔註71〕司馬遷以爲「田橫之高節，賓
客慕義而從橫死，豈非至賢！」蘇軾認爲三良是自願殉死的。可是蘇
轍卻不如是想，《詩經》有云：「臨其穴，惴惴其慄」，此三子絕非自
願赴死，若非威逼脅迫，豈是惴惴恐懼貌？

　　泉上秦伯墳，下埋三良士。三良百夫特，豈爲無益死。當年
　　不幸見迫脅，詩人尚記臨穴惴。豈如田橫海中客，中原皆漢
　　無報所。秦國吞西周，康公穆公子。盡力事康公，穆公不爲
　　負。豈必殺身從之遊，夫子乃以侯嬴所爲疑三子。王澤既未
　　竭，君子不爲詭。三良徇秦穆，要自不得已。（〈和子瞻鳳翔八
　　觀——秦穆公墓〉《欒城集》卷二，《蘇轍集》冊一／頁27）

蘇轍《詩集傳》評論道：「臣之託君，由黃鳥之止于木。交交其和鳴。
今三子獨不得其死，曾鳥之不若也。然三良之死，穆公之命也。康公
從其言而不改，其亦異於魏顆矣。故黃鳥之詩，交譏之也。」黃鳥詩
譏刺秦穆公的不人道，以及其子康公縈的迂腐，〔註72〕三良之從死，
豈如田橫賓客之無所報，只有一死以明志可以相比擬？「要自不得已」
五字之呼號，爲歷史翻案，斑斑血淚，令人不勝感嘆。吳子良《荊溪
林下偶談》卷三，提到東坡與子由論三良事，云：「二詩不同，愚謂
子由之說稍近。君子進退存亡，要不失正而已，豈苟爲匹夫之諒哉？
論者罕能知此。」〔註73〕足以見出，蘇轍對史事獨到的體會與見解。

〔註71〕《史記》卷九十四〈田儋列傳〉第三十四。
〔註72〕《史記》卷五〈秦本紀〉第五「君子曰：秦繆公」。
〔註73〕吳子良語，引自曾棗莊《蘇詩彙評》上《蘇文忠公詩集》卷四，頁
　　　　130，四川文藝出版社。

漲江吹八陣，江落陣如故。我來苦寒後，平沙如匹素。承
高望遺跡，磊磊六十四。遙指如布棋，就視不知處。世稱
諸葛公，用眾有法度。區區落褒斜，軍旅無闊步。中原竟
不到，置陣狹無所。茫茫平沙中，積石排隊伍。獨使後世
人，知我非莽鹵。奈何長蛇形，千古竟不悟。惟餘桓元子，
久視不能去。(〈八陣磧〉《欒城集》卷一，《蘇轍集》冊三／頁6)

夔州（今四川奉節）遺跡留下三國孔明曾佈著名的八陣圖。《水經、
江水注》：「江水又東逕諸葛圖壘，石磧平曠，望兼川陸，有亮所造八
陣圖。」諸葛亮於建興十二年春出兵伐魏，在魏水南五丈和魏軍相持
百餘日，其年八月亮病死軍中。〔註74〕杜甫也曾為他留下英雄的詩
篇：「公蓋三分國，名成八陣圖。江流石不轉，遺恨失吞吳」〈八陣圖〉。
蘇洵父子對諸葛亮的評價，在軍事上面的保守謹慎，是持批評態度的。

蘇洵〈題白帝廟〉詩提出：

……永安就死悲玄德，八陣勞神嘆孔明。白帝有靈應自笑，
諸公皆敗豈由兵。(《全宋詩》三五二)

蘇軾〈八陣磧〉詩云：

……不為久遠計，草草常無法。孔明最後起，意欲掃群孽。
崎嶇事節制，隱忍久不決。志大遂成迂，歲月去如瞥。……

(《蘇軾詩集》卷一)

孔明是三國時著名的軍事家，諸葛亮佐助劉備，造成三國鼎立的局
面。他治軍嚴格，謀略出色，有八陣圖的陣仗佈局，可惜功虧一簣，
功業未竟豈是蜀將兵士作戰不力，而應是孔明「隱忍久不決」，優柔
寡斷，太過謹慎，所造成的結果。

蘇轍的看法和父兄大致相同。詩中「世稱諸葛公，用眾有法度」
的論斷，側筆孔明一生成就，與後句「獨使後世人，知我非莽鹵」的
辯駁評議互現相稱，正筆對他的失敗顯現婉曲的微詞，隱隱透出對諸
葛亮未能掌握先機遺憾的感慨。

〔註74〕陳壽著、裴松之注《三國志、諸葛亮傳》（台北：史學出版社，1974
年5月）第五，頁911～937。

　　蘇轍在〈讀史六首之四〉又再次的對孔明一生功業，留下無盡的追歎。

　　　　桓文服荊楚，安取破國都。孔明不料敵，一世空馳驅。（《欒城後集》卷一，《蘇轍集》冊三／頁 885）

管仲佐齊桓公、晉文公城濮之戰，桓、文兩人先後降服楚地，未取國都，即能以德服人。孔明足智多謀，本是料敵，此以「不料敵」，故「一世空馳驅」，乃反語對諸葛亮的才華表示不以為然。

　　　　留侯決成敗，面折愧周昌。垂老召商叟，鴻鵠自高翔。（〈讀史六首之一〉《欒城後集》卷一，《蘇轍集》冊三／頁 885）

相較於韓信被殺、蕭何被囚，張良的退避，讓他在劉邦的猜忌下得以倖存。他在追隨劉邦征戰中，處處顯現其才幹與智慧，而在複雜的政治鬥爭中，仍能全身而退。蘇轍寫的是《史記‧留侯世家》中，漢高祖劉邦欲以戚夫人之子趙王如意換掉太子呂澤，呂后求助張良的故事。張良獻計，要太子招天下之四賢人商山四皓，「四人者年老矣，皆以為上慢侮人，故逃匿山中，義不為漢臣。」以此禮賢下士，招攬人心，果然劉邦自以不如，就沒撤換成功。蘇轍以此事論斷張良的「決成敗」，比起為漢朝開疆拓土，這是細瑣叢語，但藉此烘托張良識見廣遠和高超的謀略，以致能「以退為進」，全身而退。

　　　　安石善談笑，揮塵卻符秦。妄起并吞意，終殘吳越人。（〈讀史六首之五〉《欒城後集》卷一，《蘇轍集》冊三／頁 885）

東晉謝安談笑用兵，肥水之戰退卻前秦符堅。對於侵略者妄起并吞的野心，終究會招致滅亡的命運。蘇轍《歷代論‧苻堅》一文云：「堅雖有伯者之略，而懷無厭之心，以天下不一為深恥，雖滅燕定蜀，并秦、涼，下西域，而其貪未已，兵革歲克，而不知懼也。」〔註75〕蘇轍對亂起戰端之野心，是嚴加批評的。

（二）懷古型

　　懷古型的詠史內容，即覽跡懷古，重在登臨遊覽古蹟名勝，發思

〔註75〕《欒城後集》卷十《歷代論四》，頁 990，《蘇轍集》冊三。

古之幽情。〈赤壁懷古〉詩,即是。

> 新破荊州得水軍,鼓行夏口氣如雲。千艘已共長江嶮,百
> 勝安知赤壁焚。觜距方強要一方,君臣已定勢三分。古來
> 伐國須觀釁,意突成功所未聞。(《欒城集》卷十,《蘇轍集》冊
> 一/頁181)

漢獻帝建安十三年(208),曹操(155~220)任宰相,訓練水軍發兵
南下,當時劉表已死,次子劉琮,因畏懼曹軍的威勢而降伏,曹操以
大軍進控天下的戰略要地——荊州。農曆冬十一月,曹操由長江邊的
江陵城下,統帥十多萬大軍,順大江東下,越過洞庭湖,攻打吳蜀大
軍。十二月初抵達赤壁南方的巴丘,曹軍與孫權聯軍對峙,孔明藉東
南風勢,調兵遣將,燒得曹操全軍覆沒。赤壁一戰,奠定了魏、蜀、
吳三國鼎立的局面。〔註76〕轍詩末云:「古來伐國須觀釁,意突成功
所未聞」。「觀釁」出於《左傳、宣公十三年》:「(士)會聞用師,觀
釁而動。」釁,意指間隙,蓋謂曹操之敗乃違古人用兵伐國之意,過
於草率輕敵。也暗指宋朝不應隨意對外用兵。

> 古碑殘缺不可讀,遠人愛習未忍磨。相傳昔者顏太守,刻
> 石千歲字已訛。顏嚴平生吾不記,獨憶城破節最高。被擒
> 不辱古亦有,吾愛善折張飛豪。軍中生死何足怪,乘勝使
> 氣可若何?斫頭徐死子無怒,我豈畏死如兒曹!匹夫受戮
> 或不避,所重壯氣吞黃河。臨危閒暇有如此,覽碑慷慨思
> 橫戈。(〈顏嚴碑〉《欒城集》卷一,《蘇轍集》冊一/頁5)

古碑殘缺不可讀,遺事卻讓後人回味再三。顏嚴碑在忠州境內。此事
見《三國志、張飛傳》。張飛(166~221)隨劉備入蜀,至江州,張
飛破璋將巴郡擄獲太守嚴顏。飛大喝顏:「大軍至,何以不降而敢拒
戰?」顏答曰:「我州但有斷頭將軍,無有降將軍也。」飛怒,令左
右遷去斫頭,顏色不變,張飛壯而釋之,引為賓客。〔註77〕征戰生死

〔註76〕參看夏元瑜《三國之旅》(台北:號角出版社,1981年10月),頁
72~80。

〔註77〕晉、陳壽撰,宋裴松之注《三國志、蜀書、張飛傳》(台北:史學出

何足怪，面臨生死毫無畏懼，氣勢壯若山河，古來亦有，但若能有此
豪氣惜英雄，更屬難得。蘇轍對這段歷史，敬佩嚴顏城破不降的氣節
和勇氣，對張飛的敬愛更甚有之。「臨危閑暇有如此」，蘇轍覽碑思古
情懷油然而生，臨危不亂，這才是眞正的英雄豪傑。

> 千山欲盡垂爲鼻，百戰皆空但有城。虎闞穴中秦地恐，龍
> 飛渭上漢江傾。雍人未有章邯怨，魏將猶存仲達精。睍睆
> 陵遲春草滿，白羊無數向風鳴。(〈石鼻城〉《欒城集》卷一，《蘇
> 轍集》冊一／頁15)

關中險要，古來即是兵家必爭之地。石鼻城，位陝西省寶雞縣，爲三
國諸葛亮所建。秦末章邯降楚項羽封雍地，東漢末司馬懿謀略傑出，
以魏代曹篡漢。章邯該怨而未被怨，仲達精明以見城府之深，古戰場
上多少英雄人物，如龍、虎般躍然歷史舞台之上。英雄不論出身，歷
史只論成敗，在春草遍地，白羊無數的風聲中，百戰已成回憶，獨留
空城，予人憑弔。

> 尺箠西來讋敵中，趨馳力盡眾兵衝。舊封獨守君臣義，故
> 國長修俎豆容。平日軍聲同破竹，少年心事喜摧鋒。錦衣
> 眷戀多鄉思，肯顧田家社酒釀。(〈宿遷項羽廟〉《欒城集》卷六，
> 《蘇轍集》冊一／頁113)

項羽是一個力拔山河，英氣蓋世的英雄人物，在擊敗秦軍推翻暴秦政
治後，與劉邦形成楚漢相爭的場面。此詩寫他一生的英豪氣勢，似乎
看見項羽披甲而戰，瞋目而叱，衝鋒潰軍，斬將倒旗的神態和身影。
長江運河旁宿遷居民，[註78] 感念項羽的功績爲之立廟。想當年勢如
破竹，一路搶進關中，燒燒擄掠，見秦宮室殘破，又心懷思欲東歸，
「富貴不歸故鄉，如衣繡夜行，誰知之者！」[註79] 項羽是個只知武
略而不諳機謀的武夫，個性暴戾，卻又優柔寡斷，「錦衣眷戀多鄉思」

版社，1974年)，頁943（新校本廿五史）。
〔註78〕宿遷有崔野、桃園、漁溝三鎮，屬淮陽軍。在軍東南一百八十里。
　　　　淮陽軍治下邳。見《蘇轍年譜》，頁126（北京：學苑出版社，2001）。
〔註79〕《史記》卷七〈項羽本紀〉第七。

的評語，其天下霸業的失敗，實爲「婦人之仁」之禍害。下一首詩蘇
轍對項羽同樣寄予無限的感慨。

> 布叛增亡國已空，摧殘羽翮自令窮。艱難獨與虞姬共，誰
> 使西來敵沛公。（〈和子瞻濠州七絕之五——虞姬墓〉《欒城集》卷
> 三，《蘇轍集》冊一／頁 59）

布指英布，他初從項羽，後歸劉邦，成爲漢開國功臣；范指范增，乃
項羽謀士，曾勸之殺沛公劉邦，後項羽中反間計，去增之權，增憤而
離羽。全詩虛寫虞姬，實寫項羽不能知人善用，招致兵敗身亡，對西
楚霸王一代英雄，末路卻只能「獨與」虞姬共，通過「自令窮」其咎
由自取的批判，進行了諷刺。

> 猖狂戰國古神仙，曳尾泥塗老更安。厭世乘雲人不見，空
> 墳聊復葬衣冠。（〈和子瞻濠州七絕之三——逍遙堂〉《欒城集》卷
> 三，《蘇轍集》冊一／頁 59）

「曳尾泥塗」的莊子，在現實存在上，開拓一修養境界，不復形體驅
役，超塵離俗，透破禮教時空的束縛。蘇轍尾聯將道家「厭世」、「清
空」的思想，化入「空墳」的了無牽掛，稟棄一種形體價值的情念嗜
欲。古蹟覽懷，反而能超脫具體表象，體悟生命自由的道理。

　　另外，還寫下了一些詠史詩作，如〈磻溪石〉寫姜尚，〈郿塢〉
詠董卓，〈樓觀〉記老聃及尹喜。

（三）詠懷型

　　第三類詠懷型的歷史懷古，多藉歷史遺跡，古人古事，不直指事
件本身，而是經由對歷史的詠懷產生心靈上的吟詠和觸發，對生命、
人生內涵本質，作一番省思和探討。

　　蘇轍〈次韻子瞻感舊〉詩，藉指人物，名此喻彼，題詠感懷。

> 還朝正三伏，一再趨未央。久從江海游，苦此劍佩長。夢
> 中驚和璞，起坐憐老房。爲我忝丞轄，置身願并涼。此心
> 一自許，何暇憂陟岡。早歲發歸念，老來未嘗忘。淵明不
> 久仕，黔婁足爲康。家有二頃田，歲辦十口糧。教敕諸子
> 弟，編排舊文章。辛勤養松竹，遲莫多風霜。常恐先著鞭，

　　　　獨飲社酒嘗。火急報君恩，會合心則降。(《欒城後集》卷一，

　　　　《蘇轍集》冊三／頁 873)

詩裡對仕途起伏的戒愼恐懼，充滿了無奈及悲嘆。和璞，指唐道士邢
和璞，老房，指唐宰相房琯。「夢中驚和璞」指房琯前世爲禪師之事。
〔註80〕蘇軾〈破琴詩〉云：「……陋矣房次律，因循墮流俗。懸知董庭
蘭，不識無聲曲。」(《蘇軾詩集》卷三十三) 房琯因爲與董庭蘭的賄
賂事件有關，因此獲罪而罷相。蘇軾以唐相房琯比喻當時宰相劉摯，
並譏諷賈易、朱光庭。〔註81〕朔學劉摯與蘇軾當年同因反對新法而離
朝，現在爲相，卻招納洛黨人士排斥蘇氏兄弟，故譏刺他「可憐」。在
朝一日，蘇轍未嘗忘懷淵明、黔婁的風範，和蘇軾有同樣歸隱的願望。
陶淵明家貧就仕，「不爲五斗米折腰，拳拳事鄉里小人邪！」〔註82〕「黔
婁」有高名，隱居不仕。「常恐先著鞭」描述了蘇轍對政爭的心理恐懼，
眼前蘇轍不但未能歸隱，反而一再升官，雖有盡忠報恩的抱負，卻憂
心朝廷怨尤，實難敵現實與理想間的差距。

　　再看〈昭君村〉一詩：

　　　　峽女王嬙繼屈須，入宮曾不愧秦姝。一朝遠逐呼韓去，遙
　　　　憶江頭捕鯉魚。江上大魚安敢釣，轉柁橫江筋力小。深邊
　　　　積雪厚埋牛，兩處辛勤何處好。去家離俗慕榮華，富貴終
　　　　身獨可嗟。不及故鄉山上女，夜從東舍嫁西家。(《欒城集》

　　　　卷一，《蘇轍集》冊一／頁 8)

《漢書、匈奴傳》卷六十六：「竟寧元年（B.C.33），單于復入朝。……
單于自言願婿漢氏以自親。元帝以後宮良家子王嬙字昭君賜單于，單
于驩喜。」

─────────────

〔註80〕《蘇軾詩集》卷三十三〈破琴詩〉序：「序提到：「房琯與邢和璞出
　　　　遊，入廢佛寺，坐古松下。和璞使人鑿地，得寶中所藏婁師德與永
　　　　禪師書，笑謂琯曰」。
〔註81〕王文誥《蘇軾詩集》卷三十三，此節以琯爲相，忘卻本來面目，喻
　　　　摯而譏（賈）易、（朱）光庭，不能始終以洛黨攻我，乃甘心爲庭蘭
　　　　賣其師，而自售取利。是新琴，非破琴也。頁 17669～1770。
〔註82〕《晉書》卷九十四，列傳第六十四〈隱逸〉，頁 2460～2461。

　　《後漢書‧南匈奴傳》：「昭君字嬙，南郡人也。初元帝時以良家子選入掖庭，時呼韓邪來朝，帝敕宮女五人賜之。昭君入宮數歲不得見御，積悲怨乃請掖庭令求行。呼韓邪臨辭大會，帝召五女以示之，昭君豐容靚飾，光照漢宮，顧景徘徊，竦動左右。帝見大驚，意欲留之而難於失信，遂與匈奴。」

　　《漢書》與《後漢書》兩則資料是昭君故事的文本原型。王昭君容顏姝麗，被和元帝選為和親的身分。「北宋詩人詠明妃冷落漢宮之不幸，從指責毛延壽『忍為黃金不為人』、『憑仗丹青死誤人』方面去著筆」，〔註83〕蘇轍不著眼於此，卻著墨於昭君出塞後嫁呼韓的心理活動，在異邦享榮華富貴，位居后妃之貴，以「不及故鄉山上女，夜從東舍嫁西家」作結，責其「慕榮華，富貴終身」，來抒發自己對富貴的看法。大抵在推陳出新，翻轉新意，如清‧陳衍《石遺室詩話》說：論宋詩之工絕處，「淺意深一層說，直意曲一層說」。

> 屈原遺宅秭歸山，南賓古者巴子國。山中遺塔知幾年，過者遲疑不能識。浮圖高絕誰所為？原死豈復待汝力。臨江慷慨心自明，南訪重華訟孤直。世人不知徒悲傷，強為築土高岌岌。(〈屈原塔〉《欒城集》卷一，《蘇轍集》冊三／頁5)

屈原是秭歸（今屬湖北）人，一生未到過忠州。蘇轍一句「過者遲疑不能識」，既懷疑屈原塔的存在，一方面也驚訝屈原塔的存在，用反襯法烘托出屈原塔的建蓋，凸顯屈原在當地人心目中的地位與重要。全詩用詰問的語氣，三個問句，從世人蓋塔的地點、塔的高度，進而對屈原人格精神的質問，層層遞進翻轉，逼結出一般人徒具形式的表達，而忽略內在精神的實質意義。明心跡，訟孤直，「岌岌」「孤高」的廟塔標誌著孤直、不妥協的屈原，其實說的是蘇轍自己。

　　蘇轍經過屈原的故鄉時，曾寫了一首〈屈原廟賦〉，模仿屈原的口氣，反駁那些指責屈原投江而死的人，憤懣與無奈充塞其中。「彼

〔註83〕見張師高評〈南宋昭君詩之接受與誤讀〉，《第五屆中國詩會議論文集》。

其所處之不同兮，又安可以謗予？抱關而擊柝兮，余豈責以必死。宗國隕而不救兮，夫予舍是安去？予將質以重華兮，蹇將語而出涕。予豈如彼婦兮，夫不仁而出訴。慘默默兮何言兮？使重華之自為處。」（《欒城集》卷十七　329）蘇轍尊崇屈原的忠貞的氣節，對徒具形式的膜拜，是不以為然的。

〈寄題清溪寺〉詩，闡述他對人物精神崇高的讚揚，以及反映出對世人功名利祿追求的鄙棄。

> 清溪鬼谷子，雄辯傾六國。視世無足言，自閉長默默。蘇張何為者，欲竊長短術。學成果無賴，遂為世所惑。顛倒賣諸侯，傾轉莫可執。後世何不明，疑我不汝及。誰知居深山，玩世可終日。君觀二弟子，死處竟莫得。客齊自披裂，投魏求寄食。悠悠清溪中，石亂水流急。溪魚為朝餐，老死得安穴。居亂獨無言，其辯吾不測。（《欒城集》卷一，《蘇轍集》冊一／頁9）

「蘇秦者，東周雒陽人也。東事師於齊，而習之於鬼谷先生。」〔註84〕「張儀者，魏人也。始嘗與蘇秦俱事鬼谷先生，學術，蘇秦自以不及張儀。」〔註85〕蘇秦、張儀師事鬼谷子，蘇秦以合縱遊說六國，功成名就，佩帶六國相印，烜赫一時，最後「為燕作亂於齊，車裂徇於市」；而張儀以連橫為主，雄辯逞才，最後客死於魏國。兩人以權變之術，周遊六國以威逼行詐騙權謀。在蘇轍的眼裡，他們「學成果無賴」、「顛倒賣諸侯」是個不折不扣的無賴政客，以此對比鬼谷子「視世無足言，自閉長默默」清淨無為，抱虛守靜的形象，老莊道家靜默自處是蘇轍所欣賞的人生態度，他對鬼谷子不平之語，亦為對政治上讒言惑眾的不滿。最後六句，蘇轍以虛寫實，溪魚為朝餐、老死得安穴的自得自在批評政治上汲於權謀的人物，真正高深莫測的政治謀略數術，在天地「不言」的大化流行變化中。逞才恃物的外顯性格反而會傷了內在

〔註84〕《史記》卷六十九〈蘇秦列傳〉第九。
〔註85〕《史記》卷七十〈張儀列傳〉第十。

自然純美的本質，這也反映蘇轍內斂深沉的人格特質。

　　蘇轍詠史詩中多用典故。歷史懷古的主題，展現蘇轍政治、歷史的才華。「史論」主題的詠史詩，能有自己獨到的見識，如對「三良」詩的詮釋、對一代軍師「孔明」的評價等。「詠懷」主題的詠史詩，借古喻今，反映社會現實。「覽跡懷古」的詠史詩，主要為歌詠史跡，借題議論，對古來英雄豪傑的崇仰及評判，有一種精銳的史識和史觀。

　　高友工先生說道：「中國詩的傳統中由自然物境的描寫發展的所謂『山水、田園』的詩體，始終不能與自我心境的表現所生的『詠懷、言志』詩體分離」。〔註86〕不論山水、詠懷，其實都包含著許多傳統儒家的「典範」和「理想」。蘇轍主體之生命情境，「山水紀行」、「仕隱衝突」、「典範追尋」、「歷史懷古」以其建功立業的淑世精神在自我生命歷程中，不斷追尋、不斷焠鍊，實現自我生命價值與意義，為時代性士風突出的一個表率。

　　「宋代文學有強烈的政治性格」，〔註87〕對於蘇轍來說，詩歌是一個發聲的有力工具。尚氣節、重品格的宋代，蘇轍詩風所反映的主體意志的內斂與自覺，也正呈顯出蘇轍人格精神的表現。

第二節　社會現狀之關懷

　　知識份子對自我意識的價值所延伸出來的理性，便是社會關懷的主題。關心人民生活、批判社會政治、了解民情風俗，與掌握國防邊疆的狀況，呈顯出文人理性的行動反思。

一、民生疾苦

　　經世濟民乃是讀書人最重視的事。北宋社會國力積弱，須以大量

〔註86〕高友工〈文學研究的美學問題下：經驗材料的意義與解釋〉，《中外文學》第七卷，第十二期，1979 年 5 月。蔡英俊《比興物色與情景交融》（台北：大安出版社，1995 年，一版三刷），頁 336。
〔註87〕王水照〈宋型文化與宋代文學〉，見《宋代文學通論》（高雄：復文圖書出版社，2000 年 6 月）緒論，頁 5～20。

歲幣維持國家安定，以致於造成府庫財力負擔沉重，加上民間貧富的差距，一般人民必須繳納很高的稅賦，維持生計甚爲困難。

　　蘇轍寫了不少關心社會現實，反映民間疾苦的詩篇，在蘇轍的詩歌中，大量的紀錄了人民生活的面貌，將悲天憫人的胸懷，流瀉在文字當中。

（一）飢寒交迫

> 行過石壁盡，夜泊牛口渚。野老三四家，寒燈照疏樹。見我各無言，倚石但箕踞。水寒雙脛長，壞褲不蔽股。日莫江上歸，潛魚遠難捕。稻飯不滿盂，饑臥冷徹曙。安知城市歡，守此田園趣。祇應長凍餓，寒暑不能苦。（〈夜泊牛口〉
> 《欒城集》卷一，《蘇轍集》冊一／頁 2）

嘉祐四年（1059），蘇轍隨父兄出川，南行途中，沿途眞實的記錄下民眾心聲和反映了社會現實。此首詩，採用白描法，鋪敘排比枯索、凋敝的視覺景象，冷靜下觀照人民的痛苦。從遠景，燈的疏寒；近景，人的無言，沉悶的空氣中凝結著一股攝人的折磨，重重的剝削，已經使得精神上承受過重的壓力和苦痛，這一切似乎開始讓人變得麻木無知，猶如行屍走肉。面對詢問，也只是倚石箕踞，默默無語，冷漠以待。

　　蘇轍緊抓住匱乏的生活需求，「寒」、「饑」字兩次出現，對應了鄉野與城市之間的差別，強烈的表達了對現實的不滿。「不蔽股」、「不滿盂」、「冷」、「凍」、「苦」字疊出，饑寒交迫的情景對映歡樂富足，在在控訴著生活的悲苦與無奈。所謂仁宗治世，人民過的竟然是衣不蔽體、食不果腹的淒慘日子。而這種情形，並不只是牛口（在四川宜賓附近）一地的狀況，似乎是所到之處都存在的普遍現象。

> 舟行千里不至楚，忽聞竹枝皆楚語。楚言啁口折安可分，江中明月多風露。扁舟日落駐平沙，茅屋竹籬三四家。連春並汲各無語，齊唱竹枝如有嗟。可憐楚人足悲訴，歲樂年豐爾何苦。釣魚長江江水深，耕田種麥畏狼虎。（〈竹枝歌〉
> 《欒城集》卷一，《蘇轍集》冊一／頁 5）

蘇轍在忠州寫的這首〈竹枝歌〉，以樂府形式的歌行體，展現強烈的現實精神，特寫了未嫁的老處子之苦。首句「忽」字的轉折，逆勢將氣氛帶入一種未知。以下，詩人用四句寫平常之景，側筆帶入「楚地」的主題，江水、明月、扁舟、日落、茅屋、竹籬似與一般無不相同，但卻是哀聲遍野，慘悽的竹枝聲，聽之令人鼻酸，聞者無不動容。原來諷刺的是「歲樂年豐爾何苦」，連「歲樂年豐」的生活都如此悲慘，那凶年的境況就可想而知了。

> 俚人風俗非中原，處子不嫁如等閒。雙鬟垂頂髮已白，負水採薪長苦艱。上山採薪多荊棘，負水入溪波浪黑。天寒斫木手如龜，水重還家足無力。山深瘴暖霜露乾，夜長無衣猶苦寒。平生有似麞與鹿，一旦白髮已百年。江上乘舟何處客，列肆喧譁占平磧。遠來忽去不記州，罷市歸船不相識。去家千里未能歸，忽聽長歌皆慘悽。空船獨宿無與語，月滿長江歸路迷。路迷鄉思沙何極，長怨歌聲苦凄急。不知歌者樂與悲 ，遠客乍聞皆掩泣。(〈竹枝歌〉同上)

楚地婦女的境遇，讀來令人憐惜。昔日未嫁之女，如今饕髮已白，還要負水採薪，一連六句，寫出生計的困厄與辛苦。上山、入溪，上下奔波，日夜忙碌，「黑」、「寒」、「手如龜」、「足無力」，層遞點出「山深瘴暖」「夜長無衣」的主題。「苦」字的斷續穿插，低迴不已，不斷的強調身體心靈上的痛苦。後半部「忽」字再次的使用，客人到來的突兀襯顯出生命的戲謔性。遊客遊樂性的過往，引起詩人去家萬里未能歸的感嘆。此時的「無與語」和前半段的「各無語」更加深蘇轍內心的傷感，面對人間苦痛的聲音和自己人生未知的前途，不僅老處子，連歌者、詩人都感染這種凄迷的哀苦。

（二）勞役之苦

民生疾苦的主題除上之外，亦有表現在勞役問題上面。如：〈次韻子瞻吳中田婦嘆〉詩：

> 久雨得晴唯恐遲，既晴求雨來何時。今年舟楫委平地，去

年簑笠為裳衣。不知天公誰怨怒，棄置下土塵與泥。丈夫
強健四方走，婦女齷齪將安歸。塌然四壁倚機杼，收拾遺
粒吹糠粞。東鄰十日營一炊，西鄰誰使救汝飢。海邊唯有
鹽不旱，賣鹽連坐收嬰兒。傳聞四方同此苦，不關東海誅
孝婦。（《欒城集》卷五，《蘇轍集》冊一／頁81）

這是一首蘇轍唱和蘇軾的詩。蘇軾〈吳中田婦嘆〉原作的描寫著重
寫實，痛陳民隱。

……汗流肩䫊載入市，價錢乞與如糠粞。賣牛納稅拆屋炊，
淺慮不及明年饑。官今要錢不要米，西北萬里招羌兒。龔
黃滿朝人更苦，不如卻作河伯婦。（《全宋詩》卷七九一／頁9167）

而蘇轍唱和的焦點，將事實陳述的過程，加入劇情化的情節，風不調，
雨不順，丈夫奔走四方，婦女齷齪安歸，家中四壁蕭條，米缸唯有遺
粒糠粞，炊食難繼。「救飢」之法何有？末尾，連用「賣鹽連坐收嬰
兒」、「不關東海誅孝婦」將賣嬰兒、誅孝婦維持生活，突出慘絕人寰
的景況，更具批判性。

興事常苦易，成事常苦難。不督雨中役，安知民力殫。年
來上功勳，智者爭雕鑽。山河不自保，疏鑿非一端。譏訶
西門豹，仁智未得完。方以勇自許，未卹眾口嘆。天心閔
劬勞，雨涕為汍瀾。不知泥淖中，更益手足寒。誰謂邑中
黔，邊筭亦不寬。王事未可回，后土何由乾。（〈和子瞻開湯
村運鹽河雨中督役〉《欒城集》卷四，《蘇轍集》冊一／頁79）

蘇軾當時是盧秉提舉鹽事，擘畫開運鹽河，差夫千餘人，於大雨中督
役。開運河，目的只為運鹽，既非農事，役民使事，秋田未了，又妨
農事。

而蘇轍以議為敘，反筆立意，巧妙以苦為幸，「不督雨中役，安
知民力殫。」暗喻因禍得福，才得以看清當政者的昏庸和無能，不顧
民勞，在農忙之時而妄開運河勞民傷財。此冷筆寫來，字字針貶，「苦」
字貫穿全詩，心痛之極。蘇轍在〈制置三司條例司論事狀〉中認為「因
民之佚而用國之富以興水利」則可，但反對「因民之勞而乘國之貧以

興水利」。〔註88〕蘇轍〈和子瞻開湯村運鹽河雨中督役〉一詩譏刺變法派人士好大喜功，不顧民怨，「上功勳」、「爭雕鑽」，連以治水聞名的西門豹，都不放在眼裡，並且譏訶西門豹仁智皆不完備，無法有效整頓河川，發揮效能。然等蘇轍「勇」字一出，匹夫逞能好勝，獨斷獨行之狀，活靈活現。老天爺憐憫人民辛勞，擬人法將雨涕化爲汝瀾，掬下同情之淚，事實上，這也正是蘇轍對民間疾苦寄予深切的悲憫。他主張役使必須要「不奪其力，不傷其財，使人知農之可樂，則將不勸而自勵。」〔註89〕

結尾再次以反語收束全詩，人民要脫離痛苦，唯有朝廷以民爲先，罷除不當勞役，還民以時，才能眞正解決民生疾苦。

此詩比起蘇軾「天雨助官政，沄然淋衣纓。人如鴨與豬，投泥相濺驚。下馬荒堤上，四顧但湖泓。線路不足容，又與牛羊爭」〔註90〕的直筆敘事，蘇轍詩多了婉曲，其據事直陳，褒貶判見，涵蘊史家筆法。

（三）天災之苦

〈次韻王適大水〉一詩，描寫元豐三年（1080）七月蘇子由至筠州鹽酒稅任，六月筠水泛濫成災，〔註91〕他到達筠州時，大水初去，州府城門被沖壞，農田被淹沒，閭里破蔽，城市如墟，一片殘敗景象。詩中憂心、悲憫的心情，正是蘇轍關懷民生，體現儒家人文精神的最佳寫照。

> 高安昔到歲方閏，大水初去城如墟。危譙墮地瓦破裂，長橋斷纜船逃逋。漂浮隙穴亂群蟻，奔走砂礫摧嘉蔬。里閭

〔註88〕《蘇轍集》冊二，《欒城集》卷三十五，頁 609〈論時事狀三首〉之一。

〔註89〕同上註，頁 609。

〔註90〕〈湯村開運河雨中督役〉，見《蘇軾詩集》卷八，《全宋詩》卷七九一，頁 9163。

〔註91〕孔凡禮《蘇轍年譜》，頁 215。筠州於北宋屬江南西路，江南地區，「山區可耕之地不多，發展農業困難，平地又多是低窪，容易遭到水災。」參見程民生著：《宋代地域經濟》第二章《農業經濟的地域特徵》，頁 92～93（台北：雲龍出版社，2002 年 3 月）。

破散兵火後，飲食敝陋魚蝦餘。投荒豈復有便地，遇災祇
復傷羸軀。人言西有蛟蜃穴，閏年每與風雨俱。漫溝溢壑
恣游蕩，傾崖拔木曾須臾。雞豚浪走不復保，老稚裸泣空
長吁。滯留再與滋水會，淪胥未晒斯民愚。人生所遇偶然
耳，得失何用分錙銖。（〈次韻王適大水〉《欒城集》卷十二，《蘇
轍集》冊一／頁 233）

「閏年每與風雨俱」意謂筠州遇閏年大水，每遇天災不可避免的，受
災最深的一定是平民老百姓。身為地方父母官，蘇轍寫下最沉重的記
憶，如實呈現百姓流離失所的苦難。前半部八句寫景，連用一串動詞，
墮、破、裂、斷、逃、漂、浮、亂、奔、走、破、散、敝、陋，一句
一句將驚心動魄、殘破的情形稠密的層層入裡，而密集的實字，字字
敲打著災禍下驚恐的倖存者，動詞的巧用，造成詩歌層波疊瀾之境
界，予人留下深刻印象。〔註92〕

　　後半部，夾敘夾議，「人言」二句，透露著蘇轍宿命的想法，生
命無常，洪水一來，須臾一瞬，「漫溝溢壑」、「傾崖拔木」、「雞豚浪
走」帶走了身邊所有。末尾，以設問「滯留再與滋水會」的「愚」，
歸結出一種「無常」「無住」禪理，啟示人生要有忘懷得失的大智慧。

　　蘇轍晚年閑居潁昌，身居田里，目睹農家艱辛，也寫了一些同情
人民生活的作品。在詩人六十三歲（1101）始十年的隱居生活中，對
人民百姓生活的描繪，寄寓著儒家仕子淑世的精神。〈次遲韻對雪〉：

雪寒近可憂，麥熟遠有喜。我生憂喜中，所遇一已委。平
生聞汝南，米賤豚魚美。今年惡蝗旱，流民鬻妻子。一食
方半菽，三日已于耜。號呼人誰聞，惻惻天自邇。繁陰忽
連夕，非霰墮千里。卷舒驚太速，原隰殊未被。貧家望一
麥，生事如毛起。薦饑當逐熟，西去真納履。（《欒城後集》
卷三，《蘇轍集》冊三／頁 919）

首句憂喜參半，一則以憂雪寒，一則以喜麥熟，點出人生中複雜矛盾

〔註92〕黃永武《中國詩學・設計篇》（台北：巨流圖書公司，1966 年），頁
　　　82～83。

的情緒。正反相稱中，鋪敘詩人憂心民間疾苦的心境。魚米之鄉的江南，蝗災天旱，饑餒餓凍，人民陷於慘惡的困境中，鬻妻賣子，號呼聲四起，風雲為之變色，自己卻又無法改變現狀。結句「薦饑當逐熟，西去真納履」，依稀見到一垂暮老朽，孜孜矻矻奔走張羅的景象，叫人不忍。另一首〈喜雨〉詩則又更深切的剖析人民生活艱困的聲音。

> 棄官分所甘，年來祿又絕。天公尚憐人，歲賚禾與麥。經冬雪屢下，根鬣連地脈。庖廚望麨餌，甕盎思麴蘗。一春百日旱，田作龜板拆。老農淚欲墮，無麥真無食。朱明候纔兆，風雷起通夕。田中有人至，膏潤已逾尺。繼來不違願，飽食真可必。民生亦何幸，天意每相恤。我幸又已多，鋤耒坐不執。同爾樂豐穰，異爾苦稅役。時聞吏號呼，手把縣符赤。歲賦行自辦，橫斂何時畢？（《欒城後集》卷四，《蘇轍集》冊三／頁926）

先以詩人自己棄官歸隱的立場寫起，天公「憐」人，「歲賚禾與麥」慶幸退隱後的生活仍有依靠，而嗸嗸百姓竟只能處於「一春百日旱，田作龜板拆。老農淚欲墮，無麥真無食」的絕境，被動的等待那無可預期的甘霖，生計全在無法掌握的未知中，這是何等的諷刺！「幸」字的自我嘲解，「民生亦何幸」「我幸又已多」，不過是人民對生存的一點奢求。轍詩藉由情境的轉折，將生活的苦痛迸發出一股怒吼。寫雨為虛，寫民之苦為實。末尾六句，官場、百姓對比，上位者，樂；下階層，苦；官吏剝削橫虐魚肉百姓，而人民只有望天興嘆，詰問的呼歎沉痛的為下層民眾控訴官吏橫爭暴斂的真面目。

（四）退隱後所見民之疾苦

宋徽宗年間，是北宋經濟嚴重衰退的一個時期。東南兩浙區域因受到連年的自然災害，尤其元祐五年（1090）至六年的一次水患，「諸郡災傷，而今歲大水，蘇、湖、常三郡水通為一，……父老皆言耳目未曾見，流殍之勢，甚於熙寧。」〔註93〕財富損耗殆盡，人口大減，

〔註93〕語見《長編》卷六四一，元祐六年七月己巳。參程民生著：《宋代地

人民生活困苦，虧簣屢現，須十數年的休養生息才能恢復。

蘇轍退隱之後，對社會黑暗面亦有不少觀察深刻的詩篇。如：

> 東南皆民居，屋敗如齬齒。(〈茸居五首之五〉《欒城後集》卷四，
> 《蘇轍集》冊三／頁 924)

> 鄰田老翁嫗，囊空庾無粟。機張久乏緯，食晏惟薄粥。(〈種
> 麥〉《欒城三集》卷二，《蘇轍集》冊三／頁 1180)

詩人眼見著田老翁嫗房屋的殘破，生活的困苦。無米無粟，缺絲線織布，吃著薄粥，就在一片哀號聲中，老天似乎憐憫這群百姓的痛苦，降下了令人歡欣的甘霖。

> 夏田已報七分熟，秋稼方憂十日乾。好雨徐來不倉卒，天
> 公似欲救艱難。(〈喜雨〉《欒城三集》卷二，《蘇轍集》冊三／頁
> 1180)

而連年的荒災，更是讓蘇轍感到十分難過。應該為農作物即將收成而高興，卻又憂心十日以來的乾熱，幸好老天爺憐憫這些可憐的百姓，降下雨水，解決了他們艱難的生活。蘇轍「欲救」二字，一語道盡農民生活的艱難與困苦。

> 今年陳宋災，水旱更為虐。閉糴斯不仁，逐熟自難卻。(〈十
> 一月十三日雪〉《欒城後集》卷三，《蘇轍集》冊三／頁 908)

> 陽淫不收斂，半歲苦常燠。禾黍飼蝗蝥，粳稻委平陸。民
> 飢強扶耒，秋晚麥當宿。(〈立冬聞雷〉《欒城後集》卷三，《蘇轍
> 集》冊三／頁 916)

蘇轍詳實的紀錄農民生活的困境。陳、宋之地，水患為虐，農作物收成無望。其他地方，是受到烈日高照、酷熱的旱災所苦，加上蝗蟲肆虐，粳稻一夕之間全被蟲害入侵，饑民處處，勉強將餘糧充飢止腹。

> 飢民畏寒尤惡雪，旋理破裘紉敗纈。(〈次遲韻寄遄邈〉《欒城
> 後集》卷三，《蘇轍集》冊三／頁 919)

> 縣符星火雜鞭箠，解衣乞與猶怒嗔。(〈秋旅〉《欒城三集》卷
> 三，《蘇轍集》冊三／頁 1189)

域經濟》第六章《區域經濟的歷史變化》，頁 336～337。

二句之內，「飢」、「寒」、「雪」、「破裘」、「敗纊」，衣食不飽，衣容不整，環境的險惡與生活的匱乏，構成一幅天怒人怨的飢饉圖。人民痛苦無處可申，卻又還得面對官吏無情的剝削鞭箠，「解衣乞與猶怒嗔」，以僅有的衣服抵稅，還遭到「嗔」、「怒」相向的對待，這豈是一個憂國憂民的蘇轍樂意見到的事？

（五）批評當政者的冷漠

面對災民痛苦的呻吟、哀嚎，蘇轍在〈欲雪〉一詩諷刺著當政者的厚顏無恥，枉顧人民性命。

> 今年麥中熟，餅餌不充口。老農畏冬旱，薄雪未覆畝。驕陽引狂風，三白知應否。久晴車牛通，薪炭家家有。唯有口腹憂，此病誰能救。達官例謀身，一醉日自富。尚應天愍人，雲族朝來厚。飛花得盈尺，一麥可平取。（〈欲雪〉《欒城三集》卷一，《蘇轍集》冊三／頁1161）

田中農穫收成爲上繳稅收，農民生活無法溫飽。冬天畏懼旱災，老農深怕收成影響生計。家家有薪炭，卻有口腹憂。這一連串的否定拋出，問當政者誰能救之，反諷的是「達官例謀身，一醉日自富。」爲官者達官謀身，爲自身利益醉中求富，相對比於下階層人民的凍餒，盈尺飛花的喜悅，痛切的批評著社會不公、貧富之間的差距、人民財富的不均，農村裡受到政府無情的對待。

> 春旱時聞摯火然，刑山龍老不安眠。麥生三寸未覆壟，雨過一犁初及泉。深愧貧民飢欲死，可憐肉食坐稱賢。南齋遺老知尤幸，湯餅黃虀又一年。（〈春旱彌月郡人取水邢山二月五日水入城而雨〉《欒城三集》卷三，《蘇轍集》冊三／頁1187）

「深愧」、「可憐」深深的刺痛著蘇子由的心靈，面對新法變革的錯誤與草率，廣大人民便是制度下無辜的犧牲品。「尤幸」，此乃苦語，慶幸自己粗茶淡飯又撐過一年。蘇轍認爲天災與人事是有關的。詩句字字鋪敘，褒貶興寄其間，陳敘苦痛傷悲，控訴昏政下人民的悲哀與無奈。

「北宋時期，七言古詩裡的敘事詩比較多，它主要有兩類。一類

是繼承盛唐敘事詩和中唐元、白等人生姿搖曳，風韻婉然的七古長篇故事詩的傾向的詩篇；另一類則是關心國計民生、反映社會現實的詩篇。」〔註94〕蘇轍在此類的主題上，靈活的運用了七言詩，甚至加上故事性的陳述，使敘事說理更具批判力。

「蘇子由晚年多令人學劉禹錫詩，以為用意深遠，有曲折處。」〔註95〕「蘇黃門詩北歸後效白公體」，〔註96〕劉禹錫、白居易以社會寫實詩稱著，詩多用隱語諧聲，夾雜諷喻寫民間疾苦。蘇轍則學習其針貶諷刺精神，以平鋪直敘的手法，事實描繪，歷歷在目，成為一部寫實的社會史，見證歷史的悲喜苦痛。

二、風土民情

風土鄉俗的主題是蘇轍詩集中另一值得注意的部分。

蘇轍〈次韻子瞻記歲莫鄉俗三首〉是次韻蘇軾〈歲晚相與饋問為饋歲酒食相邀呼為別歲至除夜達旦不眠為守歲之風俗如是余官於崎下歲暮思歸而不得故為此三詩以寄子由〉所作，其對答中約略可歸納出蜀地風俗，作為資料參考。蘇轍對故鄉「蜀」地的眷戀，屢屢提及，詩集中留下一些鄉土風俗的紀錄，以及節慶的生活描述，關心地方鄉土，念昔人民情感，是頗具人文色彩的學者詩人。

（一）過年年俗

〈次韻子瞻記歲暮鄉俗三首〉，其一〈饋歲〉：

周公制鄉禮，無有相通佐。鼎肉送子思，烝豚出陽貨。交親隨高低，豈問小與大。自從此禮衰，伏臘有飢臥。鄉人慕古俗，酬坐等四坐。東鄰遺西舍，迭出如蟻磨。寧我不飲食，無爾相答過。相從慶新春，顏色買愉和。(《欒城集》

〔註94〕 詳見王錦九〈北宋的長篇敘事七言古詩〉，《宋代的七言詩》(天津人民出版社，1993 年 11 月)，頁 396～403。

〔註95〕 《宋詩話全編》冊玖，《魏慶之詩話》，頁 9167，江西古籍出版社。

〔註96〕 趙與時《賓退錄》卷六，見《叢書集成初編》(北京：中華書局，1985年) 冊 315，頁 68。

卷一,《蘇轍集》冊一／頁 17)

一年將盡,正是農功已畢,歲事相佐的時節。蘇軾說得好:「……爲歡恐不及,假物不論貨。山川隨出產,貧富稱小大。實盤巨鯉橫,發籠雙兔臥。富人事華靡,綵繡光翻座。貧者愧不能,微摯出春磨。……」(〈饋歲〉《蘇軾詩集》卷三)

蘇軾從對比寫不論小大、貧富,鄉人都全力動員,沉浸在過節的歡樂氣氛中。蘇轍則從今昔的對比,昔日「無有相通佐」,今日鄉人「歲事得相佐」來襯顯蜀地人民的善良風俗。蘇轍以軾詩「貧富稱小大」反襯「豈問小與大」烘托出「饋」字。周公制禮作樂,訂定禮儀風俗,正人心,明先後。子思、陽貨,語出《論語》,彼此不論親疏、遠近,鄉里間互相分送食物,一同賀節,慶祝新的一年來臨。尤其以「蟻磨」二字用得最爲傳神,蟻群的分工合作,紛紛沓沓傳遞消息,運送糧食,「寧我」一詞,曲盡古俗精神,叫人神往。寧可自己不飲食,也要饋贈東鄰西舍,無相推咎過錯的美善相從,爲新春帶來愉悅的顏色。題材雖陳腐,寫來卻有新味。

其二〈別歲〉,鄉人酒食相邀之俗,亦稱爲別歲。

> 富貴日月速,貧賤覺歲遲。遲速不須問,俱作不可追。親舊旦酣飲,送爾天北涯。歲歲雖無情,從我歷四時。酌爾一杯酒,留我壯且肥。長作今歲歡,勿起異日悲。掉頭不肯顧,曾莫與我辭。酒闌氣方橫,豈信從爾衰?(同上,頁 17)

揮別舊歲,歎時光流逝容易。詩,四句一轉,首段「遲速」,次段「無情」,三段「歡悲」,末段的「辭衰」,頓挫之間圍繞著時光予人百感交集的感覺。儘管是富貴貧賤,歲月俱不可追。親舊友朋,兩地相別,空間的距離只會突增時間的無情。今日長歡,而異日生悲,歡悲所謂無常。以「掉頭不肯顧,曾莫與我辭」沉痛之語出之,歲晚酒食觥籌交錯,氣力方橫,「豈信」之言警快,頗有振奮之勢,一別歲末年去,歲月無情「愁衰人」的惆悵。

守歲,家人至除夜達旦不眠,通宵相守,迎接新年的到來,謂之

守歲。其三〈守歲〉：

> 於菟絕繩去，顧兔追龍蛇。奔走十二蟲，羅網不及遮。嗟我地上人，豈復奈爾何？未去不自閑，將去乃諠譁。天上驅獸官，爲君肯停檛。魯陽揮長戈，日車果再斜。釀酒勸爾醉，期爾驀蹉跎。偕醉遣爾去，壽考自足誇。（同上）

此詩，蘇轍用了豐富的想像力和譬喻，生動的描繪季節交換，年歲更替的面貌，脫俗熱鬧的筆調，帶來新的視覺感官意象。於菟絕繩，兔追龍蛇，「於菟」虎之稱謂。〔註 97〕虎年將過，兔反追龍蛇的妙思，將生肖排行的錯亂，緊密結合天上十二星座，奔走逃逸，動亂不安，羅網不及遮的奇想，生動的掌握住歲月帶來的震撼。「天上驅獸官，爲君肯停檛。魯陽揮長戈，日車果再斜」人類對命運年歲的無力感，面對日復一日的轉變，也只有把握當下。以「醉」的消然，泯去時光的消逝。

前人何蝯叟曾評：「時文忠、文定同舉進士，授官未久，年在三十以前，詩中乃兢兢於衰老壽考，蓋志惜日，深懼時逝，雖春秋鼎盛，名位鵲起，不自矜持。」〔註 98〕頗得詩中之意。全家團圓守歲，吃食夜飲，則是漢民族共有的風俗文化傳統。

以上三首詩，寫於嘉祐七年（1062）蘇軾兄弟唱和故鄉風俗之淳厚，送往迎來，不分彼此，令人難以忘懷。孟元老《東京夢華錄》中記載了東都汴京城除夕夜的情形。「至除日，禁中成大儺儀並用皇城親事諸官諸班直戴假面。繡畫色衣，執金鎗龍旗。……教坊南河炭醜惡魁肥裝判官，又裝鍾馗小妹、土地、灶神之類，共千餘人，自禁中驅祟。出南薰門外轉龍彎，謂之埋祟而罷。是夜禁中爆竹山呼，聲聞于外，士庶之家，圍爐團坐。達旦不寐，謂之守歲。」〔註 99〕中原文

〔註 97〕宋・黃徹：《䂬溪詩話》卷十云：「子美『於菟侵客恨』，乃楚人謂虎爲『於菟』，方言也。」見丁福保輯：《歷代詩話續編》（台北：木鐸出版社，1983 年 9 月初版）頁 396。

〔註 98〕曾棗莊主編《蘇詩彙評》，四川文藝出版社，《蘇文忠公詩集》卷三，頁 97，引楊鍾義《雪橋詩話》初集卷一二。

〔註 99〕宋・孟元老撰、鄧之誠注《東京夢華錄注》，卷之十〈除夕〉，頁 253（台北：漢京文化事業有限公司，1984 年）。

化有所謂：「守冬爺長命，守歲娘長命。」〔註100〕從敘述以上可以得知，中原地區與蜀地文化在除夕夜保持著相同之習俗。

（二）其他年俗

1. 蠶絲祝新年

〈己丑除日二首之二〉一詩，記錄著京西北路潁昌一地的年俗。

> 橘紅安穩近誰傳？予舊有腹疾，或教服橘皮兼丸，經月良愈。鬢雪蕭騷久已然。梅柳任教修故事，蠶絲聊與祝新年。敲門賀客辭多病，守歲諸孫聽不眠。粗有官酤供夜飲，一瓶渾濁且稱賢。（《欒城三集》卷二，《蘇轍集》冊三／頁1177）

大觀三年（1109）蘇轍在徽宗朝已隱居十年之久，對風土鄉俗的關心仍舊成為他詩中的題材。〈己丑除日二首之二〉寫的就是在潁昌之地鄉人過年的風俗。「梅柳任教修故事，蠶絲聊與祝新年。」「梅柳」、「蠶絲」與新年的聯繫在於年俗應景食物的不同。所謂「鄉人以餳蜜和麵，象梅枝柳葉，又以肉雜物為羹，名之曰蠶絲。」〔註101〕這是很值得注意的北方飲食文化。

另外，蘇轍〈記歲首鄉俗寄子瞻二首〉此詩亦紀實之作，紀錄了「踏青」與「蠶市」的兩個重要節日。

2. 上元節

另外，正月十五稱為上元節，又稱元夕節或元宵節。京城張燈五天，各地三天，城門弛禁，通宵開放，視為元旦假期的終了，故百姓大都出外賞燈看花，城中熱鬧非凡。

> 照水疏燈出，因風遠樂聞。（〈上元夜〉《欒城集》卷十三，《蘇轍集》冊一／頁240）

> 燈光欲凝不驚風，月色初晴若發蒙。……荒城熠燿相明滅，野水芙蓉亂白紅。（〈次韻王適上元夜二首之一〉《欒城集》卷十三，

〔註100〕《東京夢華錄》，頁254，「守歲」條。陳元靚《歲時廣記》四十，引《歲時雜記》，癡兒騃女多達旦不寐。

〔註101〕〈己丑除日二首之二〉詩自註。

《蘇轍集》冊一／頁 241）

　　宿雨初乾試火城，端居無計伴遊行。(〈次韻王適上元夜二首之

　　二〉《欒城集》卷十三，《蘇轍集》冊一／頁 241)

人聲鼎沸、燈火通明的元宵夜，有「熠燿相明滅」的花燈、「火城」
般的喧雜嬉樂，花火、爆竹等五彩繽紛的上元節慶，在詩人筆下，卻
成了幽靜空明的離俗世界。上元節熱鬧的慶典活動，詳實的紀錄在蘇
轍的詩歌當中，可與社會生活史相對照。

3. 踏　青

　　正月七日為人日，民間有人日郊外踏青之俗，「春日登臨自古為
適，但不知七日竟起何代？」〔註102〕民間在此日剪彩絹人像，貼在
屏風或髮鬢上，表示人入新年後形貌更新。民間還用麵作成肉餡或
素餡春繭，內藏有官品的紙籤或木片，食時探取，以卜將來官品的
高低。〔註103〕蜀中習俗，人日至郊外踏青遊覽。蘇轍〈郊外踏青詩
序〉：「眉之東門十數里有山曰：蟆頤。山上有亭榭松竹，下臨大江，
每正月人日，仕女相與遊嬉飲酒于其上，謂之踏青。」〔註104〕人日
踏青，這是過年年俗至元宵前節目的延續之一。

　　江上冰消岸草青，三三五五踏青行。浮橋沒水不勝重，野店

　　壓糟無復清。松下寒花初破萼，谷中幽鳥漸嚶鳴。洞門泉脈

　　（月永）龍晴動，觀裏丹池鴨舌生。山下瓶罌露稚孺，峰頭

　　鼓樂聚簪纓。縞裙紅袂臨江影，青蓋騑騮踏石聲。曉去爭先

　　心蕩漾，莫歸誇後醉從橫。最憐人散西軒靜，曖曖斜陽著樹

　　明。(〈踏青〉《欒城集》卷一，《蘇轍集》冊一／頁 18)

〈踏青〉一詩紀錄下當時三三兩兩、男男女女出外踏青的盛況。循著
翠綠的春色，江上遠景，浮橋沒水，冰雪初消，鏡頭由遠而近，岸邊

〔註102〕《古今圖書集成》(陳夢雷原編著，楊家駱主編，鼎文書局，1977
　　　　年4月年5月初版) 第一七冊，〈歲功典〉第二十五卷，頁260。

〔註103〕《宋遼西夏金社會生活史》第二十六章〈節日〉，頁448。(朱瑞熙、
　　　　張邦煒等著，中國社會科學出版社，1998年8月)

〔註104〕《古今圖書集成》第一七冊，〈歲功典〉第二十五卷，〈人日部紀事〉，
　　　　頁264。

景色，野店壓槽，仰視寒花破蓴，靜聽幽谷鶯鳥鳴漸，俯看泉脈湧動，
池水鴨戲。詩裡，利用視覺與聽覺來描摹這動人的春光景色，靜中寓
動，動中有靜，跳躍的勾勒出山水好景。同是踏青，平民與富人亦不
同。「山下瓶罌潑稚孺，峰頭鼓樂聚簪纓。縞裙紅袂臨江影，青蓋驊
騮踏石聲。」平民百姓飲酒鼓樂，暢快的席地而坐；富貴人家坐著驊
騮馬匹，披紅載紫臨江遠眺。「曉去爭先心蕩漾」爭先恐後的一覽這
春色，貼切的傳達踏青與人的關係，倘佯於大自然的暢意愉悅，熱鬧
的蜀地鄉俗，如同一幅生動的風俗寫生。

4. 蠶　市

　　「成都記：三月三日遠近祈福於龍橋，命日蠶市。」〔註105〕蜀
中於蠶市，出賣農具和蠶器，於古相沿成俗。「蜀人衣食常苦艱，蜀
人遊樂不知還。……破瓢爲輪土爲釜，爭買不啻金與紈。……」（〈和
子由蠶市〉《蘇軾詩集》卷四）蜀人生活貧困，日常用品缺乏，各種
器具都是物盡其用，轉賣各種用品，以便於再次利用。

> 枯桑舒牙葉漸青，新蠶可浴日晴明。前年器用隨手敗，今
> 冬衣著及春營。傾囷計口賣餘粟，買箔還家待種生。不惟
> 箱篚供婦女，亦有鉏鑄資男耕。空巷無人鬥容冶，六親相
> 見爭邀迎。酒肴勸屬坊市滿，鼓笛繁亂倡優獰。蠶叢在時
> 已如此，古人雖沒誰敢更？異方不見古風俗，但向陌上聞
> 吹笙。（〈蠶市〉《欒城集》卷一，《蘇轍集》冊一／頁18）

蘇轍入題先扣題旨，再鋪敘論述。蠶市，早在蠶叢在時就已如此，古
人雖沒，習俗仍不斷流傳下來。廢棄的器具，厚重的衣裳，轉賣後又
可以再加以利用。百姓以物易物，買賣之間，提供生活上的出路，婦
女、男丁都有所獲。蠶市期間，十分熱鬧，競著新衣，比艷容貌，親
友相邀，喝酒賞樂，鼓笛倡優，擠滿市坊。古風俗令人神往，可惜詩
人離家在外，空想家鄉點滴，徒增鄉愁。

〔註105〕《古今圖書集成》第一七冊，〈歲功典〉第三十九卷，〈上巳部〉，
　　　　　頁406。

（三）慶典祭祀

除了記載蘇轍家鄉蜀地的風光之外，對於宋人慶典祭祀，也是詩中著墨之處，寫下〈秋祀高禖二絕〉。〔註106〕「帝嚳高辛氏始行郊禖之祀。宋仁宗景祐四年置赤帝像於宮中，始設高禖之祀，以祈皇嗣。」〔註107〕「宋朝天子吉禮中的每一位神，都被賦予專門的庇祐功能。相傳商的祖先『高辛妃簡狄吞燕卵而生契』於是『后王以爲禖官』特設爲高禖之祀」。〔註108〕

> 蕩蕩巍巍堯舜前，一丘惟見柏森然。後來秦漢何堪數，跋扈飛揚得幾年！（《欒城集》卷八，《蘇轍集》冊一／頁142）
>
> 乾德年終初一新，頹垣破瓦委荊榛。興亡舉墜干戈際，閒暇方知國有人。（同上）

高辛氏乃帝嚳，黃帝之曾孫，帝堯之父。〔註109〕裴駰《史記集解》引《皇覽》：「帝嚳冢在東郡濮陽頓丘城南臺陰野中」。濮陽距南都（商丘）甚近。

第一首詩，蘇轍讚頌帝嚳之德巍巍蕩蕩。高起的土丘爲帝王祭祀奠獻之處，高禖壇按祀儀青帝壇廣四丈高八尺，〔註110〕林柏蓊鬱，鬱鬱森森。每當仲春之月，立高禖祀以特牲，引起他懷想：秦漢盛世，祭祀不絕，但如今又叱吒風雲有幾年？前朝祭祀南郊的慎重，如今卻已不再。「乾德」是宋代祖趙匡胤年號，「故城已耕稼，臺觀皆荒丘。池塘塵漠漠，雁鶩空遲留」（〈和子瞻自徐州移湖將過宋都，途中見寄

〔註106〕孔凡禮《蘇轍年譜》，頁168～169，〈秋祀高禖〉改爲〈秋祀高辛〉。高禖，乃謂禖神，帝王祀以求子。轍詩與帝王求子無涉，故據《年表》改「禖」爲「辛」。《蘇轍集》、《全宋詩》、《古今圖書集成》冊七二二，頁2302，引文均作「禖」。

〔註107〕《古今圖書集成》冊七二二，第二四一卷，〈高禖祀典部〉〈禮儀典〉，頁2296～2298。

〔註108〕《遼宋西夏金社會生活史》第十五章〈天帝山川鬼神等崇拜〉，頁243。

〔註109〕《史記》卷一，〈五帝本紀第一〉。

〔註110〕《古今圖書集成》第七二二冊，〈禮儀典〉，頁2299，按文獻通考所載。

二首〉）第二首詩，由於商丘附近的遺跡已是頹垣破瓦荊榛滿地，以感慨繫之。

宋朝三年一次南郊祭天，並百神從祀。宋太宗時，「三歲一親祀郊丘，計緡錢常五百餘萬」，宋眞宗增至七百餘萬，宋仁宗時達一千二百餘萬。〔註111〕勞師動眾，勞民傷財。宋眞宗爲澶淵之盟的恥辱，編造神人天書的謊言，爲道教崇奉，付出巨額款項。神祈儀式崇拜，不過淪爲政治的工具，假鬼神以惑眾，自己這位閒暇人，見證歷史的軌跡。

（四）異族風情

透過〈戎州〉一詩，得以窺見異族風情文化的不同面貌。

> 江水通三峽，州城控百蠻。沙昏行旅倦，邊境禁軍閒。漢
> 虜更成市，羅紈靳不還。投氈撿精密，換馬瘦屛顏。兀兀
> 頭垂髻，圍圍耳帶環。夷聲不可會，爭利苦間關。（《欒城集》
> 卷一，《蘇轍集》冊一／頁3）

戎州（今四川宜賓），在宋代是漢與少數民族同處之地。彼此雖有爭戰，但都能維持良好關係。互相通市貿易，生意往來，蠻族特別喜歡漢人的羅紈絲織品，也會以精密的毛氈交換高瘦的駿馬。梳著高聳的髮髻，垂著圓圓的耳環，躲舌之語難以理解，並不妨礙「爭利」於市的決心。「苦」字熨貼的傳達邊境人民互利共生「漢虜更成市」的景況。詩歌的保存爲北宋川南一帶民族生活樣貌提供研究的資料。

（五）其他節日

1. 上 巳

> 春服初成日暖，漢河漸滿風涼。欲復孔門故事，略有童冠
> 相將。城西百步而近，杏花半落草香。欣然願與數子，臨
> 水一振衣裳。故人有酒未酌，爲我班荊舉觴。我雖少飲不
> 醉，未怪遊人若狂。春風自爾月，花絮極目飛揚。誦詩相
> 勸行樂，良士但取無荒。（〈上巳〉《欒城三集》卷五，《蘇轍集》
> 冊三／頁1204）

〔註111〕《宋史》卷一零一《禮志》，卷一七九《食貨志》。

古代民俗於農曆三月三日上巳日（魏以後固定為三月初三），到水邊
灌濯、嬉遊、採蘭以驅逐不祥的一種活動。蘇轍用孔子與弟子風乎舞
沂的故事，寫城裡的人，至郊外踏青、賞花，飲酒、玩樂，臨水振衣，
祓除不潔。與囂市的習俗，可以一起參酌對照。

2. 七　夕

　　除上述「上巳」的節俗之外，另有〈七夕〉詩。

　　　林鵲真安往？河橋晚未完。得閑心不厭，求巧老應難。（《欒
　　城三集》卷三，《蘇轍集》冊三／頁 1190）

《欒城集》紀錄七夕節日裡，民間涉鵲橋、乞巧等民俗活動，為中國
傳統節慶留下見證。

　　蘇轍在「風土鄉俗」的主題類型裡，保留了許多北宋時期難得的
風俗民情的社會資料，也由此可以得知蘇轍對人文社會的重視與關
注，知識份子對社會的關懷是永遠的責任，也是義務。

三、政治批評

　　「中國士大夫地位，至兩宋有一個顯著的改變。以地主經濟為基
礎建立起來的趙宋政權明確昭示『（本朝）與士大夫治天下』」。〔註112〕
宋代文官多，官俸高，賞賜重，文人積極參與政事，如此時代氛圍，
自然培養出一群規模龐大的士大夫階層。比起歷代文人的地位，重要
性更高了一層，讀書人對政治社會的使命感，也就加深了一步。

　　治平四年（1067）正月英宗卒，神宗頊繼位，急欲改革圖治，力
圖有一番作為。據《宋史‧神宗紀》記載：「小心謙抑，敬畏輔相，
求直言，察民隱，恤孤獨，養耆老，振匱乏，不治宮室，不事遊幸。」
蘇轍身處於一個急欲變法改革的大時代裡，與蘇轍的政治長才應是可

〔註112〕參看馮天瑜、何曉明、周積明等著《中國文化史》（台北：桂冠圖書
　　　　股份有限公司，1993 年 5 月）第七章〈兩宋：內省、精緻趨向市井文
　　　　化的勃興〉，頁 94。《續資治通鑑長編》卷二二一。「宋太宗在太廟藏
　　　　一訓諭，傳於子孫，文曰『誓不殺大臣及言事官』，並規定新帝登位，
　　　　均當獨自取閱此諭。」方豪《宋史》，中國文化出版部，1979 年 10 月。

以互相結合的。

　　熙寧元年（1068）冬，蘇轍兄弟服父喪期滿，北上返京，與第一次赴京路線相同。這時朝廷政局已經有極大的變化。神宗以王安石（1068）爲翰林學士，熙寧二年（1069）以王安石爲參知政事，王安石與樞密院陳升之首先共同建立了變法機構「制置三司條例司」開始變法，相繼推行農田水利、免役，均輸、青苗、市易、方田均稅等新法。蘇轍抵京師上書論事。年值三十一歲的蘇轍，有著讀書人積極經世濟民的遠大抱負，直言不諱，勇於進言。神宗對蘇轍上書十分欣賞，批語「詳觀疏意，知轍潛心當世之務，頗得其要，鬱於下僚，使無所伸，誠亦可惜。」〔註 113〕「以理財爲當務之急」的理念，與王安石、蘇轍所見略同，故任命蘇轍爲制置三司條例司檢詳文字，共同推動革新。蘇轍的政治才能突出，王安石出《青苗書》，接受蘇轍的建議，自此不言青苗。〔註 114〕蘇轍上《進論》二十五道，支持去舊革新，但不認同王安石變法理論，「介甫（安石）急於財利，而不知本。」〔註 115〕「臣聞近代以來，天下之變備矣。世之君子隨其破敗而爲之立法，補苴缺漏，疏剔棼穢，其爲法亦已盡矣，而後世之弊常不爲之少息。」〔註 116〕神宗求治心切，王安石受到神宗重用，將變法理論付諸實現，剛回朝廷的蘇轍兄弟，因看法與立場不同，很快的就與王安石處於對立的狀況，熙寧二年寫〈制置三司條例司論事狀〉，〔註 117〕對新法作全面的批評，後來更是公然反對抨擊。

〔註 113〕 宋・孫汝聽《蘇潁濱年表》，引自《蘇轍集》冊四，頁 1377～1378。
〔註 114〕 《宋元學案》卷九十九《蘇氏蜀學略》0087「荊公出《青苗書》使先生（轍）議，曰：『有不便以告。』先生曰：『以錢貸民，本以救民，然出納之際，吏緣爲姦。雖有法不能禁。』荊公曰：『君言有理。』自此不言青苗。」然「會河北轉運判官王廣廉言語荊公合，青苗法遂行。」
〔註 115〕 《潁濱遺老傳》上，見《欒城後集》卷十二，《蘇轍集》，頁 1014。
〔註 116〕 《欒城應詔集》卷九〈民政上〉第五道，《蘇轍集》，頁 1324。
〔註 117〕 〈制置三司條例司論事狀〉收錄於《欒城集》卷三十五，見《蘇轍集》冊二，頁 608～612。

（一）批評新政之科舉制度

　　而事實上，蘇轍對於變法改革的成敗是關心的，「天子憂民法令新，整齊百事無閑人」。（〈贈提刑賈司門青〉《欒城集》卷四）他憂心政治不安，擾民不息，怨聲四起。而新法對科舉制度的改革，以聲韻《字說》觀點解經，作爲考試標準，讀書仕子本末倒置，不求甚解，強以附會。〈和子瞻監試舉人〉一詩，就譏諷了王安石及當朝讀書人「強挽就縻縛」、「強辯乎橫流」、「新語競投削」與「詭遇便巧射」的讀書風氣。

　　……緣飾小學家，睥睨前王作。聲形一分解，道義因附託。安行燕衢路，強挽就縻縛。縱橫施口鼻，爛熳塗丹堊。強辯乎橫流，漂蕩終安泊。憶惟法初傳，欲講面先怍。新科勸多士，從者盡高爵。徘徊始未信，衒誘終難卻。嗟哉守愚鈍，幾不被譏讓。獨醒慚餔糟，未信恥輕諾。敢言折鋒鍔，但自保城郭。有司顧未知，選士謬西洛。群儒誰號令，新語競投削。雖云心所安，恐異時量度。詭遇便巧射，晚嫁由拙妁。……（《欒城集》卷四，《蘇轍集》冊一／頁78）

蘇轍針對讀書人追求功名的醜態，說：「今天下之人，所以求利於上者，果安在哉？士大夫爲聲病剿略之文，而至苟且記問之學，曳裾束帶、俯仰周旋，而皆有意於天子之爵祿。」〔註118〕上有所好，下有所從，對於王安石的教育改革，剝裂古聖賢經書傳注解釋，刪訂科舉項目，「進士科免試詩賦，專考經義、策論，以通經有文采者爲合格。進士科以外，明經等科皆廢。」〔註119〕學子讀書取仕，競相逞新義求新說，聲病剿略、苟且記問，皆有意於利祿而非鑽究學問，「王安石以經義策論爲考試科目，爲中書撰『大義式』頒行，開後世八股文之先河」，爲人所詬病。〔註120〕對於「新科勸多士，從者盡高爵」瀰漫在讀書人之間的惡習，蘇轍深感羞愧和不恥。他時時繫念著舊學比新學好。

〔註118〕《欒城應詔集》卷九〈民政上〉第二道，《蘇轍集》，頁 1319。
〔註119〕方豪《宋史》一，第八章〈宋代之變法與黨爭及其後果〉，頁 131
　　　　 ～132。
〔註120〕同上註，頁 138。

（二）因批評新政而外放有感

在神宗熙寧變法的過程中，蘇轍激烈的進呈變法的疏失與過錯，指陳其決議之不可，王安石大怒，欲加以罪，歐陽脩出面阻止，蘇轍最後只好自請外放，免除條例司檢詳文字的職務，奏除河南推官。他在〈制置三司條例司論事狀〉中無奈的說：「轍以才性朴拙，學問空疏，用意不同，動成違忤，雖欲勉勵自效，其勢無由」。〔註121〕這首〈次韻子瞻見寄〉貼切的傳達出蘇轍受到政治打擊的心情。

> 我將西歸老故丘，長江欲濟無行舟。宦遊已如馬受軶，衰病擬學龜藏頭。三年學舍百不與，糜費廩粟常慚羞。矯時自信力不足，從政敢謂學已優。閉門卻掃誰與語，晝夢時作鈞天游。自從四方多法律，深山更深逃無術。眾人奔走我獨閑，何異端居割蜂蜜。懷安已久心自知，彈劾未至理先屈。餘杭軍府百事勞，經年未見持干旄。賈生作傳無封事，屈平憂世多離騷。煩刑弊法非公恥，怒馬奔車忌鞭箠。藐藐何自聽諄諄，諤諤未必賢唯唯。求田問舍古所非，荒畦弊宅今餘幾。出從王事當有程，去須臘肉嫌無名。掃除百憂唯有酒，未退聊取身心輕。（〈次韻子瞻見寄〉《欒城集》卷七，《蘇轍集》冊一／頁130）

為人謹重的蘇轍，在政治上常比蘇軾還要激烈。他上書反對新法比蘇軾早了四個月，而要求離京外任比蘇軾早了將近兩年。〔註122〕蘇轍除河南府推官，但並未赴任，直到熙寧三年（1070）張方平知陳州，方平辟蘇轍為陳州教授，他才離京至陳。熙寧五年（1072），蘇轍在陳州已待了三年。前段十句，用開闔手法，先寫自己歸鄉不得，批評在黨爭中，自己的仕宦生活受到挽軶，只得稱病像隻縮頭烏龜一樣逃隱他地。在陳州學官的生活是清貧的，雖想退隱卻因家計重擔無法拋下，

〔註121〕《欒城集》卷三十五，〈論時事狀三首〉——〈制置三司條例司論事狀〉，《蘇轍集》，頁608。

〔註122〕曾棗莊《蘇轍評傳》（台北：五南圖書有限公司，1995年6月初版一刷），頁80～81。

矯時無力，不能改變現狀，只能安於職守，但若從政讓他一展懷抱，
必定竭力盡心。一合一開，但終究只能「閉門」、「晝夢」一了心願，
以合筆寫心境。中段六句譏刺新法，「多法律」、「眾人奔走」新法之弊，
諫官與執政者相對立，「每與本司商量公事，動皆不合」，〔註123〕彼此
相互傾軋掣肘，針鋒相對，未能秉棄一己之私，成就大我之公，故而
「彈劾未至理先屈」，已非就事論事，而是淪為意氣之爭。

　　映襯後段蘇軾知杭州，不傷民財，使民以時，而且如賈誼、屈平
憂世而不頌功德。對比新黨之人汲汲立功，擾民煩政，實為好官。想
想自己的遭遇，只好藉酒消除百憂，置之度外以求身安心輕。

（三）評論舊學優於新學

　　慶曆時期，在當時蔚為大宗的學統，可以分為四：王安石所創的
新學、張載所倡的關學、周敦頤所創的濂學和二程所創的洛學。〔註124〕
張載、周敦頤、程顥、程頤的思想基礎都是由傳統儒家思想改造而來，
後人把他們的學說稱為新儒學。王安石新學的哲學基礎，則是輕天命、
重人事的樸素唯物主義者。〔註125〕蘇轍強調的舊學是以先秦兩漢的儒
家思想為主。其新、舊學之說，矛頭仍舊對準王安石的「新學」，大加
批評。

> 聲病消磨只古文，諸儒經術鬥紛紜。不知舊學都無用，猶
> 把新書強欲分。（〈和頓主簿起見贈二首之一〉《欒城集》卷四，《蘇
> 轍集》冊一／頁73）

> 詩書近日貴新說，掃除舊學漫無光。竊攘瞿曇剽李耳，牽
> 挽性命推陰陽。……（〈次韻劉涇見寄〉《欒城集》卷八，《蘇轍集》
> 冊一／頁145）

在蘇轍眼裡，舊法比新法好，舊學比新學好。讀書人為符合當政者的

〔註123〕〈蘇潁濱年表〉，《蘇轍集》（北京中華書局，1999年7月）冊四，
　　　　　頁1372。
〔註124〕姚瀛艇《宋代文化史》，頁188，（河南大學出版社，1992年2月）。
〔註125〕同上註。

要求，在字句音讀上鑽牛角尖，彼此做無謂的意氣之鬥，學子趨之若鶩，強分新書，把舊學拋諸腦後。再加以釋老解說儒家經典，陰陽性命強加附會，這種風氣讓蘇子由感慨萬千，「初心一漂蕩，舊學皆榛秀。」〔註126〕儒家集大成者鄭玄博通經史子集，兼通法律吏法，其風範典型流及千載及其後生，寬博深厚的學術修養，豈是當朝一些「口誦孔、老之言，身履夷、齊之行」〔註127〕人物可以跟得上的。

> 膠西前輩鄭康成，千載遺風及後生。舊學詩書儒術富，兼通法律吏能精。……（〈送傳宏著作歸觀待觀城闕〉《欒城集》卷九，《蘇轍集》冊一／頁160）

> 新科未暇通三尺，舊曲惟知有六莖。……（〈次韻頓起考試徐沂舉人見寄二首〉之二《欒城集》卷八，《蘇轍集》冊一／頁153）

風流垂後世，典型在夙昔，儒家六經詩、書、禮、樂、易、春秋的浩瀚，新科的淺陋，「通三尺」、「有六莖（經）」小、大對比，新科的疏陋，舊曲的的淵深，蘇轍對新學的貶抑之意不言可喻。

（四）不敢直言之苦悶

蘇軾烏臺詩案，受到政治迫害，文字獄，文人自以岌岌可危。為怕再次激怒當政者，故而蘇轍與文人唱和詩歌裡，言詞多婉曲，多比喻，且語氣卑下，戰戰兢兢。但背後不滿之情，呼之欲出。

> ……人生聚散未可料，世路險惡終勞神。交遊畏避恐坐累，言詞欲吐聊復吞。……（〈寄范文景仁〉《欒城集》卷八，《蘇轍集》冊一／頁138）

> ……清觴瀲瀲君莫違，佳句駮駮予已怕。狂夫猖狂終累人，不返行遭親黨罵。（〈次子瞻夜字韻作中秋對月二篇一以贈王郎二以寄子瞻〉其一《欒城集》卷八，《蘇轍集》冊一／頁186）

> ……坐隅鵬鳥不須問，牆外蝮蛇猶足怕。婁公見唾行自乾，彭老尚多誰定罵。（〈其二〉同上）

〔註126〕〈張恕寺丞益齋〉《欒城集》卷七，《蘇轍集》，頁136。
〔註127〕蘇洵〈辨姦論〉，見《三蘇全書、集部》（北京：語文出版社，2001年）冊六，頁233。

「交遊畏避恐坐累，言詞欲吐聊復吞」、「佳句駸駸予已怕」、「坐隅鵩鳥不須問，牆外蝮蛇猶足怕」文禍牽連貶謫千里，言詞之間欲說還休，對於書信唱酬詩歌往來已感到害怕。政敵對不同陣營的迫害尤甚，因此讓蘇轍發出這樣憂國畏讒的呼號！

　　〈臘雪〉詩云：「雪霜何與我，憂傷自傷神。忠信亦何罪，才名空誤身。」〔註128〕「忠信」何罪之有，卻落得雪霜覆身的下場，應是「才名空誤身」，原來問題在自己身上，聲名太高誤了自己。悲憤之極，反語作嘲。又「一被簪裳裹，常遭羅網牽。飛霙破殘臘，愁思度今年。」〔註129〕人在江湖身不由己，四面八方伺機挾怨報復之人何其多，身陷「羅網」之中，做困獸之鬥，又是愁思度過一年，內心的煎熬可想而知。對於政治批判的力道雖不猛烈，蘊含的能量卻極為驚人，因為問題就在那些擁權自重，剛愎自用的當權者。王安石未為相前，已遭多數名公之反對，既為相，一世名流不願合作，不得不用新進之人，如呂惠卿、曾布、章惇、陳升之等人，皆為排除異己最力。

　　　我來邂逅逢寬政，忘卻漂流身在南。(〈次韻毛國鎮趙景仁唱和三
　首一贈毛一贈趙一自詠之一〉《欒城集》卷十，《蘇轍集》冊一／頁188)

虛寫自身忘卻漂流之閑，實暗諷「寬政」之譏。元豐八年（1085）神宗崩，哲宗嗣位，太皇太后高氏（英宗后）與宣仁太后同垂簾聽政，司馬光為相，蘇軾兄弟得以重返中央，再次效力朝廷。可惜朝廷因內部黨爭的關係，士風大變，以訐人為風采，以靜退為卑弱，數度政權更替，政治愈加腐敗。至徽宗時的政治迫害比之前，有過而無不及。

（五）遠離是非逃至汝南

　　徽宗想調停新舊兩黨，把年號改為「建中靖國」（1101）以示大正至公，執兩用中，消釋朋黨，兼評元祐、紹聖的政策，以平息兩派之爭。〔註130〕黑暗的政治統治，元祐黨人所受迫害更甚於前，蘇轍

〔註128〕〈臘雪五首〉之五《欒城集》卷九，《蘇轍集》，頁167。
〔註129〕〈臘雪五首〉之二《欒城集》卷九，《蘇轍集》，頁167。
〔註130〕趙紹銘著《中國宋遼金夏政治史》，（北京：人民出版社，1994年1

只好求仙、學道,閉門研究養生術。

　　爲了逃離是非,蘇轍由離京城較近的潁川遷移到較遠的汝南,猶仍不免心驚膽跳。〈遷居汝南〉:

> 我昔還自南,從此適舊許。再歲常杜門,壁觀無與語。何人自驚顧,未聽即安處。亟逃潁州籍,來貫汝南戶。妻孥不及將,童僕具樽俎。身如孤棲鵲,夜起三遶樹。故人樂安生,風節似其父。忻然蹔一笑,捨我西南去。去已還閉門,時作野田步。蕭條古僧舍,遺像得顏魯。精神凜如生,今昔吾與女。已同羈窮厄,但脫生死怖。幸世方和平,有土非寇虜。春寒燒黃茅,晝飯煮青茹。何必溟上田,幸此足粳秫。歸心念狂簡,裁製時已莫。(《欒城後集》卷三,《蘇轍集》冊三／頁910)

獨居的蘇轍,住屋還要看別人眼色。「索居非謫地,垂老更窮途。去住看人意,幽憂賴我無。」〔註131〕「幸」字的堆疊,述說遭逢黨人的攻擊鬥爭下苟安的心情。去留之間漂泊無依,「隨流登中朝,失腳墮南土。……或疑潁川好,又使汝南去。汝南亦何爲,均是食粟處。」〔註132〕蘇轍從嶺南回京,已不再過問政事,仍需在潁昌、汝南之間奔波。在〈寒食〉、〈汝南示三子〉、〈思歸二首〉等詩不難看出他複雜的情緒。

> 寄住汝南懷嶺南,五年一醉久猶酣。(〈寒食〉之二《欒城後集》卷三,《蘇轍集》冊三／頁912)

> 此生賴有三男子,到處來看老病翁。(〈汝南示三子〉《欒城後集》卷三,《蘇轍集》冊三／頁913)

> 汝南百日留,走遍三男子。思歸非吾計,聊亦爲爾耳。(〈思歸二首〉之一《欒城後集》卷三,《蘇轍集》冊三／頁913)

寄居在外,有家歸不得,憤悶之餘,一醉解千愁。幸有三子,南北奔

月);又,方豪《宋史》一,第八章〈宋代之變法與黨爭及其後果〉,頁146～147。
〔註131〕〈索居三首之一〉,《欒城後集》卷三,《蘇轍集》,頁910。
〔註132〕〈癸未生日〉《欒城後集》卷三,《蘇轍集》,頁911。

波探望，聊慰老人孤單寂寞的心情。此時的心情只有「心似死灰鬚似雪，眼看多事亦奚爲」〔註133〕可以形容。

> 客居汝南城，未覺吾廬非。忽聞鵲反巢，坐使鳩驚飛。三遶擇所安，一枝粗得依。(〈汝南遷居〉《欒城後集》卷三，《蘇轍集》冊三／頁915)

蘇轍是元祐大臣，又是文壇泰斗，聲名頗高，遭忌提防，以至於「忽聞鵲反巢，坐使鳩驚飛」貼切的表達出他心懷忐忑，上下不安的心情，多次的奔波，終於有一個安棲之所。終於可以回潁川，卻又是「風波隨處有，何幸免驚奔」〔註134〕對政治的不滿與批判，就在這恓恓惶惶的日子裡，痛苦又無奈。這個時期蘇轍有不少寄寓甚深的諷喻詩。

> 昔賢仕不遇，避世遊金馬。嗟我獨何爲，不容在田野。骸區寄汝南，落泊反長社。東西俱畏人，何適可安者。故廬已荊榛，遺壟但松檟。頹齡迫衰暮，舊物一已捨。安能爲妻孥，辛苦問田舍。平生事瞿曇，心外知皆假。歸休得溟渤，坐受百川瀉。何人實造物，未聽相陶冶。(〈還潁川〉《欒城後集》卷三，《蘇轍集》冊三／頁919)

漢武帝時人東方朔，行事放浪，以滑稽行爲勸諫，左右盡呼之爲「狂人」。他說：「陸沉於俗，避世金馬門。宮殿可以避世全身，何必深山之中，蒿廬之下。」〔註135〕蘇轍說昔者賢人不得志可以避世於朝廷，他卻不被容許在田野，他奔波於汝南、潁川（長社）之間，不得安居。爲避禍，由離京城較近的潁昌遷移到離京城較遠的汝南獨居。客居汝南的一年中，曾三次想回潁昌，和家人團聚，但都未如願。在〈三不歸行〉詩裡，深深的發出喟嘆：

> 客心搖搖若懸旌，三度欲歸歸不成。方春欲歸我自懶，秋冬欲歸事自變，問我欲歸定何時？天公默定人不知。……
>
> (《欒城後集》卷三，《蘇轍集》冊三／頁918)

〔註133〕〈立秋偶作〉《欒城後集》卷三，《蘇轍集》，頁915。

〔註134〕〈將歸〉欒城後集》卷三，《蘇轍集》，頁917。

〔註135〕見《史記卷一二六、滑稽列傳第六十六》。「金馬門」，宦者衙署之門，門旁有銅馬，故謂之金馬門。

「欲歸」、「欲歸」、「欲歸」出現三次，寫明飽足憂患的心情和迫害加劇的痛苦。詩人思念家鄉的急迫和殷切，也反應了政策的反覆不定，讓人無所適從。所謂「事自變」指的是崇寧二年（1103）立黨人碑，徽宗、蔡京對元祐大臣及其後代的迫害。

（六）退出政治遁隱學道

頹齡衰暮之際，六十五歲的蘇轍，求的不過是生活的安定，和妻小共度天倫。爲避禍只得「閉門便衰病，杜口謝彈詰」（〈罷提舉太平官欲還居潁川〉《欒城後集》卷三918）求安身之處。

> 中歲謬學道，白鬚何由生。故人指我笑，聞道未能行。……
> 道成欲玉晨，跪乞五色丸。肝心化黃金，齒髮何足言！（〈白鬚〉《欒城後集》卷三，《蘇轍集》冊三／頁912）
>
> 我歸潁川無故人，城東野老鬚如銀。少年椎埋起黃塵，晚歲折節依仙眞。……嬰兒跏趺乘日輪，脫身遊戲走四鄰。……
>
> （〈潁川城東野老〉《欒城後集》卷三，《蘇轍集》冊三／頁912）

黃老道家的服食養生，蘇轍乞食五色丸，向城東野老學跏趺打坐，拋棄現實的苦痛，逃遁至仙境神仙的世界中。

韓經太先生提到：「中國文人有著一種政治中心主義的文化心理傳統。形成這一傳統的原因，除先賢遺風的薰陶外，癥結在於中國社會的兩個特點：一、是以治人爲基本內容的的實用主義學術思想，第二是以人治爲基本形式的文人化官僚制度。」〔註136〕對於北宋政治的黑暗，新舊黨人納己排異，彼此相輕，加上官僚腐敗，君者昏庸，雖臣僚同是以治人（以儒家天下蒼生爲念）的理想與信念，但互相意氣爭執，把人治裡人性的醜惡、卑劣完全顯露無疑。蘇轍的耿介、直言，如同它上書論弊法：「譬如含茹毒藥，喉舌破敗，胸腹脹滿，知其非矣，然且閉口不吐，安坐切脈，廣求方書，其於速愈之術疏矣！」

〔註136〕韓經太《心靈現實的藝術透視》七，《白居易的自我剖析——中國文人的人生理想與處世之道》，（北京：現代出版社，1990年2月），頁176。

〔註137〕身爲社稷的一員，針貶時政，不吐不快。

四、塞北出使

　　元祐宋哲宗元祐四年（1089）六月，翰林學士蘇轍爲吏部尙書，〔註138〕八月辛丑受命爲賀遼國生辰國信使，即慶賀遼道宗（耶律洪基）生辰的使節，趙君錫爲副使同行，十月時離京出使契丹。〔註139〕「出使塞北」的邊塞詩，是蘇轍展現對社會關懷，了解夷漢異同的最佳方式。

　　遼初號契丹，自後梁末帝貞明二年至宋徽宗末年，即宣和七年（916～1125），立國二百一十年，先於宋者五十年，國土不下於宋。唐末，中國攘攘不安，多有往遼地避禍者。〔註140〕遼之上京曰古漢城（今熱河承德縣西南、平泉縣東北），當時耶律阿保機得漢人韓延徽爲謀主，市易漸興，鑄貨幣、築城郭，增減漢字造契丹字數千，治漢人用漢法，來歸者益眾。阿保機（遼太宗）死，其子德光（遼太宗）繼位，五代後晉石敬瑭位爭奪中原帝位，向契丹稱臣，又割燕雲十六州之地。宋太宗（997，986）兩次北討都大敗而回，至眞宗（1004）御駕親征澶淵（今河北濮陽）大勝，訂立「澶淵之盟」維繫了一百二十餘年的和平關係。〔註141〕

〔註137〕《欒城集》卷三十五，《蘇轍集》冊二，頁621。

〔註138〕據《長編》卷四百二十九，吏部尙書乃兼權，見元祐五年五月壬辰紀事。《潁濱遺老傳上》：「時子瞻自翰林學士出知餘杭，朝廷即命轍代爲學士，尋又兼權吏部尙書。」見《蘇轍集》冊三，1026。

〔註139〕《蘇潁濱年表》，《蘇轍集》冊四，頁1391，孔凡禮撰《蘇轍年譜》，頁413。

〔註140〕「初，燕人苦劉守光殘虐，軍事多歸於契丹，及守光被圍於幽州，其北邊士民多爲契丹所掠。」見《通鑑》卷二六九，均王貞明二年十二月，世界書局。另見《五代史》卷一三七，〈外國列傳〉。

〔註141〕方豪著《宋史》（台北：中國文化學院出版部，1979年10月）冊一，第六章〈北宋與遼〉；王明蓀〈北宋的外患——遼與夏〉（長橋出版社，1979年3月）頁21～32；《中國近古史》鄭均、程光裕編著，（台北：正中書局，1988）。

　　蘇轍的邊塞詩〈奉使契丹二十八首〉〔註142〕屬於紀實型，即身歷其境，親自出使塞外所見所聞而得。〔註143〕蘇子由出使契丹，其詩歌主題約可分爲：北國風光、政策反思、夷漢之辨與客鄉旅懷等四類。

（一）北國風光

1. 經莫州雄州水塘

　　　趙北燕南古戰場，何年千里作方塘？煙波坐覺胡塵遠，皮幣
　　　遙知國計長。勝處舊聞荷覆水，此行猶及蟹經霜。使君約我
　　　南來飲，人日河橋柳正黃。(之一〈贈知雄州王崇拯二首之一〉)

在中國歷史上，在中原以農業生活的漢族，一向以自己爲中心，把其他民族視爲外族邊患，〔註144〕從北魏、北齊、隋、唐，契丹與中原存在著互相敵峙和依屬的聯繫。蘇轍在經過莫州（今河北任縣）時，會見了老友劉涇，向北經過雄州（今河北雄縣），這裡已與屬於遼國的南京道接壤，爲了阻止契丹兵南驅直下，前人在這裡修築了許多水塘。眼前景色，水塘漠漠，煙波浩渺，離遼都似乎還很遠，而現實面「皮幣」的使用，才感受到已將真正踏上遼國的版圖。想見荷花覆水的美景，品嘗經霜的秋蟹，王崇拯〔註145〕的邀約，在由綠轉黃的河

〔註142〕　《欒城集》卷十六，《蘇轍集》冊一，頁317〜323。

〔註143〕　「蘇轍邊塞詩的主題類型，不若蘇軾《蘇軾詩集》中約有三十篇，
　　　　　宋人使遼詩，及有關邊塞將帥之書寫，多現實關切、借題發揮融合
　　　　　爲一的想像型。」張師高評〈蘇軾蘇轍邊塞詩之主題與風格〉，頁3，
　　　　　於四川眉山「紀念蘇軾逝世900週年學術研討會」（2001年8月年
　　　　　20日〜24日）。又王祝美：《北宋使北詩》一書提到，北宋使臣的
　　　　　使北活動，主要的士人包括有：王珪、劉敞、歐陽脩、沈遘、王安
　　　　　石、蘇頌、蘇轍、彭汝礪等人，嘗帶命出疆，深入契丹國境。（台
　　　　　大中文研究所碩士論文，1997年1月）。

〔註144〕　「契丹民族活動的範圍略偏向中國的東北，大致在今吉林、遼北、遼
　　　　　寧、熱河一帶。元魏時，在契丹的周圍還有許多其他的民族，如高麗、
　　　　　奚、勿吉、室韋、庫莫奚等。」參見王明蓀《宋遼金史論文稿》（台
　　　　　北：明文書局，1988年1月），〈契丹與中原本土的歷史關係〉，頁1。

〔註145〕　崇拯字拯之，《詩話總龜》前集卷四十一有拯詩。《長編》卷三百七
　　　　　十三元祐元年三月己卯紀事：「東上閣門使權高陽關路兵馬鈐轄兼
　　　　　知恩州王崇拯知雄州。」

橋柳條中展開，爲北國浩瀚的荒漠大地增添幾許色彩。

2. 出燕山

> 燕疆不過古北關，連山漸少多平田。奚人自作草屋住，契
> 丹駢車依水泉。橐駝羊馬散川谷，草枯水盡時一還。漢人
> 何年被流徙，衣服漸變存語言。力耕分穫世爲客，賦役稀
> 少聊偷安。漢奚單弱契丹橫，目視漢使心淒然。石瑭竊位
> 不傳子，遺患燕薊餘百年。仰頭呼天問何罪？自恨遠祖從
> 祿山。（之十六〈出山〉）

出山，謂出燕山，一出燕山，其民風民俗和漢族聚居之地迥然不同。〈出
山〉一詩描寫了北地的風光和遊牧民族的生活習性。奚族人自築草屋，
契丹傍水泉而居，北地蒼茫，橐駝羊馬滿山遍野，人畜隨季節水源的
變動而遷移。可以看見農耕與畜牧並存的生活方式。當年漢人奔逃被
擄掠到遼國，如今衣容已變，只存語言，種植五穀，客居他鄉。〔註146〕
前八句，詩人寫景，後八句議論。漢人強大的生產力，「賦役頗輕，漢
人亦易於供應」，〔註147〕可作「賦役稀少聊偷安」的詮釋。可是最讓
邊境人民所痛苦的是「法令不明，受賕鬻獄，習以爲常。」〔註148〕「漢
奚單弱契丹橫，目視漢使心淒然」，蘇轍在〈二論北朝政事大略〉中提
到「北朝之政，寬契丹，虐燕人，蓋已舊矣。」「惟是每有急速調發之
政，即遣天使帶銀牌於漢戶須索，縣吏動遭鞭箠，富家多被強取，玉
帛子女不敢愛惜，燕人最以爲苦。」〔註149〕此蓋夷狄之常俗。契丹雖
統治燕雲十六州已逾百年，但可從蘇轍詩歌中感受到漢人心中的不

〔註146〕據學者王明蓀研究指出「北亞民族與中原農業民族之間的關係，經
濟是重要關鏈。」一般漢民的地位是在其大量的生產力，包括開發
土地資源，較進步的農耕技術，大量的人力，爲數可觀之賦役能力
等，這都是遼帝國的經濟資本。見氏著〈略論遼代的漢人集團〉，《宋
遼金史論文稿》（台北：明文，1981），頁 73。

〔註147〕《欒城集》卷四十二《翰林學士論時事八首——北使還論北邊事
箚子五道〉〈二論北朝政事大略〉，《蘇轍集》冊二，頁 748～749。

〔註148〕同上註，此乃蘇轍敕充北朝皇帝生辰國信史，於北朝所見事體。

〔註149〕同上註。

滿，直指遼國對外族漢人與奚人待遇與地位的低落。

　　末四句，以政治私心禍國害民之人論述，仰頭呼天人民何罪？石瑭，為石敬瑭，他割讓燕雲十六州，自願作兒皇帝，當時人頗以為恥；祿山，為安祿山，為唐邊藩鎮，發大兵討契丹成功，乃大舉叛唐南下，造成安史之亂，造成北方藩鎮割據，社會動盪不安。本詩默記燕人語，傳達契丹統治區內的漢人強烈思漢的心情，此等素材，作為補足史料的闕疑，必須是親自調查訪問，因此顯得格外珍貴。

3. 奚　族

> 奚君五畝宅，封戶一成田。故壘開都邑，遺民雜漢編。不知臣僕賤，漫喜殺生權。燕俗嗟猶在，婚姻未許連。（之十七〈奚君〉）

蘇轍至中京之南，訪奚人所居。奚、漢雜居，卻不通婚。「不知」一句，言外之意，實為奚人地位在遼國較漢人為高，故不知其賤。「奚」族，乃我國古代北方少數民族之一，或稱匈奴別種。北魏時，東北即與契丹為鄰，隋唐間，背附不常。唐天祐三年（906）終為契丹所征服。遼太祖仍保持奚王名號，在朝中置奚王府。奚族與契丹言語相通。王曾《行程錄》謂奚人「草庵板屋，亦務耕種」深受漢民族影響，但「畜牧牛羊橐駝」、「挈車帳逐水草射獵」仍不脫遊牧民族逐水草而居的特性。〔註150〕

4. 渡桑乾河

> 北渡桑乾冰欲結，心畏穹廬三尺雪。南渡桑乾風始和，冰開易水應生波。穹廬雪落我未到，到時堅白如磐陀。會同出日凡十日，腥羶酸薄不可食。羊修乳粥差便人，風隧沙場不宜客。……年年相送桑乾上，欲話白溝一惘悵。（之二十八〈渡桑乾〉）

宋遼以白溝驛為界。過白溝驛至遼境，過桑乾河，抵燕京。〔註151〕

〔註150〕　參看孔凡禮《蘇轍年譜》，頁417～418。
〔註151〕　《遼史》卷四十《地理志》四《南京道》：「宋王曾《上契丹事》曰：

一渡桑乾河，氣候由溫暖變為寒冷，遼人的飲食以腥羶酸薄的羊酥乳
粥為主，久居漢地的蘇轍十分不習慣。

> 虜帳冬住沙陀中，索羊織葦稱行宮。從官星散依冢阜，氈
> 廬窟室欺霜風。春粱煮雪安得飽，擊兔射鹿夸強雄。（之二
> 十四〈虜帳〉）

> 奚田可耕鑿，遼土直沙漠。蓬棘不復生，條幹何由作？茲
> 山亦沙阜，短短見叢薄。冰霜葉墮盡，鳥獸紛無託。（之二
> 十三〈木葉山〉）

遼人冬住羊毛葦草編織的帳篷，零星散落在土地貧瘠，寸草不生的大
漠遼闊。春天雪水烹煮梁粟，擊兔射鹿作為菜餚，生活極為艱辛。與
中原土地廣褒，生活豐饒富足，煙雨浩渺、亭臺樓閣的纖纖文化相比，
真是差異極大。

（二）政策反思

出使遼國之前，蘇轍〈次韻子瞻相送使胡〉曾說：「朔雪胡沙試
此身」，〔註152〕說明他自己此次帶命出疆任重道遠的心情。

1. 認同朝廷對外政策

〈古北口道中呈同事二首之二，二副使〉詩：

> 笑語相從正四人，不需嗟嘆久離群。即春煮菜過邊郡，賜
> 火煎茶約細君。日暖山蹊冬未雪，寒生胡月夜無雲。明朝
> 對飲思鄉嶺，夷漢封疆自此分。（之七）

「明朝對飲思鄉嶺，夷漢封疆自此分。」夷夏之別，自古有之。中國
誇耀其文明，鄙視外族，自傲自大的心理，由來已久，即使是積弱的
宋朝，亦是如此。蘇轍在古北口道中，站在歷史的交接點，對於邊境
宋、遼兩國人民和平相處，「煮菜」、「煎茶」和樂的景況，對於北宋
政府以「和平為先」的外交政策，產生了認同之感。

> 自雄州白溝驛渡河，四十里至新城縣，古督亢亭之地。又七十里至
> 涿州。北渡范水、劉李河，六十里至良鄉縣。渡盧溝河，六十里至
> 幽州，號燕京。」

〔註152〕《欒城集》卷十六，《蘇轍集》，頁316。

行祠寂寞寄關門，野草猶知避血痕。一敗可憐非戰罪，太
剛嗟獨畏人言。馳驅本爲中原用，嘗享能令異域尊。我欲
比君周子隱，誄彤聊足慰忠魂。(之十〈過楊無敵廟〉)

五代末期，遼國的國勢稍衰。宋太祖即位時，以統一國內爲要務，對
北方強敵則採取守勢，並聽任遼人自由貿易，免其過重之稅；其入居
京師者，待遇更優；每來朝，並賜對坐，贄飲食。〔註153〕趙匡胤不
敢輕言北伐收服漢地，以守勢鞏固北方，派兵駐守，並禮優這些邊將。

2. 頌揚守邊名將

宋太宗在位，以滅北漢之便，遂想光復北方十六州之地，太平興
國四年（979），與遼軍決戰於高粱河（今北平西郊），宋軍大敗而回；
到了雍熙三年（986），太宗再派曹彬、潘美、楊業等伐契丹，又敗於
崎溝關（今河北易縣拒馬河之北）。(宋史卷二五八)自高粱河之役，
宋遼征戰近二十年，平劇中的楊家將即取材於此時。〔註154〕

楊業，并州太原人，弱冠事劉崇，屢立戰功，所向均捷，號曰「無
敵」。入宋後，屢敗遼軍。太宗雍熙三年（986），以群帥敗約，爲潘
美忌害，援兵不前，力戰中伏，被擒，「不食，三日死」，戰歿朔州。
宋太宗下召旌其遺忠，贊其盡力死敵，立節邁倫，誠堅金石，氣激風
雲。〔註155〕「馳驅本爲中原用，嘗享能令異域尊」楊業一生忠烈武
勇，他的犧牲，不但獲得漢族人民的尊敬，也令異族契丹人景仰，爲
他立祠蓋廟。〔註156〕

孤城千室閉重闈，蒼莽平川絕四鄰。漢使塵來空極目，沙

〔註153〕方豪《宋史》第六章，〈北宋與遼〉，頁100。

〔註154〕歷史上：楊家將父子三代楊業、楊延昭、楊文廣三人均爲北宋名將，
　　　　他們的故事在民間廣爲流傳，後來戲曲、小說等文學作品中塑造的
　　　　楊宗保、穆貴英則是虛構的人物，歷史上並無其人。參見《宋遼夏
　　　　金史話》（台北：木鐸出版社，1988年9月），頁36。

〔註155〕《宋史》卷二七二，《楊業傳》列傳第三十一，頁9303～9306。

〔註156〕蘇頌曾兩次使遼，其《蘇魏公文集》卷十三〈和仲巽過古北口楊無
　　　　敵廟〉有詩：「漢家飛將領熊羆，死戰燕山護我師。威信仇方名不
　　　　滅，至今奚虜奉遺祠。」

場雪重欲無春。羞歸應有李都尉，念舊可憐徐舍人。會逐

單于渭橋下，歡呼齊拜屬車塵。(之十八〈惠州〉)

〈過楊無敵廟〉一詩，蘇轍表彰了邊疆將士忠勇愛國，保家衛鄉的情

操。相對比的是「惠州」之地，傳聞南朝叛逃者多在其間，〔註157〕

對於邊將流落如此，「羞歸應有李都尉，念舊可憐徐舍人」由眼前景，

想見當時年叛逃求生，歡呼齊拜投臣他國的譏諷，卻也不免流露著同

情與悲憫。衡以宋廷「重內輕外」決定，對庶守邊疆戰士的孤立心酸

感到崇敬與不捨。

3. 恥國土淪陷、輸絹納幣

嶺上西行雙石人，臨溪照水久逡巡。低頭似愧南來使，居

處雖高已失身。(之十五〈會仙館二絕句之二〉)

蘇轍雖然認同維持和平的策略，但內心裡仍對謀圖苟安的現象，憂

心忡忡。〈會仙館〉一詩，「以物擬人」的手法，凸顯對燕雲十六州

失陷，及「澶淵之盟」政策不當所帶來的恥辱。宋朝每年輸遼絹二

十萬匹，銀十萬兩，遼主與眞宗約爲兄弟，眞宗呼蕭太后爲叔母，

無可諱言，這次的合約，對宋來講，實在是喪權辱國的決定。仁宗

時，宋增歲幣絹十萬匹，銀十萬兩；神宗朝，宋在蔚、應、朔三州

邊境，又損失了七百里國土。宋朝積弱，這一連串的屈辱，讓在會

仙石上的雙石人，都感到羞愧萬分，抬不起頭來。石人「臨溪照水

久逡巡」，正也反映出他的心情。宋初至今的「和戰」思想，不過

是反映北宋朝野不重進取，苟且偷安的心理，詩中用石人「借代」

宋朝子民，蘇轍對此國仇家恨，不勝唏噓。

〔註157〕轍詩自注。陶晉生《宋遼關係史研究》(聯經出版事業公司，1986
年1月) 第五章〈北宋朝野人士對於契丹的看法〉一文，指出在澶
淵盟締結之後，官方所用稱呼契丹的字眼，有顯著改變。在此一重
大外交事件以後，最常見的字眼是「契丹」，另一些常用名詞是「北
人」、「北朝」。相對於詩中蘇轍用「南朝」一詞，反映了宋遼間平
等外交的具體事實。但實質上對契丹的看法不一定表裡如一。下章
〈夷漢之辨〉可知。

　　依蘇轍的觀察，「皮幣遙知國計長」（〈贈隻雄州王崇拯〉二首之一）北宋以「增幣」代替「割地」，換來短暫的和平，是無可奈何的國際外交長遠之計。宋朝有別於漢、唐的強盛，契丹所造成的威脅，是宋室王朝主要的芒刺。北宋國勢衰弱，無力爭討外族，所以只能在外交上面委曲求全，求得邊境的安全。

> 哀哉漢唐餘，左衽今已半。玉帛非足云，子女罹蹈踐。（之十一〈燕山〉）

蘇轍懷抱強烈的經世濟物之志，卻因國家在外交政策的失敗，民族尊嚴喪失，而興起其歷史的使命感與憂懷天下的情懷。

4.「和盟」的以退為進

　　和盟雖能免除兩國兵戎相見，兵禍戰亂之苦，但北宋若一意的委屈奉承，固步自封，恐怕勇氣消耗，俯首柔服而莫敢抵抗。〔註158〕積極的做法，應是「陰伺二虜之怠，而出兵以逐利於塞外」。〔註159〕其〈虜帳〉一詩，就對此政策提出反思。

> ……朝廷經略窮海宇，歲遺繒絮消頑凶。我來致命適寒苦，積雪向日堅不融。聯翩歲旦有來使，屈指已復過奚封。禮成即日卷廬帳，釣魚射鵝滄海東。秋山既罷復來此，往返歲歲如旋蓬。彎弓射獵本天性，拱手朝會愁心胸。甘心五餌墮吾術，勢類畜鳥游樊籠。祥符聖人會天意，至今燕趙常耕農。爾曹飲食自謂得，豈識圖霸先和戎！（之二十四）

祥符聖人宋真宗「會天意」，「和戎」政策帶來宋遼間百年的和平相處，

〔註158〕〈北狄論〉：「方今天下之勢，中國之民，優游緩帶，不識兵革之勞，驕奢怠惰，勇氣消耗。而戎狄之略，又以百萬為計，轉輸天下，甘言厚禮，以滿其不足之意，使天下之士，耳熟所聞，目習所見，以為生民之命，寄於其手，故俯首柔服，莫敢抗拒。凡中國勇健豪壯之氣，索然無復存者矣。」又「今尊奉夷狄無知之人，交歡納幣，以為兄弟之國，奉之如驕子，不敢一觸其意，此適足以壞天下義士之氣，而長夷狄之勢耳。」《欒城應詔集》卷五，「進論五首」第五道，《蘇轍集》冊四，頁1279～1280。

〔註159〕《欒城應詔集》卷十，第五道，《蘇轍集》冊四，頁1336～1337。

人民安居樂業，故而「至今燕趙常耕農。爾曹飲食自謂得」，也正說明了宋代一貫「守內虛外」的政策。然而所謂「彎弓射獵本天性，拱手朝會愁心胸。甘心五餌墮吾術，勢類畜鳥游樊籠。」〔註160〕契丹人對中原漢土虎視眈眈的覬覦，絲毫沒有退讓。詩人不滿和平的假象，忍隱屈恥，「豈識圖霸先和戎」，『和戎』是手段，「圖霸」是目的。蘇轍寄寓著圖霸雪恥、恢復大好河山的雄心壯志。

> 朔漠陪公萬里行。駢馬貂裘寒自暖，連床龜息夜無聲。同心便可忘苛禮，異類猶應服至誠。行役雖勞思慮少，會看梨棗及春生。（之五〈贈右番趙侍郎〉）

「久安和好依中原。」（〈渡桑乾〉）對契丹人來說，兩國「和好」保持友好關係，是維繫遼宋長年和平重要的關鍵，「依」字的註解，是蘇轍主觀對外族臣服中國、附屬中國的一種優越心態。

　　宋代「強幹弱枝」、「強本弱末」的軍事政策，外交策略上多屬退讓、妥協議和的方式，維持和平假象，對此當政者的昏庸無能，讓蘇轍感到十分的慨嘆。

（三）華夷之辨

　　中國自秦漢以來，運用羈縻、貿易、和親、屯田、分化、以夷制夷、以夷攻夷政策，以及朝貢制度的發展，自此漢族養成一種鄙視夷狄的「我族中心」主義。〔註161〕以中國為世界秩序的中心，可以說是王道政治下的一種理想制度，事實上也呈顯出漢民族對自我的文化優越感。「昔者孔子著《春秋》，嚴夷夏之防，北宋外患頻仍，故講明經世致用之《春秋學》勃興，與《易》並稱顯學，蘇轍著有《春秋集

〔註160〕 所謂五餌，《漢書》（鼎文書局，1979 年 2 月）卷四十八，第十八〈賈誼傳〉贊曰：「施五餌三表以繫單于」。唐顏師古注：「賜之盛服華乘以壞其目，賜之盛食珍味以壞其口，賜之音樂婦人以壞其耳，賜之高堂邃宇府庫奴婢以壞其腹；於來降者，上以召幸之，相娛樂，親酌而手食之，以壞其心，此五餌也。」頁 2265。

〔註161〕 陶晉生著《宋遼關係史研究》（台北：聯經出版事業公司，1986 年 1 月）第一章〈宋遼關係的歷史背景〉，頁 3。

解》十二卷」。〔註162〕故其使遼詩，在夷漢之別的論述上，比較宋遼文化優劣，強調中原文化的優越，為民族尊榮感的移情作用。

1. 稱讚劉涇

先看第一首〈次莫州通判劉涇韻二首之一〉

北國亦知岐有夷，何嘗烽火報驚危。擁旄絕漠聞佳語，緩帶臨邊出好詩。約我一樽迎嗣歲，待君三館已多時。從今無事唯須飲，文字聲名人自知。(之一)

劉涇有才，有時名。「擁旄絕漠聞佳語，緩帶臨邊出好詩」，詩歌傳頌至契丹，受到塞外人民的欣賞，因此「文字聲名人自知」，蘇轍以有此友，頗為自豪。中國的文學內涵及詩文的優美，確實傲視他國。

2. 胡人愛三蘇詩文

誰將家集過幽都？逢見胡人問大蘇。莫把文章動蠻貊，恐妨談笑臥江湖。(之二十一〈神水館寄子瞻兄四絕之三〉)

契丹雖為化外之民，卻努力吸收中原文化，熱愛中國文化，尤其特別喜歡蘇洵父子的文章。蘇轍本次出使，見到契丹盛傳三蘇文，甚喜三蘇文的景象。「誰將家集過幽都？逢見胡人問大蘇」，「大蘇」指的是蘇軾。元祐元年蘇軾兄弟初入京，遼國使者已經在打聽他們兄弟的情況。蘇軾〈次韻子由使契丹至涿州見寄四首〉其三云：「氈毳年來亦甚都，時時鴃舌問三蘇。」〔註163〕自注：「余與子由入京時，北使已問所在。後余館伴，北使屢誦三蘇文。」同卷〈送子由使契丹〉詩蘇軾末云：「單于若問君家世，莫道中朝第一人」頗為自負。蘇轍〈潁濱遺老傳〉上說：「奉使契丹，虜以其侍讀學士王師儒館伴。師儒稍讀書，能道先君及子瞻所為文，曰：『恨未見公全集』，然亦能誦〈服伏苓賦〉等，虜中頗相愛敬者。」〔註164〕蘇轍此次至遼，遼殿侍對轍說：「令兄內翰

〔註162〕 參看張師高評〈蘇軾蘇轍邊塞詩之主題與風格〉一文「華夷之優劣」，頁 14。

〔註163〕 《蘇軾詩集》卷三十一。

〔註164〕 《欒城後集》卷十三，《蘇轍集》，頁 1026。

（指蘇軾）《眉山集》以到此多時，內翰何不印行文集，亦使流傳至此？」〔註 165〕蘇轍常食茯苓以養生，館伴王師儒讀過這篇賦，也向子由求秘方：「聞常服茯苓，欲乞其方」。〔註 166〕蘇轍此次奉命使遼，古北口一寺中，就留有蘇穎濱詩石刻。〔註 167〕三蘇文早已在遼國流傳，而且受到當朝人的喜愛，說明三蘇在遼國的影響力實不可小覷。

另外，蘇轍也意識到邊境書籍交流容易，恐怕當朝文書機密外露，無益於朝，故因限制開版印行文字之事。〔註 168〕

3. 稱讚漢之政治家

> 燕山如長蛇，千里限夷漢。首銜西山麓，尾掛東海岸。中開哆箕畢，末路牽一線。卻顧沙漠平，南來獨飛雁。居民異風氣，自古習耕戰。上論召公奭，禮樂比姬旦。次稱望諸君，術略亞狐管。子丹號無策，亦數游俠冠。割棄何人斯？腥臊久不澣。哀哉漢唐餘，左衽今已半。玉帛非足云，子女罹蹈踐。區區用戎索，久爾縻郡縣。從來帝王師，要在侮亡亂。攻堅甚攻玉，乘瑕易冰泮。中原但常治，敵勢要自變。會當挽天河，喜此生齒萬。（之十一〈燕山〉）

燕山山脈東西蜿蜒連綿把漢、夷分隔成兩邊，這一帶乃燕趙遊俠聚集之處，在歷史上出了許多名人。蘇轍一連舉出數人：「上論召公奭，禮樂比姬旦」召公奭，周代（北）燕國的始祖，助武王滅商，與周公（姬旦）分治陜地。〔註 169〕「次稱望諸君，術略亞狐管」望諸君爲戰國燕將樂毅，五年先後攻下齊國七十餘城，後因讒降趙，封於觀津，號望諸君。〔註 170〕狐指春秋時代的狐偃，助公子重耳流亡在外十九

〔註 165〕《欒城集》卷四十二《翰林學士論時事八首——北使還論北邊事劄子五道》〈一論北朝所見於朝廷不便事〉，《蘇轍集》冊二，頁 747。

〔註 166〕同上註，頁 747。

〔註 167〕王士禎：《池北偶談》（台北：正文出版社，1974 年 1 月 1 日）卷下，頁 60 所記。「古北口一寺中，有石刻蘇穎濱詩。蓋公元祐間奉使契丹時所題，而遼人刻石者。」。

〔註 168〕同上註，頁 747。

〔註 169〕《史記》卷三十四〈燕召公世家第四〉。

〔註 170〕《史記》卷八十〈樂毅列傳第二十〉。

年後回國登基。「子丹號無策」秦滅六國，燕太子丹，禮賢下士，派荊軻刺秦。〔註171〕燕雲諸州淪陷，但這些英雄豪傑，聲名猶在，此詩雖抒失土之痛，對前人豐功偉業之讚嘆，豪士俠客之孺慕之情，隱喻宋朝士大夫對自我文化的認同與自傲。「中原但常治，敵勢要自變」期勉宋人勵精圖治，一雪前恥，顯示其不服輸的個性。由〈神水館寄子瞻兄四絕之四〉一詩可以得知其觀點。

> 虜廷一意向中原，言語綢繆禮亦虔。（之二十二）

對於契丹人甘心誠意的歸順中國學習禮儀法度，正是我方一廂情願的想法。如此，下一首〈木葉山〉，蘇轍藉由夷、漢之間優劣，生活狀況、文化高低的比較，最是表現出貶夷揚漢的民族優越感。

4. 貶夷揚漢

> 奚田可耕鑿，遼土直沙漠。蓬棘不復生，條幹何由作？茲山亦沙阜，短短見叢薄。冰霜葉墮盡，鳥獸紛無託。乾坤信廣大，一氣均美惡。胡為獨窮陋，意似鄙夷落。民生亦復爾，垢汙不知怍。君看齊魯間，桑柘皆沃若。麥秋載萬箱，蠶老簇千箔。餘粱及狗彘，衣被遍城郭。天工本何心？地力不能博。遂令堯舜仁，獨不施禮樂。（之二十三〈木葉山〉）

前八句，寫遼地貧瘠荒涼，「遼土直沙漠。蓬棘不復生」，遼人窮陋「民生亦復爾，垢汙不知怍」；而相形之下，中原是繁榮富庶，民生裕足。「君看齊魯間，桑柘皆沃若。麥秋載萬箱，蠶老簇千箔。餘粱及狗彘，衣被遍城郭。」其差別為「獨不施禮樂」，故而「乾坤信廣大，一氣均美惡」，美惡判然相見，王水照教授以為：「蘇轍對於北地艱苦生活環境曲解，和對當地民族的鄙視，都隱隱地受著和文化優越意識的指使。」〔註172〕

〔註171〕《史記》卷八十六〈刺客列傳第二十六〉。
〔註172〕參王水照〈論北使使遼詩的兩個問題〉《王水照自選集》（上海：上海教育出版社，2000），頁247。

（四）客鄉旅懷

「客鄉旅懷」是歷來邊塞詩裡不可缺的主題之一。

1. 心存大宋

> 獨臥繩床已七年，往來殊復少縈纏。心游幽闕烏飛處，身
> 在中原山盡邊。梁市朝回塵滿馬，蜀江春近水浮天。枉將
> 眼界疑心界，不見中宵氣浩然。（之六〈古北口道中呈同事二首
> 之一趙侍郎〉）
>
> 亂山環合疑無路，小徑縈回長傍溪。仿佛夢中尋蜀道，興
> 州東谷鳳州西。（之八〈絕句二首之一〉）

「蜀江春近水浮天」、「仿佛夢中尋蜀道」，身在北地大漠之處，對歸
鄉的關注，鄉愁成爲客居旅懷重要的思想內涵。詩作寫法往往藉眼前
景物起筆，「心游幽闕烏飛處，身在中原山盡邊」、「亂山環合疑無路，
小徑縈回長傍溪」，不著墨於過多的邊疆圖畫，而是交疊互映塞外與
中原風光，勾勒出一幅「人在異域，心存大宋」的思歸圖。

> 高屋寬箱虎豹裀，相逢燕市不相親。忽聞中有京華語，驚
> 喜開簾笑殺人。（之十三〈趙君偶以微恙乘駝車而行戲贈二絕句之
> 二〉）

在燕人居地竟然聽到了家鄉熟悉的語言，「驚喜開簾」的歡喜，將思
鄉情懷湧現於前，「笑」字，將身在遼地那種「不相親」的隔屏化解
開來，讀來備感親切。

2. 歸心似箭

十二月十日開始南歸，迫不及待想回家的心情，投射在蘇轍的詩
歌裡，有著非常盼望且急切的寫照。看〈傷足〉一詩，才完成使遼的
任務，便日夜懸念馬不停蹄的趕回鄉，結果中途遇阻還弄傷了腳。

> ……前日使胡罷，晝夜心南馳。中途冰塞川，混漾無津涯。
> 僕夫執轡前，我亦忘止之。馬眩足不禁，拉然臥中坻。……
> （之二十六）

蘇轍是這樣的歸心似箭，趕路南歸途中，回想初到時「經冬舞雪長相
避」如今是「屈指新春旋復生」，事實上蘇轍此次入遼不過十日，景

色變化之大，主要應在詩人主觀的思想情感上。「春到雪消」、「初試東風」，所見所感都充滿喜悅的氛圍，〈十日南歸馬上口占呈同事〉詩：

> 南轅初喜去龍庭，入塞猶須閱月行。漢馬亦知歸意速，朝
> 晹已作故人迎。經冬舞雪長相避，屈指新春旋復生。想見
> 雄州饋生菜，菜盤酪粥任縱橫。（之二十五）

「想見」二字，曲筆寫同僚設宴歡迎之景，深刻的表達自己的想家的情緒。故而〈春日寄內〉詩從對面設想妻子已經梳妝打扮、備好飯菜、打掃庭院，等候他的到來，更爲強烈的傳達「想念」之思。

> 春到燕山冰亦消，歸驂迎日喜嫖姚。久行胡地生華髮，初
> 試東風脫敝貂。插髻小幡應正爾，點盤生菜爲誰挑。附書
> 勤掃東園雪，到日青梅未滿條。（之二十七）

此趟任務讓蘇轍感觸良多，宋遼依屬關係疏緊正是宋朝國力強弱的表徵，出使歸國，歸心飛躍之情，頗有杜甫〈聞官軍收河南河北〉「即從巴峽穿巫峽，便下襄陽向洛陽」的寫照，流露出對家國的思念與想望。

　　唐人國力崢嶸，予人一種睥睨一切與自信的風采。邊塞詩創作，不乏懷著出將入相之志、仗劍去國、辭親遠遊、寄旅京華、交遊干謁，應舉入幕，或驅馳朔漠、渴望建功立業等主題。〔註 173〕而宋在敘寫邊塞主題上，則以關懷態度的人文心理和檢討外交政策的內容爲主。描述塞外景色與風土人情，帶著一種批判的角度，與理性精神。

　　蘇轍在邊塞詩中顯現知性反省的能力，與高漲的歷史情懷，無鋪張宏侈的浪漫風格，卻有深沉的使命感與憂患意識，融敘事說理議論爲一。

　　理性的社會關懷是文人士大夫淑世理想的實踐。不論是激烈的政治批評，悲憫的民生疾苦，風土民情的紀錄和邊塞問題的反思，都有蘇轍憂國憂民、憂懷天下的志向與懷抱。從激烈而溫和，從銳動而沉穩，隨著年齡、閱歷與政治情況的改變，蘇轍一直保持著高度的自信

〔註 173〕蘇珊玉《盛唐邊塞詩的審美特質研究》第二章〈盛唐邊塞詩的審美文化意蘊〉，頁 55～56，高雄師範大學國文研究所博士論文，2000年 1 月。

與熱忱，激昂而有力的敲響著北宋沉寂無力的時代奏歌，爲匱乏的公
平正義，注入一股生命力。

第三節　心靈情思之感悟

　　蘇轍身處的北宋，是中國藝術文化的高峰，呈現高度精緻化發
展。宋代文人細膩、敏感的特質表現在對生活面貌的感受上，心境
上不再有對人世的征服，而是將人對現世的關懷落實，沉浸在飽涵
詩書的時代，市民文化的趣味走近士人生活。不論題畫賦詩、詠物
抒懷、應酬性的唱和、園林寄情，都讓主體生命的的生活境界充實
而有內容。

一、題畫賦詩

　　詩是有聲畫，畫是無聲詩。詩歌爲時間藝術，以音節的錯落、律
動，發抒情志；而繪畫爲空間藝術，藉由線條、明暗色彩，賦形寫物。
詩與畫兩者在藝術表現的型態上不同，但在意境和精神上相互啓發，
開啓詩畫融合的創作。

　　詩歌以畫爲題材，繪畫借鏡詩歌，早在《林泉高致》一書提到郭
熙「嘗所誦道古人清篇秀句，有發於佳思者，而可畫者」，說明郭熙
已有意的在詩篇中發現畫的題材，而《宣和畫譜》李公麟作畫「蓋深
得杜甫作詩體制，而移於畫」。〔註174〕繪畫不斷發展的結果，必得影
響當時的畫家、文人，不僅與文學結合尋找創思，更運用詩人寫作技
巧賦予繪畫新的生命力。

　　唐以前的詩、畫是分開的，畫工作畫純粹是爲宮廷貴族服務，爲
人物寫眞，留下眞實紀錄，少有畫中附帶詩文的創作。之後，由於詩
人兼畫家的身分，大量題畫作品出現，加上唐、宋畫院的設立，北宋
詩畫的融合已趨成熟，當時文人畫家，文同、蘇軾、李公麟、王詵、

〔註174〕　《四庫全書》冊八一三，頁108，卷七──「人物」。

黃庭堅、晁補之、米芾等人，既工於詩詞，也是書畫好手，文人作畫風氣十分普遍。

　　題畫詩兼有畫贊及詠物的特性，簡言之，摹形繪狀、評畫議論、託物言志就成了題畫詩的內容。〔註175〕此處「題畫詩」，為詠畫詩，所指範疇是以「畫作」為內容主題，以詩歌形式為表現，不論是自題詩或他題詩，從題詠、抒懷或寫景、議論角度切入，只要是藉著繪畫表達詩人思想情感的作品，都是本文論述的重點。

（一）蘇轍題畫詩概述

　　蘇轍題畫詩的數量在北宋僅次於兄蘇軾和黃庭堅，位居第三位。在宋人孫紹遠所編《聲畫集》〔註176〕收入蘇轍作品三十七題六十六首。另外清人陳邦彥奉敕編著的《御定歷代題畫詩類》，〔註177〕收三十二題六十四首。《全宋詩》中共收三十七題七十首，與蘇軾《聲畫集》的九十九題一四六首〔註178〕和黃庭堅《聲畫集》七十一題八十九首，在題材和數量上有明顯的差別。〔註179〕相較於蘇軾、黃庭堅兩人，蘇轍在題畫的對象與選材的多樣性上都不夠開闊，因〈題李公麟山莊圖〉一題，寫了二十首詩，而使得題畫詩總數上升，列居第三。

　　蘇轍非畫壇健將，卻有相當程度的藝術修養。對繪畫的認識，受到家學父兄蘇洵、蘇軾的影響，〔註180〕自認是知畫的。另外他又和

〔註175〕　參看林翠華〈形神論對北宋題畫詩的影響〉《宋代文學研究叢刊》第二期，1996年9月。

〔註176〕　《聲畫集》宋·孫遠紹編，是時代最早、最具規模的唐宋題畫詩類書。見《四庫全書》冊一三四九。

〔註177〕　清康熙時任翰林的陳邦彥所蒐集彙鈔而成，收自唐迄明代題畫詩八千多首。見《四庫全書》冊一四三五、一四三六。

〔註178〕　《聲畫集》，頁八一八〈盧鴻學士草堂圖〉應為蘇轍作品，誤入蘇軾下。蘇軾、黃庭堅選詩參看李栖《兩宋題畫詩論》（台灣學生書局，1994年7月），頁329。

〔註179〕　蘇轍題畫詩在《全宋詩》、《聲畫集》、《御定歷代題畫詩類》中情形，參見附錄一〈蘇轍題畫詩〉。

〔註180〕　〈王維吳道子畫〉《欒城集》卷二「我非畫中師，偶亦識畫旨。」又〈汝州龍興寺修吳畫殿記〉一文，見《欒城後集》卷二十一，頁

當時湖州派畫竹頗負盛名的文同，有親戚關係，〔註181〕因此所受詩畫藝術薰陶與修養，自不在話下。蘇軾曾經說：「轍於書畫，漠然不甚經意」。〔註182〕「漠然」指的是表象，蘇轍在現實生活裡雖不熱衷作畫，但不表示他內心不喜歡書畫藝術。《畫繼》說：「畫者，文之極也。……其爲人也多文，雖有不曉畫者寡矣。其爲人也無文，雖有曉畫者寡矣。」學養知識能幫助人認識繪畫，繪畫也需要知書多文者，開拓繪畫的境界和內涵。蘇轍涵泳於書畫氣息濃厚的生活環境當中，對品畫論畫有一番獨到的見解。

（二）蘇轍題畫詩之形式

題畫詩是再現畫面的一種文學體類。「使鑒者得之，眞若寓目於其處也。而足以助騷客詞人之吟思，則有不可形容者」。〔註183〕題畫詩能讓畫面還原，讓讀者欣賞原來畫作有如身歷其境之感，詩人更可以延伸畫作的意涵，賦予新的生命力。題畫詩的成就不但發揮詩歌寓情寄物的特色，而且以動爲靜，生動描繪畫面色彩明暗遠近，補充畫作境界，拓展畫作的想像空間。因此詩人在題畫詩中所用的體裁，無不使能眞切描摹畫面，曲盡畫中妙理。

若是詩人身兼畫家身分，在自己的畫上題詩叫「自題詩」；若是

1106（北京：中華書局，陳宏天、高秀芳點校）「予先君宮師平生好畫，家居甚貧，而購畫常若不及。予兄子瞻少而知畫，不學而得用筆之理。轍少聞其餘，雖不能深造之，亦庶幾焉。」又「始吾先君於物無所好，燕居如齋，言笑有時，顧嘗嗜畫，弟子門人無以悅之，則爭致其所嗜，庶幾一解其顏，顧雖爲布衣，而致畫與公卿等。」（蘇軾〈四菩薩閣記〉《蘇東坡全集・前集卷三十一》）從小耳濡目染，可知蘇轍是識畫的。

〔註181〕蘇、文爲世家，文同與蘇軾兄弟是表親關係；蘇、文聯姻，蘇轍一女適文同第四子。徐復觀《中國藝術精神》第九章〈宋代文人的畫論〉，頁369談到：「文與可之女，是蘇子由的子婦」應有誤。（台北：學生書局1992年7月）。

〔註182〕《蘇軾文集》卷七十二〈子由幼遠〉，頁2296。

〔註183〕《宣和畫譜》卷十一「董元」條下，《四庫全書》冊八一三，頁128，卷十一——山水二。

畫者與題詩者非同一人，則為「他題詩」。檢視蘇轍題畫詩七十首，均為他題詩。其中五古有五首，七古十二首，五絕二十首，七絕十六首，五律七首，七律十首。發現他在寫作題畫詩時較喜好絕句型式的詩歌體裁，而整體看來，五言、七言的古體、近體詩，蘇轍都能發揮自如，由此可見出子由詩歌兼擅眾體的功力。

北宋的題畫詩，除了和畫跋一樣，只是寫在畫卷的後尾，或畫卷的前面，也有寫在畫面的空白地方。〔註184〕畫卷上的留白處通常只佔畫面的一角或一區，在有限的空間內要想對畫面長篇大論一番，是不可能的，如何以最精簡、最扼要的篇幅表達最深刻的見解，才是一首題畫詩成功的要點。

以古體歌詠形式寫成的題詩，字數較多，所佔篇幅大，應是寫在畫卷後或畫卷前面，蘇轍這部份占十七首，約近三分之一。以四句極短的文字概括畫意及趣味，絕句篇章佔一半份量。除次韻詩、觀賞之題詩外，為避免破壞畫面，直接題在畫布上之作，以絕句較為合適。二十首描寫李公麟「山莊圖」畫卷的五言絕句，即為五絕的全部。其別裁新意，或寄興或讚賞，奇景秀水歷歷在目，顯現其駕馭文字能力。故而《升庵詩話》卷一云：「蘇子由題李龍眠山莊圖四詩，奇景奇句，可頌可想。放翁謂子由詩勝子瞻，亦有見也。」〔註185〕蘇轍的絕句小品雋永有味深獲陸放翁的欣賞，認為子由詩更勝乃兄，自是有可欣賞之處。

（三）蘇轍題畫詩之內容

蘇轍之題畫詩除了表達畫的內容涵意，將靜態畫面蘊藏的意義透過文字烘托傳述，亦傳達對人文意趣的反省及繪畫理論探索，所構築

〔註184〕徐復觀《中國藝術精神》〈中國畫與詩的融合〉，頁 480，學生書局81 年 7 月，所提出「北宋題畫詩不寫在空白地方」之論點，已為現存的畫蹟所修正，宋徽宗著名的「臘梅仙禽圖」便是例證。因此題畫詩，實為詠畫詩。

〔註185〕丁仲祜編訂《續歷代詩話》中（台北：藝文印書館），〈子由四絕句〉。

的知性思考過程。

1. 即形寫意

　　題畫詩最重要的任務就是把畫面真實呈現,「寫物圖貌」、「擬諸形容」經由詩人的描述題寫還原畫作。「即形寫意」意指詩人就所見的圖像凝神觀照,發抒自己的真性情。

　　畫與詩之間可以互相借鏡,所謂「詩中有畫,畫中有詩」詩畫交融,篇章詩句烘托出具象的筆墨景色,尺幅意境猶如一首流動的詩歌,兩者相因,彼此交流。北宋有幾幅重要的「詩意圖」,就是畫家截取詩句作畫,經過畫家解讀後再現詩意,表達詩文內涵的作品。如「歸去來圖」、「憩寂圖」、「陽關圖」等,〔註 186〕在詩人題詠的畫題上可以看到詩、畫之間的聯繫,對圖文的抒情特質,宋人興發個人情思的展現。

　　蘇軾堂妹夫柳仲遠曾經請蘇軾和李公麟合畫了一幅「松石圖」,之後,柳仲遠又截取杜甫詩〈戲為韋偃畫雙松圖歌〉中「松根胡僧憩寂寞,龐眉皓首無住著,偏袒右肩露雙腳,葉裡松子僧前落」四句,前來求畫,於是才有「憩寂圖」誕生。

　　蘇轍「憩寂圖」題詩就記載了這一段經過。〈子瞻與李公麟宣德共畫翠石古木老僧謂之憩寂圖題其後〉:

> 東坡自作蒼蒼石,留取長松待伯時。只有兩人嫌未足,更
> 收前世杜陵詩。(《欒城集》卷十五,《蘇轍集》冊一／頁 286)

子由點出「松石圖」和「憩寂圖」情境上的差異,前者「松石圖」畫的是松與石,東坡以皴擦的筆法表現蒼硬頑澀的翠石,層疊厚薄,落墨堅實。〔註187〕李公麟用己擅長白描的手法畫松。〔註188〕松、石相

〔註186〕衣若芬〈宋代題「詩意圖」詩析論──以題「歸去來圖」「憩寂圖」「陽關圖」為例〉《中國文哲研究集刊》第十六期,2000 年 3 月。

〔註187〕宋‧韓拙曰:「夫畫石者,貴要磊落雄壯,蒼硬頑澀,礬頭菱面,層疊厚薄,覆壓重深,落墨堅實,凹深凸淺,皴拂陰陽,點均高下,乃為破墨之功也。」《山水純全集》論石,見《四庫全書》冊八一三,頁 320。

襯，相得益彰。

　　之後兩人合作的「憩寂圖」，蘇軾在〈次韻子由題憩寂圖後〉詩中認為此圖表現得可圈可點：「東坡雖是湖州派，竹石風流各一時。前世畫師今姓李，不妨還作輞川詩。」「詩佛」王維創文人畫之始，開南宗畫法，有輞川別業；李公麟有龍眠山莊，身兼文人與畫家身分，曾隱居山林，宋畫第一，以文學有名於時。〔註189〕蘇軾頌揚李公麟非一般世俗畫工，而是下筆氣韻不俗、學養兼擅的「畫師」，不讓王維專美於前。

> 蘇、李兩人的合作將片段的時空凝縮轉化成意味深遠的禪趣空靈。後者「憩寂圖」加入杜甫詩意，圖繪松下僧人自在自得之狀，龐眉皓首、袒肩露腳。「憩」指休息，「寂」指環境、心靈的靜寂，時空被動的被牽引，僧人短暫的休憩，等待再次的出發，松子悠然落下，僧人心情閒適，靜中寓動，在大自然一片和諧靜謐的氛圍裡，潛藏一股源源不斷的生命力，豐富了圖像的內容。

另一幅亦是李公麟創作的「陽關圖」。由他贈友人的畫卷及題詩，可知「陽關圖」是一幅長亭送別的畫作。

> 畫出離筵已愴神，那堪真別渭城春。渭城柳色休相惱，西出陽關有故人。〈小詩並畫卷奉送汾叟同年機宜奉議赴熙河幕府〉（《全宋詩》卷一零六九）

李公麟以對比王維渭城柳色「西出陽關無故人」的悵然，強調「西出

〔註188〕「對李公麟評論，一般都是稱讚不已的。由其他的白描畫更是為人所樂道。所謂白描，簡單的說便是用墨鉤描再稍以淡墨或赭石加染，又稱為白畫。」高文森《五代北宋的繪畫》（台北：文史哲出版社，1982年9月），頁97。

〔註189〕宋・李公麟，字伯時，後隱居龍眠山，自號龍眠山人。清・王概《芥子園畫傳》「李公麟，集顧陸張吳諸家以為己有，作畫多不著色，論者謂其山水似李思訓，瀟灑如王右丞，當為宋畫第一。」引自傅抱石《中國繪畫理論》（台北：里仁書局，1995年4月）第十三，〈山石論〉，頁202。宋・鄧椿《畫繼》「龍眠居士李公麟，……熙寧三年登第，以文學有名於時。」見《四庫全書》冊八一三，頁511。

陽關有故人」的溫馨之情，爲將來的重逢留下了無限期待與希望，可說是畫作主旨意涵所在。依《宣和畫譜》形容：「公麟作陽關圖，以離別慘恨爲人之常情，而設釣者於水濱，忘形塊坐，哀樂不關其意」。〔註190〕

　　蘇轍在覽閱「陽關圖」後所寫的題畫詩：〈李公麟陽關圖二絕之一〉
　　　百年摩詰陽關語，三疊嘉榮意外聲。誰遣伯時開縞素，蕭
　　　條邊思坐中生。(《欒城集》卷十六，《蘇轍集》冊一／頁324)

「陽關」送別的主題，受到宋代文人大量的題詠，是最能顯現離別相思的文化內容。「陽關語」始出於王摩詰之詩。王維〈送元二使安西〉：「渭城朝雨浥輕塵，客舍青青柳色新。勸君更進一杯酒，西出陽關無故人。」〈送元二使安西〉此詩後被編入樂府詩集，稱爲〈渭城曲〉。〔註191〕〈渭城曲〉反覆頌唱，一唱三疊，歌聲不絕，空氣迴盪著不捨之情，而李伯時對「離別」的舊調卻能翻寫新意，「意外聲」改寫惆悵的意境。李公麟畫中融入道家思想，釣者垂釣於水之濱，「忘」情「安」情，無所執著，與外在適然融合而無心，隨順自然安於大化流行，便能隨遇而安，則哀樂不入於心，自能忘形塊坐。「邊思」的不經意襯顯「蕭條」的灑脫寫意，心寬無礙，任憑賓主之間的離別，漁人只是淡眼處之，突破時人的抒懷議題。

　　再看蘇轍題寫前代畫家郭熙的畫。〈次韻子瞻題郭熙平遠二絕〉：
　　　亂山無盡水無邊，田舍漁家共一川。行遍江南識天巧，臨
　　　窗開卷兩茫然。(《欒城集》卷十五，《蘇轍集》冊一／頁296)

郭熙是宋神宗時代山水畫壇上重要的人物之一。山水寒林，煙雲隱現，佈置筆法，獨步一時。他認爲「畫山水有法，豈得草草。」在《林泉高致集・山水訓》一書云：「山有三遠。自山下而仰山巔，謂之高遠。自山前而窺山後，謂之深遠。自近山而望遠山，謂之平遠。」蘇

〔註190〕見《四庫全書》冊八一三，《宣和畫譜》卷七，頁 108～109「李公麟條」。

〔註191〕宋・郭茂倩編撰《樂府詩集》(台北：里仁書局，1981 年 3 月)第八十卷，〈近代曲辭二〉，頁 1139。

轍看了郭熙自然山水的描摹，還原畫家視角，由近而遠，遠處的亂山
綿延不盡，流水迤邐無邊，川水流過遠處的田舍，漁家，和景色凝聚
成一個焦點。「平遠之色，有明有晦」從畫面上近處的流水波光粼粼，
淡墨模糊，交會的山水匯集於盡頭，煙嵐重深，意味深長，顯得意境
悠遠。子由前兩句寫景，後兩句寫意，讚美畫家「行遍江南」高明的
寫生功夫，郭熙掌握光線明暗變化的技巧，以及對景色的悉心觀察相
當獨到，當詩人臨窗遠眺，再看看手上的畫作，景為畫？畫為景？是
天然抑或是人為，已讓人分不清了。「天巧」的「巧」，恰當的對郭熙
筆墨酣暢的巧手及巧奪天工的技法，做出最佳詮釋。

　　蘇軾文人畫為當代文人所稱許。蘇轍曾云：「余兄子瞻少而知畫，
不學而得用筆之理」。〔註192〕蘇軾也自己稱說：「方先君與吾篤好書
畫，每有所獲，眞以為樂」。〔註193〕蘇軾高風亮節，映照今古，據德
依仁之餘，游心於藝，人品風骨是文人的表率。《畫繼》形容他「所
作枯木，枝幹虬屈無端倪，石皴亦奇怪，如其胸中蟠鬱也」。蘇軾一
生仕途不遇，屢遭貶謫，繪畫就成了他抒發情緒的好方法。蘇轍題寫
東坡有名的作品〈西軒畫枯木怪石〉：

> 西軒素屏開白雲，婆娑老桂依霜輪。顧兔出走蟾蜍奔，河
> 漢卷海機石蹲。牽牛自載倚桂根，清風颯然吹四鄰。東坡
> 妙思傳子孫，作詩彷彿追前人。筆墨墮地稱奇珍，閉藏不
> 聽落泥塵。老人讀書眼病昏，一看落筆生精神。(《欒城三集》
> 卷三，《蘇轍集》冊三／頁1188)

前六句以情入景，誇張的鋪寫枯木怪石。東坡在西軒裡展開畫屏，胸
中佈置已有定見，留白處留有想像。桂樹依著明月，伴隨白兔、蟾蜍
奔走的奇思異想，更加深圖畫幽怪的氛圍。皴筆取峭，雜入斧劈，經
風雪折剝、日月流刷的石塊，表面凹曲敧斜，皮皴障蓋，讓原本樹石
間可見的兔、蟾蜍相顧奔走。盤屈的枝椏，以怒龍驚虬之勢交錯回環，

〔註192〕《欒城後集》卷二十一〈汝州龍興寺修吳畫殿記〉。
〔註193〕〈子由幼達〉，見《蘇軾文集》卷七十二。

骨瘦蒼勁，筆墨枯淡之處，筆力神妙，令人驚嘆。如同蘇軾精神人格般，於逆境挫折中屹立不搖。

　　次六句以景寫意。這幅畫的產生根據《畫繼》所記載：「米元章自湖南從事過黃州，初見公酒酣，貼觀音紙壁，上起作兩行枯樹怪石各一，以贈之山谷。」〔註194〕東坡書畫之高明，其子蘇過可以繼承衣鉢，詩文繪畫直追前人成就。〔註195〕蘇軾內在生命的飽滿充實概括他的一生，「妙思」實現於他的畫作上，將精神和人格風骨相輝映，以形傳神，故蘇轍自嘆年老病眼昏，看了畫作之後，立即振奮「生精神」。

　　蘇軾身後，傳世的枯木竹石畫跡爲後人爭相收購。〔註196〕也說明了時人對東坡的喜愛和敬仰。

　　蘇轍除了歌詠當代畫家畫作，對於民間工匠的作品也有興趣。看〈畫枕屏〉詩：

　　　　細繩竹簟曲屏風，野水遙山霧雨濛。長有灘頭釣魚叟，伴
　　　　人閒臥寂寥中。（《欒城集》卷十三，《蘇轍集》冊一／頁244）

屏風上面畫著一幅煙波釣叟圖。遠處的青山在雲霧瀰漫的陪襯下，一彎不知名的流水蜿蜒而過，一位釣叟悠閒的坐在灘頭垂釣，輕鬆的心情伴隨主人入夢，蘇轍以「賦筆」鋪寫，讀來淡雅又有親切感。

2. 融神入理

　　「形神」觀念在北宋是題畫詩一個重要的看法。「離形得似」是美學課題，剝離形貌限制，不拘泥圖像外現的形態，轉而重視內在神韻氣質，向「傳神寫意」趨近，融攝神理，形成一種詩歌趣味。這是蘇轍題畫詩的第二種類型。

〔註194〕《畫繼》卷三，見《四庫全書》八一三冊，頁511「軒冕才賢」第
　　　　一條蘇軾。
〔註195〕蘇軾〈題過所畫枯木竹石三首之一〉：「老可能爲竹寫眞，小坡今與
　　　　石傳神。」指的是蘇軾三子蘇過，晚號斜川居士，時稱小坡，王閏
　　　　之所生。《全宋詩》卷八二六，頁9563。
〔註196〕宋‧費袞撰《梁谿漫志》（山西人民出版社，1986年）卷六〈論書
　　　　畫〉，頁78「……至於學問文章之餘，寫出無聲之詩，玩其蕭然筆
　　　　墨間，足以想見其人。……而東坡所作枯木竹石，萬金爭售。」

先看第一首〈題李公麟山莊圖〉。

李公麟曾參加科舉為官，歷任南康長垣尉、泗洲錄事參軍，御史檢法等官職。《宣和畫譜》云其：「仕宦居京師十年，不游權貴門，得休沐遇佳時，載酒出域，拉同志二三人，訪名園蔭林，坐石臨水，條然終日。……從仕三十年未嘗一日忘山林。」後來致仕退隱居於龍眠山莊。李公麟作龍眠山莊圖，由建德館至垂雲沜，著錄者十六處，自西而東凡數里，岩崿隱現，泉源相屬，山行者路窮於此。道南溪山，清深秀峙，可游者有四：勝金岩、寶華岩、陳彭漈、鵲源。蘇軾既為之記，又屬轍賦小詩，凡二十章，以效法王維輞川別業詩文紀錄之。〔註197〕墨禪堂、澄元谷即是龍眠山莊圖其中二景。

> 此心初無住，每與物皆禪。如何一丸墨，舒卷化山川。(〈墨禪堂〉《欒城集》卷十六，《蘇轍集》冊一／頁313)

> 石門日不下，潭鏡月長臨。細細溪風渡，相看識此心。(〈澄元谷〉《欒城集》卷十六，《蘇轍集》冊一／頁314)

前者詠居室，後者詠風景。超然物外的林下風流是追求禪意的一種方式。早在盛唐時期，文人士大夫理想的生活就開始向禪門滲透靠近。一方面，身在魏闕，心存江湖的達官貴族，山水清音可以達到心與物游的暢快；另一方面，山居隱逸的生活，從中可以得到身心安頓，精神生命的滿足。禪宗不像中國其他諸多宗派講經譯典，聚集京城，置身市纏。〔註198〕禪宗重心性，不立文字的教義，使得修禪之人更喜近自然山水，在清謐靜幽的山林觀照自己，頓悟永恆的真如。

「墨禪」、「澄元」融攝禪宗語言命名，標榜「心」的觀照歷程，蘇轍不直接描繪居室風景，而改以禪趣的意境來發揮。詩人把「無住」的困境逆筆側寫李公麟舒卷江山，「如何」二字，化入對畫家圓相表意的肯定。第二首詩，「鏡」字概念化對「人心」主體象徵，暗藏了

〔註197〕〈題李公麟山莊圖〉并敘，《欒城集》卷十六，《蘇轍集》，頁312。
〔註198〕參看周裕鍇《禪宗語言》(杭州：浙江人民出版社，1999年12月)，頁390。

佛理禪機。若心如鏡能常光鑑照人，需時時勤拂拭，「長」、「渡」由勤而漸，暗寓功夫不斷的修持，自會到達明心見性的地步。

再看詩人〈次韻子瞻好頭赤〉對神理的另一種詮釋。

> 沿邊壯士生食肉，小來騎馬不騎竹。翩然赤手挑青絲，捷下巔崖試深谷。牽入故關榆葉赤，未慣中原暖風日。黃金絡頭依圉人，俯聽北風懷所歷。（《欒城集》卷十六，《蘇轍集》冊一／頁 306）

此詩是蘇轍次韻蘇軾〈戲書李伯時畫御馬好頭赤〉。好頭赤是皇宮馬廄中一匹壯碩的良馬。首二句對比蘇軾「山西戰馬飢無肉，夜嚼長稭如嚼竹。」「翩然」「捷下」形容好頭赤動作的靈活敏捷，自小生長在邊疆地區，一朝入關成了御點的馬匹。詩人想像御馬的孤單，「俯聽」低著頭若有所思的「依」著圉人，末兩句非常傳神的寫出凝神專注，卻又怕生害羞的模樣。以動爲靜，藏露著詩興理趣。

另一首王詵的畫作〈雪溪乘興〉也傳達一種理性的趣味。〔註199〕

> 亟往遄歸眞曠哉，聾人不信有驚雷。雖云不必見安道，已誤扁舟犯雪來。（《欒城後集》卷一，《蘇轍集》冊三／頁 874）

「聾人不信有驚雷」，聾人聽不見聲音，自然不相信「有驚雷」，以「雷響」烘托「聾人」這是利用「反常合道」的句法，但又在誇張中以「不信」強調人爲刻意的不合理。「不必」「已誤」在詩人情感的轉換裡，「隨性」「隨興」的逸趣便出現了。

〈畫文殊普賢〉一詩，蘇轍對畫面的佈置、設色，經過一番縝密的觀察。

> 誰人畫此二菩薩，趺坐花心乘象狻。弟子先後執盂缶，老僧槎牙森比肩。山林修道幾世劫，顏貌偉麗如開蓮。重崖宛轉帶林樹，野水荒蕩浮雲天。峨嵋高處不可上，下有絕澗錮九泉。朝陽未出白霧起，有光升天月如圓。靈仙居中

〔註199〕「王詵，……其所畫山水學李成皴法，以金綠爲之。……有山陰陳跡、雪溪乘興、四明狂客、西塞風雨圖著色山水等圖傳於世。」見《畫繼》卷二，頁 6，《四庫全書》冊八一三，頁 510。

粗可識，有類白兔依清躔。遊人禮拜千萬萬，迤邐漸遠如
飛煙。五臺不到想亦爾，今之畫圖誰所傳，吾兄子瞻苦好
異，敗繒破紙收明鮮。自從西行止得此，試與紀錄代一觀。
（《欒城集》卷二，《蘇轍集》冊一／頁 20）

詩人白描仙佛人物位置。前四句，以錯落的美學位置，高低、先後、
比肩等語突顯畫面的活潑性。接下來六句，利用景物形象化說明人生
修道、得道、登仙的過程。末段交代畫作背景圖像、現今遊人參拜及
寫詩的經過。

由時間移轉由今（誰人畫此二菩薩）→昔（山林修道幾世劫）→
今（遊人禮拜千萬萬），再移形換位，轉換空間的凝聚：寫畫卷佈局
經營，烘托菩薩的內在精神，再跳出意態的觀想，進而描繪遠近背景，
以高下、日月、樹天來形容成佛的不易。

「顏貌偉麗如開蓮」，「開蓮」將菩薩法像莊嚴，神韻容貌傳神的
描繪出來。「蓮」是佛教淨土之象徵，又蘊涵開拓正眼法門度眾人之
境。既能恰份寫形，又能適意敘境，真是高明的描述。又「遊人禮拜
千萬萬，迤邐漸遠如飛煙」虔誠參拜的信徒眾多，一眼數也數不盡，
漸拖漸遠的行列如同縹緲的飛煙，蘇轍以柔化的手法化具體為抽象，
以布置之緊密充滿「理」趣。

再看〈贈寫真李道士〉：

……十年江海鬢半脫，歸來俯仰慚簪紳。一揮七尺倚牆立，
客來顧我誠似君。金章紫綬本非有，綠蓑黃篛甘長貧。如
何畫作白衣老，置之茅屋全吾真。（《欒城集》卷十五，《蘇轍集》
冊一／頁 296）

李道士畫中寫真將「鬢半脫」的蘇轍揮就成「七尺倚牆立」的嶙峋。
如何摹畫人物形神特色，畫家所採用的方法是「置之茅屋」，移形入
神，將茅屋作為人物畫像精神的轉化向形式上的落定，呈現形而上的
神態詮釋。蘇轍不拘限形理上的樣貌而抓住以神采的特點為描寫的切
入處，實發揮宋代文人畫「傳神」的重要特徵。

3. 論畫抒懷

觀畫是心靈美感的作用，亦是情感思維的展現。以論畫抒發己懷，亦是蘇轍題畫詩常用的技巧之一。

> 深宮美人百不知，飲酒食肉事遊嬉。彈絲吹竹舞羅衣，曲終對鏡理鬢眉。岌然高髻玉釵垂，雙鬢窈窕萼葉微。宛轉蹊蹊從嬰兒，倚楹俯檻皆有姿。擁扇執拂知從誰，瘦者飛燕肥玉妃。俯仰向背樂且悲，九重深遠安得窺。周生執筆心坐馳，流傳人間眩心脾。飛瓊小玉雲霧帷，長風吹開忽見之。夢魂清夜那復追，老人衰朽百事非。展卷一笑亦胡為，持付少年良所宜。（〈周昉畫美人歌〉《欒城集》卷十四，《蘇轍集》冊一／頁 263）

蘇轍用六句為動態的描寫，「飲酒」、「食肉」、「嬉遊」、「談絲」、「吹竹」「跳舞」對比曲終散盡「對鏡理鬢眉」的落寞；「高髻」、「玉釵」、「窈窕」、「萼葉」烘托那「倚楹俯檻皆有姿」「宛轉蹊蹊從嬰兒」柔美溫婉的美女，將周昉筆下美人在宮中寂寞百無聊賴的生活，細膩的白描繪出。深宮女子他們各盡其能取悅上位者，反觀「瘦玉燕」、「肥玉環」兩個歷史上的美女，一生享盡富貴而下場之悲慘，這又何嘗不讓人唏噓呢？子由四十七歲寫了這首題畫詩，「老人衰朽百事非」歷經兄長烏臺詩案的牽累，「展卷一笑」將化解多少恩怨，「移理入景」讓一切盡付笑談中。

> 浮埃古壁上，蕭然四真人，矯如雲中鶴，猶若畏四鄰。坐令世俗士，自慚污濁身。勿謂今所無，嵩少多隱淪。（〈吳道子畫四真君〉《欒城集》卷四，《蘇轍集》冊一／頁 76）

蘇轍以三、四句「矯如雲中鶴，猶若畏四鄰」兩句總括了畫中主角四真人的神態，對比「俗士」的自慚，「畏四鄰」猶害怕小人姦邪迫害，引出他的喟嘆。「勿謂今所無，嵩少多隱淪」，以「古」鑑「今」，以「真」照「俗」，逼顯隱淪嵩山的高人隱士的超塵拔俗。蘇轍登上嵩山精思觀，敘述中融入哲理，借壁上圖畫來抒發內心的感懷。

繪畫不僅抒情寫意，還能構築人生理想的光明大道。

賢才冠世得優閒，免向金門老贅冠。頌德華名盈滿軸，規
章文獻表穹桓。宦家有道生忠烈，夷夏初寧諫齒寒。正是
紫微垣裏客，如今列上圖畫看。(〈睢陽五老圖〉《全宋詩》卷八
七三／頁10164)

「睢陽五老圖」指的是宋朝杜衍、畢世長、馮平、朱貫及王渙等五人
的肖像。宋王闢之《澠水燕談錄》：「慶曆末，杜祁公告退，居南京，
與太子賓客致仕王渙，光祿卿致仕畢世長，兵部郎中分司朱寔（當爲
貫），尚書郎致仕馮平爲五老會，吟醉相歡，士大夫高之，祁公以故
相耆德，尤爲天下傾慕。……」五人皆八十餘，康寧爽健，相得甚歡，
暇日宴集，爲五老會。

當代人對睢陽五老故事意義強調的重點在於「仁者壽，賢者必有
後。」〔註200〕儒家士大夫理想人格的典範，就是身後德名昭昭列於
世，豎立起德行不朽的功業，爲鄉里人所傳頌歌詠。蘇轍詩中的「看」
字，標誌著讀書人學習遵循的終極方向，不論圖畫是否寫實，不管圖
像是否傳神，「侮外禦敵」（有道忠烈）保家衛國的近程目標，終至「賢
才致仕」→得以「德高望重」榮歸之理想美好藍圖，就在人生目標的
單一化。〔註201〕即使他們面目模糊，但所指示的福壽賢閒的嚮往，
議論帶著情韻，喚起士大夫面對未來積極的意義。

借畫述一己懷抱是蘇轍題畫的重要主題。

秦虢風流本一家，豐枝穠葉映雙花。欲分妍醜都無處，夾
道遊人空嘆嗟。(〈秦虢夫人走馬圖〉《欒城集》卷十五，《蘇轍集》
冊一／頁303)

此「虢國夫人走馬圖」指的是唐人張萱所畫的「虢國夫人游春圖」。
圖中畫一隊人馬，身穿華服、頭戴珠玉的貴族婦女由僕人前呼後擁，

〔註200〕《鐵網珊瑚》，頁1032，錢端禮跋語。
〔註201〕衣若芬〈北宋題人像畫析論〉一文，提到北宋題時人像畫，數量最
　　　　爲可觀的便是「睢陽五老圖」。有關之十八首次韻詩均將「睢陽五
　　　　老」模塑成文人官僚的理想人生典範，觀畫返躬自身，構築一條前
　　　　途似錦的康莊大道。《中國文哲研究集刊》第十三期。

乘馬郊遊。共有人物九人，馬八匹，無背景襯色，人馬安排疏密得宜，氣度恢弘。〔註202〕楊貴妃受寵，其姊妹地位也相對受到重視，「豐枝穠葉」傳神的描寫唐人審美的角度和特質，蘇轍補白畫面空間，虛寫兩旁遊人「觀看」的角色。「夾道遊人」的陪襯下，一方面人太多看不清楚，一方面只是看熱鬧的心理，以「虛」寫「實」，抽象的描繪了秦、虢夫人風流冶艷的容姿，遊人對馬背上貴婦們「妍醜不分」，也寄寓著當勢者的盛氣和詩人的落寞。

4. 借題發揮

借題詩抒發議論，主要不以詮釋畫作內容為主，而是藉此大發議論，或澆胸中塊壘，或闡述繪畫理論，這是蘇轍題畫詩的另一類型。

〈題王詵都尉山水橫卷〉這是蘇轍五十歲時的題詩。從十九歲進士及第至今，已三十一年；從二十七歲第一次出任大名府推官，也已過二十三年，期間所擔任的都是地方上的小官，相較之下，同時期蘇軾雖不得志，但已任密州、徐州、湖州三都的地方長官。再者，受到烏臺詩案的影響，四十二歲那年，兄弟俱遷，蘇軾移黃州，蘇轍坐貶監筠州鹽酒稅，後改歙州績溪令，任績溪令，擢起居郎、中書舍人，戶部侍郎，受黨爭禍害的牽累，宦海浮沉，看了王詵的山水圖卷，不禁讓他萌生早已隱藏的退意。

> 手狂但可時弄筆，口病未免多微詞。歌鐘一散任池館，幅巾靜坐空書帷。偶從禪老得眞趣，此身不足非財訾。世間翻覆岸爲谷，猛獸相食虎與羆。解鞍駿馬空伏櫪，寄書黃狗閑生氂。……臨窗展卷聊自適，盤礡豈復冠裳羈。欲成漁艇發吾興，願入野寺嗟兒癡。行纏布襪雖巳具，山中父老應嫌遲。（〈題王詵都尉山水橫卷三首二〉《欒城集》卷十六，《蘇轍集》冊一／頁308）

蘇轍在朝大膽諫言爲他的仕途帶來許多波折，「口病」一語，寫出自

〔註202〕參看陳滯冬著《圖說中國藝術史》（成都：巴蜀書社，1999年1月）隋唐繪畫（10）。

嘲和反諷，朝廷黨爭彼此爭權奪利，傾軋誣陷，如同猛獸相食般，寫來真是字字見血。貶官筠州的蘇轍，認清事實，慶幸自己懸崖勒馬，退出是非之地，從禪老思想裡獲得真趣，雖是貶官，何嘗不是幸運？想想李斯威赫一時，卻落得臨刑赴死的下場，山中父老「應嫌遲」，是早該退隱的時候了！全詩不針對圖畫，而是看完畫卷之後對身世發出深深的嗟嘆。另一首題王詵的畫作〈題王詵都尉設色山卷後〉，又再度挑起蘇轍南遷途中「西歸猶未有菟裘，擬就南遷買一丘。……從此莫言身外事，功名畢竟不如休」（〈舟次磁湖〉）不如歸去的寄慨。

> 還君長卷空長嘆，問我何年便退休。欲借研阿著茅屋，還當溪口泊漁舟。經心蜀道雲生足，上馬胡天雪滿裘。萬里還朝遲歸去，江湖浩蕩一清鷗。（《欒城集》卷十五，《蘇轍集》冊一／頁 316）

詩中並未直接賦寫畫中景致，借主客之間的問答，籠括出山水畫面，時空的流轉夾雜人事變換，時間的跳躍、空間的移位，八句內給予讀者「不如歸去」的嘆息。想望一處「著茅屋」之地，能有一朝放下身邊繁雜俗事，做一隻江湖浩蕩裡自由翱翔的鷗鳥。

〈盧鴻草堂圖〉是蘇子由五十歲任戶部侍郎同時期的作品。〔註203〕題畫詩中標誌理想人格的崇敬和讚嘆。

> 昔為太室遊，盧巖在東麓。直上登封壇，一夜繭生足。徑歸不復往，巒壑空在目。安知有十志，舒卷不盈幅。一處一廬生，裘褐陰喬木。方為世外人，行止何須錄。百年入篋笥，犬馬同一束。嗟予縛世累，歸來有茅屋。江千百畝田，清泉映修竹。尚將逃姓名，豈復上圖軸。（〈盧鴻草堂圖〉《欒城集》卷十五，《蘇轍集》冊一／頁 302）

盧鴻，其先幽州范陽人，徙洛陽。博學善書籀，盧嵩山。唐玄宗開元年間，出備禮徵，不至。帝召升內殿置酒，拜諫議大夫，固辭。後賜隱居服，官營草堂，恩禮殊渥。鴻到山中，廣學盧，聚徒五百

〔註203〕孔凡禮撰《蘇轍年譜》（北京：學苑出版社，2001 年 6 月）。

人。此圖卷水墨畫共十景，每景自成一段，每段前有各體書法所寫
十志詞。〔註204〕

　　此詩，蘇轍夾敘夾議，寫盧生也寫自己，兩者互相輝映。

　　除此之外，題畫詩還能表述蘇轍對繪畫的理論。看〈王維吳道子
畫〉

> 吾觀天地間，萬事同一理。扁也工斵輪，乃知讀文字。我
> 非畫中師，偶亦識畫旨。勇怯不必同，要以各善耳。壯馬
> 脫銜放平陸，步驟風雨百夫靡。美人婉娩守閑獨，不出庭
> 戶修容止。女能嫣然笑傾國，馬能一蹴致千里。優柔自好
> 勇自強，各自勝絕無彼此。誰言王摩詰，乃過吳道子。試
> 謂道子來，置女所挾從軟美。道子掉頭不肯應，剛傑我已
> 足自恃。雄奔不失馳，精妙實無比。……（《欒城集》卷二，《蘇
> 轍集》冊一／頁24）

不同物性的東西，是很難放在一起比較的。如馳騁奔馳的「壯馬」和
婉約嫻靜的「美人」，前者剛健綽勵，後者嫣然柔美，一剛、一柔，予
人不同的感受。王維開創文人畫之渲染寫意的詩畫風格，吳道子擅長
人物畫，畫風剛健、氣韻雄壯。〔註205〕蘇轍認為不論王維軟美的文人
畫風，或吳道子陽剛的繪畫風格，「優柔」或「剛傑」的畫風，各自有
其特色，「勇怯不必同，要以各善耳」不必揚此抑彼，強分出高下。

　　蘇轍在題畫詩的寫作上，不只於鑑賞再現畫面的工作而已，更能
反芻自我與生命結合，重生圖像意義，雖多以議論為主，但細膩的描
繪和獨到的見解，讓題畫詩別具特色。

〔註204〕《舊唐書》卷一九二〈隱逸傳〉：「盧鴻，隱於嵩山。開元六年，徵
　　　　至東都，謁見不拜，授諫。
　　　　議大夫。固辭，放還山，賜草堂一所。」《新唐書》卷一九六亦有
　　　　傳。另參看〈故宮盧鴻草堂十志圖的根本問題〉，徐復觀《中國藝
　　　　術精神》附錄二，頁 485，「元以前多稱『草堂圖』，明代以後，始
　　　　多稱『草堂十志圖』」。
〔註205〕《歷代名畫記》卷一，頁19，〈論畫六法〉「唯觀吳道玄之跡，……
　　　　氣韻雄壯，幾不容於縑素。」

二、詠物托意

　　詠物，以物爲主的題詠，以窮形盡相、摹寫物態爲目的，透過形象的塑造進行高度的提煉和概括。詠物詩的發展由來已久。六朝詠物詩，重在緣情體物，巧構形似，如實的刻畫描摹，再現物象爲最高原則。清、王夫之《薑齋詩話》卷下：「詠物詩齊梁始多有之，其標格高下，猶畫之有匠作，有士氣，徵故實，寫色澤，廣比喻，雖極鏤繪之工，皆匠氣也。」〔註206〕唐人繼承著隨物賦形，體物工細的六朝風尚外，藉著狀物題詠，比興生情，達到寄託之意。明、劉績云：「唐人詠物詩於景意事情外，別有一種思致，不可言傳，必心領神會始得。」〔註207〕清、顧安亦云：「六朝詠物詩，皆就本物上雕刻進去，意在題中，故工巧，唐人詠物詩，皆就本物上開拓出去，意包題外，故高雅。」〔註208〕唐人託物於興寄，可謂融詩三百與楚騷爲一。北宋詠物詩在六朝、唐人的基礎上，再加以開拓成爲一特色，「詠物言理尤爲北宋詠物詩有別於前代的特點」，〔註209〕寓理議論的發揮，將「詠物」從物象的形貌再深入拓展其內涵義理層面，開啓「以小見大」的視覺角度與美學觀點。

　　此節中，因詠畫的「題畫詩」已另立一節，故於此不論。蘇轍詠物主題的詩歌，其內容大致上可歸納爲三：圖形寫貌、託物寄興、說理議論。

（一）圖形寫貌

　　詠物，「往往擬諸形容，象其物宜，不即不離，而繪聲繪影。」

〔註206〕 丁仲祜編訂《清詩話》（台北：印文印書館，1971 年）上，頁 12。
〔註207〕 《劉績詩話、霏雪錄》，《明詩話全編》冊一，頁 601，（江蘇古籍出版社，1997 年 12 月）清・納蘭性德亦云：「唐人詩意不在題中，亦有不在詩中者，故高遠有味。雖作詠物詩，亦必意有寄託，不作死句。（《通志堂集》卷一八）。
〔註208〕 顧安《唐律消下錄》卷二，引自李英華《黃庭堅詠物詩研究》，頁 72。高雄師範大學國文研究所碩士論文，2002 年 1 月。
〔註209〕 李英華《黃庭堅詠物詩研究》第二節〈宋代詠物詩興盛的背景〉，頁 26。

〔註210〕不即不離，不粘不脫，既不離開主題，又不拘限於主題之中。句句著題，體物工切，為合，其失在黏皮帶骨，忌其刻畫太似流於匠氣；句句不著題，謂之離，卻又脫離該物，流於片面的摹畫，失之真實。所以應於離合相生間，物我適當的美感距離，借助他物的形色，通過適切的比喻形容，傳達所詠之物的神采。

> 白鷳形似鴿，搖曳尾能長。寂寞懷溪水，低回愛稻粱。田
> 家比雞鶩，野食薦杯觴。肯信朱門裏，徘徊占玉塘。(〈白鷳〉
> 《欒城集》卷一，《蘇轍集》冊一／頁 5)

這首詩先採白描手法，首聯、頷聯描繪白鷳的外形、習性。「白鷳形似鴿，搖曳尾能長」的描寫如同口語，帶有拙直之趣。頸聯、尾聯標舉出「田家」、「朱門」情境，兩相比較，白鷳因環境而有不遭遇的結果，令人感嘆。運用側筆烘托的筆法襯寫，更易表現物體的精神氣象。〈山胡〉詩：

> 山胡擁蒼毳，兩耳白茸茸。野樹啼終日，黔山深幾重。啄
> 溪探細石，噪虎上孤峰。被執應多恨，筠籠僅不容。(《欒城
> 集》卷一，《蘇轍集》冊一／頁 4)

山胡，一身細毛，白茸茸的耳朵，聲音叫起來令人震耳欲聾，屬於山林溪澗間出現的野生動物。「啄溪探細石，噪虎上孤峰」這樣勇猛、自在的山胡，豈能被執拘牢籠之中，「應多恨」為詩人主觀之語，生發想像，從性靈上突顯山胡的神氣。白描直筆寫形，側筆虛寫摹神，虛實間生動的掌握住詠物的特點。

〈用林佺韻賦雪〉詩，發揮蘇轍詠物鉅細靡遺的白描功力：

> 密雪來何晚，窮冬候欲差。投空落細米，布地淨平沙。繚
> 繞飛相著，重仍積暗加。雨微花破碎，風細腳傾斜。次第

〔註210〕乃出於清・俞琰《歷代詠物詩選》序（台北：廣文書局，1968 年）。又，清・吳雷發《說詩菅蒯》云：「詠物詩要不即不離，工細中須具縹緲之致。」清・錢泳《履園譚詩》云：「詠物詩最難工，太切題則粘皮帶骨，不切題則捕風捉影，須在不即不離之間。」清・王漁洋《帶經堂詩話》卷十二云：「詠物之作，須如禪家所謂不粘不脫，不即不離，乃為上乘。」

來如摻，冥濛墮不譁。燖鵝吹勁翮，秀葦拂輕枒。畫字飄
還沒，團毬暖旋宓。出鹽東海若，鍊石古皇媧。翻簸騰歸
騎，紛飄集晚鴉。庭梅辨紅萼，壟麥覆黃芽。撥砌求新藥，
尋蹤射伏麚。埋樓平盡脊，集樹短留槎。亂下曾何擇，平
鋪欲盡遮。欺貧寒入褐，惱客重添車。積素聊成燭，烹甘
強試茶。病僧添曉鉢，老令放晨衙。融液曾何有，鮮明竟
不奢。積多還避井，化早發從畬。溜滴檐垂箸，行觀逕轉
蛇。誰能相就醉，都市酒容賒。（《欒城集》卷二，《蘇轍集》冊
一／頁 37）

「投空落細米」為「雪」意象示現的第一個比喻。用十二句把雪結合
自然物象，雨、風、秀葦、團球，如鵝毛飄散的飛動輕靈，如寫字般
的滑劃天際，生動的描摹雪花輕盈、飛舞、飄落、安靜的狀態。「出
鹽東海若」為「雪」意象的第二個比喻。結合人文物象，歸騎、庭梅、
壟麥、新藥，將女媧鍊石補天的神話，化入大雪如灑鹽般紛亂無序的
天地景色中。第三個層次的「欺貧寒入褐」為「雪」的災禍。全詩，
由虛想而實寫，由動出而入靜，以物為人的擬人描繪，狀物逼真，傳
神生動，曲盡雪的形貌。

凜如秋月照虛空，遇水流形處處同。一瞬自成千億月，精
神依舊滿胸中。（〈郭尉惠古鏡〉《欒城集》卷十四，《蘇轍集》冊
一／頁 267）

前二句，「凜」字，寫鏡面的光影，「遇水」句，寫鏡的功用。後二句，
從古鏡的形貌上加以跳脫。俗言以鏡予人，損己精神，〔註 211〕蘇轍
逆筆翻轉俗言，將鏡如實反映的內容意義，擴充為一種理性精神的發
揚。既不脫鏡子「流形處處同」的真實、實用性，也不離鏡子「秋月
照虛空」所呈現形而上的思想意趣。

綠蓋紅房共一池，一雙遊女巧追隨。鏡中比並新妝後，風
際攜扶欲舞時。露蕊暗開香自倍，霜逢漸老折猶疑。殷勤
畫手傳真態，道院生綃數幅垂。（〈筠州州宅雙蓮〉《欒城後集》

〔註211〕 〈郭尉惠古鏡〉詩自注。

卷二,《蘇轍集》冊三／頁891)

六朝人這種「體物為妙,工在密附,巧言切狀,如印印泥」的摹刻技巧,並不常出現在蘇轍的詩歌中,這首詩「以形寫神」、「窮情寫物」是難得的佳作。「綠蓋」為蓮葉,「紅房」為蓮花,以物為人的技巧摹寫雙蓮之美,與人相隨左右。池水為鏡,照映新妝後的蓮如倩兮美人,臨風振衣欲舞。昏暗的月色下傳來淡淡幽香,霜冷時節,更讓人倍覺憐愛,不忍摘折,趕緊畫下此景,留存美麗的倩影。從全景、一景、特寫,歌詠蓮花的位置、形貌、神采,不專就描刻蓮花形狀、顏色再現為目標,而能掌握其外部特徵加以構思,賦筆寫神,離形得似,經過精心的安排佈置與琢句,呈現宋人清雅脫俗的格調。〔註212〕

(二)託物興寄

　　詠物,即使狀物十分工巧而肖似,也只是客觀再現物體面貌,缺乏物性的主體精神,則易流於死物。〔註213〕詩人有感而發,如有興寄,命意深遠,重精神、略形貌的詠物特色,使得蘇轍詠物詩偏向議論化的比興歌詠。

　　　　點綴偏工亂鵲鴉,淹留欲解惱船車。乘春已覺矜餘力,騁
　　　　巧時能作細花。僵雁墮鷗誰得罪,敗牆破壁若為家。天公
　　　　愛物遙憐汝,應是門前守夜叉。(〈次韻子瞻賦雪二首之二〉《欒
　　　　城集》卷五,《蘇轍集》冊一／頁93)

以「點綴偏工」形容雪花飄散的形態,「工」字議論總括雪之美,「淹留」形容雪的遍佈,粗略的勾勒出漫天的一場春雪,「逞巧時作細花」采奇

<hr>

〔註212〕韓經太〈論宋人平淡詩觀的特殊指向與內蘊〉《宋詩縱論叢編》(麗文文化事業股份有限公司,1993年10月),頁389～407。

〔註213〕康正果〈試論杜甫的詠物詩〉「這種與人和人的命運脫離的所詠之物是死物。它不能成為主體表現的對象,因而它不可能構成藝術形象,它也沒有審美價值。」如宮體詩,以摹形刻畫為能事,是否沒有審美價值,其說也許太過,但缺少人的感受為主體的詠物,是沒有生命力的。《大陸雜誌》第九十一卷第一期,1995年6月。

於象外。下句不從正面寫雪，側寫因大雪而凍死了不少俗稱守夜叉的鴟
鳶，顯示天公憐汝的心境。「夜叉」為梵語 yaksa，佛教中指一種食人惡
魔，相貌十分醜陋。唐、宋時代沿用下來，在宋代語言中，也指一些勇
猛驍健、性格凶惡的人為夜叉。〔註214〕吳曾《能改齋漫錄》卷十二：「建
中靖國元年，侍御史陳次升言章，以蔡元度為笑面夜叉。」〔註215〕轍
詩用事精微，掌握住雪的形象。藉著大雪，將「雪」意象的公正、嚴苛，
剷除懲罰凶惡奸險小人的利器。詩中寓托著興寄的意味，十分濃厚。

> 長恐冬無雪，今朝忽暗空。細聲聞蕭蕭，遠勢望濛濛。濕
> 潤猶兼雨，傾斜半雜風。豈登解多事，歡喜助三農。(〈臘雪
> 五首之一〉《欒城集》卷九，《蘇轍集》冊一／頁167)

首句，以敘為議，始出「雪」字。頷聯，運用聽覺意象和視覺意象正
面描繪雪，頸聯，以風、雨側面烘托雪字。天色灰暗、風雨間雜中飄
落的及時雪，詩人寄望它能帶來雨水，歡喜幫助農事。

> 江梅似欲競新年，照水窺林態愈妍。霜重清香渾愈滴，月
> 明素質自生煙。未成細實酸猶薄，半落南枝意可憐。誰寫
> 江南風物樣，徐家舊有數枝傳。(〈次韻王適梅花〉《欒城集》卷
> 十一，《蘇轍集》冊一／頁200)

元豐二年（1079），烏台詩案，蘇軾得罪當朝，親戚故人皆走避，唯
獨王適（子立）、王遹（子敏）兄弟不去，送軾出城並接送其家人至
南都，投奔轍。〔註216〕其後，蘇轍嫁次女於王適。梅花清香高雅的
形象，孤芳自賞，霜露愈重，愈是清香。「未成細實酸猶薄」句轉為
傷情，蘇轍時貶筠州，雖流落南荒之地意顯可憐，然寫徐地梅花數枝，
寫此寓彼，寄託著蘇轍對王適人品的評價與讚賞。

> 荔子生紅無奈遠，陳家曬白到猶難。雖無驛騎紅塵起，尚
> 得佳人一笑歡。(〈毛君惠溫柑荔支二絕之二〉《欒城集》卷十一，

〔註214〕參李文澤《宋代語言研究、詞彙編》（北京：線裝書局，2001 年 7
月），頁 90「夜叉」條。
〔註215〕《四庫全書》冊 850，頁 747，「笑面夜叉」條。
〔註216〕《蘇軾文集》卷十五〈王子立墓誌銘，謂適、遹「與其弟遹子敏，
皆從余於吳興，學道日進，東南之士稱之。」頁 466～467。

《蘇轍集》冊一／頁 201）

《新唐書·楊貴妃傳》以楊貴妃喜食荔枝，唐明皇派人日夜千里運送至京城，只為博得佳人一笑之事，寄託友朋送荔枝的美意。

> 我作新堂，中庭蕭然，雙柳對峙。春陽既應，千條萬葉，
> 風濯雨洗。如美婦人，正立櫛髮，髮長至地。微風徐來，
> 掩冉相繆，亂而復理。垂之為纓，綰之為結，曲伸如意。
> 燕雀翔舞，蜩蟬斯鳴，不召而至。清霜夜落，眾葉如剪，
> 顏色憔悴。永愧松柏，歲寒不改，見嘆天子。聊同淵明，
> 攀條嘯詠，得酒徑醉。一塵粗給，三黜不去，亦如展惠。（〈雙
> 柳〉《欒城三集》卷五，《蘇轍集》冊三／頁 1206）

柳條搖曳生姿，如美婦人，飄逸的柳絲，如垂地長髮，微風徐來，亂而復理。柳樹姿態萬千，丰姿迷人，卻不敵青霜夜落，顏色憔悴之的下場。前半詠柳，由柳的不堪清霜，聯想松柏的堅貞不墜，翠綠長青，嚴寒劣境中不改其顏色。蘇轍崇仰陶淵明、柳下惠的人物形象，藉詠柳興感，託寄理想人格的完成與實現。

詠物既切題，又能感懷興寄，於不即不離之中。

（三）說理議論

蘇轍詠物詩中，被提到次數最多的題材是「雪」。在他近二千首的詩歌當中，以「雪」為詩題的共有七十二首，大多集中在《欒城後集》與《欒城三集》。其中以「雪」為對象的詠雪詩，有三十一首。蘇轍詠雪詩中的主題，最常用的筆法，即是藉雪的冰寒、雪害與政治、民生結合，成為諷刺或寫實的主題。

> 旱久魃不死，連陰未成雪。微陽九地來，顛風三日發。父
> 老竊相語，號令風為節。講武罷冬夫，幾旬休保甲。疊囚
> 出死地，冗官去煩雜。手詔可人心，吾君信明哲。風頻雪
> 猶吝，來歲恐無麥。天公聽一言，惟幸旱誅魃。（〈冬至雪〉
> 《欒城後集》卷四，《蘇轍集》冊三／頁 930）

「旱」與「魃」常為蘇轍拿來相提並論。〈冬至雪〉不詠雪，而從旁面的「旱」意象起意，期盼上天降雪，解除旱象。詩中申論政治亂象，

藉以批評新法改革種種的不當。

「講武罷冬夫」句，蘇轍《欒城應詔集》卷七〈進策五道、臣事上第三道〉：「今天下有大弊二：以天下之治安，而薄天下之武臣；以天下之冗官，而廢天下之武舉。」蘇轍認為輕視武官、廢除武舉是不智的作法。〔註217〕兵制的改革，加強軍隊作戰能力，除能保衛家園，亦能庶守邊疆。「畏戰則多辱而無威」，重視良將，期能一除積弱的國勢。

「畿甸休保甲」句，保甲法，始於仁宗，守御邊防，每年冬教一月，雖以勞苦，實為需要。〔註218〕然而熙寧神宗之初，「為保甲之令，民始嫁母贅子，斷壞肢體，以求免丁。及其既成，子弟挾縣官之勢以邀其父兄，擅弓箭之技以暴其鄉黨。至今河朔、京東之盜，皆保甲之餘也。」〔註219〕可見保甲員額的招訓，及實行的內容，有極大的弊病。

「壘囚出死地」句，蘇轍《欒城應詔集》卷七〈進策五道、臣事上第一道〉：「今世之弊，弊在於法禁太密，一舉足不如律令，法吏且以為言，而不問其意之所屬。……故為天子之計，莫若少寬其法，使大臣得有所守，而不為法之所奪。」賞罰予奪，公平正義，要做到「憲令著於官府，賞罰必於民心。」

「冗官去煩雜」句，蘇轍認為冗官是政治的包袱，也是國家的禍害。他上書給神宗說：「近世以來，取人不由其官，士之來者無窮，而官有限極。於是兼守判知之法生，而官法始壞，浸淫分散，不復其舊，是以吏多於上，而士多於下，上下相窒。」又「下慕其上，後慕其前，不愧詐偽，不恥爭奮，禮義消亡，風俗敗壞，勢之窮極，遂至於此。」〔註220〕冗官必須去蕪存菁，避免結黨營私，才能挽救大宋於危亡之際。

蘇轍以詠雪詩，檢討這十幾年來，受到變法政策錯誤的影響，軍事、刑法、政治上的弊病，申述明君有道，親近君子，遠餝小人，災

〔註217〕 《欒城應召集》卷七，頁1299。
〔註218〕 〈論京畿保甲冬教等事狀〉，《欒城集》卷三九，頁690。
〔註219〕 〈民賦敘〉，《欒城後集》卷十五，《蘇轍集》，頁1054。
〔註220〕 〈上皇帝書〉，《欒城集》卷二十一，頁370。

禍必除的道理。

> 秋雨僅熟禾，冬雪不掄塊。溫風搜麥根，天意欲爲害。老
> 農強推測，妄謂春當改。三陽已換節，六出尚茫昧。朝看
> 扶桑曉，夜聽土囊噫。倉場久空竭，楡棗方伐賣。丁夫病
> 風熱，孺子作瘡疥。無知此何辜，得罪彼有在。造物伊誰
> 憎，亦復自無奈。慎勿翻雪海，凍餒無疆界。(〈春後望雪〉《欒
> 城後集》卷四，《蘇轍集》冊三／頁 931)

冬雪的寒害，讓倉場空竭，楡棗伐賣，壯丁、稚子生病連連，「無知
此何辜，得罪彼有在」，祈求上天憐憫無辜，罪不在此，人事無道，
天災切莫怪罪在百姓身上。其他如〈次遲韻對雪〉詩，亦藉詠雪批判
當政者的無能。雪具有濃厚的社會意義和悲劇性格，讀來格外有警醒
作用。蘇轍閑居潁川作《歷代論》四十五篇，名爲論史，實爲論政，
有感於現實而發。唐、韓愈也喜歡詠〈雪〉，譏誚時相，反映社會現
實。〔註 221〕這都見出士人在儒家詩教傳統上，從關注道德個人的氣
格表現轉向社會民生的主旨。

蘇轍還有一些其他題材。如詠筆：

> 不悟身邊一斗紅，聖賢隨世亦時中。何人知有中書巧，縛
> 送能書陳孟公。(〈次韻黃庭堅學士猩毛筆〉《欒城集》卷十四，《蘇
> 轍集》冊一／頁 280)

黃庭堅之猩猩毛筆乃錢勰所贈，〔註 222〕而軾甚愛之。黃山谷乃作二
詩，一與勰，一與軾，二人時并爲中書舍人。「一斗紅」指筆，起句「不
悟」，即帶有批評論說之意，「聖賢隨世亦時中」筆墨竹管所書乃聖賢
言語。「何人」即無人，從反面寄託，陳孟公謂軾，蘇轍藉蘇軾喜愛黃
庭堅的猩毛筆，卻無人知曉，讚美此筆的難得一見，令人倍覺珍貴。

〔註 221〕 宋·曾季貍《艇齋詩話》云：「韓退之之〈雪〉詩、〈筍〉詩，皆識
時相，其言皆有識誚，非徒作也。」見丁福保輯：《歷代詩話續編》
（台北：木鐸出版社，1939 年，初版），頁 286。

〔註 222〕 《黃山谷詩集注》卷三，〈和答錢穆父詠猩猩毛筆〉：「愛酒醉魂在，
能言機事疏。平生幾兩屐，身後五車書。物色看王會，勳勞在石渠。
拔毛能濟世，端爲謝楊朱。」

> 老人無力年年懶，世事如花種種新。百巧從來知是妄，一
> 機何處定非眞。園夫漫接曾無種，物化相乘豈有神。畢竟
> 春風不揀擇，隨開隨落自勻勻。(〈次遲韻千葉牡丹二首之二〉《欒
> 城後集》卷三，《蘇轍集》冊三／頁921)

洛陽牡丹品種甚多，「百巧從來知是妄，一機何處定非眞」，人爲「百巧」的刻意造作都是一種虛妄，無論花開得多麼艷麗，終究花有開必有落，花開花落，早已有定數。蘇轍以敘爲論，從牡丹花的品類，論移植、架接等種植技術繁衍眾多品種，其巧作、非眞種種非自然的作爲，如同人失去本眞，也同失去神采的花朵，顯現不出它的美。詩中博用禪、道思想，使事精妙，客觀冷靜淡化生命短促，標舉隨遇而安的豁達開朗，將淡泊寧靜和創作主體的心境聯繫起來。

> 白蓮生淤泥，清濁不相干。道人無室家，心跡兩蕭然。我
> 住西湖濱，蒲蓮若雲屯。幽居常閉戶，時聽遊人言。色香
> 世所共，眼鼻我亦存。鄰父閔我獨，遺我數寸根。溟水不
> 入園，庭有三尺盆。兒童汲甘井，日晏泥水溫。及秋尚百
> 日，花夜隨風翻。舉目得秀色，引息收清芬。此心湛不起，
> 六塵空過門。誰家白蓮花，不受風霜殘？(〈盆池白蓮〉《欒城
> 後集》卷三，《蘇轍集》冊一／頁921)

延續周敦頤以蓮爲君子的主題，以物比人，自比君子，如白蓮的高潔。後半寫花，不事描摹，而代之寫意，著重蘇轍於西湖濱畔種蓮、賞蓮以自樂，細鎖的物象，與蓮有關的溟水、園、庭、盆、井、水溫，襯顯出他閑居、無事、恬淡的家居生活，目的爲交代白蓮出淤泥而不染，獨立高潔的人格特質與之相應。末尾二句「此心湛不起，六塵空過門。誰家白蓮花，不受風霜殘？」前後呼應，首尾一貫，夾敘夾議，理事明白。

　　蘇轍的詠物詩，繼承六朝巧構形似的語言風格、託物寄興的寫物傳統，以「摹形寫物」的手段，達成說理議論的最終目的，將「詠物」當作成傳達思想情感的媒介。跳脫出物象表面的理解，進而挖掘闡發個人內心意志所得的反省。其用心在：視點上「以物擬人」的巧比，物象更爲鮮明活潑；「用事精微」能適切的掌握住物象的精神和特色，

透過語言文字組織產生聯想，達到筆墨之外的餘味。

三、應酬唱和

　　詩友同僚之間的唱和詩，在文人詩集中爲數不少。彼此酬唱往來，聯絡感情，互通情意；聞問送答，應酬交游，爲士大夫社交生活的一部分。在蘇轍詩集裡，這類詩歌約有分爲三類主題：一爲慕道情思，對學道有成之嚮往。二爲兄弟情誼。蘇軾、蘇轍這對歷史上有名的兄弟，唱和次韻詩的內容顯現兩人彌堅的情誼。此節以他們唱酬中最主要的友愛主題，作一介紹。三是送別離曲，多爲應酬性的作品，和抒情敘事。

（一）慕道之思

　　蘇轍崇慕仙家道術，在與友人的往來唱和詩作之中，留下了不少的詩篇。道教是中國土生土長的宗教，北宋君王如太宗、眞宗，在各地召見道士，建道觀，修道藏，禮遇道士，到了徽宗詔求道教仙經於天下，立道學，狂熱程度更甚於前。崇道思想因時代環境，和文人修身養性的關聯，成爲北宋文人普遍的一種生活態度。

　　蘇轍十八歲時隨父兄至成都拜謁張方平（1007～1091）。爾後隨張公知陳州，辟蘇轍爲陳州教授，熙寧十年（1077）張方平辟之爲應天府判官。張公安道賞識蘇轍，兩人雖爲同僚，但情同父子。張氏不慕榮祿，淡泊名利，喜好老莊道家道術，蘇轍與之交游，互相切磋道藝，在他政治不如意時，道家煉養的工夫就成爲他精神上的支柱。

> 我公才不世，晚歲道尤高。與物都無著，看書未覺勞。微言精《老》《莊》，奇韻喜《莊》《騷》。……（〈和張安道讀杜集〉《欒城集》卷三，《蘇轍集》冊一／頁54）

張安道對於《老子》、《莊子》思想有深入了解，蘇轍跟著張公學習，互相交換學道心得。

> 識公歲已深，從公非一日。……道存尚可卷，功成古難必。還尋赤松子，獨就丹砂術。恨無二頃田，伴公老蓬蓽。（〈送張公安道南都留臺〉《欒城集》卷三，《蘇轍集》冊一／頁55）

> 今年見公商丘側，奉祠太一眞仙官。身安氣定色如玉，脫
> 遺世俗心浩然。幽居屢過赤松子，長夜親種丹砂田。……（〈宣
> 徽使張安道生日〉《欒城集》卷七，《蘇轍集》冊一／頁132）

道家老子、莊子提倡順天循道的長生久視，全性保眞，不以物累形，
由貴己養生，而全生、達生、外生死，追求精神上絕對的自由。而黃
老道學吸收並轉化道家內容，走向延生養性的煉養術，披上宗教的色
彩。〔註223〕當時士子都人，兼修儒道，練氣養生，燒煉丹藥，競爲
風尚，一時間，道家道教對人生的影響成爲一種心理的力量，支持著
生命的韌性。

　　上列舉之詩中：「還尋赤松子，獨就丹砂術」「幽居屢過赤松子，
長夜親種丹砂田」指的是煉金丹以延壽的功夫。「腹中生梨棗，結食
從今秋。」（〈張公生日《欒城集》卷九〉）的張方平學道多年，修煉
有成。「梨棗」爲道教詞，「交梨火棗」的簡稱，即爲內丹的修煉功夫。
《九皇上經注》提到：「交梨火棗在人體中，在於心室，液精內固，
開花結實，胞孕佳味。」通過呼吸、精神冥想之修煉，掌握住與大自
然同變化規律，就可長生。〔註224〕蘇轍與之共處期間，內、外丹並
進，內丹指心靈的修練，外丹指煉丹和服食。葛洪《抱朴子、釋滯》
云：「先服草木以救虧損，後服金丹以定無窮，長生之理盡於此矣。」
「赤松子」爲神仙家服用的仙草，「丹砂」指煉製外丹，內服食仙草
丹藥，調養身體，蘇轍羨慕張安道氣色紅潤，遺世而獨立的神采。

> 灊山隱居七十四，紺瞳綠髮初謝事。腹中靈液變丹砂，江
> 上幽居連福地。彭城爲我住三日，明月滿船同一醉。丹書
> 細字口傳訣，顧我沉迷眞棄耳。……（〈贈致仕王景純寺丞〉《欒
> 城集》卷七，《蘇轍集》冊一／頁129）

〔註223〕參蕭箑父、羅熾主編《眾妙之門——道教文化之謎探微》（湖南教
　　　　育出版社，1992年8月）〈老子、道家、道教與中國文化傳統〉，頁
　　　　91～98。

〔註224〕參鍾來因《蘇軾與道家道教》（台北：台灣學生書局，1990年5月），
　　　　頁138，175。

在這首詩中，蘇轍記起王景純（仲素）在彭城留三日，丹書細字的傳道口訣。子由稱羨隱居灉山的王仲素，「江上幽居連福地」，在象徵道教修行的神仙洞府中，清心寡慾，靠著丹道修煉，導引呼吸之術，以致能「腹中靈液變丹砂」，駕馭情境，飛昇上天的可能，讓蘇轍沉迷不已。蘇軾曾說王景淳講修煉之術「促膝問道要，歲蒙分刀圭」，〔註225〕又謂「子由尤為留意，淡於嗜好，行之有常，此其所得也。」蘇軾則對自己不能堅守慾念「不患不得其訣及得而不曉，但患守之不堅，而賊之者未淨盡耳」〔註226〕感到喪氣。

　　長生的秘方，在宋人的眼中，不外乎服食、練氣、安時處順，閑適放曠，採道家生活態度的從容不迫、逍遙自在，和道教修行學道、服食練功兩個大方向。

> 濟南舊遊中，好學惟君耳。君居面南麓，泃湧岡巒起。我來輒解帶，簷下炙背睡。煎茶食梨栗，看君誦書史。……（〈寄孔武仲〉《欒城集》卷七，《蘇轍集》冊一／頁135）
>
> ……一悟少年難久恃，不妨多病卻長生。文章繆忝追前輩，服食從來亦強名。（〈次韻張君病起二首之二〉《欒城集》卷十六，《蘇轍集》冊一／頁327）

「煎茶食梨栗」，在貶謫的日子中，哀樂不易其困頓，品茗練功，去除雜念，「服食從來亦強名」，身外之名哪能比得上延年益壽的好處呢？服食，除了有礦物煉成的丹藥，還有一些中藥成分的靈芝、茯苓，〔註227〕食用可以保健強身。兄軾得一籃石芝，蘇轍〈次韻石芝〉云：「……此身不願清廟瑚，但願歸去隨樵蘇。龜龍百歲豈知道，養氣千息存其胡。塵中學仙定難脫，夢裏食芝空酷烈。中山軍府得安閑，更試朝霞磨鏡鐵。」〔註228〕強烈的表達求仙的意念，不願身廁清廟，只願隨漁樵歸去。

〔註225〕　《蘇軾詩集》卷十五。

〔註226〕　《蘇軾文集》卷五十〈與劉貢父〉第三簡。

〔註227〕　「茯苓自是神仙上藥。」見《蘇軾文集》卷七十三，頁2348。

〔註228〕　《欒城後集》卷一，頁884。

　　因此得見對仙道的嚮往主題，一直是蘇轍應酬唱和詩中重要的思想。

> 琳宮仙伯自閒暇，幕府粗官苦煩促。(〈同李倅鈞仿趙嗣恭留飲
> 南園晚衙先歸〉《欒城集》卷八，《蘇轍集》冊一／頁 146)

> 燈籠白葛扇栽紈，身似山僧不似官。更得雙蕉縫直掇，都
> 人渾作道人看。(〈答孔平仲惠蕉布二絕之二〉《欒城集》卷十四，
> 《蘇轍集》冊一／頁 279)

因此在現實煩促的公文中，「琳宮仙伯」就是他嚮往的神仙境地，穿著輕柔飄逸的蕉布衣 [註 229] 也覺得只似山僧不似官，行為舉止都讓人以為是「道人」般，而感到得意。

> 二君豪俊並侯家，歌舞爭妍不受誇。聞道肌膚如練素，更
> 堪鬢髮似飛鴉。(〈次韻張恕戲王鞏〉《欒城集》卷七，《蘇轍集》
> 冊一／頁 137)

對於修練成功，膚白髮黑顯著的成果讓子由十分欽羨，因此也鼓勵友人要不斷練功強身，去疾離病，永保健康。蘇轍在寫給尚書郎晉陵李公〈李鈞壽花堂〉詩中，流露出對養生法的崇仰。

> ……夫子自少讀道書，年未五十嗜欲除。河流通天非轆轤，
> 下入金鼎融為珠。一醉斗酒心自如，鬼物窺覘驚睢盱。菖
> 蒲開花壽之符，白髮變黑顏如朱。它年三莂訪君盧，拍手
> 笑我言不虛。(〈李鈞壽花堂〉《欒城集》卷八，《蘇轍集》冊一／頁
> 151)

　　李鈞，少從道士得養生法，未五十，去嗜欲，老而不衰。「河流通天非轆轤，下入金鼎融為珠」二句，蘇轍用誇張的想像，將內丹修煉的玄妙之處，抽象的描繪出來。菖蒲花為長壽象徵，對應主人之黑髮顏朱，煉養的效果，都讓神鬼都驚嘆不如。

> 塵垢汙人朝復朝，病中吟嘯夜方遙。長空雁過疑相答，虛
> 幌螢飛坐恐燒。稍覺新霜試松竹，未應寒雨敗梧蕉。從來

[註229] 其一，云：「裁葛終年累已輕，薄蕉如霧氣尤清。蕉布質地精細柔
　　　　軟。」

百鍊身如劍，火滅重磨未遽銷。(〈次韻張耒學士病中二首之二〉

《欒城集》卷十六，《蘇轍集》冊一／頁 327)

塵俗世間垢汙人是一個又一個，如何有效的排遣心理的不適與身體氣脈的調和，還是得從練氣學道入手，「從來百鍊身如劍」藉由不斷的修練必可達到身強如劍，不受疾厄侵犯。蘇轍以修道的好處力勸張耒。也鼓勵蘇軾從內丹修練，忘卻憂患和煩惱。「公凜正氣飲不醨，梨棗未實要鋤耘」，〔註230〕人體如同田地，田要耕耘，人要煉內丹，梨棗的養生功夫要時時鋤耘，才能開花結果，「梨棗三歲辦，不緣憂患亦何曾。」〔註 231〕人生形體上的憂患，可以藉梨棗的修煉轉化為生命的養分。

　　崇道的思想在蘇轍酬唱詩歌當中，是經常出現的一個主題。也是北宋文人生活內容的一種反應。在下一章蘇轍詩歌的思想體現的第三節，將詳述其崇道歷程。

（二）兄弟情誼

　　蘇軾與蘇轍這對兄弟，前後共歷經北宋仁宗、英宗、神宗、哲宗、徽宗五個朝代。從仁宗朝，蘇洵父子出蜀山水紀行的《南行集》、初入仕的《岐梁唱和詩集》；神宗熙寧年間，反對新法先後離京外任的陳、杭唱和詩，齊、密唱和詩，徐州、南都唱和詩；元豐時期烏臺詩案的黃、筠唱和詩；哲宗元祐年間，又同在京任職，唱和不絕；至徽宗紹聖又同貶嶺南，有惠、筠唱和詩，儋、雷唱和詩，近四十餘年的時間，他們之間往來的唱和詩甚多，「《蘇軾詩集》中詩二七一二首，其中與蘇轍唱和的詩作有四百六十九首。《欒城集》中詩一八三九首，其中與蘇軾唱和的作品有四百零九首。」〔註 232〕可知，蘇軾兄弟的

〔註 230〕 〈次韻子瞻生日見寄〉《欒城後集》卷一，頁 886。

〔註 231〕 〈和子瞻新居欲成二首之二〉《欒城後集》卷二，頁 894，《全宋詩》
　　　　　卷八六六，頁 10076。

〔註 232〕 廖志超《蘇軾、蘇轍兄弟唱和詩研究》，頁 349，國立台灣師範大學
　　　　　國文研究所碩士論文，1997 年 6 月。

唱和詩作品數量各約佔他們所有詩歌的五分之一。

東坡與子由兄友弟恭，兩人感情深厚。蘇轍〈次韻子瞻感舊見寄〉詩，提到他們自小同窗共讀，形影不離的日子。

> 君才最高峙，鶴行雞群中。我雖非君對，顧以兄弟同。結
> 髮皆讀書，明月入我牖。縱橫萬餘卷，臨紙但揮手。……(《欒
> 城集》卷十二，《蘇轍集》冊一／頁 221)

子由以有才高八斗的哥哥為榮，兄軾雖以「豈獨為吾弟，要是賢友生」〔註233〕相稱，蘇轍不敢掠美，稱讚蘇軾才份高，如鶴行雞群，因兄弟情分，得以日夜相隨，結髮讀書。

他們早年相約早退，「夜雨對床」一事，彼此賦詩寄思，相與親愛，實為文壇美事。轍自幼跟著子瞻讀書，從未一日相離。既壯，將遊宦四方，兄軾讀到韋蘇州詩〈與元常全真二甥〉，至「寧知風雨夜，復此對床眠」一句，惻然感嘆，乃與子由相約早日退隱為閒居之樂。〔註234〕

嘉祐六年（1061），蘇軾始為鳳翔幕府，在鄭州與子由留詩話別，留下：「亦知人生要有別，但恐歲月去飄忽。寒燈相對記疇昔，夜雨何時聽蕭瑟」〔註235〕的詩句。這是兄弟生平第一次分別。兩人衷心企盼「相約退隱歸鄉」的目標，最後終竟不能成其約。

英宗治平二年（1065）蘇轍出任大名府推官後，熙寧三年（1070）蘇轍出知陳州，隔年蘇軾離京赴杭州任，在陳州住了七十餘日，和子由遊遍附近的山水名勝。經過兩個月的相聚，不得不分手，各赴官職。潁州的離別，蘇軾〈潁州初別子由二首之一〉云：「我生三度別，此別最酸冷。」，〔註236〕又云：「咫尺不相見，實與千里同。人生無離別，

〔註233〕〈初別子由〉，《蘇軾詩集》卷十五。
〔註234〕逍遙堂會宿詩引，頁 128。
〔註235〕〈辛丑十一月十九日既與子由別於鄭州西門之外馬上賦詩一篇寄
　　　　之〉《蘇軾詩集》卷三，頁 61。
〔註236〕〈潁州初別子由二首之一〉《蘇文忠公詩集》卷六 202～203，翁方
　　　　綱《石洲詩話》卷三：「所謂『三度別』者，自鄭州一別西門之後，
　　　　治平三年，先生自鳳翔還朝，子由出為大名推官。

誰知恩愛重。」〔註237〕兄弟因忤新法先後外任，離別容易相見難，黨爭的迫害，讓兄弟的距離愈來愈遠，蘇轍有感寫下〈次韻子瞻潁州留別二首之一〉：「託身遊宦鄉，終老羨箕潁。隱居亦何樂，親愛形隨影。」〔註238〕蘇轍詩中難掩依依不捨的離情，「平明知當發，中夜抱虛響。」（之二）蘇軾明天一早就要出發，為此一別，何年能再相見？

　　而兄弟此次分別，竟七年之後才再相逢。

　　熙寧十年（1077），自蘇軾首仕鳳翔，通守餘杭，復移守膠西，而轍滯留於淮陽、濟南，不見者七年。始復會於澶、濮之間，蘇軾在徐州，蘇轍在南都，相從來徐，留百餘日，宿於逍遙堂。

　　蘇轍與東坡彭城相見，〈逍遙堂會宿二首之一〉賦詩曰：

> 逍遙堂後千尋木，長送中宵風雨聲。誤喜對床尋舊約，不
> 知漂泊在彭城。（《欒城集》卷七，《蘇轍集》冊一／頁128）

「誤喜」一語，予人錯愕新奇之感，「誤」是反，「喜」是正，正反相從，矛盾中增添兩人見面的驚喜。東坡和子由幾經磨難終能見面，得之不易的機會，如此不真實，讀來，令人更感政治迫害之甚。「不知漂泊在彭城」一句，人生如浮萍，隨處漂泊無住，宦遊四方，不相見者十八九，功名無期，兄弟相遇，「漂泊」二字，更顯悽涼。風雨聲

〔註237〕　〈潁州初別子由二首之二〉《蘇軾詩集》卷六。

〔註238〕　〈次韻子瞻潁州留別二首之一〉《欒城集》卷三，《蘇轍集》卷三，頁57。蘇軾與蘇轍的離別詩中，題句屢言「初別」。在《蘇軾詩集》中，詩題共出現4次「初別」二字，顯現兄弟倆人感情之篤厚。分別為〈潁州初別子由二首〉（熙寧四年）、〈初別子由〉（熙寧十年）、〈初別子由至奉新作〉（元豐七年）。事實上，在嘉祐六年（1061年），蘇軾簽鳳翔判官，蘇轍在京侍父，蘇軾〈辛丑十一月十九日與子由別於鄭州西門之外馬上賦詩一篇寄之〉七古一首，是兩人相別的開始。第二次為宋英宗治平二年（1065年），蘇軾自鳳翔還朝，蘇轍出任大名推官（無詩存留）。第三次的分別，依廖志超：《蘇軾、蘇轍兄弟唱和詩研究》一文，神宗熙寧三年，蘇轍赴陳州學官任與蘇軾別於京師（無詩留存）。依實際情況而言，「潁州」相別為第四次。參照蘇轍〈次韻子瞻潁州留別〉詩，難分難捨的心情，筆者比較贊成翁方綱《石林詩話》卷三（《清詩話續編》，頁1418），將潁州相別，當作蘇軾詩「我生三度別，此別最酸冷」的第三次別離。

中，一喜（昔舊約）、一悲（今漂泊），將這寧靜祥和的感覺深化，使之進一步體現了一種早日擺脫功名的情懷。〔註239〕

面對自己的政治遭遇，和蘇轍孤寂的心情，蘇軾用後漢夏馥與弟夏靜相見卻不相識的典故〔註240〕來安慰弟弟。

> 別期漸近不堪聞，風雨蕭蕭已斷魂。猶勝相逢不相識，形容變盡語音存。（〈子由將赴南都，與余會宿於逍遙堂，作兩絕句，讀之殆不可為懷，因和其詩以自解。余觀子由，自少曠達，天資近道，又得至人養生長年之訣，而余亦竊聞其一二。以為今者宦游相別之日淺，而異時退休相從之日長，既以自解，且以慰子由云：其一〉《蘇軾詩集》卷十五）

雖然兩人聚少離多，比起因黨錮之禍而不相識的兩兄弟，自己應該幸運多了。兄弟間的懷鄉思念、退隱歸蜀的願望，終其一生都未實現，從熙寧元年（1068）守完父喪出蜀，就再也沒有回過故鄉了。

元豐二年（1079），蘇軾被捕入獄，幾死獄中。在御史獄有「他年夜雨觸傷神」的悲苦與傷感。〈初秋寄子由〉詩：

> ……憶在懷遠驛，閉門秋暑中。藜羹對書史，揮汗與子同。西風忽淒厲，落葉穿戶牖。子起尋裌衣，感歎執我手。朱顏不可恃，此語君莫疑。別離恐不免，功名定難期。……買田秋已議，築室春當成。雪堂風雨夜，已作對床聲。（《蘇軾詩集》卷二十二）

嘉祐二年，兄弟因舉制科，移居懷遠驛，一夜風起雨作，軾讀韋蘇州詩之事起，感嘆仕途困頓，有志難伸。面對種種不確定的因素，「別離恐不免，功名定難期」，不如早日歸去，實現當年的約定。撫今追昔，白首宦途，飄零人生，唯有子由一人。兄弟情誼，躍然紙上。

哲宗元祐元年（1086），舊黨被召回中央，蘇軾兄弟也在還朝名

〔註239〕 參程千帆《程千帆全集》，頁424～425〈讀宋詩隨筆〉蘇轍詩。
〔註240〕 范曄：《後漢書、黨錮傳、夏馥傳》冊五：「夏馥為黨魁，及張儉等亡命皆被收考，辭所連引，遍佈天下，馥乃自翦鬚髮變形，隱匿姓名，……其弟靜遇馥不識，聞其言聲，乃覺而拜之。」，卷九十七，頁12。

單當中。正月，蘇轍到右司諫任，三月，蘇軾遷中書舍人，八月，遷翰林學士知制誥，九月蘇轍除起居郎，十一月，蘇轍除中書舍人。兄弟同在中書省，〔註241〕嘗同直宿。蘇軾謂與轍同省甚樂，〔註242〕蘇轍作一詩呈兄：

> 射策當年偶一時，對床夜雨失前期。盧間還往無多地，夢裡追尋亦自疑。螭墨履乾朝巳久，囊封希上出猶遲。茅簷半破松筠老，歸念蕭然欲語誰。（〈後省初成直宿呈子瞻二首之二〉《欒城集》卷十四，《蘇轍集》冊一／頁277）

蘇轍記述前一次相會，元豐三年（1080）蘇軾因御史臺獄罪貶黃州，蘇轍護送蘇軾一家由南都陳州登舟將至黃州，一行人行至磁湖，遇大風不得進，他感嘆命運的捉弄。「黃州不到六十里，白浪俄生百萬重。自笑一生渾類此，可憐萬事不由儂。」〔註243〕相隔僅僅六十里路，眼看就要相見，卻因風浪阻隔，不禁慨嘆造化弄人。相見之期不遠，「夜深魂夢先飛去，風雨對床聞曉鐘」的蘇轍早就飛去黃州，一圓「風雨對床」隱居同樂、親愛隨行的人生夢想。

　　中書舍人掌外制，負責中書、門下的詔敕，翰林學士掌內制，負責撰擬有關皇帝、內廷發出的文告，大至使客聘問，小至任命之公文奏議。蘇軾在元祐年間，就撰寫八百餘篇的文告，蘇轍在元祐元年，便上奏了七十四篇奏章，任中書舍人一年，起草三百多篇的西掖告詞。〔註244〕如今同在朝廷，彼此卻為吏事繁忙不已。

　　羸病不堪金束腰，永懷江海舊漁樵。對床貪聽連宵雨，奏

〔註241〕《宋史》卷一一四《職官志一、中書省》，謂中書省設官十一人，其中中書舍人四，右司諫一，故兄弟以并直。

〔註242〕孔凡禮點校：《蘇軾文集》卷五三〈與愜第十五簡〉：「子由同省，日夕相對，此爲厚幸。」頁1569。

〔註243〕〈舟次磁湖以風浪留二日不得進子瞻以詩見寄作二篇答之前篇自賦後篇次韻〉《欒城集》卷十，頁180。

〔註244〕參陳英姬《蘇軾政治生涯與文學的關係》，頁213，（台灣師大國文研究所博士論文，1989年6月）曾棗莊《蘇轍評傳》（五南圖書出版有限公司，1995年6月），頁188～189。

事驚同朔旦朝。……（〈五月一日同子瞻轉對〉《欒城集》卷十五，

《蘇轍集》冊一／頁301）

「對床夜雨」的約定遙遙無期，茅簷陋屋、遠離是非的生活是魂遷夢縈的思念，讓蘇轍揮之不去。之後，元祐四年（1089），子由使遼，在神水館賦詩，〈神水館寄子瞻兄四絕之二〉：

夜雨從來相對眠，茲行萬里隔胡天。試依北斗看南斗，始

覺吳山在目前。（《欒城集》卷十六，《蘇轍集》冊一／頁321）

縱使代表北宋大國出使塞北，貴爲出使大臣，仕途扶搖而上，邊塞一望無垠的風光，卻讓蘇轍憶起和蘇軾同與進退的冀望。

元祐八年（1093）癸丑八月，蘇軾以龍圖、端明兩學士出知定州，九月十四日與子由別於東府，有〈東府雨中別子由〉：「對床定悠悠，夜雨空蕭瑟。」（《蘇軾詩集》卷三十七）清空蕭索，益見情意無窮。

彼此唱和不絕，「對床欲作連夜雨」、「對床老兄弟，夜雨鳴竹屋」，〔註245〕可謂無日忘之。兄弟之愛，展現在離別相思詩歌之主題上，彼此以「風雨對床」爲唱和的重要主題，跟隨著政治生涯的起落，不斷出現，展現兩人追求恬適生活的渴望與對名利的淡泊。

蘇軾兄弟情誼篤厚，除了互贈詩歌，次韻賦詩，頻繁往來的詩文之外，還互送禮物。蘇軾寄岐陽十五碑、驪山澄泥硯給蘇轍。「堂上岐陽碑，吾兄所與我。」（〈子瞻寄示岐陽十五碑〉《欒城集》卷一）、「長安新硯石同堅，不代書求遂許頒。……早與封題寄書案，報君湘竹筆身斑。」（〈子瞻見許驪山澄泥硯〉《欒城集》卷二）蘇轍得到澄泥硯這樣的禮物，高興得要回報湘竹筆給東坡。

又〈畫文殊普賢〉「吾兄子瞻苦好異，敗繪破紙收明鮮。自從西行止得此，試與記錄代一觀。」（《欒城集》卷二）昆仲之間切磋學藝，品鑑欣賞，實爲人生樂事。〈子瞻惠雙刀〉詩：「彭成一雙刀，黃金錯刀鐶。脊如雙引繩，色如青琅玕。」（《欒城集》卷八）蘇軾

〔註245〕 參王直方詩話郭紹虞《宋詩話楫佚》上冊，頁43，第一句於不見蘇軾、蘇轍詩。第二句爲蘇軾〈過建昌李野夫公擇故居〉。

送給弟弟寶刀，希望子由如同此一雙刀，能「斬鯨鯢」、「戮犀兕」，有一番大作為。

二蘇唱和詩，數量之多，題材廣泛，從兄弟出處仕進，政治見解、民生關注、山水遊賞、生活雜感、相知相惜，相互勗勉，在政治仕途上成為彼此的精神支柱和力量，鼓舞著兩人有朝一日能夠實現「夜雨對床」的人生願望。本論文因重心放在蘇轍詩歌的分析上面，所以有關兩人唱和的詩作，分納入各章節的討論當中，並在第六章蘇軾蘇轍詩歌中，對其唱和詩的分析，此節就不再贅敘。

（三）友朋贈別

友朋間的相與酬贈的詩歌，除了禮貌的回應、恭維，還有敘事、申論和抒情的功能。宋人的唱酬詩很多，反應宋代的一種文學現象，就是文人彼此往來密切，成為一種應酬性文體的代表。

唐人，「離別詩」的一般創作方法，「是在詩題中記錄了對方，而在正文中有關對方的個性和具體性的描寫又極少。」〔註 246〕如藝術成就較為成功的李白和王維，李白擅長用某種共通聯想形式，如「流水」、「楊柳」、「落日」，王維擅用極富繪畫形象的象徵，成為創作風格的一環。〔註 247〕蘇轍贈別詩的寫作方法，則是對贈別對象性格、交誼、事蹟等週邊事項作具體描寫，以敘事為主，少見唐人用象徵之物的寫作方法。

> 東來亦何恃，夫子此分符。談笑萬事畢，樽罍眾客聚。高
> 情生遠岫，清興發平湖。坐使羈遊士，能忘歲月徂。縱歡
> 真樂易，恨別不須臾。廟幄新謀帥，河間最新胡。安邊本
> 餘事，清賞信良圖。應念茲園好，流泉海內無。（〈和李誠之
> 待制燕別西湖〉《欒城集》卷五，《蘇轍集》冊一／頁89）

〔註246〕日・松浦友久《李白詩歌抒情藝術研究》，第三章〈李白離別之吟〉，
　　　　（上海古籍出版社，1996 年 12 月），頁 63，日人學者以為：「唐人
　　　　離別詩的兩種基本類型：留別與送兩個部門。」，頁 52。
〔註247〕同上註，頁 64〜65。

熙寧六年（1073），蘇轍應李師中（誠之）之招，齊州掌書記。
熙寧七年（1074）知瀛洲，燕別西湖。李師中「功勳不容究，孤高易
摧倒」，〔註248〕其志向甚高，卻不容於時。熙寧初，知秦州與西夏屢
戰有功，如今貶謫他地，蘇轍對於上位者未能善任這樣一位好官，感
到十分惋惜。詩裡對這位上司的氣節與高情，除了佩服，還有祝福。

後來師中上書乞召司馬光、蘇軾、蘇轍置左右，上批「師中敢肆
誕慢，輒求大用，朋邪罔上，愚弄朕躬」貶為和州團練副使、本州安
置、不得簽書公事。〔註249〕

> 遨遊公卿間，結交非不足。高秋遠行邁，黃泥沒馬腹。問
> 君胡爲爾，笑指籬間菊。故人彭城守，久作中朝逐。詩書
> 自娛戲，樽俎當誰屬。相望鶴頸引，欲往龜頭縮。前期失
> 不遂，浪語頻遭督。黃樓適已就，白酒行亦熟。登高暢遠
> 情，戲馬有前躅。篇章雜笑語，行草爛盈幅。歸來貯篋笥，
> 把玩比金玉。吾兄別我久，憂患欲誰告。孤高多風霆，彈
> 射畏顛覆。白頭日益新，歲寒喜君獨。紛紛眾草中，舟舟
> 凌霜竹。恨我閉籠樊，無由託君轂。（〈送王鞏之徐州〉《欒城
> 集》卷八，《蘇轍集》冊一／頁150）

王鞏到徐州，乃受蘇軾之請，其中重要的原因，是黃鶴樓即將
落成。詩一開始，先稱讚王鞏在公卿間的脫俗高節，結交非不足，
因爲「世俗如君今有幾」，〔註250〕兩人認識許久「交情淡泊久彌新」，
〔註251〕正好代表避禍如縮頭龜的自己前去慶賀。詩中，想像其登
上黃鶴樓，登高遠眺的美景，再想想東坡貶謫他鄉，憂患無處訴的
困境，充滿兄弟友愛，「孤高多風霆，彈射畏顛覆」朝廷對兄軾的
議論，預示風霆將至，雖是送別王鞏，事實上藉送別寫自己因公務
所阻不克前去的惆悵。

〔註248〕〈送李誠之知瀛洲〉《欒城集》卷五，《蘇轍集》，頁90。
〔註249〕《長編》卷二五三。
〔註250〕〈次韻偶城〉《欒城集》卷八，頁148。
〔註251〕同上引詩。

> 京洛東遊歲月深，相逢初喜解微吟。夢中助我生池草，別
> 後同誰飲竹林。文字承家憐女在，風流似舅慰人心。便將
> 格律傳諸弟，王謝諸人無古今。（〈送千之侄西歸〉《欒城集》卷
> 十四，《蘇轍集》冊一／頁 278）

千之，蒲不欺次子。〔註252〕千之居京洛已一段時間，到京師不久，與之相談甚歡。「夢中」句，知千之亦善詩，「憐女在」「慰人心」稱讚侄之聰慧，末聯勖勉之意，充滿長輩對晚輩殷切的關愛和期望。

> 梓漢東西甲乙州，同時父子兩諸侯。他年我作西歸計，兄
> 弟還能得此不？（〈送周思道朝議歸守漢州三絕之二〉《欒城集》
> 卷十五，《蘇轍集》冊一／頁 304）

元祐三年（1088），周表臣與其侄尹（正儒）乞罷官榷茶之法，許通商買賣，貿易流通以有益於蜀民。卻因此罷官榷茶「出力」，而致「流落」貶謫的地步。蘇轍以「諸侯」之名，盛讚兩人的高行義節，相約那年歸隱回鄉，再共聚相守。

> 我昔見子京邑時，鬢髮如漆無一絲。今年相見潁昌市，霜雪
> 滿面知爲誰。故人分散隔生死，孑然惟以影自隨。憐子肝心
> 如鐵石，昔所謂可今不移。世間取舍竟誰是，惟有古佛終難
> 欺。……（〈贈德仲〉《欒城三集》卷三，《蘇轍集》冊三／頁 1182）

這首贈別詩，今、昔對照下，「故人分散隔生死，孑然惟以影自隨」時間的流逝爲貫串詩旨的中心，歸結出「世間取舍竟誰是」的體悟，在原有的贈別主題外，還加入了對人世間何有是非公道的感慨。

唱和詩的創作，在宋代蔚爲大宗，數量之多，不可勝數。蘇轍通攝道家之奧，在生命裡形成一種潤滑劑，滋潤他苦悶的心靈。更重要的是，與哥哥蘇軾的一段兄弟情誼，在艱逆危困的政治環境下，一路走來，相互扶持，彼此打氣，成爲蘇轍詩最感人的一面。在友朋贈別的類型，留別，不寫淒切之事，而是寫自己的失意牢騷或感嘆，或是勸勉後輩，沒有黯然神傷的愁緒，卻融注著對朋友的情意，語淺情濃，格調輕快，展現蘇轍對人生理想的執著信念，與對抗逆境堅毅的精神。

〔註252〕參孔凡禮《蘇轍年譜》，頁 320。

四、園林寄情

宋代的園林，是中國山水文化走向城市山林的一種標誌。「園林」的意義，在先秦包括有耕種、打獵、遊樂的綜合功用，在唐宋，則指專供遊憩居住的私人範圍。〔註253〕人們的審美意識由兩漢崇尚巨麗競誇的征服統馭，漸移轉到重自然清真、重意象、重風骨的美感韻味。文人畫、園記、花譜的大量出現，爲了滿足士大夫「林泉之志」，寫意的文人園可居可遊，成爲安頓生命情志、實現完美人格的理想境地。

「六朝立館園，宋遍行天下。」〔註254〕「園林」，人造山水景色的形式於六朝開始真正有了基本的雛形，到了宋代，模山範水擬態自然風光的園林，到達一成熟的階段。園林的生活，成爲文人士大夫生命的一部份。東都汴京園林之多，可以想像北宋首都像個都市公園般的情景。

汴中園囿亦以名勝當時。……其他不以名著約百十，不能悉記也。（《楓窗小牘》卷下）

洛陽屬京西北路，稱西京，置留守，爲陪都。洛陽自唐朝以來，就是文人薈萃的城市，學術活動的中心，當時有許多文人學士、名臣遺老，都聚集在此。蘇轍〈洛陽李氏園池詩記〉描繪了當年洛陽園囿之盛。〔註255〕

> 洛陽古帝都，其人習於漢唐衣冠之遺俗，居家治園池，築臺榭，植草木，以爲歲時遊觀之好。其山川風氣，清明盛麗，居之可樂。平川廣衍，東西數百里，……一畝之宮，上矚青山，下聽流水，奇花修竹，布列左右，而其貴家巨室園囿亭觀之盛，實甲天下。

又李格非《洛陽名園記序》也記載：

〔註253〕 參看筆者《北宋園林詩之研究》，台灣師範大學國文研究所碩士論文，1997年。

〔註254〕 《壹是紀始》第三類「宮室墳墓」頁76，見《筆記小說大觀》（台北：新興書局，1985年3月）四十編。

〔註255〕 《欒城集》卷二十四，〈記九首〉，見《蘇轍集》冊二，頁412。

　　瀘澗鍾山水之秀，名公大人爲冠冕之望，天匠地孕爲花卉
之奇，以富貴利達優游閒暇之士，配造物而相嫵媚，爭妍
競巧於鼎新革故之際，館榭池臺風俗之習，歲時嬉遊聲詩
之播揚，圖畫之傳寫。

　　汴京、洛陽兩地大量園林的產生，提供市民遊樂賞玩，聚集雅會
之所。北宋時期造園、遊園風氣甚盛，許多名士貴族在此擁有園亭林
苑。他們遠離自然山水，在都市中建構起城市山林，構築自己的理想
天地，既能享受田園之樂，亦可逃遁其中。蘇轍詩中屢屢出現欽羨友
人居城市山林的鄉居野趣。如「築室城市間，移柏南澗底」（〈和鮮于
子峻益昌官舍八詠之三〉《欒城集》卷六）、「居近古城心自幽，單瓢足
用更何求」（〈次韻傅宏推官義方亭〉《欒城集》卷八）「園通濟水池塘
好，花近洛水顏色深」（〈傅欽之學士濟源草堂〉《欒城集》卷三）、「人
生富貴無不成，都門坐置山林觀。」（〈遊城西集慶園〉《欒城集》卷六）

　　園林所衍生的田園之樂、山水之逸，可視爲蘇轍追索生命價值意
義，在精神上的回歸與完成。

（一）士大夫人格的完美實現

　　園林詩的寫作，是蘇轍詩歌中寫得最好的部份之一。學者張健就
十分欣賞蘇轍〈和文與可洋州園亭三十詠〉，他認爲「子由詩量多，
質亦在水準之上，絕句尤佳。」〔註 256〕讚嘆其描寫景物的功力和特
色。蘇轍詩歌所描繪著名的私家文人園有：

1. 司馬光之「獨樂園」

　　當時的名臣司馬光的「獨樂園」是洛陽文人園中最負盛名的。司
馬光於熙寧年間反對王安石「新法改革」，而辭去官職，在洛陽築園
居住。《嬾眞子》卷五曰：「溫公私第，在縣隅之西北數十里，質樸而
嚴潔，去市不遠，如在山林中。……園圃在宅之東。」〔註 257〕

〔註 256〕張健〈蘇轍和文與可洋州園亭三十詠析論〉，《明道文藝》卷二三五，
　　　　　1995 年 10 月。
〔註 257〕《筆記小說大觀》冊二十九。

　　園中有讀書堂，堂南有屋一區，引水北流貫宇下中央爲沼，名曰：弄水軒。堂北爲沼，中央有島，島上植竹，命之：釣魚庵。其他多植美竹的種竹齋、採藥圃、芍藥牡丹的澆花亭、見山臺。獨樂園是在司馬光住屋前的一塊地，雖自稱是個小園，然其中有堂、軒、庵、齋、圃、亭、臺等建築，不可不謂「麻雀雖小，五臟俱全。」

　　蘇轍寫獨樂園，善於白描，不重寫景而在寫意。

> 子嗟丘中親藝麻，邵平東陵親種瓜。公今歸去事農圃，亦種洛陽千本花。修篁繞屋韻寒玉，平泉入畦紆臥蛇。錦屏奇種斷巖竇，嵩高靈藥移萌芽。城中三月花事起，肩輿遍入公侯家。淺紅深紫相媚好，重樓多葉爭矜誇。一枝盈尺不論價，十千斗酒那容賒。歸來曳履苔徑滑，醉倒閉門春日斜。車輪班班走金轂，印綬若若趨朝衙。世人不顧病楊綰，弟子獨有窮侯芭。終年著書未曾厭，一身獨樂誰復加。宦遊嗟我久塵土，流轉海角如浮槎。歸心每欲自投劾，孺子漸長能扶車。過門有意奉談笑，幅巾懷刺無袍韡。（〈司馬君實端明獨樂園〉《欒城集》卷七，《蘇轍集》冊一／頁 126）

首段四句，描述司馬光卸下政治光環，退隱山林。再四句，形象化的描寫獨樂園，「修篁」、「平泉」逶迤宛曲的環繞著的園居，顯得深密有致，而「錦屏」「靈藥」奇特品種的栽植，開出錦屏般的燦爛，而藥圃中移植的靈藥初萌，都讓人不勝喜悅，以平淡之筆寫園居生活。「中有五畝園」，〔註258〕據李格非《洛陽名園記》記「獨樂園」：「園卑小不可與他園班。……所以爲人欣慕者，不在於園耳。」園雖小，其林野之趣，高雅情調，都象徵著宋人的審美趣味。

　　「洛陽之俗，大抵好花。……花開之時，士庶競爲遨遊，往往於古寺廟宅有池臺處，爲市井張幄簾，笙歌之聲相聞。」〔註259〕「三

〔註258〕蘇軾〈司馬君實獨樂園〉：「青山在屋上，流水在屋下。中有五畝園，花竹秀而野。……」《蘇軾詩集》卷十五。

〔註259〕歐陽脩〈洛陽牡丹記〉，見《歐陽脩全集》上（中國書店，1992 年 10 月，第三次印刷），頁 526，《居士外集》卷二十二。

月牡丹開，於花開盛處作園圃，四方伎藝舉集，都人士女載酒爭出遊園亭勝地上下池臺間」。〔註260〕次段，以洛城人賞花「肩輿遍入公侯家」的「眾樂」突顯「獨樂」的意味，絃外之音流露失意者的落寞與不平。司馬溫公稱其園為獨樂園，取「自傷不得與眾同也」，〔註261〕這是別有懷抱。司馬光在自記的〈獨樂園記〉〔註262〕中說：「若夫鷦鷯巢林不過一枝，偃鼠飲河不過滿腹，各盡其份而安之，此乃迂叟之所樂也。熙寧四年迂叟始家洛，六年買田二十畝於尊賢坊北關，以為園。」此園，不同於王公貴族之樂，也不同於聖賢之樂，而只是如「鷦鷯」、「偃鼠」一樣「各盡其份而安之」，找一個安身立命的處所而已。

　　然而司馬光的聲名和威望，讓家門口「車輪班班走金轂，印綬若若趨朝衙」第三段，政治上的宦遊、流轉海角寫其對仕途的厭倦。末尾兩句「有意奉談笑」「懷刺無袍韡」理想與現實，內心之矛盾，蘇轍認為非真正遁世絕俗。此詩從生活、園景、對司馬光威望、抱負心境上都有微妙的描寫。

2. 東坡「避世堂」

　　園林具有隱逸功能，是可以保有士大夫人格完整的孔顏樂處。因此讀〈次韻子瞻南溪避世堂〉詩，更有深刻的感受。

> 拄杖行窮徑，園堂尚有林。飛禽不驚處，萬竹正當心。虎嘯風吹籟，霜多蟬病瘖。獸驕從不避，人到記由今。未暇終身往，聊為半日吟。青松可絕食，黃葉不須衾。偶到初迷路，將還始覺深。堂中有幽士，插髻尚餘簪。（《欒城集》卷二，《蘇轍集》冊一／頁31）

「避世」乃是消極的退避隱遁。蘇轍未到過蘇軾的避世堂，無法從景物的描繪著手，故而著眼於題意的發揮。「飛禽不驚處，萬竹正當心」一句，竹的中空、虛心，虛懷若谷，處變不驚，則正是仁人君子的表

〔註260〕《聞見前錄》，《筆記小說》第十五編，頁8090。
〔註261〕馬永卿《元城語錄》，《四庫全書》冊八六三，頁374。
〔註262〕《古今圖書集成》「經濟彙編考工典」第一百十九卷〈園林部〉。

－165－

徵。蘇轍寫避世隱退，卻從「不避」談起。松竹的長青、挺拔反面論述，幽深的樹林寄寓著幽士欲振待起的情懷。全詩不直接寫堂，而以園林景物、幽士側筆寫避世堂，文筆質樸不失韻味。

又蘇轍寫〈平溪堂〉：「清溪似與隱君謀，故入堂前漫不收」（〈和毛國鎮白雲莊五詠之二〉《欒城集》卷十二），同詩之三〈眺遠臺〉：「白雲自是逃名處，猶恐此中藏隱淪」（《欒城集》卷十二）都歌詠著田居歸隱的渴望。

3. 杜介之「熙熙堂」

園林中閒適的生活，充滿恬靜的人生樂趣。

> 門前藉藉草生徑，堂上熙熙氣吐春。遮眼圖書聊度日，放情絲竹最關身。年來馮脫烏皮几，客去時乾漉酒巾。卜築城中移榜就，休心便作廣陵人。（〈題杜介供奉熙熙堂〉《欒城集》卷九，《蘇轍集》冊一／頁 173）

首聯兩句寫景，頷聯寫意。「聊度日」寫出了百般寂寥的閑散、淡泊、不爭與清靜。草意盎然、堂氣吐春，對於草堂主人來說，外在一切都無法影響他的心志。偶而撥弄絲竹弦管，娛情自適，與好友暢快痛飲，閒話家常，買園於城中，學作廣陵人的瀟灑自在，寄託淡薄名利的意念。

4. 張安道「樂全堂」

> 天命無不全，人事每自傷。譬如摩尼珠，宛轉有餘光。藻逝不能加，塵垢豈有亡。世人未嘗識，姑射手自將。我公體自然，率性非勉強。馳驅四十年，不入憂患場。晚歲事蒙養，歛退就此堂。……（〈題張安道樂全堂〉《欒城集》卷六，《蘇轍集》冊一／頁 101）

全詩圍繞著主題「樂全」，洋溢著道家思想。天命本是整全，然因人事糾葛傷害生命純然的天真，破壞自然的本性。「至道之精，窈窈冥冥；至道之極，昏昏默默。無視無聽，抱神以靜，形將自正。」（《莊子·在宥》）「夫虛靜恬淡寂漠無為者，天地之平而道德之至」、「以虛

靜推於天地，通於萬物，此之謂天樂。」(《莊子・天道》)《老子》「人法地，地法天，天法道，道法自然。」老莊道家所強調的就是無爲不爭，順應自然。

　　生生不息的天地運轉，結合文人德性的蘊涵，形成一種「和合」以理爲和諧的基調，〔註263〕營造出自然天趣的生活情境。恬適的園居生活便是心情的調劑與延伸。

5. 文與可「洋州園亭」

　　　　水深冰亦厚，淲蕩鋪寒玉。好在水中魚，何愁池上鷺。(《冰
　　　　池》《欒城集》卷六，《蘇轍集》冊一／頁105)

冬日水深冰厚，互爲因果，寒玉比喻水面之冰的晶瑩剔透，猶似淲蕩的視覺印象。「好」字，寫冰下的魚生命活潑，池上的鷺鳥自在優遊，彼此依存，事實上卻又各自獨立，如水與冰，天地間並容相成的共同體。此「好」字，下得淺白直接，有拙趣。

　　　　林高日氣薄，竹色淨如水。寂歷斷人聲，時有鳴禽起。(《霜
　　　　筠亭》《欒城集》卷六，《蘇轍集》冊一／頁106)

「林」、「日氣」、「竹」、「鳴禽」爲實寫，「水」、「人聲」是虛寫。前二句，營造一種靜空幽深的氣氛，「竹色如水」將視覺帶入觸覺的轉移，誇張的突顯竹子顏色的翠綠乾淨。後二句，「斷」、「時」聲響的起落，打破了靜謐的空間感，虛實間，動靜相生，活潑了視覺印象。

6、蘇轍「南園」

　　蘇轍晚年隱居潁川「遺老齋」所寫的詩篇，恰能如實的反映園林詩歌「安身立命」的主題。

　　　　倒囊僅得千竿竹，掃地初開一畝宮。千里故園魂夢裡，百
　　　　年生事寂寥中。晏家不願諸侯賜，顏氏終成陋巷風。洗竹

〔註263〕張立文《中國文化月刊》〈中國哲學形上和合的建構——和合形上
　　　　學〉之一～四，第180期～第183期，1994年10月～1995年1月。
　　　　王振復《中華古代文化中的建築美》(台北：博遠出版有限公司，
　　　　1993年)第四章〈儒學的規範〉。王毅《園林與中國文化》(上海：
　　　　上海人民出版社，1995年4月)第六編〈中國古典美學中的「中和」〉。

移花吾事了，子孫他日記衰翁。（〈初得南園〉《欒城後集》卷三，
《蘇轍集》冊三／頁 923）

園林無所有，僅剩千竿竹，爲避免受到政治迫害，回不去的故鄉，只
有在南園中一償宿夢。顏回居陋巷卻不移心志的高風亮節，正是葺居
南園的精神象徵。蘇轍的園林寫景，表達了他內心對自然的渴望，也
表現出歸隱山林的恬適嚮往。在政治的舞台之外，成爲他投身自然，
避禍遠害的安頓之所。

而其他，皇家園林重氣勢，而文人園則重視意境。政治和文人關
係的相糾結，以仕爲志的士大夫，政治失意的中隱，或鄙棄功名利祿
的隱退，園林的存在，對政治生態是一種事實上的需要。因此，園林
除了遊憩的功能外，還有隱遁的意涵。園林是再造的第二自然，中國
傳統造園的基本原則是「壺中天地」，以小見大，創造變化豐富的藝
術空間。文人園充滿著詩情畫意，其中亭閣匾牌的命名，更是士大夫
人格完美的實現。《欒城集》紀錄了幾個有名的私家園，如〈李氏園〉；
〈毛君州宅〉——「鳳凰山」、「披仙亭」、「方沼亭」、「翠樾亭」、「李
八百洞」、「煉丹井」、「磨劍池」、「山房」；〈趙閱道濯纓亭〉；〈鮮于子
峻益昌官舍〉——「桐軒」、「竹軒」、「柏軒」、「巽堂」、「山齋」、「閑
燕亭」、「會景亭」、「寶峰亭」等八處；〈文與可洋州園亭〉——「湖
橋」、「橫湖」、「書軒」、「冰池」、「竹塢」、「荻浦」、「蓼嶼」、「忘雲樓」、
「天漢堂」、「待月臺」、「二樂榭」、「瀣泉亭」、「吏隱亭」、「霜筠亭」、
「無言亭」、「露香亭」、「涵虛亭」、「溪光亭」、「過溪亭」、「披錦亭」、
「禊亭」、「菡萏亭」、「荼蘼洞」、「篔簹谷」、「寒蘆港」、「野人廬」、「此
君庵」、「金橙徑」、「南園」、「北園」等共三十景。

（二）寄情山水的比德理想

以山比德，以水比智，自然山水透露人與物之間緊密的關係。南朝
畫家宗炳在《畫山水序》中說：「山水以形媚道」，而仁者樂」。人參贊
天地萬物的化育和生成，除單純的娛心適意的精神審美，亦函蘊更多傳
統儒家超越物質功利的現實性，投注道德性的人生理想來看待山水。

　　蒔花植草，立石引水，是園林重要的佈置，庭園栽植的植物，多選擇以松、柏、竹等，象徵人格情操的高遠雅潔的植栽。文人園中，這種傾向更爲明顯。如〈和鮮于子駿益昌官舍八詠〉：〔註264〕

　　擢幹春雨餘，挺節秋霜足。不知歲時改，守此娟娟綠。(〈竹軒〉)

　　上承清露滋，下受寒泉惠。秋來采霜葉，咀嚼有餘味。(〈柏軒〉)

又如〈和文與可洋州園亭三十詠〉〔註265〕詩：

　　綠竹覆清渠，塵心日日疏。(〈書軒〉)

　　開花濁水中，抱性一何潔。(〈菡萏軒〉)

又〈和孔武仲金陵九詠〉〔註266〕中：

　　鳳鳥久不至，斯臺空復高。何年種吾竹，特地翦蓬蒿。(〈鳳凰臺〉)

　　綠竹不可數，孤亭一倍幽。……雪節寒方見，春萌旱不抽。

　(〈此君亭〉)

「竹」與「霜」的堅忍、「鳳鳥」的孤高、「出塵」的高雅等意象緊密結合在一起。「竹」中空、勁直代表不屈不撓的個性、「柏」樹象徵的堅貞不移、「荷」出污泥而不染，這些植物都是文人園中最足以表現文人氣質與德性的精神意義。不論是鮮于子駿、文與可或孔武仲，種植這些植物花卉所寄託的胸次與精神象徵，都一致的受到廣大文人的喜愛與歌頌。

（三）追求和諧的天人關係

　　在園林建築中，亭的虛空、涵納，孤挺、堅直，最能表現出涵藏

〔註264〕《欒城集》卷六，《蘇轍集》，頁101。《欒城集》卷六，《蘇轍集》，頁102。

〔註265〕《欒城集》卷六，《蘇轍集》，頁105。《欒城集》卷六，《蘇轍集》，頁108。

〔註266〕《欒城集》卷十，《蘇轍集》，頁175。《欒城集》卷十，《蘇轍集》，頁176。

內蘊的深厚性格，在人文意象中最符合儒士氣質，是歷來文人最喜歌詠的對象之一。亭的各個角度都有獨立的視野，亭「虛空」的特性，反映莊子所說的「唯道集虛」。「虛」的空、無，含納萬物，吞吐萬象，融涉佛、道的思想美學。

> 亭高眾山下，勝勢不自收。岡巒向眼盡，風籟與耳謀。鳶飛半嶺息，雲起當空遊。視身如乘風，超然忘百憂。暮歸室中居，唯見窗戶幽。視聽隨物變，恍誰識其由。（〈和鮮于子駿益昌官舍八詠──會景亭〉《欒城集》卷六，《蘇轍集》冊一／頁103）

前半部從空間範圍上大筆勾勒描述登覽亭台所見，側重寫景。詩人開放他的感官，從視覺、聽覺、觸覺上，靜態與動態的交錯，展示此亭空間的開闊。後半部主要寫情，抒發登臨之感。身心與時空凝為一體，登高望遠，心境開朗而忘憂。蘇轍寫來言辭不必高深，卻又真實淳樸。「亭」的疏空高遠，遠納四方景物，聚集於亭中，高低暈淡之色，呈現寫意的山水圖畫。

> 危亭在山腹，物景行自變。（〈和鮮于子駿益昌官舍八詠──閑燕亭〉《欒城集》卷六，《蘇轍集》冊一／頁102）

> 三休引蘿蔓，一覽窮蒼茫。（〈和鮮于子駿益昌官舍八詠──寶峰亭〉《欒城集》卷六，《蘇轍集》冊一／頁103）

> 虛亭面疏篁，窈窕眾景聚。（〈和文與可洋州園亭三十詠──涵虛亭〉《欒城集》卷六，《蘇轍集》冊一／頁107）

> 小亭幽事足，野色向人來。（〈題李簡夫葆光亭〉《欒城集》卷三，《蘇轍集》冊一／頁52）

文人園，最能表現文人詩情畫意的境界。亭之聚景、窮景、物色變換，輕輕點染，幽意自生。此人我之間、天人之際，乃古代中國哲學的主題，也是園林空間無現廣大與涵蘊萬物的宇宙模式，人心的寬廣亦隨之而起。所謂「心造自然」，園林的時空，通透可與天地通同，上下四方，廣褒無限，人心悠遊其中則可獲得真正的紓解與自由。

園林造景講究「借景」，《園冶》提出「因借無由，觸景俱是」，

達到以小見大的藝術效果。包括遠借、鄰借、仰借、俯借園外的山光水色，或應時而借四時早晚的變化，另外以性質來分還有形借、聲借、味借、色借、紋樣借等。〔註 267〕除此之外，框景、障景、對景、隔景的運用，也讓園林充滿曲折有致的韻味。〔註 268〕「亭」的功能，除了舒展身心、休憩遊賞之外，鏤空的框架或開放的空間，亦是借景的最佳場所。

蘇轍的園林寫景詩，紀錄了北宋文人園的內容和特徵，也在園林裡找到儒、道共處的精神意涵。再造的壺中天地，將士大夫人格的完美實現和追求和諧的天人關係，以寄託、說理、感懷的技巧，展現人文本色。

蘇轍詩歌的主題類型，從心靈世界與外界的感官知覺交互相映，主體內心的自覺意識，顯現強烈的淑世情懷，杜甫憂國憂民的人格情操，正是他學習的典範。這種淑世精神的實踐，即為理性的社會關懷，另一方面，推己及人，擴充至萬物，呈現寬廣自由的心靈空間。詩中揚棄悲哀的基調，展現高揚熱情的入世精神，似乎向世人宣告他高昂飛躍的生命力量。

〔註 267〕黃長美《中國庭園與文人思想》（台北：明文書局，1988 年 4 月），頁 129。

〔註 268〕余樹勳《園林美與園林藝術》（台北：地景企業股份有限公司，1989年 9 月），頁 62～68。

第四章　蘇轍詩歌之思想體現

　　一個作家的思考、生活環境、政治情況、時代因素，都是造就其思想聯動的一環。思想與人生爲一有機體的組合，儘管有各種各樣的生命態度，但統攝生命價值體系與理性意識自覺化的過程，卻是不爭的事實。總括蘇轍生平思想體現，可以分爲春秋書法與史筆精神、兼容宏闊的蜀學特色、老莊道家思想的追求和禪宗意蘊的人生安頓。

第一節　春秋書法與史筆精神

　　五代時期，中國陷入長期的黑暗統治，而政權不斷更替，更導致天下大亂，北宋統一天下後，屬行集權中央鞏固政治體系，春秋的微言大義，「明是非」、「正名分」正因應符合統治者的實際需求，形成了顯學。

　　宋代春秋學發達。清人曾說：「說《春秋》者莫夥於兩宋。」〔註1〕四庫《春秋》類，共著錄一一四部，一八三八卷，而宋人之作，即佔三十八部，六八九卷，以部數論，恰爲三分之一。在《宋史‧藝文志》所錄《春秋》學專著在二百四十種以上，朱彝尊《經義考》，亦錄有四百種以上。〔註2〕而歐陽脩《春秋論》、程頤《春秋傳》等尚不包含在內。

〔註1〕　《四庫全書總目提要》卷二十九〈日講春秋解義〉條。
〔註2〕　姚瀛艇主編《宋代文化史》第六章第三節〈宋代的《春秋》學〉，頁149。張師高評《會通化成與宋代詩學》（台南，國立成功大學出版，

由此可見，宋儒對《春秋》學看重之一般。

宋代史學發達。朝廷本身設有修史機構，分工細而司專職，〔註3〕學術上研究《春秋學》的風氣，直接間接的提供史學發展的機會。

中國專制社會結構下的倫理——政治型文化範式，是以儒家「德性文化」、「經世求治」意識作為基礎而來的。〔註4〕中國文化在這種「求善」的文化範式制約下，重道德教化意義，講論仁術治道。中國傳統史學的責任，孔子成《春秋》，亂臣賊子懼；司馬遷寫《史記》，「居今之世，志古之道，所以自鏡也」；〔註5〕司馬光作《資治通鑑》，「鑑前世之興衰，考當今之得失，嘉善矜惡，取是捨非。」我們從史學角度看史事，以史為鏡，考得失、鑑興衰，是歷來對史的一致態度。從文學的角度，「詩可以觀」，詩歌的記錄寫實精神，與「史」信而可徵的特色，是相聯繫的。黃庭堅〈答洪駒父書〉云：「老杜作詩，退之作文，無一字無來處」。〔註6〕史繩祖〈詩史百家註淺陋〉條云：「先儒謂：韓昌黎文無一字無來處，柳子厚文無兩字無來處。余謂杜子美詩史亦然。惟其字字有證據，故以史名」。〔註7〕「無一字無來處」、「字字有證據」這是詩歌重視記實敘事的具體呈現。

文人詩筆與史家筆法彼此之間的相互因借合流，形成「詩具史筆，史蘊詩心」〔註8〕春秋書法的微言大義。試查宋人詩話筆記，將詩筆與《春秋》家法相提並論者所在多有，是一普遍存在的現象。〔註9〕所謂《春秋》書法，《左傳》成公十四年載：「《春秋》之稱，

2000）第二章《春秋》書法與宋代詩學〉，頁61。

〔註3〕 陳吉山《北宋詠史詩探論》，頁27，國立成功大學歷史語言研究所碩士論文，1993年。

〔註4〕 馮天瑜、何曉明、周積明等著《中國文化史》（台北：桂冠圖書公司，1993年），第四章第三節，頁348～361。

〔註5〕 《史記》卷十八，《高祖功臣侯者年表第六》，頁876。

〔註6〕 《豫章黃先生文集》卷十九，頁204。

〔註7〕 《學齋佔畢》卷四，《四庫全書》冊八五四，頁56。

〔註8〕 錢鍾書《管錐編》（台北：書林出版社，1988年）。

〔註9〕 胡仔《苕溪漁隱叢話》前集卷九「劉克莊注杜詩」，曾季貍《艇齋詩

微而顯，志而晦，婉而成章，盡而不汙，懲惡而勸善。」此為《春秋》五例。微婉而曲盡其義，求情擇實而顯豁，周賅事理不歪曲，褒貶勸懲以資鑑，重倫理教化與社會功能，以合詩教「言志」「溫柔敦厚」之準繩。

　　宋人針貶人物，臧否時事，受到文禍與政治忌諱，必須避禍遠害，故而重視以晦、隱、微、虛、曲、簡等技巧，巧妙的化入詩歌當中「顯微闡幽」，寓以「寓褒貶」、「別善惡」、「懲惡揚善」的意旨，於是形成文學技巧上及思想上的一大特色。

一、家學淵源的影響

　　蘇轍自幼讀書庭訓教誨，受父親蘇洵影響重視文章經世之用，「大究六經百家之說，以考質古今治亂成敗，聖賢窮達出處之際」〔註10〕及父執輩人格行事影響，寓興亡治亂之理於文籍詩章中，展現憂國憂民的史家精神與不凡的氣度。

> 家有吏師遺躅在，當令者舊識風流。（〈送元老西歸〉《欒城後集》卷四，《蘇轍集》冊三／頁937）

> 汝家家世事文史，門户豈有空剛強。（〈和子瞻喜虎兒生〉《欒城集》卷五，《蘇轍集》冊三／頁92）

蘇轍由於伯父與父親的影響，頗重視文學的實用價值。伯父蘇渙少穎悟，篤志於學，其勤至手書司馬氏《史記》、班氏《漢書》。仕宦四十年，其為吏，長於律令，吏治嚴明，而以仁愛為主，故所至必治，而博得「吏師」的美譽。〔註11〕而父親蘇洵則「議論精於物理而善權變，文章不為空言而期於有用」，〔註12〕對文學主張有教化實用的價值，

話》「黃山谷注〈中興頌〉詩」等，無論是箋注家、詩論家、詩人或史學家，都存有以《春秋》書法論詩，或以史筆論詩之風氣。參見張師高評《會通化成與宋代詩學》第二章〈《春秋》書法與宋代詩學〉，頁62～64，國立成功大學出版。

〔註10〕歐陽脩〈蘇明允墓誌銘〉《居士集》卷三十四。

〔註11〕《欒城集》卷二十五，〈伯父墓表〉，《蘇轍集》冊二，頁414。

〔註12〕《歐陽文忠公集、奏議集》卷十四〈薦布衣蘇洵狀〉稱洵上所撰書

這是蘇轍家學淵源對文人儒士角色所抱持的責任感與高度期望,亦仁人志士對社會所懷抱的神聖使命使然。

談到「儒林談道亦云舊,遠自太史牛馬走」〔註13〕的司馬遷、班固,歷來史家重眞、求善之要求,爲史傳文學塑立一良好典範,以《春秋》義法寓褒貶,明是非,定同異的特色,取之作爲考察當代人物史跡之根據。

二、內在的史家意識

> 讀盡家藏萬卷書,蕭然華髮宦遊初。區區獄掾何須愧,聊把春秋試緒餘。(〈和蕭刑察推賀族叔司理登科還鄉四首之二〉《欒城集》卷十一,《蘇轍集》冊一／頁199)

「蘇轍自注:漢儒以《春秋》決獄」。宋代文字獄對於文士的迫害,以一字定生死,讀盡家藏萬卷書,梳理紀事,交相映發,並存引現,闡發《春秋》《左傳》資鑑、美刺的史筆精神。

> 大道如衣食,六經所耕桑。家傳易春秋,未易相秕糠。(〈和子瞻和陶淵明雜詩十一首之八〉《全宋詩》卷八七三 10159)

> 年年最後飲屠酥,不覺年來七十餘。十二春秋新罷講,五千道德適親書。……(〈除日〉《欒城三集》卷二,《蘇轍集》冊三／頁1171)

蘇洵父子對於儒家經典的重視,耕耘「六經」,註解詮釋,其義理如同衣食般不可或缺。蘇洵的《易傳》十卷,蘇軾的《蘇軾易傳》、《書傳》、《論語說》,蘇轍有《詩集傳》、《春秋集解》、《古史》等著作,踵繼前人的成果,孜孜矻矻的傳承發揚儒家思想。蘇轍晚年隱居,仍教子弟讀《春秋》。在其〈春秋論〉云:「愚故曰:『《春秋》者,亦人之言而已,而人之言,亦觀其辭氣之所嚮而已矣。』」〔註14〕解經之不同,微言大義有別,故亂臣賊子懼。《孟子、離婁下》:「王者之跡熄

二十篇。

〔註13〕〈次前韻答景仁〉《欒城集》卷六,《全宋詩》卷八五四,頁9901。
〔註14〕《欒城應詔集》卷四,〈進論五首〉,《蘇轍集》冊四,頁1274~1275。

而詩亡，詩亡而後《春秋》作。」錢謙益〈胡志果詩序〉亦稱：「人知夫子之作《春秋》，不知其爲續《詩》。」《春秋》繼承《詩經》敘志褒貶，其經義的闡發，依恃個人觀點見解，推見至隱，筆削大義，影響至甚，蘇轍認爲這是值得加以推敲琢磨的一部經典。

> 前年僅了春秋傳，後有仁人知我心。（〈春深三首之三〉《欒城後集》卷四，《蘇轍集》冊三／頁935）

> 春秋似是平生事，屋壁深藏付後賢。（〈己丑除日二首之一〉《欒城三集》卷二，《蘇轍集》冊三／頁1176）

嘉祐元年（1056），蘇轍十八歲，隨父親至京師，館於興國寺浴室院，與兄軾潛心稽考《公羊》、《穀梁》、《左傳》三傳，是研讀《春秋》之始。

蘇轍寫《春秋集解》十三卷，目的是「王介甫（安石）以宰相解經，行之於世。至《春秋》漫不能通，則以詆以爲斷爛朝服，使天下士不得復學。……故予始自熙寧，謫居高安，覽諸家之說而裁之以義，爲《集解》十三卷，及今數十年矣。每有暇，輒取觀焉，得前說之非，隨亦改之。紹聖之初，遷於南方，至元符元年，凡三易地，最後居龍川之白雲橋，杜門無事，凡所改定，亦復非一。覽之，灑然而笑，蓋自謂無憾矣。」〔註15〕王安石熙寧四年（1071）更貢舉法，群經取士廢《春秋》、《儀禮》，棄古聖賢經義不顧。蘇轍極爲痛心，冀鑽研史家經典俾使後人知其仁心，而非妄自論斷。「春秋」二字，一爲時間，一爲史書，屋壁藏書以待賢者讓事實昭然若揭，以爲後世資鑑。這不但是儒家的責任，也是蘇轍的用心。

由蘇轍的《春秋集解》，元人稱讚其對《春秋》見解精闢，〔註16〕擘析理分，兼采《公羊》、《穀梁》，識見之深，足見其史筆思想必對

〔註15〕蘇轍《春秋集解》〈自序〉，《三蘇全書》第三冊，頁1～2。
〔註16〕元代黃澤說《春秋》，贊同蘇轍之說，持「當據《左氏》事實，而兼采《公》《穀》大義」。趙汸《春秋師說》卷下，參見張師高評《春秋書法與左傳學史》（台北：五南圖書出版，2002年1月）〈黃澤論《春秋》書法──《春秋師說》初探〉。

蘇轍詩歌思惟有一定程度的影響。此章試以《欒城集》中對《春秋》書法之史筆精神之發揚，作一論述。一為微婉顯晦，二為據事直書，三為經世資鑑。

三、詩歌的史筆精神

　　源自家學影響與內在史家意識的情懷，蘇轍學習春秋書法，發揮斷事論理精神，乃為淑世精神意志的實踐提供一個「模式」，一個可以超越權勢、突破規範的行動準則。雖不能為居高位扭轉情勢，卻可抨言直諫，或微婉勸責，赤誠一片，全都為了一個經世濟民的志向。

（一）據事直書

　　杜預《春秋經傳集解序》提到「直書其事，具文見意。」此「直書」之說，實為《春秋》書法中的「盡而不汙」。材料的蒐集剪裁，能夠就事論事，即事求義，反映政治真貌與社會現實，具有實錄的精神和意義。

1. 無懼政治黑暗

　　〈徐儒亭〉詩，以昔時人物點出今日作者遭遇，寄情於景，直揭性情。

> 徐君鬱鬱澗底松，陳君落落堂上棟。澗深松茂不遭伐，堂毀棟折傷其躬。二人出處勢不合，譬如日月行西東。胡為賓主兩相好，一榻挂壁吹清風。人生遇合何必同，一朝利盡更相攻。先號後笑不須怪，外物未可疑心胸。比干諫死微子去，自古不辨迂與隆。我來故國空嘆息，城東舊宅生茅蓬，平湖十頃照清廟，獨畫徐子遺陳公。二人皆合配社稷，胡不相對祠堂中。（《欒城集》卷十三，《蘇轍集》冊一／頁 251）

　　因文字獄文禍牽累，蘇轍被命為績溪令。元豐七年（1084）年終，蘇轍離筠州赴績溪，舟行至南昌（今屬江西），參觀了徐孺亭和滕王閣。東漢徐孺高蹈遠隱，遁居山林不仕，而陳蕃卻是個錚言敢諫，欲挽狂瀾的人物。同樣是棟樑之材，前者如「澗底松」，後者如「堂上

棟」，隱微保身，而直勇被殺。「二人出處勢不合，譬如日月行西東。……人生遇合何必同，一朝利盡更相攻」看來兩人如日月各行西東，性格出處大不相同，但這就是君子與小人根本的區別，君子爲理想努力，小人逐利爭權而後相攻傾，人生遇合又何必相同？對照社會現實，深有所感，不論隱退或激進，都是實現自我的方式。對微子和徐孺的全身自好可以理解接受，比干的殺身成仁與陳蕃更是值得尊敬。〔註17〕認爲此亭裡，陳蕃和徐孺應合祀，同掛畫像紀念。子由內心深處，對積極奮進的作爲充滿敬意。所以元祐年間回到朝廷，「朝廷入忘返，冠蓋如雲屯。賢哉貴公子，獨以民社言」〔註18〕鞭策自己，雖因言得罪，仍不減當年勇銳之氣。

2. 諷刺王安石科舉制度之改革

> 登科歲云徂，舊學日將落。外遭飢侵寒，內苦憂患鑠。傳家足墳史，遺說本精約。群言久紛蕩，開卷每驚矍。居官忝庠序，授業止干籥。朝廷發新令，長短棄前鑊。緣飾小學家，睥睨前王作。聲形一分解，道義因附託。安行燕衢路，強挽就縻縛。縱橫施口鼻，爛熳塗丹堊。強辯忽橫流，漂蕩終安泊。憶惟法初傳，欲講面先怍。新科勸多士，從者盡高爵。徘徊始未信，銜誘終難卻。嗟哉守愚鈍，幾不被譏誚。獨醒慚餔糟，未信恥輕諾。敢言折鋒鍔，但自保城郭。有司顧未知，選士謬西洛。群儒誰號令，新語競投削。雖云心所安，恐異時量度。詭遇便巧射，晚嫁由拙妁。誰能力春耕，忍飢待秋穫。聞兄職在監，考較筆仍閣。縮手看傍人，此意殊未惡。(〈和子瞻監試舉人〉《欒城集》卷四，《蘇轍集》冊一／頁78)

東坡於熙寧五年（1072）任杭州通判，是年科場監試，有〈監試

〔註17〕《史記》卷三，〈殷本紀第三〉：「紂淫亂不止，微子數諫不聽，遂去。比干曰：『爲人臣者，不得不以死爭』，乃強諫紂。紂怒，剖比干，觀其心。」。

〔註18〕〈送王震給事知蔡州〉，《欒城集》卷十四，《全宋詩》卷八六二，頁10021。

呈諸試官〉詩五古四十八句。「權衡破舊法，芻豢笑凡飪」以下，雖痛詆新學，而以嬉笑出之，尚未至以怒罵。〔註19〕而蘇轍唱和詩，則據事直書，直言不諱，疾言急切，也多少反映出其性格正直的一面。

　　起首二句入題，「舊學」的衰微引發以下八句議論。「外遭飢侵」「內苦憂患」外有不可抗力的政治決策，內部有儒學繼承的無力，整個儒家學術就只停頓在「居官秉庠序，授業止干籥」設立學校、背誦經義上打轉。接著十二句夾敘夾議，例舉當朝文人士子汲汲於科舉考試唯一標準的字書，「縱橫施口鼻，爛熳塗丹堊。強辯乎橫流，漂蕩終安泊。」縱橫捭闔，牽強附會，私以己意，解經釋說。蘇轍作爲州學教授，卻羞於這種讀書取士的方法，極力頓足，六句一挫「憶惟法初傳，欲講面先怍。……徘徊始未信，衒誘終難卻。」「嗟哉守愚鈍，幾不被譏謔。……敢言折鋒鋩，但自保城郭。」不能認同改革，卻無力改變現狀，只得退避守愚，閉口少言，但求自保。「新語競投削」、「詭遇便巧射」的警切之語，感慨讀書人急切求取功名而不能努力耕耘紮實做學問，直辭詠寄，略無避隱。

3. 諷刺蔡京鑄十大錢

　　蔡京鑄當十大錢，民以爲病，蘇轍有一詩諷刺之。

> 秋成粟滿倉，冬藏雪盈尺。天意愍無辜，歲事了不逆。誰言豐年中，遭此大泉厄？肉好雖甚精，十百非其實。田家有餘糧，靳靳未肯出。閭閻但坐視，惄惄不得食。朝飢願充腸，三五本自足。飽食就茗飲，竟亦安用十。姦豪得巧便，輕重竊相易。鄰邦穀如土，胡越兩不及。閑民本無賴，翩然去井邑。土著坐受窮，忍飢待捐瘠。彼哉陶鈞手，用此狂且愎。天且無奈何，我亦長太息。(〈丙戌十月二十三日大雪〉《欒城三集》卷一，《蘇轍集》冊三／頁 1149)

以天災之因肇由人禍開頭，以敘爲議。直筆敘述，以「豐年」入，從

〔註19〕紀昀評《蘇文忠公詩集》卷八，曾棗莊主編《蘇詩彙評》，頁 265～266。

「窮飢」出，拈出人為災禍的可怕。「朝飢願充腸，三五本自足。飽食就茗飲，竟亦安用十。」蔡京鑄十大錢，導致生靈塗炭，姦豪奪取，輕重相易，「姦豪得巧便，輕重竊相易」受苦的百姓「土著坐受窮，忍飢待捐瘠。」受窮忍飢，承擔當政者錯誤政策的結果。「狂且愎」一手主導的始作俑者，天且無可奈何，我亦只有長太息。譏時作之，以絕望之筆，反筆激訐。

4. 諷刺新進之士無用

在〈送李誠之知瀛洲〉一詩，對變法革新，新進之士無用，難掩無奈之情。

> 少年學詩書，晚歲探至道。豈伊封疆臣，乃是廊廟寶。苦恨富貴遲，聲名得空早。憶惟西羌叛，始建元戎纛。恩威炳朝日，號令靡秋草。功勳不容究，孤高易摧倒。歸來易三邦，但養胸中顥。寧知北邊將，還須用耆老。春風吹旌旆，先聲遍城堡。往事安足懲，遺黎待公保。」（《欒城集》卷五，《蘇轍集》冊一／頁90）

李誠之，名師中，他是站在反對王安石新法的一邊。《宋史・李師中傳》：李師中士朝廷重臣，而非守邊大將，轉折詞靈活的運用，流暢而生動。「寧知北邊將，還須用耆老。」諷刺當朝無人，還須耆老力保山河，倍感痛心。

5. 感嘆新法取代舊法

> 憶見君兄弟，相攜謁侍郎。通經誇早歲，落筆盡成章。試劇何輕銳，當官便激昂。三年知力竭，大府覺才長。知已未如格，歸贄纏滿囊。舊書還讀否，師說近淒涼。（〈送張正彥法曹〉《欒城集》卷五，《蘇轍集》冊一／頁91）

自注：君以三傳及第，今廢此科。雖為贈別詩，但「言此意彼」，意在言外。見張法曹兄弟，憶昔三傳及第之事，王安石將科舉選拔進士科外，明經等科皆廢。蘇轍不滿王安石的新法改革，以「舊書悽涼」之語，感嘆當道無知的作為。

（二）微婉顯晦

「微婉顯晦」是《春秋》五例中的「微而顯」，詩旨的「溫柔敦厚」。所謂「婉而成章」、「隱微而秀」，為避免觸怒敏感話題，或是挑起政治忌諱，詞婉義微的修辭手法就成了詩人寄寓批貶的手段之一。

1. 東方書生行

以下這首〈東方書生行〉運用「借代法」，以虛代實，進行褒貶勸懲。神宗熙寧八年，王安石上《三經新義》，撰修《詩》、《書》、《周禮》三經新的訓解，被冊封為尚書左僕射兼門下侍郎同平章事。〔註20〕神宗對王安石說：「今談經者，人人殊，何以一道德？請所著經義，其頒行，使學者歸一。」〔註21〕自是先儒之傳注皆被廢除，對於此事，蘇轍藉此寓言詩諷刺王安石。

> 東方書生多愚魯，閉門誦書口生土。窗中白首抱遺編，自信此書傳父祖。辟雍新說從上公，冊除僕射酬元功。太常弟子不知數，日夜吟諷如寒蟲。四方窺覦不能得，一卷百金猶復惜。康成穎達棄塵灰，老聃瞿曇更出入。舊書句句傳先師，中途欲棄還自疑。東鄰小兒識機會，半年外舍無不知。乘輕策肥正年少，齒疏脣腐真堪笑。是非得失付它年，眼前且買先騰踔。（《欒城集》卷五，《蘇轍集》冊一／頁99）

起首四句，以反語寫「東方書生」愚魯，只會閉門誦書，窮首畢生「抱遺編」、「傳父祖」，守著父祖前人留下的書冊典籍而孜孜不倦。「自信」二字，寫出抱肱守舊不合於流俗書生的迂魯，其實「以反為正」寓涵著不趨於時，堅守信念的儒家士子的堅持。後八句，直刺王安石頒於學官的新說《三經新義》。辟雍即太學，王安石冊除左僕射，以新說義畢推恩。太常子弟一卷百金猶甚珍惜，還「日夜吟諷如寒蟲」，蘇轍嘲諷這些阿諛附勢的學子。「康成」指鄭玄，即東漢著名經學家鄭康成，他遍注群經，集漢代經學之大成。「穎達」即孔穎達，唐代經

〔註20〕〈蘇潁濱年表〉，《蘇轍集》，頁1380。
〔註21〕陳邦瞻撰《宋史紀事本末》上（台北：三民書局，1973年），頁296。

學家，撰寫《五經正義》為唐代科舉取士的準則。「老聃」為道家創始人老子。「瞿曇」指佛教創始人釋迦牟尼佛。對於儒家經典訓釋，王安石新說，棄鄭、孔之論，出入佛、老之間，強迫太學生日夜諷誦，而得官祿。下段八句，從「舊書」對「新說」的對舉，「東方書生」與「東鄰小兒」，對前者仍以嘲謔的口氣，指出「東方書生」不願拋棄先師之說「中途欲棄還自疑」的不知變通，對應「東鄰小兒」他的「識機會」、「無不知」以致「乘輕策肥」；但其只顧眼前前途利益，枉顧是非得失，而「齒疏脣腐」之真讀書人，則無此幸運，徒「堪笑」而已。微婉的運用虛擬人物及嘲弄的技法，對當政者恣意廢棄聖賢之說，貶抑痛斥，也對仍堅守舊學師說之人感到無奈與沉痛。

　　擅用比擬技巧的蘇子由，下一首〈柳湖感物〉以松、柳的特性，以小喻大，兩兩對比，批評當朝變法人物的無知與草率。

2. 柳湖感物

> 柳湖萬柳作雲屯，種時亂插不須根。根如臥蛇身合抱，仰視不見蜩蟬喧。開花三月亂飛雪，過牆度水無復還。窮高極遠風力盡，棄墮泥土顏色昏。偶然直墮湖中水，化為浮萍輕且繁。隨波上下去無定，物性不改天使然。南山老松長百尺，根入石底蛟龍蟠。秋深葉上露如雨，傾流入土明珠圓。乘春發生葉短短，根大如指長而堅。神農嘗藥最上品，氣力直壓鍾乳溫。物生稟受久已異，世俗何始分愚賢。
>
> （《欒城集》卷三，《蘇轍集》冊一／頁 51）自注：嘗見野人言，柳花入水為浮萍，松上露墮地為仙茅，陰乾服之益人。古方云十斤鍾乳，不如一斤仙茅。

柳樹的特性是「種時亂插不須根」，柳湖中萬株楊柳，隨處插枝便可生根。根如臥蛇淺埋地上，長成之後不見濃葉茂木。三月開花柳絮亂飛，過牆度水不見影蹤。隨風飄散墮入泥中亦如棄泥一般，即使偶然飄入湖水中化為浮萍，「隨波上下去無定」，隨著湖水上下漂流無所定處，隨波去留，這就是這些變法人物的面貌，毫無個性，毫無定見，「物性不改天使然」都是天性使然。詩裡，不斷出現「亂」「墮」的

字眼，一股向下沉淪的批貶敘述表層。既膚淺、輕浮，又短視的性格，框套在這群當權者身上，形成最嚴厲的批判。以柳比人之本質、特性、行事風格、人品操守都遠不如守舊派人物，如「南山老松」的沉穩與識見。「南山老松長百尺，根入石底蛟龍蟠。秋深葉上露如雨，傾流入土明珠圓。」老松長百尺，根盤穩固，葉上露珠如雨，傾流入土仍如明珠般圓潤，不改其性，神農嚐藥品爲最高。柳花入水爲浮萍，松性堅耐，其露墮地爲仙茅，功力十倍於鍾乳。蘇軾〈子由柳湖感物〉次韻詩說：「子今憔悴眾所棄，驅馬獨出無往還。唯有柳湖萬株柳，清陰與子供朝昏。」（《蘇軾詩集》卷七）畢竟一人之力，是無法抵擋眾人俗世的想法。「柳雖無言不解慍，世俗乍見應憮然。」柳雖比不上松，但「四時盛衰各有態」世俗仍較喜愛柳的嬌媚。「朝看濃翠傲炎赫，夜愛疏影搖清圓。……南山孤松積雪底，抱凍不死誰復賢。」親近宜人的特質，讓柳樹受人喜愛；而積雪孤松，若無抱凍而死的傻勁哪能讓人稱得上賢能呢？蘇軾次韻，箴規矣耳，切莫憤世嫉俗，傷己而已。

3. 聽說毛詩雅頌篇

　　再看〈和青州教授頓起九日見寄二首之二〉：

> 杯酒追歡眞一夢，天涯回望正三年。近來又欲東觀海，聽說毛詩雅頌篇。（《欒城集》卷五，《蘇轍集》冊一／頁92）

自注，君善講詩。五經中《詩》本爲儒家讀書人所熟悉研讀的著作，卻用「聽說」二字，以「隔」來說經，陌生化距離感的用詞，詩人微婉的批評對宋人學術上「以己意解經」的不滿。

4. 那　吒

> 北方天王有狂子，只知拜佛不拜父。佛知其愚難教語，寶塔令父左手舉。兒來見佛頭輒俯，且與拜父略相似。佛如優曇難值遇，見者聞道出生死。嗟爾何爲獨如此？業果已定磨不去。佛滅到今千萬祀，只在江湖挽船處。（〈那吒〉《欒城三集》卷一，《蘇轍集》冊三／頁1161）

那吒是中國神話中的傳奇人物。出生時被視為不祥,而後結下與父親之間的嫌隙,終致身死刻骨報父恩的故事。崇寧、大觀年間,蔡京、蔡攸大權在握,權傾一時,卻是父子爭寵,互為仇敵,蔡攸甚至盤算取代父親,屢使蔡京頗為不堪。《宋史・蔡攸傳》中有記載。〔註22〕蘇轍對兩人的嘲諷,引用這個故事予以針貶。號稱北方天王的那吒,心無父母,只有佛祖,蘇轍用「愚」字,來貶抑蔡攸的不孝、不仁。佛祖暗指宋徽宗,狂子為蔡攸,父為蔡京。蔡攸只向權力中心的佛祖低頭跪拜,卻不向有血緣關係父親妥協讓步。「聞道」可以出生入死,枉顧親情倫理。徽宗試圖調停兩人關係,無法成功的原因,歸於「業果」的命定觀。對於專擅一方的蔡家父子,可說自取其辱。

　　蘇轍認為對於權勢地位只堪留於歷史中,是非公道自有後人評斷。

(三) 經世資鑑

　　「言之者無罪,聞之者足以戒」的詩教功能,是《春秋》史筆的重要精神。《莊子・齊物論》云:「《春秋》經世先王之志。」藉由詩歌的勸懲褒貶達到經世資鑑,載道合事,明體達用,以為後人借鏡。

　　紀昀評蘇軾〈御史臺榆槐竹柏〉詩說:「借題抒意,妙處在不怨怒。」〔註23〕時東坡待罪因此用語謹慎,在有意無意之間,蘇轍次韻則多警調,有所託而作。王夫之《薑齋詩話》卷下:「《離騷》雖多隱喻,而直言處亦無所諱。宋人騎兩頭馬,欲博忠直之名,又畏禍及,多作影子語,巧相諛射。」蘇軾因詩而入獄,蘇轍和詩自當怨而不菲,卑而不屈,託物寄寓,以戒後世。

〔註22〕（攸）與京權勢日相傾,浮薄者復間之,父子各立門户,遂為仇敵。攸別居賜第,嘗詣京,京正與客語,使避之,攸甫入,遽起握父手為胗視狀,曰:「大人脈勢舒緩,體中得無不適乎?」京曰:「無之。」攸曰:「禁中方有公事。」即辭去。客竊窺見,以問京,京曰:「君固不解此,此兒欲以吾疾而罷我。」《宋史・蔡攸傳》,卷四七二,列傳第二三一,頁 13721～13728。

〔註23〕紀昀《蘇文忠公詩集》卷十九〈御史臺榆槐竹柏四首〉,曾棗莊:《蘇詩彙評》,頁 819～820。

1. 自足樂生

> 秋風一何屬，吹盡山中綠。可憐凌雲條，化為樵夫束。凜
> 然造物意，豈復私一木。置身有得地，不問直與曲。青松
> 未必貴，枯榆還自足。紛然落葉下，蕭條愧華屋。（〈次韻
> 子瞻繫御史獄獄中榆槐竹柏——榆〉《欒城集》卷九，《蘇轍集》冊
> 一／頁169）

「秋風」代指當朝變法人物，「山中綠」代指朝廷忠直之士。東坡元
豐間知湖州，言者以其誹謗時政，必致死地。本為高聳入雲，月有一
番作為的凌雲條，化為樵夫手中枯槁的榆束。前四句雖充滿悲怨卻不
退縮，「凜然造物意，豈復私一木」道家超然的處世哲學給予莫大的
鼓勵，下開四句困頓之境。即使置身之地，「不問直與曲」，萬物各有
存在之理，青松不必高貴，枯榆亦是自足，當權或在野，地位高或低，
人生的困境都無法改變個人的操守。收束餘音慘悒。

　　以「榆」的精神象徵，鼓勵讀書人要有不屈不撓的意志和堅持。

2. 功成身退

> 圮下相逢南北人，三邀不倦識天真。十年卻見穀城下，寂
> 寞同收一夢身。（〈和李公擇赴歷下道中雜詠十二首之四下邳黃石
> 公廟〉《欒城集》卷六，《蘇轍集》冊一／頁113）

「天真」二字，正是蘇轍對張良做事成功的主因。張良為人任俠，嘗
得一力士與之狙擊秦始皇於博浪沙，未竟。居下邳時，一穿著破爛的
老父要張良取墮橋下之鞋，又三次邀約前往，試探張良的耐心，贈與
兵書一本，預約相見。十三年後跟隨漢高祖果真見到濟北穀城山下一
黃石。〔註24〕透過傳奇性的故事，遇圮上老人授書寫張良，在漢初三
傑中，深怕功高震主，他稱病不出，行「道引」、「辟穀」之術，揚言
「願棄人間事，欲從赤松子遊」急流勇退，在司馬遷筆下是個城府極
深、明哲保身之典型，「天真」之語的反差，正是對政治詭譎多變的
政局，語重心長的提勉之詞。

〔註24〕《史記》卷五十五，〈留侯世家〉第二十五。

3. 貪婪必遭唾棄

〈牛尾狸〉一詩，藉寫其工於心計資鑑後世，勿重蹈覆轍，淪爲世人唾罵。

> 首如狸，尾如牛，攀條捷險如猱猴。橘柚爲漿栗爲餚，筋肉不足惟膏油。深居簡出善自謀，尋蹤發窟并執求，蓄租分散身爲羞。松薪瓦甑烝浮浮，壓入糟盎肥欲流，熊肪羊酪眞比儔。引箸將舉訊何尤，無功竊食人所仇。(〈筠州二詠〉《欒城集》卷十，《蘇轍集》冊一／頁196)

前五句寫牛尾狸的外形和它的貪婪求食。中間六句寫牛尾狸的下場。「深居簡出善自謀」、「尋蹤發窟并執求」生動的描繪牛尾狸的算計、謀略、姦巧、機詐等工於心計的特色，微妙微肖的也反映了社會中某些人物的醜惡面貌。雖狡詐如此，但牛尾狸終不免被烹煮、被蒸燉，落到熊肪羊酪可比，肥脂欲流的地步。末兩句「無功竊食人所仇」位重而無功，無功卻貪婪，尤爲人所仇視，這是對牛尾狸的評價，亦爲平民百姓對當政者的聲音。

4. 仁不行天有亂象

> 歷時書不雨，此法存春秋。我請誅旱魃，天公信聞不。魃去未出門，油雲裏嵩丘。濛濛三日雨，入土如膏流。二麥返生意，百草萌芽抽。農夫但相賀，漫不知其由。魃來有巢穴，遺卵遍九州。一掃不能盡，餘孽未遽休。安得風雨師，速遣雷霆搜。眾魃誠已去，秋成儻無憂。(〈喜雨〉《欒城後集》卷四，《蘇轍集》冊三／頁931)

探神怪靈異，對人事災禍示現，表示夭祥禍福的筆法，爲發揚《春秋》書法的筆力之一。〔註25〕蘇轍以天命崇高，藉陰陽果報來寄託資鑑勸懲之意，從〈喜雨〉一詩，對於天不降雨，必有因果災異的現象，存《春秋》書法，可見一般。

「誅旱魃」是降雨的唯一方法。「魃去未出門」則濛濛雨露，土

〔註25〕吳闓生《左傳微》卷六，〈魯與邾莒之怨、邾文公卒〉評語，頁195（台北：中華書局，1970年3月）。

如膏流，百草萌芽，萬物反生意。唯有掃盡旱魃餘孽，徹底根除其巢穴，人民才有安身立命的機會。對於「旱魃」蘇轍暗指新黨的變法派人物，如「風雨」、「雷霆」有志之士，在賢明君王的領導之下，剷除惡勢力，人民才能高枕無憂。

　　這種寓言式的詩歌，以側筆迴避政治忌諱，又旁敲警醒，隱約之間，其詞隱微，反諷嘲弄的效果，意在言外。

5. 戒君臣淫亂昏庸

> 秦人一璽十五城，百二十城當八璽。元日臨軒組綬新，君臣相顧無窮喜。九鼎崢嶸夏禹餘，八璽錯落古所無。古人鄙陋今人笑，父老不慣空驚呼。(〈八璽〉《欒城三集》卷一，《蘇轍集》冊三／頁1165)

詩首典用《史記·廉頗藺相如列傳》，[註26] 秦王欲以十五城易趙國和氏璧。一璽十五城，八璽爲一百二十城，可見得「八璽」之重要。徽宗大觀二年（1108）正月受八寶于大慶殿，大赦天下。[註27]「君臣相顧無窮喜」表面上，盛贊八寶極爲珍貴，其實「無窮喜」所諷刺的是一群奸臣與昏君君臣相顧導演的一齣荒唐劇。區區八寶，卻耗費民力，荒忽政事，佞臣諂媚阿諛，君王昏庸豪侈，對朝廷不滿借題發揮，寓意甚深。舉「九鼎」與「八璽」，將夏禹與徽宗並列，上古之仁君與當時君主互比，徽宗何德何能可以媲美之？末尾「古人鄙陋今人笑，父老不慣空驚呼」古、今人「笑」直點下句的「不慣」，「空」字，把父老徒勞無功的掙扎、不滿，都寫盡在積弊難改的政治嘲諷中了。[註28]

　　粗有春秋傳舊學，終憑止觀定無生。(〈歲莫二首之二〉《欒城

〔註26〕見《史記》卷八十一，「趙惠文王時，得楚和氏璧。秦昭王聞之，使人遺趙王書，願以十五城請易璧。」。

〔註27〕《長編拾補》卷二十八（正月初一）本日紀事。蘇轍七十歲。《鐵圍山叢談》卷一：「天子之制六璽。元豐間得玉矣，行製而未就，至大觀時始成之，然但繆篆也。又元符初得漢傳國璽二者，……合天子之制六璽，是爲八寶。」參孔凡禮：《蘇轍年譜》，頁632。

〔註28〕孔凡禮有一篇關於此詩的文章，見於〈蘇轍的一首政治詩——八璽〉載於《文史知識》1999年第一期。

後集》卷四,《蘇轍集》冊三／頁930)

蘇轍一生寫詩爲文的志向,就是「以史爲志」,以史筆寫歷史,褒貶針諷當朝人事。他曾說:「吾爲《春秋集傳》,乃平生事業。」〔註29〕得以見出蘇轍發揚春秋學,以史筆記事,以詩史精神創作的內在意蘊。

元祐年間於中央居要職,其好友劉攽在其《彭城集》卷十八〈次子由韻三首〉其三云:「華光勸講想天臨,白髮儒先遇主心。仍寄史臣揮直筆,聖謨文思與幾深。」〔註30〕又張耒《柯山集》卷二十五〈次韻子由舍人先生追讀邇英絕句四首〉其四云:「恭默誰聆金玉音,陶甄萬物付無心。君王好意眞天意,憂國論思不厭深。」〔註31〕「史臣揮直筆」、「憂國論思不厭深」由宋人的讚語,可看出蘇轍一生以史筆精神爲己志的執著和用心。

第二節　兼容宏闊的蜀學特色

蜀學爲儒學之一。「蜀學」一詞,《宋元學案》以眉山蘇洵父子三人爲首,「宋學中的蜀學,通常指言蘇洵、蘇軾、蘇轍父子兄弟三人」。〔註32〕

四川蜀地由於地處偏遠,往來交通不便,自古就是一個獨立的長江上游文明,迴異於黃河文化之外的地方,被譏爲「西僻之國,戎狄之長」,受外來文化影響較小。蜀人在此建立一個自我的天地,呈現不同於北方中土文化的面貌。蜀地因地理位置與民俗文化的傳統,「戰國前期的巴蜀哲學,受道家影響甚大。除道學外,神仙之術、雜家學說在蜀中也有流傳。」〔註33〕《漢書、地理志》紀錄楚地:

〔註29〕《欒城遺言》見於蘇籀《雙溪集附遺言》,《叢書集成初編》冊一四九三,頁215。
〔註30〕《叢書集成初編》冊1907,頁242。
〔註31〕《柯山集》三,《叢書集成初編》冊一九五一,頁307。
〔註32〕夏君虞撰《宋學概論》,頁93,下編第一章〈宋學之以地名派者〉。(台北:華世出版社印行,1976年12月)
〔註33〕參看段渝、譚洛非著《濯錦清江萬里流──巴蜀文化的歷程》,頁

信巫鬼，重淫祀，而漢中淫失枝柱，與巴蜀同俗。〔註34〕
巴山蜀水與南方楚地互相聯繫，充滿神秘的宗教色彩。這也說明受蜀地道家道教思想影響對蜀人來說，是一種根植的信仰。漢景帝末年，任命文翁為蜀郡守，大力興學，創設學校，讓「蜀地學於京師者比齊、魯焉」，〔註35〕蜀地風氣大變，漢朝蜀地文學家，如司馬相如、王褒、揚雄等皆有卓越的表現。

隋唐五代政局穩定，有唐一代，巴蜀號稱「士富人繁」，〔註36〕府庫充足，人文薈萃，為「天府之藏」，〔註37〕其物產是唐代國家重要的經濟來源之一，其富庶繁榮更當得起「左右皇都」〔註38〕「天府之國」的美譽。蜀地孕育出陳子昂、李白、薛濤、蘇渙等詩人，安史之亂後，大批文士入蜀，杜甫、岑參、劉禹錫、元稹、白居易、賈島等，都曾客居蜀中，故有「巴蜀多隱士」之稱。〔註39〕

宋代的四川文壇，熱鬧非凡，所謂「文學之士，彬彬輩出焉。」〔註40〕除范鎮、呂陶、魏了翁、張栻、文同、鮮于侁、蘇舜欽、韓駒等人外，眉山三蘇，尤為著名。

宋代的四川，文學發達，蜀地又是宋代雕版印刷盛行之地，「北宋一代刻書事業的中心」〔註41〕促進了學術的發展與進步。蘇洵、蘇

81～83〈巴蜀古代文明〉。（成都：四川人民出版社，2001 年 8 月）
〔註34〕《漢書》（鼎文書局，1979 年 2 月二版）卷二十八下，頁 1666。
〔註35〕《漢書、文翁傳》（台北：鼎文出版社，1979 年 2 月二版）卷八九，《循吏傳》第五九，頁 3626。
〔註36〕《資治通鑑》卷十四，引〈幸蜀記〉，《四庫全書》冊三〇四。
〔註37〕陳子昂〈上蜀川軍事〉，《全唐文》冊五，卷二一一，頁 2699，（台灣：大通書局印行）。
〔註38〕武元衡〈奉酬淮南中書相公見寄〉序文，《全唐詩》第十冊，頁 3564，（北京：中華書局，1996 年 1 月）。
〔註39〕譚興國著《蜀中文章冠天下──巴蜀文學史稿》，頁 104～105，第四章第四節〈中晚唐詩人〉。（成都：四川人民出版社，2001 年 8 月）
〔註40〕《宋史》卷八十九，第四十二《地理志》，頁 2210～2216。
〔註41〕宋代刻書有三大中心：兩浙、四川和福建。李致忠著《歷代刻書考述》（巴蜀書社，1990 年 4 月），頁 93。

軾、蘇轍父子名列唐宋古文八大家，他們皆以政治策論，名動天下，以史爲筆，是三蘇詩文很大的特色之一。誠如論者所云：「既有文華家的才華，又有政治家的頭腦，似乎是巴蜀文學的傳統」。〔註42〕

　　以蘇門爲首的蜀學，蘇門六學士及學子形成之勢力，曾與程頤門下的洛黨，在元祐年間產生蜀洛黨爭。「東坡父子與荊公同出歐陽文忠門下，爲『文士派』。」文士派以其人格氣節和行事風格爲標地，不以學術理論著稱，故而學者認爲「東坡爲文士派，算不得眞正的學派」。〔註43〕蜀地多面向的學術環境及地域性的人文特色，孕育出蘇氏獨出一格的思想學說。雖缺少嚴謹的理論系統，但其經世實用的見解，在宋學當中確實曾經佔有一席之地。

　　蘇洵的學術「大究六經百家之說，以考古今治亂成敗聖賢窮達出處之際」，〔註44〕蘇洵對兒子的影響是很大的。東坡兄弟學術淵博，涉略極廣，儒、道、佛三教會通，乃以儒家兼雜其他各家之學，形成蜀學博雜旁通的一特色。南宋朱熹站在維護傳統儒學立場，對此批評蜀學爲雜學。〔註45〕錢穆先生在《宋明理學概述》一書，〔註46〕談到蘇軾、蘇轍昆仲之學術：

> 他們會合著老莊佛學漢戰國策士乃及賈誼陸贄，長於就事論事，而卒無所指歸；長於合會融通，而卒無所宗主。他們推崇老釋，但非隱淪，喜言經世，又不尊儒術。他們都長於史學，但只可說是一種策論派的的史學吧！……他們

〔註42〕《巴蜀文學史稿》，頁68。
〔註43〕《宋元學案》（繆天綬選註，台灣商務印書館，1974年6月），頁28～29。
〔註44〕歐陽脩《居士集》卷三十四，〈故霸州文安縣主簿蘇君墓誌銘並序〉。
〔註45〕朱熹有〈雜學辯〉，對象爲蘇軾的《易解》，蘇轍的《老子解》，以其雜道釋二家於經書當中。涂美雲〈蘇轍的佛、道思想〉一文也說：「朱子站在嚴守儒學的立場上，病其學儒之失，視之爲流於異端的『雜學』，且尋章摘句進行批駁。……但大體而言，並未全盤否定蘇氏之學。」見《東吳中文研究集刊》第九期，（2000年9月），頁23。
〔註46〕詳見錢穆：《宋明理學概述》（台北：學生書局，1987年）第十節〈蘇軾、蘇轍〉，頁29～30。

> 並不發怪論，但亦不板著面孔作莊論。他們決不發高論，
> 但亦不喜卑之無甚高論的庸論。他們並不想要自成一派，
> 而實際上則確已自成一學派。……非縱橫，非清談，非禪
> 學；而亦縱橫，亦清談，亦禪學。實在不可自成爲一格繩，
> 而自成爲一格。

　　三蘇蜀學，以其對政治現實的關注和政治局勢的決策，對人性的關懷與經世濟民的高遠理想，大陸學者盧國龍先生，則認爲他們有一條整體性的理論大思路，即所謂「推闡理勢」的政治哲學。〔註47〕即蘇軾兄弟的經世之學，就是政治學，長於議論，就是他們的風格。蘇轍較之蘇軾，雖無其博辯無涯的思考方式，但蘇轍縝密的思維與邏輯組織，受到蘇門秦觀極高的推崇。〔註48〕

　　蘇轍除了詩文創作，晚年復董理舊學，著有《詩傳》、《春秋傳》、《老子解》、《古史》四種，他自謂「得聖賢之遺意」。〔註49〕蘇轍承續蜀學精神，具備以下特色：一、博通古今，雜貫經史；二、有爲而發，立論有見地；三、儒道揉合，兼論禪理；四、質樸淳正，實具儒家精神，在一生創作中，留下重要的指標。

　　蘇子由繼承蜀學精神並加以發揚的是儒家宏闊兼容的讀書人本色。立本於儒家仕子用世精神，出入經史，雜通佛道，融會博貫成一思想基礎。以下藉由三個主題，討論蘇轍對儒家精神的承繼，並體現轍詩的蜀學特色。

〔註47〕 盧國龍《宋儒微言》，第六章〈蘇軾蘇轍「推闡理勢」的政治哲學〉，頁 379～389。（北京：華夏出版社，2001 年 4 月）。《四庫提要》批評蘇軾的《東坡易傳》：「軾究心經世之學，明于事勢，又長於議論，於治亂興亡披抉明暢，較他經獨爲擅長。」盧氏以蘇軾的《東坡易傳》、蘇轍的《老子新解》的政治哲學而言。

〔註48〕 「今中書、補闕二公，則僕嘗身事之矣。中書之道，如日月星辰經緯天地，有生之類，皆知仰其高明。補闕則不然，其道如元氣行於混淪之中，萬物由之而不知也。」《淮海集》卷三十〈答傅彬老簡〉中書指蘇軾，補闕指蘇轍。見《四庫全書》冊一一五（台北：台灣商務印書館，1983 年）。

〔註49〕 《欒城後集》卷十三〈潁濱遺老傳〉下，《蘇轍集》冊三，頁 1040。

一、兼容三教

　　儒、道的會融是歷來讀書人生命出路的一種選擇。生命裡，儒的積極進取，道的隨順自然，讓生命的缺口有了轉圜；思想裡，儒的用世對比道的無爭，多了一些實現自我的舞台；精神裡，儒家的涵融與道家的無爲，交集著對人世回返自然的契機，提供儒家人文理想的展現。

　　中唐以來，三教會通由來已久，北宋儒釋道三教的會通，亦彼此交融滲透。清·全祖望曾說：「兩宋諸儒，門庭徑路，半出入佛老。」〔註50〕三蘇父子的通達，就在不抱殘守缺，獨守一家，而能兼采眾說，擇善而從，發展出自己的一套理論學說。羅聯添先生對蘇門思想基礎，有以下看法：

> 蘇轍受其父影響，好賈、陸；又受其兄影響，好釋、道。惟蘇軾於道家偏於莊，而蘇轍偏於老。蘇軾讀佛書，嘗參以孔、老；蘇轍著老子解，合老佛爲一。是兄弟兩人都有意融合儒、釋、道三教，與韓、歐衛儒排佛老，大相逕庭。〔註51〕

蘇轍以道家爲主而兼綜儒家、禪佛、神仙、老莊等特點，會通三教，組合著他思想內涵上的複雜性。

> 老聃本吾師，妙語初自明。(〈丁亥生日〉《欒城三集》卷一，《蘇轍集》冊三／頁 1151)
>
> 我本師瞿曇，所遇無不安。(〈初築南齋〉《欒城三集》卷一，《蘇轍集》冊三／頁 1155)

蘇轍的學術思想融會了老聃道家、瞿曇佛教的義理與內容。蘇轍於〈次韻子瞻和陶淵明擬古九首〉曾云：

> 佛法行中原，儒者恥論茲。功施冥冥中，亦何負當時。北方舊雜染，渾渾無名緇。治生守家室，坐使斯人疑。……(《欒

〔註50〕四部叢刊《題眞西山集》《鮚崎亭集外編》卷三十一。

〔註51〕王夢鷗等著《中國文學的發展概述》第四章第三節，頁 167，〈唐宋古文的發展與演變〉，(台北：中央文物供應出版社，1982 年 9 月出版) 這一條引例，高光惠《蘇轍文學研究》論文中，第二章第二節，頁 54，出處有誤，引論點非王夢鷗先生所言。

城後集》卷二，《蘇轍集》冊三／頁 902）

儒者以周孔之言定佛老之非，而崇佛、老之道者也排斥孔孟儒家之說。蘇轍卻遲不同見解，反對彼此相非，認爲儒釋道可以合一。早年的〈老聃論〉、晚年的《老子解》，都已提出。即使儒、道相較，亦各有所失。「老子之所以爲得者，清靜寡欲，而其失也棄仁義、絕禮義。儒之得也，尊君抑臣，而其失也，崇虛文而無實用。」（御試制科策）〔註52〕蘇轍看出了孔、老之間在於有所側重，並非完全不同。《欒城遺言》云：「吾暮年於義理，無所不通悟，孔子一以貫之者。」〔註53〕站在現實治世上面，以儒家爲主，而生活之道則以老莊爲主。

儒道雜揉的運用，在蘇轍詩歌寫作上也有所觸及。

　　天地非不仁，萬物自芻狗。土牛適成象，逡巡見屠剖。田
　　家挽雙角，歸理繅絲釜。生無負重力，死作初耕候。碎身
　　本不辭，及物稍無負。君看劉表牛，豈脫曹公手。（〈土牛〉

　　《欒城三集》卷三，《蘇轍集》冊三／頁 1185）

《老子》第五章「天地不仁，以萬物爲芻狗。聖人不仁，以百姓爲芻狗。」蘇轍《老子解》一書對於這兩句話作了解釋：「天地無私而聽萬物之自然，故萬物自生自死，死非吾虐之，生非吾仁之也。譬如結芻以爲狗，設之於祭祀，盡飾以奉之，夫豈愛之，時適然也，既事而棄之，行者踐之，夫豈惡之，亦適然也。聖人之於民亦然，特無以害之，則民全其性，死生得喪吾無與焉，雖未嘗仁之，而仁亦大矣。」自覺心駐於無心無爲，無所執，無所求，順大化流行，成就萬物其自

〔註52〕 參看曾棗莊、舒大剛主編《三蘇全書》冊一，頁 35～36「導言」。蘇轍以爲「老莊反對各『是其所是而非其所非』主張『無所是非』的觀點，符合孔子的『無可無不可』（《論語、微子》）的主張。」又「老子既講『常欲無，以觀其妙』又講『常欲有，以觀其徼』，既講『無之以爲用』又講『有之以爲利』。佛家既講『斷滅』又講『無斷無滅』，他認爲這些主張『亦近於中庸』。」另外盧國龍《宋儒微言》第六章第四節〈蜀學與儒道思想〉對蘇轍三教思想也有所述及。（北京：華夏出版社，2001 年 4 月）。

〔註53〕 《欒城遺言》見蘇籀《雙溪集三》附遺言，《叢書集成初編》冊一四九三，頁 215。

然之全。在虛空中，照鑑物依於道，不以外力殘害物性反而能回歸主體本然的主體性，雖未刻意爲之，然實際上已是爲之。「老子此兩句在思想表達的方式是採用『遮詮』而非『表詮』（佛家語）的方式，亦即採用『遮撥』的方式，從反面顯示眞理也。」〔註54〕天地之道的內容是無私的，在形式上是普遍的，故此「不仁」爲虛相，「大仁」則才是實相。藉由土牛形體的消解、轉化，闡釋對人生變易無常的認識，儒道之間的融釋，顯現蘇轍在看待事物的成熟、包容上面。而所用語彙造成的「弔詭」、「矛盾」正是作者刻意營造出的文字技巧。

> 東南流注已鳴澗，西北霏微僅斂塵。人意共懷艱食病，天公那有不仁人。雲移已分貧無福，雩應方知社有神。田里相望無一舍，終年苦樂會須勻。（〈雨過〉《欒城三集》卷四，《蘇轍集》冊三／頁1200）

> 伏中苦樂焦皮骨，秋後清風濯肺肝。天地不仁誰念爾，身心無著偶能安。詩書久爲消磨日，毛褐還須準擬寒。謾許百年知到否，相從一日且盤桓。（〈立秋後〉《欒城三集》卷一，《蘇轍集》冊三／頁1155）

反語的詰問，是蘇子由對社會現象民生痛苦發出的不平之鳴。第一首〈雨過〉詩，農村生活的艱苦，人民無法自飽，祈求上天憐憫，面對人世的無奈期待不可預知的上天賜福降臨，「天公那有不仁人」一語，寄寓天道廓然大功，對萬物一視同仁，將儒家入世有爲精神，轉移爲一種隨順自然的無待。這不僅是蘇轍悲憫情懷的展現，亦是仕宦生涯中得來的生存之道。第二首〈立秋後〉詩，天道其仁無私，普遍而非具體，故若似不仁，「天地不仁誰念爾」，聖人體道合與天地，身心無著，無執無我，棄形去己，躬身行藏，是一種謙讓與收斂的精神，合於儒家進退有度的行事態度，保性全生進而完成德性主體高潔人格，故而蘇轍體認到「平地誰言無嶮岨，仁人何處不安全。」〔註55〕如《莊

〔註54〕參見王淮《老子探義》（台北：台灣商務印書館，1990年12月），頁24。

〔註55〕〈送林子中安厚卿二學士奉使高麗二首之二〉《欒城集》卷八，《全

子、齊物篇》所講：持重守靜，得其環中，以應無窮矣。

蘇轍詩歌仲，揉雜各家思想者可見，如下舉例：

如〈次韻子瞻記十月十日〉：

> 君不見天高后土黃，變化出入唯陰陽。

前者為《易傳、坤卦》中「天玄而地黃」，後句為《易傳、繫辭》及《莊子、天下》語，彼此涵融。

如〈逢章戶掾赴澧州〉：

> 江船不厭窄，船窄始宜行。……迎親無惡處，祿養勝躬耕。
> （《欒城集》卷十三，《蘇轍集》冊一／頁 253）

前者為道家「虛而不屈，動而愈出」，化靜為動；後者為儒家「積極仕進」。把仕途的艱險當為向前的動力，百折不撓。勉勵章戶掾以作官進取有為天下的胸懷戰勝退隱躬耕的念頭。儒、道之間，可以兼善。

如〈勉子瞻失幹子二首之一〉：

> 人生本無有，眾幻妄聚耳。（《欒城集》卷十三，《蘇轍集》冊一
> ／頁 248）

人生本是虛幻，佛家指其為「眾幻聚耳」，道家指出：萬物生於「無」。蘇轍指出佛、道思想本為同一的根本源頭，合老、佛為一。

如〈試院唱酬十一首──次前韻三首之二〉：

> 門前溪水似漁家，流浪江湖歸未涯。邂逅高人來說法，支
> 離枯木旋開花。諸生試罷書如積，劇縣歸時訟正譁。安得
> 騎鯨從李白，試看牛女轉雲車。（《欒城集》卷十一，《蘇轍集》
> 冊一／頁 208）

「支離枯木」解脫身心，開花結果，學道有成。何必讀書學儒，卻誤入興訟不休的政治衝突。拋開豪氣干雲的仕進理想，不如順化自然，任性而為。「達則兼善天下」，儒、道思想是讀書人安身立命的精神慰藉。

蘇轍兼收儒釋道三家思想，在本節中已分別就其儒家、道家、禪宗作了一些敘述，對於儒與道，佛與道，三者是雜揉並攝，並非完全

宋詩》卷八五六，頁 9918。

對立，因此出入佛老間，不是一種幻滅與絕望，尚是執兩用中，增益其所不能。佛老思想的「物我兩忘、身心皆空」，放在現實人生的追求上，是體現一種人生境界的昇華，對世俗名物的超脫，對精神的擴大和與自由，堪作身心的寄託與安放。

二、有為而作

有為而作，重視功用，立論社會政治，關懷民間疾苦，這是蜀學精神的另一發揚。眉山蘇氏蜀學繼承的理路，不同於同時代理學對心性體系的重視，因蜀人基於對現實的需要，偏向實用趨勢。蘇轍所謂「父兄之學，皆以古今成敗得失為議論之要」〔註56〕指出：一、古今成敗得失為「有為而發」「文以明道」的立論依據，即文學必須言之有物，並非無的放矢。二、議論言之，乃須「中肯切要」這實踐了蘇轍直言的性格與不平則鳴的使命感。父兄之學，重視人情之所常，「蘇洵以人情解六經，以權謀窺聖人」，蘇洵曾說：「聖人用其機權以持天下之心，而濟其道於無窮。」〔註57〕又「聖人因風俗之變，而用其權」。〔註58〕這說明聖人不過如同常人般，有人的喜怒好惡和因習權變；蘇軾《蘇軾易傳》為「多切人事」。（《四庫全書總目》東坡易傳之特色），貼近人情世故之理，不空談、不高掛義理，這也在蘇轍的思想上反映出來。

蘇氏父子在「義利觀」上提出極為深刻且大膽的見解。蘇洵〈利者義之和論〉：〔註59〕「凡天下之言剛者，皆義屬也，是其為道，決裂慘殺而難行者也。雖然，無之則天下將流蕩忘反，而無以節制之也。故君子欲行之必即於利，即於利則其為利也易，戾於利則其為力也艱，利在則義存，利亡則義喪。」「義利、利義相為用，天下運諸掌矣。」蘇軾《東坡易傳》則承蘇洵觀點說：「義非利，則

〔註56〕《欒城後集》卷七〈歷代論引〉。

〔註57〕《蘇洵集》卷十三《六經論──易論》，《三蘇全書、集部》冊六，頁174，（北京：語文出版社，2001年）。

〔註58〕同上註，《蘇洵集》卷十四，頁182。

〔註59〕同上註，《蘇洵集》卷十八，頁242。

慘洌而不和。」立論不若孟子嚴義利之辨，而主張義利相濟，把利當作行義的先決條件。蘇轍對梁惠王問利國於孟子，孟子對曰：「王何必曰利，亦有仁義而已矣。」蘇轍認為：「先王之所以為其國，未有非利也。孟子則有為言之耳，曰『是不然』。聖人恭行仁義而利存，非為利也。惟不為利，故利存。小人以為不求而弗獲也，故求利而民爭，民爭則反以失之。」〔註60〕這與當時程頤、程顥洛學把義放在利之前的觀點完全不同。「義」具普遍性，「利」具個別性，運用特殊性引出普遍內在存在本質，是蘇氏強調的一點。儒家重視民生，注重民生物質的利當是聖人恭行仁義必然的結果，不為利而利，不循形體物質拘役逐利，此種選擇乃恃人為存養功夫為努力。以利濟義，雖忤於聖情，卻合於人情，有義必有利，這是蘇門重複申述的觀點，故蘇轍對於理之體、用，並不沉溺於虛空的大道理，是立本於現世精神的。蘇子由就曾說：「臣自少讀書，好言治亂」，〔註61〕為文立說是不無病呻吟的。

> 此身雖復類潛夫，衰老無心強著書。道路不知奔走賤，交遊空怪往還疏。弦歌更就三年學，簿領唯添一味愚。他日相逢定何處，莫將文采笑空疏。(〈次韻宿州教授劉涇見贈〉《欒城集》卷七，《蘇轍集》冊一／頁122)

蘇轍寫給好友劉涇的詩中，寫自身行藏隱退，衰老多病，無心著書，怠於交遊往來空疏，簿領一途空有食粟，卻毫無建樹，讀來似乎為作者感到生活的空虛與失望，末尾兩句「他日相逢定何處，莫將文采笑空疏」的互相勉勵鼓舞，蘊含著一股欲振翅高翔的意涵，有為而發，做一番事業，其實是蘇轍心中最大的期望。在〈魏佛貍歌〉詩中，蘇轍就高唱著力圖奮發振作，施展才華，如同北魏太武帝拓跋燾般英武勇猛，開創一番天地。

> 魏佛貍，飲泗水，黃金甲身鐵馬箠。晡晼山川俯畫地，畫

〔註60〕《欒城後集》卷六〈孟子解二十四章〉，《蘇轍集》冊三，頁948～957。
〔註61〕《欒城集》卷三十五〈自齊州回論時事書〉，《蘇轍集》冊二，頁617。

作西方佛名字。卷舒三軍如使指，奔馳萬夫鑿山觜。雲中
孤月妙無比，青蓮湛然俯下視。擊鉦卷斾抽行營，北徐府
中軍吏喜。度僧築室依雲煙，俯窺城郭眾山底。興亡一瞬
五百年，細草荒榛沒孤壘。(〈魏佛狸歌〉《欒城集》卷七，《蘇轍
集》冊一／頁 128)

拓跋燾小字佛狸。他聰明大度，勤儉樸直，知人善用，賞罰嚴明，愛民
如子，深獲愛戴。在位期間，征伐北燕，降滅北涼，驍勇善戰，英勇無
比。蘇轍這首歌詠詩中，讚嘆魏佛狸「睥睨山川俯畫地，畫作西方佛名
字。卷舒三軍如使指，奔馳萬夫鑿山觜。」隨著他功蹟的偉大，領土的
擴張，連天地都爲之遜色，如雲中孤月妙不可言，似青蓮高潔傲然獨立。
一連四句動態的描繪，爭戰的勝利，人民的欣喜，高築居室，曉瞰眾山，
烘托拓跋燾功業彪炳的成就。蘇轍歌頌戰功隱見自己積極的人生理想。
王世禎不太欣賞蘇轍詩作，對這首詩卻稱許是爲高作。〔註62〕

眼看狂瀾倒百川，孤根飄蕩水無邊。思家松菊荒三徑，回
首謳歌沸二天。簿領沉迷催我老，春秋廢格累公賢。鄰居
屈指今誰在，一念傷心十五年。(〈次韻子瞻寄眉守黎希聲〉《欒
城集》卷七，《蘇轍集》冊一／頁 122)

目前政治大局爲新黨變法人士把持，「眼看狂瀾倒百川」蘇轍卻束手
無策，只能以「孤根飄蕩水無邊」來形容自己孤單無援的窘境，沉迷
於簿領日復一日沉悶反覆的工作。想昔日轍昔侍先人於京師，與希聲
鄰居太學前，是時公之亡兄與二亡侄皆在。今十五年，而在今者唯公
與僕二人，言之流涕（自注）。「《春秋》廢格累公賢」，《春秋》史筆
臧否褒貶寓微言大義，本應有爲而發，不意，淪落爲牽累的羈絆。受
到政治打壓，苟延殘喘之際，讀書人的使命感仍在內心中發酵醞釀。
次一首詩所描述的心境，雖再次被貶蠻荒，但心向慕聖賢心意不變，
欲追隨司馬遷「有爲而作」。〔註63〕

〔註62〕王漁洋《帶經堂詩話》(台北：清流出版社，1976 年 10 月 10 日) 卷
　　　二，頁 2，引王士禎之語。
〔註63〕司馬遷〈太史公自序〉一文，引孔子言：「我欲載之空言，不如見之

> 萬里謫南荒，三子從一幼。謬追春秋餘，賴爾牛馬走。憂
> 病多所忘，問學非復舊。借書里諸生，疑事誰當叩。吾兒
> 雖懶教，擢穎既冠後。求友卷中人，玩心竹間岫。時令檢
> 遺闕，相對忘昏晝。兄來試謳吟，句法漸翹秀。暫時鴻雁
> 飛，迭發壎箎奏。更念宛丘子，頎然何時覯。（〈次遠韻〉《欒
> 城後集》卷二，《蘇轍集》冊一／頁895）

「《春秋》上明三王之道，下辨人事之紀，別嫌疑，明是非，定猶豫，
善善，惡惡，賢賢，賤不肖。存亡國，繼絕世，補敝起廢，王道之大
者也。」〔註64〕「牛馬走」，太史公司馬遷承父命繼任漢太史令，此
為自謙之詞。〔註65〕在貶謫生活裡，蘇子由「謬追春秋餘，賴爾牛馬
走。憂病多所忘，問學非復舊。」一面積極完成自少年時代就著手研
究的《春秋》，為《春秋集解》數卷；一面跟隨太史公司馬遷「成一
家之言」的理想，在浩瀚學海中，憂病多忘，學問日益精進。教導兒
子讀書，借書於鄉里，檢閱遺編，求問疑義，如此相對忘昏晝。

　　「賈生作傳無封事，屈原憂世多離騷」〔註66〕、「早歲文章真自
累，一生憂患信難雙」〔註67〕屈原憂世多寄託、興發，故有《離騷》，
蘇轍自己明白早歲成名，一生憂患相隨，這本為讀書人逃不開的的宿
命，與其哀聲怨嘆、退縮憤悶，不如積極面對生命，勇敢抗爭，不為
空言，期於有用，立論古今得失成敗，以茲後鑑。

三、篤厚質樸

　　宋初浮艷綺靡的文風對川蜀之地並未造成太大影響，反倒蘇洵父
子在歐陽脩的大力推薦之下，帶動了解經釋義，通經學古，重經史、

於行事之深切著明也。」《古文觀止鑑賞》高師高評主編，（台南：
　　南一書局，1999年）。
〔註64〕引司馬遷〈太史公自序〉一文。
〔註65〕《漢書》司馬遷傳注：「走，猶僕也。言己為太史公掌牛馬之僕，自
　　謙之詞。」
〔註66〕〈次韻子瞻見寄〉《欒城集》卷四，《全宋詩》卷八五二，頁9863。
〔註67〕〈讀傳燈錄示諸子〉《欒城三集》卷一，《蘇轍集》，頁1160。

尚古風之質樸純正的文章風格。〔註68〕所謂「文如其人」，蘇門三傑秉持儒家讀書人氣節與精神，為文言文，情至文生，道其所道，樹立了重視文學內容思想、敦厚質樸的蜀學文化。

　　在漢代，蜀地司馬相如之輩，馳騁辭賦的文學風格出於縱橫家，到唐陳子昂、李白，「不僅承襲蜀中的縱橫遊宦傳統，而且還與司馬相如一樣，保留和發楊了先秦遊士獨立自由的人格精神。」〔註69〕此任俠之風，對蘇轍吸取「俠」重義濟人的淑世精神，和氣骨高揚的精神典範，不無影響。蘇轍曾云：「余少年苦不達為文之節度，讀上林賦，如觀君子佩玉冠冕，還折揖讓，音吐皆中規矩，終日威儀，無不可觀。」〔註70〕經學詮釋的精神如何帶入文學寫作，而趨向一種向慕風骨氣格的人文風貌，於此可見端倪。

　　蘇轍的思想是內儒外道，內心企慕儒家標榜心性。孔、孟、顏回、曾參等人代表的風範，成為蜀學裡最重要的一環。「行身劇孔孟，稱道皆舜禹」〔註71〕、「顏曾本吾師，終身美藜藿」，〔註72〕又「回首應懷微禹憂，歸朝且喜寧親便」〔註73〕立身行道以孔、孟為行事準則，稱美儒家道統堯舜禹湯的繼承脈絡。顏回是孔子的得意門生，顏回死，孔子傷心的說：「天喪我於」。曾參為孝子，「立身行道，揚名於後世」。兩人都是發揚儒家精神的典範。蘇轍骨子裡，其實是一位儒生，只是因為仕途的挫折讓他無意於仕宦，更進萌發道釋的種子，消極隱遁。

　　　野鶴應疑鳧雁苦，夏蟲未慣雪霜寒。隱居顏氏終安巷，垂
　　　釣嚴生自有灘。破宅不歸塵可掃，下田初種水應漫。退耕

〔註68〕金國永著《蘇洵》（北京，中華書局，1990年），頁4～6，依其觀點，
　　　　蜀學發端於解釋經義，故其文風有樸直淳正的特色。
〔註69〕賈晉華〈蜀文化與陳子昂、李白〉，《唐代文學研究》第三輯，頁178
　　　　（廣西師範大學出版社，1992年8月）。
〔註70〕《欒城遺言》見蘇籀《雙溪集三》附遺言，《叢書集成初編》冊一四
　　　　九三，頁216。
〔註71〕〈送柳子玉〉《欒城集》卷三，《蘇轍集》，頁48。
〔註72〕〈和遲田舍雜詩九首之三〉《欒城集》，《欒城後集》卷四，頁927。
〔註73〕〈送轉運判官李公恕還朝〉《欒城集》卷七，《蘇轍集》，頁137。

> 尚作悠悠語，拙宦猶須步步看。〈再次前韻四首之三〉《欒
> 城集》卷七，《蘇轍集》冊一／頁 124）

野鶴的悠閒懷疑鳧雁的苦，夏蟲的熱性未能適應霜雪冰寒，由此二句
引出顏回隱居安於陋巷，嚴光退隱垂釣怡然自樂。蘇轍自比拙宦，隱
退田園可以優遊自在，而身在官場則須步步為營，小心為是，內心企
慕這些不為功名利祿所役使的讀書人，推崇他們高尚的氣節與品格。

> 佳節蕭條陋巷中，雪穿窗戶有顏風。出迎過客知非病，歸
> 對先師喜屢空。黍醞盈瓢終寡味，石薪烘灶信奇功。頗嫌
> 半夜欺毛褐，卻喜年來麥定豐。(〈冬至雪二首之二〉《欒城三集》
> 卷三，《蘇轍集》冊三／頁 1194)

顏風，指的是顏回。蘇轍被貶至筠州，是他人生最黑暗的一個時期，
「及來筠州，勤勞鹽米之間，無一日之休，雖欲棄塵垢，解羈縶，自
放於道德之場，而事每劫而留之。然後知顏子之所以甘心貧賤，不肯
求斗升之祿以自給者，良以其害於學故也。」〔註74〕棄塵垢，解羈縶，
自放於道德之場，這是儒家理想聖人的精神世界。顏回甘心貧賤，不
因升斗之祿害其性的性格與他遭禍蹇礓卻不向命運屈服的心境相
似。蘇轍詩中屢屢提及：「晏家不願諸侯賜，顏氏終成陋巷風」〔註75〕、
「陋巷何妨似顏子」〔註76〕、「陋巷正與顏生同」，〔註77〕儒家直耿悠
然的的風，習染著詩人篤厚質樸的性格。

> 建元一二間，多士四方至。翩翩下鴻鵠，一一抱經緯。功
> 名更唯諾，爵祿相饋遺。縱橫聖賢業，磊落君臣意。慷慨
> 魯諸生，雍容古君子。扶搖雲漢上，睥睨千萬里。入臺霜
> 凜然，不肯下詞氣。失足清冥中，投命江湖裏。區區留都
> 客，矯矯當世士。空使往來人，嘆息更相指。我生本羈孤，
> 無食強為吏。褰裳避塗泥，十載守憔悴。逝將老茅屋，何
> 幸繼前軌。念君今尚然，顧我真當爾。百年同一夢，窮達

〔註74〕〈東軒記〉《欒城集》卷二十四。
〔註75〕〈初得南園〉《欒城後集》卷三，頁 923。
〔註76〕〈初茸遺老齋二首之二〉《欒城三集》卷三，頁 1152。
〔註77〕〈新作南門〉《欒城三集》卷三，頁 1198。

> 浪憂喜。有酒慰離愁，貧賤非君恥。(〈送交代劉莘老〉《欒城
> 集》卷七，《蘇轍集》冊一／頁131)

〈送交代劉莘老〉一詩，寄託著蘇轍對儒家仕宦精神的豁達。前半部，寫雍容古君子，「功名更唯諾，爵祿相饋遺。縱橫聖賢業，磊落君臣意。」淡泊功名，無意爵祿，縱橫聖賢事業，謹遵君臣分際。志氣如扶搖雲漢，睥睨千萬里，志節高超，不肯沾染庸人俗士的習氣。下半段，反觀自己「我生本羈孤，無食強為吏。褰裳避塗泥，十載守憔悴。」為了三餐溫飽，勉強自己謀得一官半職，卻格格不入，十餘年弄得自己憔悴不堪。後半部，語鋒再一轉，「窮達浪憂喜」、「貧賤非君恥」，不論窮困貧賤都是形式上的困頓，卻不能影響形而上心靈的富足，貧賤不可恥，安貧樂道，守窮樂憂，則為儒家實踐人生理想的進路。

> 修己以安人，嗟古有此道。平生妄謂得，忽忽恨衰老。年來
> 亦見用，何益世枯槁。逡巡事朝謁，出入自媚好。報君要得
> 人，被褐信懷寶。斯人何時見，及上歸耕表。(〈次韻子瞻和淵
> 明飲酒二十首之十一〉《欒城後集》卷一，《蘇轍集》冊一／頁879)

「修己安人」乃儒家士子立身行道的目標。蘇轍自言平生妄得，卻又感嘆時光匆促，轉眼間年華老去。若是有「被褐信懷寶」之人，他願退隱躬耕，事實上並無他人，最佳人選就是蘇轍自己。詩中充滿著讀書人高蹈遠志，踔厲奮發的熱情。自許「曖曖內含光」的樸厚，「諸妄不可賴，所賴唯一真。內欲求性命，油然反清淳。外將應物化，致一常日新。」〔註78〕能為有心人擢拔，一展抱負。

　　儒釋道三教的會通，有用而作，篤厚質樸的思想內涵，形成蘇轍裡蜀學特色的文學風格，駁雜卻互相融通，內斂卻又不為空言，顯現蜀學特色的沉穩敦厚與淵博。

第三節　老莊崇道思想的追求

　　宋朝是道家思想蓬勃發展的時代，喜好老莊學說、重視養生修煉

〔註78〕〈次韻子瞻和淵明飲酒二十首之十一〉《欒城後集》卷一，頁880。

的事實在北宋時期不斷的醞釀延續,形成一股強勁的崇道熱潮。中國古代的道家思想大體沿著哲學思辨、政治關懷(君人南面之術)、修煉養生三條路徑發展,他們都淵源於道家學開創者老子。〔註79〕唐人以與老子李氏有關爲傲,將道教視爲國教,唐玄宗更以《道德經》爲六經之首,〔註80〕道家、道教在歷代君王重視下,有極高的地位。宋代帝王重視道家和崇信道教,禮遇道士的例子很多,尤其道了北宋末年,徽宗自稱爲道君皇帝,近代學者有北宋亡於道教的說法。

司馬光〈論風俗箚子〉一文記載了當朝讀書仕子喜好虛玄的風俗情形。

> 竊見近歲公卿大夫好爲高奇之論,喜誦老莊之言,流及科場,亦相習尚。〔註81〕

而當時,道家道教對思想界的影響,從蘇軾這一段話就可以了解。

> 今士大夫至以佛老爲聖人,鬻書於市者,非莊老之書不售也。〈議學校貢舉狀〉

北宋士大夫以釋、老爲聖人,賣書的人非老、莊之書不賣,換言之,《老子》、《莊子》二書成爲當時最熱門流行的書籍,讀書人爭相購買閱讀,崇道慕仙之意蘊無不可看出端倪。

此外,文人註解老莊之書,詩文集大量引用老莊語詞思想,如呂惠卿《莊子解》、《老子道德經傳》、王雱《老子注》、《莊子內篇注》、《南華真經新傳》、劉概《老子注》、《莊子外雜篇注》、王安石《老子注》、蘇軾《廣成子解》、〈莊子祠堂記〉、蘇轍《老子解》等。文人對道家思想產生情感上的依傍,在政治、生活、思想上有一定程度的影響,林逋、王禹偁、范仲淹、歐陽脩、王安石、蘇軾、曾鞏、黃庭堅

〔註79〕何建明《道家思想的歷史轉折》(華中師範大學出版社,1997年),頁5。
〔註80〕見杜光庭撰《道德真經廣聖義》卷一「道德五千實惟家教理國則至乎平泰修身,則契乎長生,包萬法以無倫冠六經而首出,宜昇道德經居九經之首,在周易之上。」《續修四庫全書》(上海古籍出版社)冊一二九〇,頁577。
〔註81〕《全宋文》(成都:四川大學古籍整理研究所編)冊二十八,卷一二〇〇。

等人對人生隨順自然、忘懷得失的慕道之情，[註82] 流風所及，蘇轍在這樣的環境中，接受到當代文壇的訊息，以及本身家學成長歷程的關係，必對日後蘇轍文學創作理論產生影響，此節就以此為中心出發，探討他崇道思想及其文論之間的關係。

一、崇道歷程

　　北宋崇「道」。老莊無為，順應大化流行的道家思想，和黃老所形成的養生煉丹道教思想，歷代彼此相因相成，形成一種密不可分的聯繫。文人士大夫建功立業，強調生命價值，但也嚮往修心修身飛昇成仙的境界。唐朝是求外丹極盛的時代，上自皇帝權貴，下至文士凡夫，都迷信長生不死的金丹藥，金丹是金屬礦物，如此瘋狂服食而中毒致命的人數不計其數。宋人有鑒於唐人燒煉丹藥死於金丹的慘狀，由外丹服食轉向重心性的內丹之術。「據唐人或宋人所撰之《上洞心丹訣》，內丹之義為胎息與導引」。宋人吳悞《指歸集序》：

> 內丹之說，不過心腎交會，精氣搬運，存神閉息，吐故納新，或專房中之術，或採日月精華，或服餌草木，或闢穀休妻。[註83]

北宋時期，正統道家嫡派南宗丹道祖師張紫陽所寫的丹經名著〈悟真篇〉，他以天地為爐鼎，身心為藥物，涵容性命雙修，撮取道、佛兩家修煉的宗旨與方法，寫出南方禪宗所標榜的名心見性，立地成佛的境界，[註84] 此丹道系統理論，不從形式上對丹藥的燒煉，提出養神養形的表面功夫，而能從精神層次上切入生命境界，以呼吸、漱津、存思、絕欲的修煉之道，符合宋人理性知覺的生活態度以及儒釋道和

〔註82〕參看張松輝《唐宋道家道教與文學》，第二章第三節〈宋代道家道教與文人〉，頁 82～98。

〔註83〕參看鍾來因《蘇軾與道家道教》（台北：台灣學生書局，1990 年），頁 6～7。陳國符《道藏源流考》下（北京：中華書局，1989 年），頁 389～390。

〔註84〕南懷瑾著《中國道教發展史略》（台北：老古文化事業公司，1998 年），頁 88～90。

合的思想潮流，影響了宋代士大夫的生活內容。

　　東坡偏好莊子，子由則愛老子。蘇軾說：「莊子得吾心」，〔註85〕
蘇轍說：「莊周多是破執言，至道無如五千文。」〔註86〕《老子》和
《莊子》的主旨在於達到人生的最高境界，老子所謂善攝生的人，與
莊子所謂的藐姑射之仙子，真人、至人，便是他們所立的榜樣。老子
注重方法，其「養靜」、「養神」、「養神」的攝生養生理論，〔註87〕慾
念的控制，成爲後來黃老道家，後來方士道教演變的源頭。莊子所有
學說的哲學基礎，受到「方士」養神、養氣等學說影響，幾乎完全由
於這種精神而出發。〔註88〕

　　蘇轍崇道歷程，可分以下階段：

（一）少小本好道──個性使然

　　蘇軾、蘇轍是北宋文壇上一對有名的兄弟，兩人自小一同讀書切
磋學習，或登臨山水，互相影響，自是出蜀，未嘗相捨。蘇軾豪氣飄
逸，而蘇轍老成持重，兄個性外向，弟則趨於內向，父親蘇洵在〈名
二子說〉已發現兩個兒子先天氣質的不同。蘇軾先學道於蘇轍，但卻
是蘇轍在學道的成就上比蘇軾來得大。一方面，自幼多病，學道調養
身體；另一方面是個性崇尚自然、好靜；進而，蘇轍學道之路正確，
專心致力，終致獲得較高的成就。

　　蘇軾、蘇轍從小接觸道教思想，拜道士爲師，又四川青城山爲道
教重鎮之一，因此自小就有崇道的傾向。

　　子由六歲時和大他三歲的東坡在四川天慶觀讀書，受教於道士張
易簡。「眉山道士張易簡教小學，常百人，予幼時亦與焉。居天慶觀
北極院，予蓋從之三年。」〔註89〕他們從小學習的內容不外是道家道

〔註85〕蘇轍〈亡兄子瞻端明墓誌銘〉，《欒城後集》卷二十二。

〔註86〕《欒城遺言》，見於蘇籀《雙溪集附遺言》，頁218。

〔註87〕南懷瑾：《禪宗與道家》第七章，第一小節「老子」，（上海：復旦大
　　　　學，1992年4月）頁246～248。

〔註88〕同上註，頁256。

〔註89〕蘇軾〈眾妙堂記〉《蘇軾文集》第二冊，頁631，《龍川略志》卷一〈夢

教的義理思想。蘇轍性恬淡沉靜，清虛少欲，好道乃天性使然。蘇軾
對於蘇轍天資聰穎，曠達悟道的資質，發出讚嘆的語氣。「余觀子由，
自少曠達，天資近道，又得至人養生長年之訣，而余亦竊觀其一、二」。
〔註90〕蘇轍自小顯現的先天氣質，再加上後天人爲的努力，終至於學
道上獲得較高的成就。

　　蘇轍形容自己「心是道士，身是農夫」〈自寫眞贊〉，〔註91〕在
他〈和遲田舍雜詩〉中提到：「少小本好道，意在三神州」，其性情和
順，勤力敏學，讀書務求專心致力，不貪多務得。兄弟倆人共同研讀
《道藏》，蘇軾說：「……戢戢千函書，盛以丹錦囊，……秉閑竊掀攬，
涉獵豈暇徐。至人悟一言，道集由中虛。心閑反自照，皎皎如芙
蓉。……」這是蘇軾二十八歲時簽判鳳翔，描寫他在太平宮看到卷帙
浩繁的道藏經時的驚喜，「秉閑」「竊覽」，對於這部經典，蘇軾選擇
的方式是空閒時隨意翻覽，以「心閑反自照」反心觀照的頓悟來了解
道教思想，不想在篇卷文字上花費太多功夫。而蘇轍在和詩中，則說
明他採取了不同的態度來研究。「道書世多有，吾讀老與莊。老莊已
云多，何況其駢傍」（〈和子瞻讀道藏〉）。〔註92〕蘇軾採略讀，蘇轍則
採取精讀，他認爲老莊兩家，已得道家思想菁華，熟讀其作品之思想
內容，可以掌握精神概要。蘇轍如此勤勉力學，下的功夫之深，自然
對道家道教的領悟更勝於蘇軾了。

（二）服氣養生──健康不佳

　　道家不僅重視精神境界的提昇，也重視修性養生。

　　蘇轍的健康一向不好，自幼多病。「余少而多病，夏則脾不勝食，

　　　　中見老子〉條「余幼居鄉閭，從子瞻讀書天慶觀」。
〔註90〕《蘇軾詩集》卷十五，蘇軾〈子由將赴南都與余會宿於逍遙堂作兩
　　　　絕句讀之殆不可爲懷因和其詩以自解余觀子由自少天資近道又得至
　　　　人養生長年之訣而余亦竊聞其一二以爲今者宦遊相別之日淺而異時
　　　　退休相從之日長既以自解且以慰子由云〉。
〔註91〕《欒城後集》卷五，頁945，《蘇轍集》冊三。
〔註92〕《欒城集》卷二，《蘇轍集》，頁35。

秋則肺不勝寒。治肺則病脾，治脾則病肺，平居服藥，殆不復能愈。」
（〈服茯苓賦并序〉）又「少年即病肺，喘作鋸木聲。中年復脾病，暴
下泉流傾。」（〈丁亥生日〉《欒城三集》卷一）「肺病不比作，屈信三
十年。」（〈肺病〉《欒城三集》卷一）「我病在脾胃，一病四十年」（〈記
病〉《欒城三集》卷三）

　　蘇轍前半生飽受脾、肺之疾，身體消化不佳，伴隨著不定時氣喘
或支氣管之類的肺部毛病。依靠著道家煉氣養生之法，終於有了起
色，病情大爲改善。

> 年三十有二，官於宛丘，或憐而受之以道士服氣法，行之
> 期年，二疾良愈。蓋自是始有意養生之說。〈服茯苓賦并序〉

又

> ……收功在晚年，二疾忽已平。來年今日中，正行七十程。
> 老聃本吾師，妙語初自明。至哉稀夷微，不受外物嬰。非
> 三亦非一，了了無形形。（〈丁亥生日〉《欒城三集》卷一，《蘇轍
> 集》冊三／頁1151）

蘇轍依循老子「夷稀微」虛靜的養生功夫，和道士服氣法，兩者內外兼
調，保持心境的平和，不役於物象的束縛，持之以恆，如此行之有年，
又以道家精神爲內心精神生命的支柱，所謂「老聃眞吾師」，〔註93〕在
生理與心理的調養下，終能克服身體虛弱的病狀。

　　然而在他四十七歲任績溪令，到職時，僅爲官半年就大病了五十
日，〔註94〕績溪任上現存三十四首，約有三分之一專寫他患病的情形。

> 一經寒熱攻骸骨，正似兵戎過室廬。柱木支撐終未穩，筋皮
> 收拾久猶疏。（〈病後〉《欒城集》卷十四，《蘇轍集》冊一／頁263）
> 肝脾得寒熱，冰炭迫晨暝。俚醫固空疏，蠻覡劇粗猛。老
> 妻但坐哭，遺語未肯聽。（〈答王定國問疾〉《欒城集》卷十四，《蘇
> 轍集》冊一／頁272）

〔註93〕〈次韻子瞻過海〉《欒城後集》卷二，《蘇轍集》，頁896。
〔註94〕〈復病〉「一病五十日，復爾當解官」《欒城集》卷十四，《蘇轍集》，
　　　　頁264。

寒作埋冰雪，熱攻投火湯。今生哪有此，宿業應未亡。(〈復
病〉《欒城集》卷十四，《蘇轍集》冊一／頁264)

蘇轍初到績溪任上，因寒熱相攻，大病一場，由於地區偏僻，醫治不
得法，幾乎有生命危險，蘇轍甚至把生病原因當作是一種「宿業」，
即是「業障」來看待。幸而「藥亂何曾補？心安當自除」(〈復病〉)，
「委順一無損，力爭徒自傷」(〈復病〉)，「此間本淨何須洗，是病皆
空豈有方」(〈病退〉)，最後他以道家「心安」「委順」「清靜」「虛空」
靜心安養度過危險，病情得以好轉。黃庭堅聽到蘇轍臥病也作詩慰
問。「蘇子臥江南，感嘆中夜起。聞道病在床，食魚不知旨。寒暑戰
胸中，士窮有如此。此公天機深，爵祿心已死。養生遺形骸，觀妙得
骨髓。」〔註95〕蘇轍「養生」「觀妙」的道家生活形式少私寡欲和忘
得失的生活態度，已成為週遭友朋皆知的事實。蘇轍在筠州五年不生
病，靠的就是煉氣靜心。

五年竄南荒，頑質不伏病。吸清吐濁穢，氣練骨隨勁。(〈答
王定國問疾〉《欒城集》卷十四，《蘇轍集》冊一／頁272)

用呼吸、吐納、的練氣方式來調養身體，以適應蠻荒的貶謫生活，所
以道家修養對他有很深的影響。多病，生命的威脅，促使人注意身體
的保養，因此強體養身就成了蘇轍生活裡重要的任務。蘇軾六十歲時
曾作〈龍虎鉛汞說〉寄轍，〔註96〕所云龍虎鉛汞，其要點在吐納，即
今所說氣功。同年他又書「養生三法」食艾法、胎息法、藏丹砂法，
寄給弟轍。文末云：

子由端靜淳淑，使少加意，當先我得道。得道之日，必卻
度我。故書此紙，為異日符信，非虛言也。〔註97〕

蘇轍習道有成，早年在徐州就是蘇軾的氣功老師，相較之下，蘇軾「熱

〔註95〕《山谷詩集注》卷二〈次韻定國聞蘇子由臥病績溪〉。
〔註96〕《蘇軾文集》卷七十三，所云龍虎鉛汞，其要點在吐納，亦即今日
　　　　所云氣功。參《蘇轍年譜》，頁545。
〔註97〕《蘇軾文集》卷七十三。食艾法，謂食艾「必枚醬而細嚼之」，得益
　　　　大。胎息為養生之本，即吐納也。藏丹砂法，蘇軾意且服生丹砂。

愛生活、善於享受生活，風流倜儻的封建官吏」〔註98〕學道成仙的寡私少欲、自我克制，對他來說是很難做到的。

蘇轍對自己要求很高，克服嗜欲，調精養神，有一套養生益壽的進度表。〈養生金丹訣〉說：「養生有內外。精、氣，內也，非金石所能堅凝；四肢百骸，外也，非精、氣所能變化。欲事內，必調養精、氣，極而後內丹成。內丹成則不能死矣。」《龍川略志》第一〕〔註99〕

宋人對養生有內丹、外丹的分別。金丹的成分是金屬礦物，中晚唐人愛服金丹，因此中毒而喪生的事件層出不窮。因此宋代士大夫信仰道教，已多從煉養丹藥的外丹功夫，轉向義理心理層面的內丹養生，由出世轉向入世的追求。

（三）道士交游──地理因素

蘇轍因為蘇軾烏臺詩案的牽累，蘇軾被貶為黃州團練副使，四十二歲的蘇轍於元豐三年（1080）坐貶監筠州（今江西高安）鹽酒稅。正月十一日來陳州與蘇軾道別，蘇軾見蘇轍「面殊清潤，目光炯然，夜中行氣臍腹間，隆隆如雷聲。」〔註100〕「行氣」是氣功的一種，在蘇軾集子中稱之為「閉息」，廣泛流行於北宋的內功。〔註101〕而早在治平四年（1067）兄弟倆人送父蘇洵歸葬蜀地，過酆都仙都觀，有仙都山道士曾以〈長生金丹訣〉石本示蘇轍，並為他講「調養精氣」「極而後內丹成」的長生不死的養生之道。〔註102〕

筠州之地，民風朴野，「吳越之君多好勇，故其民樂鬥而輕死。江漢之俗多機鬼，故其民尊巫而謠祀」。〔註103〕江南之地多高山大

〔註98〕 鍾來因語《蘇軾與道家道教》，頁71（台北：學生書局，1990年5月）。
〔註99〕 《四庫全書》冊一○三七，頁4。
〔註100〕 《蘇軾文集》卷五十二〈與王定國〉第三簡。
〔註101〕 《蘇軾與道家道教》，頁85，此處指的就是北宋盛行的內丹功。
〔註102〕 《養生金丹訣》，《龍川略志》卷一。見《四庫全書》冊一○三七，頁4。
〔註103〕 宋·祝穆編，《宋本方輿勝覽》（上海古籍出版社，1991年12月），卷二十「江西路──瑞州──高安」，頁216～217。

水，迷信鬼神，因此宗教興盛。蘇轍〈筠州聖壽寺院法堂記〉記載：
東晉太寧時，道士許遜帶領其徒十二人，散居山中，以術救民疾苦，
人民尊敬而神化崇拜之：〔註104〕

> 至今道士比他州多，至於婦人孺子，喜爲道士服。唐儀鳳
> 中，六祖以佛法化嶺南，……而五道場在焉，……至於以
> 禪名精舍者二十有四。此二者，皆他方之所無。

蘇轍從少年時代就開始接觸道家思想，並研讀道家典籍，任陳州學官
（1070）時，向道士學服氣法，治癒脾不勝食，肺不勝寒的毛病，進
而研究道家養生之術。

　　意金丹之不可得，以服食菔苓，補氣養生，延年益壽，來替代葛
洪《抱朴子》中所說神仙眞人皆服長生的金丹。蘇轍還寫一篇〈服菔
苓賦〉，〔註105〕流傳到北方外族。後來出使契丹，契丹使臣王師儒欲
乞藥方：「聞常服菔苓，欲乞其方」，〔註106〕可見蘇轍作品當時已流
傳至契丹。

　　筠州因地理因素佛道盛行，蘇轍貶官至此，廣交高僧道士。據統
計蘇轍在筠州所結識的寺僧，有名可考者近二十人，交往的道士，有
名可考者約六、七人。〔註107〕學習佛、道，對蘇轍來說是「還復本
性」「憂以自去」，以解其貶謫南遷仕途上的不意。

> 夫多病則與學道者宜，多難則與學禪者宜。既與其徒出入
> 相從，於是吐故納新，引挽屈伸，而病以少安。照了諸妄，
> 還復本性，而憂以自去，洒然不知網罟之在前與桎梏之在
> 身。（〈筠州聖壽寺院法堂記〉）

多病則學道，多難則學禪，用道家了諸妄念，還復本性的功夫，離患
去憂，用道教吐納屈伸的呼吸導引之術，強身養生。罣礙去執，煉養

〔註104〕　《蘇轍集》冊二，頁 401～402。
〔註105〕　《蘇轍集》，頁 332，《欒城集》卷十七，〈賦〉。
〔註106〕　《蘇轍集》，頁 747，《欒城集》卷四十二，翰林學士論時事八首。
〔註107〕　參見曾棗莊《蘇轍評傳》，頁 160～162，（台北：五南圖書公司，1995
　　　　　年 6 月）。

修生，自然百毒不侵，身心皆適。

　　蘇轍在筠州往來較密切的道人是方子明。方子明既習佛又學道，〔註108〕嘗以釋迦舍利贈轍。

> ……我來江西晚聞道，一言契我心所好。廓然正若太虛空，
> 平生伎倆都除掃。……（〈贈方子明道人〉《欒城集》卷十三，《蘇
> 轍集》冊一／頁250）

方道士不但精於道家養生術也兼融禪學要理。「調心開《貝葉》，救病讀《難經》。」（〈題方子明道人東窗〉《欒城集》卷十二）「禪關敲每應，丹訣問無經。贈我刀圭藥，年來髮變星。」道士教以丹訣養生，又贈以刀圭服食，髮白變星，看出養生的效果。蘇轍也曾向楊騰山人請益，蘇轍描述了其導引運氣之法：

> ……夜歸空床臥，兩手摩涌泉。窗前雪花落，真火中自然。
> 渙然發微潤，飛上崑崙巔。霏霏雨甘露，稍稍流丹田。閉
> 目內自視，色如黃金妍。至陽不獨凝，當與純陰堅。……（〈送
> 楊騰山人〉《欒城集》卷十一，《蘇轍集》冊一／頁212）

紅潤的好氣色正是學氣功的效果，比起服食煉丹，花費可是少多了。蘇轍曾發出深深的感慨：

> 胸中萬卷書，不如一袋錢。……一窮百不遂，此事終無緣。
> 君看抱朴子，共推古神仙。無錢買丹砂，遺恨盈塵編。歸
> 去守茅屋，道成要有年。（〈送楊騰山人〉《欒城集》卷十一，《蘇
> 轍集》冊一／頁212）

若要成仙得道延年益壽，萬卷書還不如一袋錢有用，花費鉅資燒煉丹藥，不僅要時間更要金錢，蘇轍寄楊道士就提到「莫來莫往勞我心，道書寄我千黃金」解決了他求道的困難。然而，服食金丹這只是暫時性的，並不能真正達到養生最好的效果，看那孫賓叟道士「萬里飄然不繫舟，酒壚一笑便相投。千金不換金丹訣，何事惟須一布

〔註108〕〈贈方子明道人〉云：「子言舊事淨慈師」。淨慈師即慧林宗本圓照
　　　　禪師，嘗居杭州淨慈寺。元豐四年作〈筠州聖壽院法堂記〉，知方
　　　　子明與聖壽聰禪師俱為宗本圓照禪師之弟子。

裘。」（〈孫賓叟道人〉《欒城集》卷十三）以一布裘，無所牽繫，了
無牽掛，隨順自然，不必為千金換丹訣而煩惱。我今天雖復墮塵土，
但期有朝一日「脫去羅網」，於山林之間與得道高士「他年策足投名
山，相逢拍手一破顏」，〔註109〕徹底從心境上改變自己，獲得身心
真正的大自由。

　　道家的學術，淵源於上古文化的「隱士」思想，而變為戰國、秦、
漢之間的「方士」，復由秦、漢、魏、晉以後的神仙，再變為道教的
道士，到了唐、宋以後，便稱為「煉師」。〔註110〕這一系列的思想，
一脈承傳，有幾個階段的改變，但始出自道家思想內容。

> 向日堂東一室存，竹為窗壁席為門。心如白月光長照，氣
> 結丹砂體自溫。飯軟莫嫌紅米賤，酒香故取潑醅渾。他年
> 一笑同誰說，伴我三年江上村。（〈和王適新葺小室〉《欒城集》
> 卷十二，《蘇轍集》冊三／頁238）

子由吸收古代方士企圖以科學方式，用藥物改變人類生命壽長，煉丹
服食，進而羽化登仙提升到神仙境界的想望，呈現對形神俱妙的養神
與煉氣的推崇。

> 旅食三年已是家，堂成非陋亦非華。何方道士知人意，授
> 與爐中一粒砂。（〈次韻子瞻臨皋新葺南堂五絕之二〉《欒城集》卷
> 十二，《蘇轍集》冊三／頁233）

「丹砂」，前一首指的是內丹，即修煉身心的精氣神，後者指的是以
煉五金、八石，與燒鉛、煉汞的方士之術。蘇軾兄弟喜以道家方式修
養身心，他們都會煉丹，蘇軾〈南堂〉五首之二：「暮年眼力嗟猶在，
多病鬢毛卻朱華。故作明窗書小字，更開幽室養丹砂。」（《蘇軾詩集》
卷二十二）黃庭堅提到此事：「按先生《與王定國書》云：『近有惠丹
砂少許，光彩甚奇，故不敢服。欲其教以養火，觀其變化，聊以悅神

〔註109〕〈寄梅仙觀楊智遠道士〉《全宋詩》卷八六零。
〔註110〕南懷瑾著《禪與道概論》〈道家與道教學術思想內容——道家神仙
　　　　修煉的學術思想〉，頁190，（老古文化事業公司，1983年3月，台
　　　　灣七版）。

杜日。』」〔註111〕蘇轍與道人交往，也學習煉丹，詩中透露出他對丹藥的熱中及興趣。

　　蘇轍學道有成，紹聖元年（1094）第二次被貶至筠州，期間兄弟英州——汝州、惠州——袁州，雷州——儋州貶隔兩地，蘇轍仍不間斷與兄互論養生之理。在〈次韻子瞻生日見寄〉一詩，論養生成果，並要兄軾努力修持，才能萬事過耳心不聞。

　　　　日月中人照與芬，心虛慮盡氣則薰。彤霞點空來群群，精
　　　　誠上徹天無雲。寸田幽闕暖不焚，眇視中外絳錦紋。冥然
　　　　物我無復分，不出不入常氤氳。道師東西指示君，乘此飛
　　　　仙勿留墳。……公秉正氣飲不醺，梨棗未實要鋤耘。日云
　　　　莫矣收桑枌，西還閉門止紛紛。憂愁真能散淒焄，萬世過
　　　　耳今不聞。（《欒城後集》卷一，《蘇轍集》冊三／頁886）

要達飛仙得道，冥然物我合一，必須修心修身，時時耕耘。兄弟互相勉勵，一路扶持，共度困厄的貶謫之途。兩人還互相交換道教導引養生法之一的「乾浴」。

　　　　逐客例幽憂，多年不洗浴。予髮櫛無垢，身垢要須浴。巔
　　　　隮本天運，憤恨當誰復？茅簷容病軀，稻飯飽枵腹。形骸
　　　　但瞿瘁，氣血尚豐足。微陽閱九地，浮彩見雙目。枯槁如
　　　　束薪，堅緻比溫玉。……（〈浴罷〉《欒城後集》卷二，《蘇轍集》
　　　　冊三／頁897）

《雲笈七籤》卷三二云：「摩手令熱，摩身從上至下，名曰乾浴」。又曰：「夜欲臥時常以兩手指摩身體，名曰乾浴。」〔註112〕稻飯只可以飽肚腹，煉功卻可以使形神氣血豐足。「微陽閱九地，浮彩見雙目」導引練氣的這套功夫，即使形骸枯槁瞿瘁之人，面色也能如溫玉般溫潤。蘇軾也領會到這種「閉息萬竅通」，〔註113〕身心舒暢的好處。

〔註111〕吳子良《荊西林下偶談》卷下，引黃魯直語。見《蘇詩彙評》中，
　　　　　頁966。
〔註112〕參李文澤《宋代語言研究、詞彙編》，頁93「乾浴」條。（北京：線
　　　　　裝書局，2001年7月）。
〔註113〕蘇軾〈次韻子由浴罷〉云：「理髮千梳淨，風晞勝湯沐。閉息萬竅

（四）杜門潁濱——抱樸守真

蘇轍自幼飽讀詩書，胸有大志，曾受教於道士，平生好讀《詩》、《春秋》，認爲老子書與佛法精神相去不遠，而先儒作注多失其旨，故欲更爲之作傳。致仕後宦海浮沉，不免受挫，意志消沉。四十二歲在筠州，與黃蘗山一道全者南公子孫友好，每解《老子》一章，便以示全。〔註114〕這時期的生活，「始居高安，與一衲僧游，聽其言，知萬法皆空，唯有此心不生不滅。以此居富貴、處貧賤二十餘年」。〔註115〕貶官筠州對蘇轍來說是個關鍵的時期，身心受到的焠鍊與解悟，奠定日後崇道的基礎，哲宗紹聖年間，再貶筠州、雷、循七年，居許六年，杜門潁濱完成《老子解》一書。老莊道家思想對蘇轍來說，不僅是養生煉氣之術，更是人格修養的完成和生命安頓之處。

熙寧年間，蘇轍任齊州學官，蘇軾從杭州貶到密州，「風俗樸陋，四方賓客不至」〔註116〕蘇軾修葺廢臺與游覽山川，蘇轍替之取名「超然臺」，以《老子》語「雖有榮觀，燕處超然」命名。「誠達觀之無不可兮，又何有於憂患。……惟所往而樂兮，此其所以爲超然者邪！」〔註117〕能夠擺脫物外的束縛，拋開是非榮辱，那就無入而不自得了。在另一篇記蘇軾「快哉亭」中說道「士生於世，使其中不自得，將何往而非病？使其中坦然，不以物傷性，將何適而非快？」〔註118〕

三十八歲的蘇轍，道家無爲不爭，豁然達觀的思考已深植他心中，面對日後的風風雨雨，已能泰然處之。貶居筠州時，蘇轍面對的是：

死生本晝夜，禍福故倚伏。誰令塵垢昏，浪與紛華逐。譬如

通，霧散名乾浴。頹然語默喪，靜見天地復。……」（《蘇軾詩集》卷四十一）。

〔註114〕 「筠雖小州而多禪刹，四方游僧聚焉。」蘇轍《老子解》卷四，頁64～65，《叢書集成初編》冊五三七。

〔註115〕 《欒城後集》卷十三，〈潁濱遺老傳〉下，《蘇轍集》冊三，頁1040。

〔註116〕 〈超然臺賦〉并敘，《欒城集》卷十七。

〔註117〕 同上註，《蘇轍集》冊一，頁331～332。

〔註118〕 〈黃州快哉亭記〉，《欒城集》卷二十四，《蘇轍集》冊二，頁409～410。

薪中火,外照不自燭。……虛心有遺味,實腹不須粟。芬敷
謝桃杏,清勁比松竹。息微知氣定,睡少驗神足。……(〈次
韻孔平仲著作見寄四首之二〉《欒城集》卷十一,《蘇轍集》頁 215)

百病侵形骸,漸老同破屋。中有一寸空,能用輻與轂。忽
如丹砂走,不受凡火伏。……聰明役聲形,口腹嗜魚肉。……
順忍為裳衣,供施謝榮祿。真人我自有,渡海笑徐福。眾
皆指庸庸,自顧非碌碌。……(〈次韻孔平仲著作見寄四首之三〉
《欒城集》卷十一,《蘇轍集》冊一／頁 215)

生死循環如同晝夜反覆,禍福顯現便已互相倚伏,老莊道家循環的生
死觀和禍福相倚的人生觀,正是困扼中的一帖良藥。養生主養「神」,
不被外物聲色、口腹所役使,「虛心」照鑑一切,朗徹生命,配合著
順心忍性的功夫,加上道家氣功的修煉,「睡少驗神足」「真人我自有」
逍遙暢神的精神境界,早是指日可待。

蘇轍晚年隱居潁川,閉門不出,謝絕交游,在家為孫子講書,以
道家生活方式頤養天年。三子蘇適之子蘇籀在《欒城遺言》寫道「公
為籀講《老子》數篇,曰:『高于《孟子》二三等矣。』」〔註 119〕蘇
轍一生用道家精神度過人生的低潮,道家自然無為、恬淡自適是他成
就完美人格、安頓生命圓滿的最佳良藥。

閉門潁昌市,不識潁昌人。掩卷默無言,閉目中自存。心
光定中發,廓然四無鄰。不知心已空,不見外物紛。……(〈閉
門〉《欒城三集》卷二,《蘇轍集》冊三／頁 1179)

蘇轍一面保持心性的恬靜,一面繼續練習氣功,「身如草木順陰陽」
(〈次韻仇池冬至日見寄〉)〔註 120〕「老僧勸我習禪定,跏趺正坐推
不倒」(〈夜坐〉)〔註 121〕、「飲罷跏趺閉雙目,寂然自有安心處」(〈冬
至日作〉)〔註 122〕、「跏趺默坐聞三鼓」(〈上元〉)〔註 123〕、「趺坐燕

〔註119〕 《欒城遺言》,蘇籀《雙溪集附遺言》《叢書集成初編》冊一四九三,
頁 213。
〔註120〕 《全宋詩》卷八七三,頁 10160。
〔註121〕 《欒城三集》卷三,《蘇轍集》,頁 1184。
〔註122〕 《欒城三集》卷三,《蘇轍集》,頁 1193。

安」（〈堂成〉）〔註124〕、「食迄趺坐日戾」（〈上巳後〉）〔註125〕、「老人如嬰兒，起晏睡長早。……倒床作龜息，逡巡輒復覺。」（〈早睡〉）〔註126〕、「十年學趺坐……，寸田飽耕鑿。」（〈風痺三作〉）〔註127〕

「跏趺」、「趺坐」、「倒床作龜息」、「寸田飽耕鑿」都是形容打坐練氣功的情形，學習呼吸、吐納、克己存思，去欲，涵養飽滿的精神狀態，去除修道的障礙，是長生不可缺的要訣。

行氣的煉養是內丹理論、學道上重要的一種功夫，蘇轍在詩集中稱「修煉」爲「下種」，一再論述學習內功的好處：「老盧下種法，從古無此妙。根深花輒開，得者自不少。」（〈早睡〉）、「下種言非妄，開花果定圓」（〈壬辰生日兒任諸孫有詩所言皆過記胸中所懷亦自作〉）〔註128〕、「下種本無種，服藥亦非藥。田熟根自生，病去如花落。」（〈風痺三作〉）、「老知下種功力新，開花結子當有辰」（〈溽暑〉）。〔註129〕所謂「開花果定圓」、「病去如花落」、「開花結子當有辰」，學道煉功終日修習，追求功成圓滿，「花開結果」，便是道家術語，直指修道有成，去除百病，鍛身強體，福壽延年。而「佛教經典中亦常以花喻佛性，一花一世界，一葉一乾坤，體現佛性的一種符號。」〔註130〕蘇轍晚年禪、道同修，安頓生命。

「爲生有道終安隱」，〔註131〕蘇轍隱居潁濱，他的晚年終是在爲道的思想中安度，內外兼修，閒暇時整理詩文集、教示子弟，自己沉澱在靜謐祥和的隱居生活裡。「我丈中心冰玉潔，世上浮榮盡灰

〔註123〕　《欒城三集》卷三，《蘇轍集》，頁1195。

〔註124〕　《欒城三集》卷五，《蘇轍集》，頁1205。

〔註125〕　《欒城三集》卷五，《蘇轍集》，頁1204。

〔註126〕　《欒城三集》卷三，《蘇轍集》，頁1191。

〔註127〕　《欒城三集》卷三，《蘇轍集》，頁1197。

〔註128〕　《欒城三集》卷三，《蘇轍集》，頁1196。

〔註129〕　《欒城三集》卷四，《蘇轍集》，頁1200。

〔註130〕　周裕鍇《中國禪宗與詩歌》，頁2，（高雄：麗文文化公司，1994年7月）。

〔註131〕　〈贈王復處士〉《欒城集》卷十四，《蘇轍集》，頁269。

滅。……道在起居飲食間，安問胡僧分五葉。」（〈次前韻答景仁〉）
〔註132〕崇道生活，已是蘇轍生命中的一部份，影響他的人生價值，
也影響他的文學理論。以下試予論述。

二、受道家影響形成之文學理論

（一）文以氣為主

蘇轍受道家思想影響，反映在文學上最重要的理論就是「養氣
說」。孟子最早提出「知言養氣」，「其為氣也，配義與道」（《孟子‧
公孫丑上》）這是從道德層面上，強調主觀性的道德修養。曹丕〈典
論論文〉「文以氣為主，氣之清濁有體，不可力強而致。……雖在父
兄，不能以移子弟」。這裡所說的氣，指作者先天的稟賦氣質，因個
性不同，無法互相取代和更改。

蘇轍提出：

> 以為文者，氣之所形，然文不可以學而能，氣可以養而致。
> （〈上樞密韓太尉書〉《欒城集》卷二十二）

其意謂文章是文氣聚集所成。氣之所形，乃是受到作家本身的影響，
主觀的氣勢和特質，讓文章各顯面目。其評歷代文學家之文氣以為：

> 太史公「其文疏蕩，頗有奇氣。」〈上樞密韓太尉書〉《欒
> 城集》卷二十二
>
> 李白「詩類其為人，駿發豪放。」（《欒城三集》卷八〈詩病五
> 事〉）
>
> 杜甫「予愛其（哀江頭）詞氣如百金戰馬，注坡驀間，如
> 履平地，得詩人之遺法。」（《欒城三集》卷八〈詩病五事〉）
>
> 「公（轍）曰：子瞻之文奇。」（蘇籀《雙溪集》冊三）
>
> 「吾兄筆鋒雄，詩俊不可和。」（〈次韻子瞻病中大雪〉《欒城
> 集》卷一）

司馬遷的「奇氣」、李白的「駿發豪放」、杜甫的「如百金戰馬」、蘇

〔註132〕《欒城集》卷六，《蘇轍集》，頁119。

軾的「雄奇俊逸」，作品呈現的氣勢，正是個人的氣質強弱不同的顯現。文，無法模仿學習而能成，但這「文氣」「氣勢」是可涵養而達成的。劉勰的養氣在「懼爲文之傷命」「歉用筆之困神」（《文心雕龍‧養氣》）作用在暢情、養神。韓愈承襲孟子觀點要「養沛然之氣」，兩者同樣講氣，異趣實同，一從實用觀點，一從精神層次，一實一虛，蘇轍的養氣觀仍侷限《孟子》涵養一途，欲至「思之至深」的地步。但蘇轍除了論個人情性不同、氣勢各異外，在「養氣」功夫上則是超越前人看法，他十分重視客觀閱歷的重要性。

「太史公行天下，周覽四海名山大川，與燕、趙間豪俊交游。」（〈上樞密韓太尉書〉《欒城集》卷二十二）他欲學習司馬遷宏渾磅礴的文氣。仿效其遊遍天下山川大澤，藉以擴大自己的見識與視野，「求天下奇聞壯觀，以知天地之廣大。過秦、漢之故都，恣觀終南、嵩、華之高，北顧黃河之奔流，……至京師，仰觀天子宮闕之壯與倉廩、府庫、城池、苑囿之富且大也。見翰林歐陽公與其門人賢士大夫游，……」此豪情壯志，乃奠基於蘇轍初次出川，對人生的美好憧憬。

> 古之君子以之治氣養心，其高不可嬰，其潔不可溷，天地
> 神人皆將望而敬之。（《欒城文集》卷十五〈梁武帝〉）

蘇轍「求天下奇聞壯觀」來「治氣養心」，涵養心性，擴充志氣，使之至大至剛，塞於天地，可以想見他的壯志雄心，和「文以氣爲主」的文學思辯，最終離不開人格氣質的涵養充實。

（二）崇尚自然清逸

受到道家思想影響所及，在文藝理論上，蘇轍崇尚自然清逸的詩風。

> 逝將得意比春夢，獨取妙語傳清詩。（〈題王詵都尉畫山水橫卷
> 三首之二〉《欒城集》卷十六，《蘇轍集》冊一／頁 308）

> 清詩墮雲霧，至音叩琳琅。（〈次韻姚道人二首之二〉《欒城侯集》
> 卷一，卷八六，《蘇轍集》冊三／頁 883）

詩人獨取佳言奇句，以「清新澹然」的手法寫在詩句上，這是蘇轍

對「得意」的妙思,「獨取」採擷的妙語,所傳達出最佳的結果。「清詩」指不濃艷、不雕琢、求自然,重平淡,如同墮入雲霧裡,仍清晰可聽見琳琅清脆的音韻,音響節奏中地高低和諧,如自然天籟般傳達出美妙的聲響。這種在內容、形式上講求清韻、清淡的藝術特色,也正是宋代文學從唐文化炫爛之極歸爲平淡成熟的文學美。造平淡之前,須有一番陶洗冶鍊的功夫,「化巧爲拙,深藏於樸,用自然樸素的表現形式反映出蘊意深遠的人生感悟」。〔註133〕蘇轍詩中一再提到「清詩」的喜好態度。「新詩時喜挹清風」(〈贈李簡夫司封〉)〔註134〕、「詩句清新非世俗」(〈次韻任遵聖見寄〉)〔註135〕、「清詩窈眇更難酬」(〈和頓主簿起見贈二首之二〉)〔註136〕、「文章清逸世少比」〈次韻子瞻送陳睦龍圖出守潭州〉),〔註137〕清風、清遠、清新、清逸,就是蘇轍崇尚的文學風格。

宋人重理趣,直寫胸襟,詩中不免透顯冷靜沉穩的性格,繁華落盡見眞醇的境界,故蘇轍在〈高郵別秦觀三首之二〉中寫「筆端大字鴉棲壁,袖裏清詩句啄冰。」,〔註138〕「句琢冰」,著意的不是物象的直觀或情感的發洩,而是心靈沉澱下朗明的照鑑。所以他不主張雕琢、藻飾,無意於詩之工拙,「飽食餘暇盡日眠,安用琢句愁心肝。」(〈讀舊詩〉),〔註139〕飽食後而應高枕安眠,何必終日爲字字句句而煩惱發愁,寄寓著以淡寓濃,化繁爲簡的文學想法,詩詞只要言之有物,自能獨創一格。「詩詞溫厚成新格」(〈答顏復國博〉)〔註140〕詩詞溫厚,這些溫婉篤實的作品,讀來清新雅淡,令人一新

〔註133〕 張毅《宋代文學思想史》第三章,頁 115(北京中華書局,1995 年)。
〔註134〕 《欒城集》卷三,《蘇轍集》,頁 52。
〔註135〕 《欒城集》卷三,《蘇轍集》,頁 50。
〔註136〕 《欒城集》卷四,《蘇轍集》,頁 73。
〔註137〕 《欒城集》卷十四,《蘇轍集》,頁 278。
〔註138〕 《欒城集》卷九,《蘇轍集》,頁 171。
〔註139〕 《欒城三集》卷一,《蘇轍集》,頁 1165。
〔註140〕 《欒城集》卷十四,《蘇轍集》,頁 274。

耳目。

　　詩人創作在豐富的人生閱歷和年歲的增長，表現出成熟的文藝風格是許多文人共同的審美趨向。蘇轍的政治生涯和個人才性氣質，將老莊順應自然和儒家安貧樂道的豁達，融為一體，追求心靈祥和平順的自然意趣，領略到澹然無味的清淡，事實上反而是一種生命的醇淨，不爲物遷，不受物累，更能體會雋永的生命意涵。

　　　　兄詩有味劇雋永。（〈次韻子瞻道中見寄〉《欒城後集》卷一，《蘇
　　　　轍集》冊三／頁 880）

蘇軾兄弟晚年學陶，平淡中歸於淡泊寧靜，咀嚼其中滋味，這樣的見解置於蘇軾顛簸的政治仕途上面，更有一番體會。

　　在宋代崇道背景思潮下，蘇轍行氣服食，修煉養生，以老莊道家思想安頓生命出口。他的文論深受道家道教影響，崇尚自然淡逸、清遠幽獨的文學風格，也反映出同時期宋代文人質樸淡遠的的審美風調。

第四節　禪釋意蘊的人生安頓

　　宋代政權安定後，並未如前代北周一朝，打壓迫害佛教，反而以一連串的措施給予保護與鼓勵，加強國內的統治力量。太宗太平興國元年（西元 976）普渡天下童行達十七萬人，太平興國五年（980）國家設立譯經院，這一譯經事業持續了百餘年，太宗還親自作了《新譯三藏聖教序》，顯示他對佛釋的重視。縱計宋代三百餘年間，官私木刻雕版《大藏經》凡有五種版本，這也算是宋代佛教的特點。〔註 141〕徽宗天禧末，僧尼人數達到四十六萬之多，較宋初增加了七倍。「宋代一般佛教徒著重實踐的傾向甚爲顯著，故禪、淨兩宗最爲流行。」〔註 142〕而影響著北宋一朝禪宗流派爲甚的，主要以

〔註 141〕呂澂《中國佛學源流略講》（臺北：里仁書局，1985 年 1 月 30 日），
　　　　頁 414。
〔註 142〕同上註，頁 415。

臨濟、雲門和曹洞三派。〔註143〕

此時雖有一些儒士排佛斥文，孫復《儒辱》、石介《怪說》、李覯《潛書》、歐陽脩的《本論》，都是代表之作。然禪宗的實踐趨向簡易，其蓬勃發展的禪宗思想，讓讀書人對於作為理據的幾部經典能更深、更容易的接受與研讀，甚至受到禪宗啟發形成有系統的理論基礎與之相抗衡，這便是宋代盛行的理學。

禪僧與士大夫的交往頻繁，禪僧本身不但有高深的修養，知識淵博，也擅於填詞寫詩，宋初的九僧，北宋中後期的道潛（參寥子）、清順、仲殊（師利）、思聰（聞復）、文瑩（道溫）、覺范（惠洪）、饒節（德操）等，與士大夫結友唱和，遊山玩水，都是當時馳名文壇的人物。禪僧與文人相見時鬥機鋒、逞文才、言辯義論，對禪宗思想的推崇、禪學形式的熱衷，直接間接參與禪宗《燈錄》、《語錄》的編撰，為之寫序，沉浸在機趣活潑、生氣勃勃的參禪示玄的氣氛中，被認為是「禪悅之樂」。

宋儒張方平一句「儒門淡泊，收拾不住，皆歸釋氏。」〔註144〕真實且貼切的描述了北宋一朝崇佛喜禪的文化面貌。

蘇軾是文壇一代領袖，一生與禪僧往來交友密切。〔註145〕蘇軾曠達豁然的人生態度在其貶謫的後半生活當中，擔起慰懷遣性的重要角色。蘇轍亦與禪僧友好，半生漂泊的仕宦生涯，與兄書信往來，詩作唱酬，彼此在感情與思想上有著交互相融的影響作用，安慰著孤獨鬱寂的心靈。其與禪釋有關的詩作，可歸納以下數類：

〔註143〕 魏道儒《宋代禪宗文化》，頁 57。在唐五代形成的禪宗五家中，溈仰一系入宋已不傳，法眼一系在北宋初流行了幾十年，延壽（904～975）以後就衰落了。宋·德洪覺範：「不單門分江西南嶽五派，以雲門宗和臨濟宗最盛。」見阿部肇一原著：《中國禪宗史》（台北：東大圖書公司，1994年），頁 399。

〔註144〕 《佛祖統紀》卷四十五，《續修四庫全書》子部、宗教類，冊 1287。

〔註145〕 他自己曾說：「吳越多名僧，與予善者常十九。」惠洪也說：「東坡蓋五祖戒禪師之後身。」見惠洪〈跋東坡仇池錄〉《石門文字禪》卷二七，《四庫全書》，頁 19。

一、靜處安身，研佛學理

　　元豐四年（1081）當時四十三歲的蘇轍，寫下「少年高論苦崢嶸，老學寒蟬不復聲。目斷家山空記路，手披禪冊漸忘情。……」〔註146〕的句子。早年敢言直諫的他，得罪權貴，因此學會避口少言，以禪、道的生活忘記心理的痛苦。筠州的貶謫生活中，蘇轍與禪師交往密切，而且大量閱讀佛經，禪意的清靜修持，融釋在朝廷時高論諍諫所引發的禍患。蘇轍接觸佛教的機緣，早在九歲時跟隨父親蘇洵赴汴京，舉進士不中，溯江至潯陽登廬山，謁祖印訥禪師問法，〔註147〕已種下近佛、道的種子。

> 風光四月尚春餘，淫雨初乾積潦除。古寺蕭條仍負郭，閑官疏散亦肩輿。摘茶戶外烝黃葉，掘筍林中間綠蔬。一飽人生真易足，試營茅屋傍僧居。（〈雨後遊大愚〉《欒城集》卷十二，《蘇轍集》冊一／頁 218）

對長期身處失意顛簸的官場生涯，參禪悟道是一帖身心良藥。飽經世事滄桑，淡然無爭的人生態度，正好迎合士大夫的心理追求，採茶、掘筍的生活，無異表現心靈沉澱後安於現狀、清靜適意的情懷，知足無求，傍僧屋而居，聽禪悟理，是北宋文士消解痛苦的積極表現，他們將個體有形的拘限向無限的時空靠攏，尋求一片更廣大的心靈空間。這與其說隨順自然、去執無爭迎合文人的心境，不如說是帶有解脫世俗身心為目的的逃禪意味

　　蘇東坡的參禪，由於「為小人擠排，不得安於朝廷，鬱溙無聊之甚，轉而逃之於禪。」〔註148〕黃庭堅、王安石終老歸山也逃遁在禪

〔註146〕〈次韻子瞻與安節夜坐三首之二〉《欒城集》卷十一，《蘇轍集》，頁 212。

〔註147〕《佛祖統紀》卷四五，《續修四庫全書》冊 1287，頁 623，時間為慶曆五年。依東坡所云：蘇洵至廬山「慶曆丁亥，先君問法於圓通」，應為七年非五年，依蘇轍〈贈景福順長老〉一詩序，推算「景順福公與先君遊，今三十六年矣。」自元豐五年（1082 年）逆數三十六年，應為慶曆七年。

〔註148〕《宋元學案》卷二四（台北：廣文書局，1979 年 1 月）。

佛理。對於蘇轍面對惡劣的政治環境，靜處安身之道，便是轉向參禪學佛。江西是南宗禪生根繁衍之地，慧能曹溪傳佛法，「即心即佛」以心爲解脫主體的禪教探討佛性。蘇轍語：

> 相從未足還辭去，欲向曹溪更問禪。(〈次韻唐覲送姜應明謁新昌杜簿〉《欒城集》卷十二，《蘇轍集》冊一／頁 219)

禪宗所遵循的自心本淨，所謂「一切境界，唯新妄起故有，若心離于妄動，則一切境界滅。」〔註 149〕行住坐臥了然本守眞心，則妄念不起，回歸本眞。北宋禪風大盛，研讀佛經是當時文人普遍的習慣和風尚。「欲向曹溪更問禪」顯示出蘇轍對禪宗的喜好與服膺。

1. 讀楞伽經

> 不作清時言事官，海邦那復久盤桓。早依蓮社塵緣少，新就草堂歸計安。富貴暫時朝露過，江山故國水精寒。宦遊從此知多事，收取楞伽靜處看。(〈送青州簽判俞退翁致仕還湖州〉《欒城集》卷五，《蘇轍集》冊一／頁 91)

若不能在朝廷上有話直說，仗義執言，四海之地哪値得留戀，換言之，時局混亂，俞退翁不爲當政者所用。詩意暗批當朝，力勸友人實早應看清局勢，出世避居。富貴如露水，宦遊多舛折，政治清明時才能容納勸諫，而今研經論佛才是明智之舉。《楞伽經》是學禪的入門經典，〔註 150〕禪師們無不奉之爲傳授心法之重要敲門磚。「達摩禪師以四卷楞伽受（慧）可曰：『我觀漢地，惟有此經；仁者依行，自得度世』。」〔註 151〕蘇轍之兄蘇軾《蘇軾文集》卷六十六〈書楞伽經後〉也提到其領悟：「惟《楞伽》四卷可以印心，祖祖相受，以爲心法。如醫之有《難經》，句句皆理，字字皆法。」〔註 152〕《楞伽》令其心直入法

〔註 149〕《大乘起信論》引自《禪與老莊》，頁 178。

〔註 150〕參看 褚柏思《中國禪宗史話》，頁 57、103～114，「研究禪法的學問，我稱之爲禪學。據閱藏知津所錄，我搜集了二十五種，其名稱如次：首爲《首楞伽經》十卷。」(台北：新文豐出版公司，1981年9月)

〔註 151〕《續高僧傳》引自褚柏思《中國禪宗史話》，頁 68。

〔註 152〕孔凡禮點校，《蘇軾文集》冊五，頁 2085，(北京：中華書局，1986)。

界，以心印心，宦遊奔波勞之際，對生命思索與文人心境上皆產生很
大的影響。

2. 讀楞嚴經

> 元明散諸根，外與六塵合。流中積緣氣，虛妄無可託。敝
> 陋少空明，婦姑相攘奪。日出暵焦牙，風來動危檸。喜汝
> 因病悟，或免終身著。更須誦楞嚴，從此脫纏縛。（〈次遠韻
> 齒痛〉《欒城後集》卷二，《蘇轍集》冊三／頁 869）

蘇轍取《楞嚴經》之後翻覆熟讀，內心有所啓發，得出以下心得：「乃
知諸佛涅盤正路從六根入。每趺坐燕安，覺外塵引起六根，根若隨去，
即墮生死道中，根若不隨，返流全一，中中流入，即是涅槃眞際。觀
照既久，如淨琉璃內含寶月。」（〈書楞嚴經後〉）〔註153〕研究禪學法
門，《首楞嚴經》普遍受到文人喜愛。《楞嚴經》的內容，主爲「七處
徵心」。能見聞覺知的只有眞心，惟有常住眞心，就可性淨明體。六
根常與六塵和合，眼與色合、耳與聲合、鼻與香合、舌與味合、身與
觸合、意與法合，若不能做合解，契本心，則被執縛。蘇子由因病而
悟道，欲脫苦離難，去情思離妄想，《楞嚴》的經義，可說是一帖身
心良藥。

> 春風過盡百花空，燕坐笙簫起滅中，樹影連天開翠幕，鳥
> 聲入耳當歌童。楞嚴十卷幾回讀，法酒三升是客同。試問
> 臨僧行乞在，何人閑暇似衰翁。（〈春盡〉《欒城後集》卷三，《蘇
> 轍集》冊一／頁 914）

蘇轍學佛認爲此經（《楞嚴》）直指「涅槃門」。若眾生能洗心行法，
使塵不相緣，根無所偶，返流全一，六用不行，晝夜中中流入，與如
來法流水接，則自其肉身便可成佛。（〈書金剛經後二首〉）〔註154〕自
性虛空，心境自空，理事自寂。身心舒暢之間，樹影、鳥聲都融入閒

〔註153〕　〈書楞嚴經後〉《欒城後集》卷二十一，《蘇轍集》冊三，頁 1112～
1113。

〔註154〕　〈書金剛經後二首〉《欒城後集》卷二十一，《蘇轍集》冊三，頁 1113
～1114。

適的心境，幾卷經書，法酒三升，生活顯得從容和諧。

　　蘇子由贈好友毛國鎮生日禮物云：「聞公歸橐尙空虛，近送楞嚴十卷書。」〔註155〕《楞嚴經》是蘇轍最有心得，也最感興趣的一部經書，閱讀《楞嚴》的好處很多，值得推薦予友人。

3. 讀圓覺經

> 小園松竹有清陰，懶病從茲日益深。醉客滿堂慚北海，野
> 僧同社憶東林。逢人問道空長嘯，久客思歸尙越吟。三十
> 年前誦圓覺，年來雖老解安心。（〈春深〉三首之二《欒城後集》
> 卷四，《蘇轍集》冊三／頁935）

蘇轍平日除了閱讀《楞伽經》、《楞嚴經》之外，也涉略《圓覺經》。「《圓覺經》云：『動念息念，皆歸迷悶。』世間諸修行人，不墮動念中，即墮息念中矣。欲兩不墮，必先辨眞妄，使眞不滅，則妄不起。妄不起，而六根之源湛如止水，則未嘗息念而念自靜矣，如此乃爲眞定。眞定既立，則眞惠自生。定惠圓滿，而眾善自至，此諸佛心要也。」〔註156〕《圓覺》是了義經，若能參透其妙理，可徹底解決人生的苦惱。三十年前，三十年後心境不同，經過黨禍的磨難，少了尖銳，多了圓融，讓他對人世解讀有更深的領會。

　　《楞嚴》、《圓覺》二經倍受推崇與宋代禪宗逐漸由濃禪轉化爲士大夫禪分不開，換言之，這兩部佛經具有特別適應宋代文化需要的特色。〔註157〕依學者周裕鍇的分析，其原因有：一、均屬中土僞書，一定程度上體現中國本土文化對佛經的消化吸收。二、內容均較駁雜，會通佛教各宗思想。三、由中土作者所撰，文筆不同於純粹佛經

〔註155〕 〈毛國鎮生日〉《欒城集》卷十一 212，《全宋詩》卷八五九，頁 9971。

〔註156〕 〈書白樂天集後〉二首之二，〈書楞嚴經後〉《欒城後集》卷二十一，《蘇轍集》冊三，頁 1114～1116。

〔註157〕 周裕鍇著《禪宗語言》（浙江人民出版社，1999 年 12 月）第五章〈文字禪──禪宗語言與文化整合〉，頁 164～165「政和年間（1111～1117）進士郭印有詩云：《楞嚴》明根塵，《金剛》了色空，《圓覺》祛禪病，《維摩》現神通。四書皆其教，眞可發愚蒙。」（郭印《雲溪集》卷五）此四書成爲士大夫參禪習釋的教材。

翻譯。由北宋士大夫，如王安石、蘇軾、黃庭堅、張商英等人著作及詩文，反映出對此經典的推崇，可以獲知他們藉著閱讀經典獲得內在的解悟，成爲參究佛理重要的方式。另外，《華嚴經》、《金剛經》等一種圓融無礙的思想體系，和闡發主體心性的學說義理，也受到文士們的普遍歡迎。

4. 讀華嚴經、金剛經、燈錄等

> ……南窗日未移，困臥久彌熟。華嚴有餘帙，默坐心自讀。諸塵忽消盡，法界了無曀。怳如仰山翁，欲就溈叟卜。猶恐墮聲聞，大願勤自督。(〈浴罷〉《欒城後集》卷二，《蘇轍集》冊三／頁897)

> ……心開寶月嬋娟處，身寄浮雲出沒間。……近來寄我金剛頌，欲指胸中無所還。(〈次韻李朝散遊洞山二首之二〉《欒城集》卷十二，《蘇轍集》冊一／頁220)

> ……早歲文章眞自累，一生憂患信難雙。從今父子俱清淨，共說無生或似龐。(〈讀傳燈錄示諸子〉《欒城三集》卷一，《蘇轍集》冊三／頁1160)

《華嚴》、《金剛經》、《傳燈錄》等佛經義理，讓蘇轍心境豁然開朗，從中得到解脫，瀟灑達觀。「諸塵忽消盡」、「身寄浮雲出沒間」、「共說無生或似龐」諸理的體會，讓文儒士大夫調節內心的平衡與情感的依託，與世界暫離一些距離，得以掃視內心的空虛幻滅以及自信心的削弱，讓人生前途帶來的黯淡厭倦，暫時自我麻醉在一個封閉的心理結構裡，在宗教中沖釋掉積極奮進所帶來的痛苦。參禪學佛其中意趣，比起僵化枯燥、繁瑣無味的儒家禮教，文人禪更具平易親切、意味盎然的生活情趣。

　　學佛除了得到超脫生死的生命悟解之外，另一好處，就是在文字駕馭上面，悠遊馳騁翰墨，使言說文辭辯博無礙。蘇轍曾告訴韓駒：「熟讀《楞嚴》、《圓覺》等經，則自然詞詣而理達。」〔註158〕「詞

〔註158〕《雲臥紀談》卷上，頁10，《續藏經》冊148（台北：新文豐出版，

詣而理達」的境界，與兄蘇軾受佛經思想，筆力精進的表現，可以得到映證。「後讀釋氏書，深悟實相，參之孔、老，博辯無礙，浩然不見其涯也。」〔註159〕蘇軾個人也認為「《楞伽》義趣幽眇，文字簡古。」〔註160〕「《楞嚴》者，房融筆受，其文雅麗，於書生學佛者為宜。」〔註161〕研讀佛學經典，對語言文字的幫助甚大，思辯論理的條縷清晰，創作的奇思妙想，修辭句法的新變，顯現文筆流暢、辭語瞻博，驅馳文字臻於意到筆達的功力。

蘇轍對不同派別禪宗、華嚴宗的佛教經典義理，並不排斥，反而更能彼此融會貫通，甚至和道家思想結合，不拘泥於一家之說，廣泛吸納含融，造就其博厚的學問基礎。

二、禪悅風尚，僧俗相濟

「經過唐五代禪宗與士大夫的互相滲透，到宋代，禪僧已經完全士大夫化了，同時也是士大夫中禪悅之風的盛行。」〔註162〕禪師與文人相互往來，彼此詩偈相酬，一方面時尚風潮，一方面從闡發幽深的佛理中，得到心理的快慰。

（一）詩偈相酬

偈頌是佛教文體的一種，六祖慧能開宗之後，偈頌開始盛行，北宋士大夫把它拿來作解悟禪理，傳心示法的工具。

> 幽居百無營，孤坐若假寐。根塵兩相接，逆流就一念。意念紛無端，中止不及地。寂然了無覺，乃造真實際。百川入滄溟，眾水皆一味。止為潭淵深，動作濤瀾起。動止初何心，乃遇適然耳。吾心未嘗勞，萬物將自理。（〈示資福諭

1994）。

〔註159〕〈亡兄子瞻端明墓誌銘〉《欒城後集》卷二十二，《蘇轍集》冊三，頁1127，亦見《雲臥紀談》卷上，頁10。

〔註160〕〈書楞伽經後〉，《蘇軾文集》卷六十六「題跋」，頁2085。

〔註161〕〈跋柳閎楞嚴經後〉，《蘇軾文集》卷六十六「題跋」，頁2065。

〔註162〕葛兆光著《禪宗與中國文化》（臺北：天宇出版社，1988年9月），頁44。

老〉《欒城後集》卷三，《蘇轍集》冊一／頁917）

蘇轍云：「予讀《楞嚴》至「塵既不緣，根無所偶，反流全一，六用不行。」釋然而笑曰：「吾得入涅槃路矣。」然孤坐終日，猶苦念不能寂，復取《楞嚴》讀之。至其論意根曰：「見聞逆流，流不及地，名覺知性。」乃嘆曰：「雖知返流，未及如來法海，而為意所留，隨識分別不得，名無知覺明，豈所謂返流全一也哉！」乃作頌以示資福諭老，闡釋自己學禪心得。

破除掉俗緣根塵，所謂「就一念」、「皆一味」的禪理，蘇轍在〈抱一頌〉中闡述他對真如，對宇宙萬法覺知的體認：「真人告我，晝夜念一。行一坐一，眠一食一。子若念一，一亦念子。子不念一，一則去子。子若得一，萬事皆畢。……」（《欒城後集》卷五／頁947）又〈夢齋頌〉：「法身充滿，處處皆一。」（《欒城後集》卷五／頁947）

蘇轍并引云：此獨非道家事，乃是瞿曇正法也。「……諸妄不可賴，所賴唯一真。內欲求性命，油然反清淳。外將應物化，致一常日新。……」〔註163〕與《老子》第二十二章：「聖人抱一為天下式」兩相對照，佛教則認為，在千差萬別的世界中，一以貫之的東西就是「空」——萬法皆空，或「心」——三界唯心。〔註164〕「一」乃萬法歸一，而這也就是蘇轍融會禪、道所得之處。

　　粗砂施佛佛欣受，怪石供僧僧不嫌。空手遠來還要否，更
　　無一物可增添。（〈將遊金山寄元長老〉《欒城集》卷十四，《蘇轍
　　集》冊一／頁271）

蘇轍在元豐三年拜訪金山寺雲門宗佛印了元禪師，呈偈一首。佛印答曰：「空手持來放下難，三賢十聖聚頭看。此般供養能歆享，木馬泥牛亦喜歡。」〔註165〕蘇轍詩偈從粗砂塑佛，怪石供僧的心念不起，

〔註163〕　（〈次韻子瞻和淵明飲酒第二十首〉《欒城後集》卷十七，頁878，《全宋詩》卷八六五，頁10065。
〔註164〕　周裕鍇《禪宗語言》，頁121。
〔註165〕　《雲臥紀談》卷下，頁37～38，《續藏經》冊148，（台北：新文豐出版公司）。

直指對形貌外塑材質的忽視，一心不生、外離明相，悟佛法境界的趣
味。而佛印的回答點出修爲的不易，眾生妄想執著不能證得，心無脫
解，永處纏縛。兩人詩偈互往，輕鬆笑談於禪意中。

　　洪州上藍寺長老順公，黃龍慧南之嗣也。子由謫高安，嘗問道於
公，公以搐鼻爲答。〔註166〕蘇轍了悟，作一偈謝曰：

> 中年聞道覺是非，邂逅相逢老順師。搐鼻徑參眞面目，掉
> 頭不受別鉗鎚。枯藤破衲公何事，白酒清鹽我是誰？慚愧
> 東軒殘月上，一杯甘露滑如飴。(〈景福順老夜坐道古人搐鼻語〉
> 《欒城集》卷十三，《蘇轍集》冊一／頁244)

順公禪師的開示，爲蘇轍參悟禪理最重要的引導人物。「搐鼻徑參」
主以動作參頓禪理而悟道，這是臨濟宗的禪釋方法。「曹洞主知見穩
實，臨濟尙機鋒峻烈。曹洞貴婉轉，臨濟尙直截。」〔註167〕黃龍宗
是臨濟派的分枝，其參禪方法於機鋒中頓悟見性。六祖慧能之後，不
講教義佛理，改以喝佛罵祖、棒打腳踢的方式破除經教名相，去我執、
我見的方法達到頓悟的境地。順禪師「搐鼻爲答」的禪機，開示蘇轍
「息念忘慮，佛自現前」的體悟，偈語「公何事」、「我是誰」的自我
反問，正是「直下無心，本體自現」悟道的心法，不去不來，心境一
如，但能如是，一時頓了，才是別是非、離禍源的根本之道。

　　蘇轍於筠州，有頌寄香城順和尙，順師曰：〔註168〕

> 融卻無窮事，都成一片心。此心仍不有，從古至如今。

又

> 如見復如亡，相逢嘆幾場。此間無首尾，尺寸不須量。欲
> 識東坡老，堂堂一丈夫。近來知此事，也不讀文書。

〔註166〕《羅湖野錄》下，見《續藏經》(台北：新文豐出版公司，1983年
　　　　1月再版)，冊142，頁984。
〔註167〕張文達、張莉編《禪宗——歷史與文化》下編，第十節「曹臨濟參
　　　　禪方法的差異」頁231，「後世評論這兩宗，有臨濟將軍，曹洞士民
　　　　之說。流衍及宋代，一變而爲大慧宗杲（看話禪）與宏智正覺（默
　　　　照禪）相對立的禪風。」(黑龍江教育出版社，1988年12月)。
〔註168〕此條資料見於《續藏經》冊148，《叢林盛事》卷下，頁76。

蘇軾亦在貶所，聞公身向如此，傍其所居東軒，有「盛取東軒長老來」之句。蘇子由答之曰：「縱使盛來無用處，雪堂自有老師兄」。

　　蘇轍兄弟與禪師往來，詩偈相酬，體道悟道，深化、雅化生活的樂趣。

（二）與佛僧交遊

1. 與惟簡

　　與蘇軾兄弟淵源最深的禪師，是四川成都中和相勝院寶月大師惟簡。

> ……道人遇物心有得，瓦竹相敲緣自掃。誰知真妄了不妨，令我至今思璉老。……（〈復前韻答潛師〉《欒城集》卷十三，《蘇轍集》冊一／頁244）

惟簡姓蘇，嘉祐出年，兄弟赴京應試，與禪師因「宗黨之故，情若舊識」。〔註169〕惟簡曾勸告他們：「遊宦如寄，非可久安。意適忘歸，憂患所由。亟還于鄉，泉石可求。」〔註170〕《蘇軾文集》還記載紹聖二年（1095）時，惟簡禪師為兄弟兩人傳遞書信之事〔註171〕。是年，惟簡臨終前，派徒弟法舟求蘇轍兄弟做塔銘。法舟先到惠州，蘇軾作〈寶月大師塔銘〉，再到筠州，蘇轍作〈祭寶月大師宗兄文〉。

2. 與克文、道全等

　　蘇轍元豐三年貶至筠州，五年不得遷調，這期間是他與佛僧來往次數最為頻繁也最密集的一段日子。「予元豐中，以罪謫高安，既涉世多難，知佛法可以為歸也。」〔註172〕蘇轍與當時黃龍宗洞山克文（雲庵）禪師、黃蘗道全禪師、聖壽省聰禪師往來，三老人皆具正法

〔註169〕《欒城後集》卷二十〈祭寶月大師宗兄文〉，《蘇轍集》冊三，頁1104～1105。

〔註170〕同上註。

〔註171〕「成都寶月大師孫法舟者，遠來相看，過筠，帶子由一書來，他由循州行，故不得面達，今附上。」見《蘇軾文集》卷五十四〈與程正輔〉第十五簡。

〔註172〕〈逍遙聰禪師塔碑〉《欒城後集》卷二十四，《蘇轍集》，頁1145。

眼，爲得道的高僧，道行深厚，淡泊虛靜，超然無累於物的精神啓示，給予蘇子由很大的支持力量。

　　蘇轍初次見到克文禪師及道全禪師，蘇轍在閑靜中呈現一種睿智的神采，道全稱讚子由適合學道，彼此一見如故。

　　蘇轍於〈洞山文長老語錄敘〉回憶曰：「予以罪來南，一見如舊相識。」（《欒城集》卷二十五）〔註173〕又「全禪師全名道全禪師，洛陽王氏子，事洞山克文禪師，五年而悟。元豐三年，眉山蘇轍以罪謫高安，師一見，曰：『君靜而惠，可以學道。』」（《欒城集》卷二十五〈全禪師塔銘〉）〔註174〕可見，蘇轍本身在生命歷練中呈顯出渾博沖淡的智慧，與之生命意象相契。

　　一天，文長老、道全禪師師徒二人來探望蘇轍，話語間透露出深厚的人生哲理。

> ……雪中訪我二大士，試問此雪從何來。……紛然變化一彈指，不妨明鏡無纖埃。（〈雪中洞山黃蘗二禪師相訪〉《欒城集》卷十一，《蘇轍集》冊一／頁211）

蘇轍爲臨濟宗弟子，此詩化用禪宗六祖慧能「本來無一物，何處惹塵埃」的悟道詩，談禪口吻，頗得機趣。蘇轍除續溪令還前去辭別洞山文禪師，臨行依依，話別至天明，益見交情之篤。

> ……問公勝法須時見，要我清談有夜闌。今夕客房應不睡，欲隨明月到林間。（〈約洞山文老夜話〉《欒城集》卷十三，《蘇轍集》冊一／頁249）

今夕客房應不睡，欲隨明月到林間，彼此珍惜相處的每一刻，文禪師不但是蘇轍精神上的導師，更是人生的益友，相知相惜的知己。

　　當十五年後，紹聖一年（1094），蘇轍再貶筠州時，不復當年光景。「文老去洞山，聰老去聖壽，全老化去」，三人中，道全禪師早已仙逝，聰長老也已離去多年，洞山文禪師垂垂老矣，此情此景，情何以堪？

〔註173〕《蘇轍集》冊二，頁429～430。
〔註174〕《蘇轍集》冊二，頁420～421。

3. 與聰禪師

在筠州，另一位與蘇轍來往密切的大師為省聰禪師。「其僧省聰，本綿竹（四川）人，少治講說，晚得法於浙西本禪師（圓照宗本之嗣）。聽其言，亹亹不倦。」（〈筠州聖壽院法堂記〉《欒城集》卷二十三）

蘇轍擔任鹽酒稅每天出入都會經過聖壽院，又加上與禪師是同鄉，與省聰禪師關係更進一步，彼此往來，關係密切。

> 朝來賣酒江南市，日暮歸為江北人。禪老未嫌參請數，漁舟空怪往來頻。每慚菜飯分齋鉢，時乞香泉洗病身。世味漸消婚嫁了，幅巾縫褐許相親。（〈余居高安三年每晨入莫出輒過聖壽訪聰長老謁方子明浴頭笑語移刻而歸歲月既久作一詩記之〉《欒城集》卷十二，《蘇轍集》冊一／頁221）

蘇子由自嘲每天行程為：早晨江南賣酒，日幕渡江北歸，經聖壽寺訪聰長老，分齋鉢吃飯，有時乞取香泉洗身。日日如此，來往以舟，或食或洗浴。由於宗教的洗禮，相處一久，漸漸把塵俗的氣味消除，穿著粗布褐衣也覺怡然自得。

蘇轍與聰長老的交情維繫了十年之久。紹聖元年（1094），蘇轍再貶筠州。他在〈次韻子瞻江西〉詩云：

> 許君馬老共一邦，西山斷處流蜀江。誰令十載重渡瀧，灘頭舊寺晨鐘撞。……（《欒城後集》卷一，《蘇轍集》冊三／頁888）

聰長老和黃蘗本已退隱不復出，聰禪師聽到蘇子由前來，高興得出來迎接。「灘頭舊寺晨鐘撞」一句，時間轉換到昔日時光，禪寺鐘聲杳杳，從師學道的生活。紹聖這段時間，蘇轍取得《般若》、《涅槃》、《寶積》、《華嚴》等四大部舊經於聖壽寺，綴補其殘破而教授寺僧。〔註175〕過了一年，逍遙聰禪師便逝世了。

當身居水有蛟蜃、野有虎豹，溪山之間、四方舟車所不由的筠州，「竄逐深山無友朋，往還但有兩三僧」〔註176〕巔簸的仕途上，能有

〔註175〕　《欒城後集》卷二十四〈逍遙聰禪師塔碑〉，《蘇轍集》冊二，頁1145。
〔註176〕　〈謝洞山石臺遠來訪別〉《欒城集》卷十三，《蘇轍集》，頁250。

宗教的安慰，亦有禪僧如師如友般的關心，此濃厚真摯的情誼，讓蘇轍在最困厄的環境裡，感到十分溫暖。

4. 與琳長老

琳長老，乃育山王懷璉師弟子，居於績溪之鄰邑。

> 身老與世疏，但有世外緣。五年客江西，掃軌謝往還。依依二三老，示我馬祖禪。身心忽明曠，不受垢污纏。偶成江東遊，欲別空悽然。緣散眾亦去。飄若風中煙。……（〈送琳長老還大明山〉《欒城集》卷十四，《蘇轍集》冊一／頁 264）

馬祖道一禪在江西大振禪風，掀起一股禪學炫風。五年居江西的貶謫，與黃龍宗琳長老的相處聞問，都如曇花一現，緣起緣滅，眾散亦去。蘇轍想起經常往來的二、三寺僧，因受其佛理的薰陶，學力大進，而今光景不再。對於佛家緣聚緣滅的無常，平常心看待，不假強求。

> 谷深不見蘭生處，追逐微風偶得之。解脫清香本無染，更因一嗅識真如。（〈答琳長老寄幽蘭白尤黃精三本二絕之一〉《欒城集》卷十四，《蘇轍集》冊一／頁 265）

琳長老以「空谷幽蘭」開釋禪法。物質名象離開名義種類的概念，在觀照冥想中得到解脫。本因無所染執，故而萬象歸於空寂，感情平和，心境極淡，自然可以頓悟出宇宙不變的真理妙法。蘇轍天資聰穎，悟性極高，談禪學佛擴大了生命的內容。

5. 與順老、訥師

> 念昔先君子，南遊四十年。相看順老在，想見訥師賢。歲曆風輪轉，禪心海月圓。常情計延促，無語對潸然。（〈贈景福順老二首之二〉《欒城集》卷十一，《蘇轍集》冊一／頁 214）

蘇轍回憶自幼曾經跟隨父親遊覽廬山，經過圓通寺拜見雲門宗居訥禪師，留連望返，久久不去。元豐五年（1082），謫居高安，景福、順公不遠百里惠然來訪，讓蘇轍甚為感動。二公皆吾里人，訥之化去已十一年，而順公年七十四，神完氣定，聰明了達。

6. 與辯才師

井水中藏東海魚，側盆翻雨洗凡夫。隔山欲共公相見，莫
道從來一滴無。(〈寄龍井辯才法師三絕之三〉《欒城集》卷十四，
《蘇轍集》冊一／頁 270)

元豐七年（1084），蘇轍自績溪蒙恩召回，將自宣城沿大江以歸。既
至吳中，迫於水涸，不能久留。子瞻昔與辯才師相好，今隔南山不得
見，乃作小詩以寄之。蘇子由不認識辯才師，但依兄蘇軾之言「其知
師不在吾後」託請下寫了〈龍井辯才法師碑〉。詩中「井水」「側盆」
乃從平常處得來的禪趣。雖未能親見聆聽其教誨，但依書信的交談，
不失為參禪的一種好方法。

7. 與石臺長老

蒲團布衲一繩床，心地虛明睡自亡。長半空中月中子，東
方行道到西方。(〈贈石臺長老二絕之二〉《欒城集》卷十二，《蘇
轍集》冊一／頁 227)

石臺長老，問公，本成都吳氏子，棄俗出家。蘇轍貶筠州，禪師以鄉
人相好，不遠百里來訪。石臺長老手書《法華經》，字細如黑蟻，前
後若一，日夜勤讀，將經書頌之萬遍，雖老而精進不倦，脅不至席者
二十有三年。蘇轍稱讚禪師禪功淵厚，如皓月當空，日行東西，故寫
下「心地虛明睡自亡」。蘇軾見子由作二頌，亦作二首。其二末云：「誰
信吾師非不睡，睡蛇已死得安眠。」(《蘇軾詩集》卷二十二) 兄弟偈
語，「睡自亡」、「非不睡」兩相對照，相映成趣。

　蒲團、布衲、一繩床，簡約的生活，是石臺長老的高僧風範，也
是蘇轍崇仰的對象。蘇轍認識的禪師，除自己仕宦生涯關係所結交認
識，還有經由蘇軾介紹的管道。石臺長老，即是一例。

8. 與慎長老

擔頭挑得黃州籠，行過圓通一笑開。卻到山前人已寂，亦
無一物可擔迴。(〈東軒長老二絕之二〉《欒城集》卷十二，《蘇轍
集》冊一／頁 223)

蘇子由在筠州寫作〈東軒記〉一文，與愼長老有一面之雅，因此戲稱之為東軒長老。蘇轍三婿（轍第三女之婿）曹煥往筠，蘇軾作一絕句送與曹煥欲以之戲子由。曹過廬山，拜訪之並出示軾詩於圓通愼長老。愼嘗與轍通書，欣然亦作一絕：「東軒長老未相逢，卻見黃州一信通。何用揚眉資目擊，須知千里事同風。」送客出門，歸入室，趺坐化去。〔註177〕

蘇轍聽聞此事，感念愼長老之誼，作小詩以紀念。「行過圓通一笑開」的愼長老，功德圓滿，入定圓寂，所以「亦無一物可擔迴」，無牽無罣，寫出禪師一生自然瀟灑與風範。

9. 與醫僧鑒清、善正

另外，蘇轍也結交了醫僧鑒清「肘後醫方老更精，鬚眉白盡氣彌清。只應救病能無病，豈是平生學養生。」〔註178〕和醫僧善正「老怯江邊瘴癘鄉，城東時喜到公房。歷言五藏如經眼，欲去三彭自有方。……」〔註179〕救人醫病的醫僧，救人心如救人身，形體的臭皮囊，若能從精神上解脫超越，則是學佛參禪的最高目標。

蘇轍在筠州監鹽酒稅，三事委於一，埋頭於忙碌繁瑣的公務雜事，終日勞苦，日出暮入，不知所以。〔註180〕禪學的濡慕軟化了桎梏與執著，隨處可以安頓自己。蘇轍因蘇軾引見或關係，直接或間接促成蘇轍與禪師的聯繫。廣交的禪師中，交往對象不分黃龍宗、雲門

〔註177〕 見蘇轍〈東軒長老二絕并序〉，及《蘇軾詩集》卷二十三詩題。軾送煥詩云：「君到高安幾日回，一時抖擻舊塵埃。贈君一籠牢收取，盛取東軒長老來。」。

〔註178〕 （〈贈醫僧鑒清二絕之一〉《欒城集》卷十三 247，《全宋詩》卷八六一，頁 9996。

〔註179〕 （〈贈醫僧善正〉《欒城集》卷十三 247，《全宋詩》卷八六一，頁 9997。

〔註180〕 〈東軒記〉：「然鹽酒稅舊以三吏共事。余至，其二人者適皆罷去，事委于一。晝則坐市區鬻鹽、沽酒、稅豚魚，與市人爭尋尺以自效。莫歸筋力疲廢，輒昏然就睡，不知夜之既旦。」見《欒城集》卷二十四，《蘇轍集》冊二，頁 405。

宗，包括惟簡、省聰、克文、道全、順老、納師、辯才、問公、愼長
老及鑒清、善正等人，討論佛理、交換心得。「在筠州所結識的寺僧，
有名可考者近二十人。」〔註181〕蘇轍與禪師往來，在筠州時期可說
是最多的一段時間。

　　蘇轍於元豐三年（1080），及紹聖元年（1094），兩度貶官至筠州
（高安），識佛法學經典，調和三教。而從蘇轍所結識的禪師而言，
大多是屬於南禪之支脈。

　　〈洞山文長老語錄敘〉：
　　　有克文禪師，幼治儒業，弱冠出家求道，得法於黃龍南公，
　　　說法於高安諸山。……
全禪師師事洞山文禪師，五年而悟。〈全禪師塔銘〉曰：
　　　黃檗斷際禪師之後十有九世曰道全禪師，洛陽王氏子也。
元豐七年，過廬山開先，見瑛禪師，而認識閑禪師。〈閑禪師碑〉曰：
　　　閑禪師者，臨濟玄公九世法孫，而黃龍南老嫡嗣也。〔註182〕
會此，黃龍慧南之嗣，屬於臨濟宗系統，臨濟宗入宋之後，分成楊歧、
黃龍兩個支派，在南禪五宗之中最盛。「黃龍一派流傳最盛的有祖心、
克文、常聰三系。」〔註183〕在日人忽滑谷快天所撰《中國禪學思想
史》一書中，北宋之居士類，把蘇轍歸入上藍順之門。「（轍）嘗問心
法于洪州上藍寺之順。順，黃龍慧南之嗣也。順示以搔鼻之因緣，轍
言下大悟。」〔註184〕阿部肇一《中國禪宗史》〔註185〕亦列蘇轍、黃

〔註181〕曾棗莊《蘇轍評傳》（台北：五南圖書公司，1995 年 6 月），頁 161。
〔註182〕《欒城集》卷二十五，《蘇轍集》冊二，頁 421。
〔註183〕程東、薛冬編：《臨濟宗門禪》，頁 7，（成都：成都出版社，1992
　　　　年 3 月）。
〔註184〕朱謙之、楊曾文導讀，《中國禪學史》下，頁 576，（上海古籍出版
　　　　社，2002 年 4 月），據《臨濟宗門禪》所記此種開悟法爲「鼻頭悟」。
〔註185〕阿部肇一原著，關世謙譯著：《中國禪宗史》，第八章「黃龍派的發
　　　　展與居士」頁 450，所引《羅湖野錄》下蘇軾詩「中年聞道覺前非，
　　　　邂逅相逢老順師」，經翻查《羅湖野錄》下，《續藏經》冊 142，應
　　　　爲蘇轍之詩而非蘇軾。原文爲：「蘇黃門子由元豐三年，以眤陽從
　　　　事左遷筠陽榷筦之任。是時，洪州景德順禪師與其父文安先生有契

庭堅爲此派之居士。

三、達觀超曠，恬適見性

　　佛教對蘇轍的影響爲超脫自在，與世無爭的精神超越，他曾說：
「寓思禪宗離垢塵。」〔註186〕元豐六年宋神宗年間，蘇軾從黃州寫
了一封信給貶官至筠州之弟轍云：「子由爲人，心不異口，口不異心，
心即是口，口即是心。今日忽作禪語，豈世之自欺者耶？」〔註187〕
蘇軾對於蘇轍異於昔日的好禪，喜作禪語，感到十分的驚訝。而這不
過說明蘇轍是有意遁入禪理，逃避政治紛爭，避禍遠害，安身立命。

　　早年，蘇轍對佛、道兩家的看法是「老佛同一源，出山便異流。」
〔註188〕「老子書與佛法大類，而世不知，亦欲爲之注。」〔註189〕佛、
道合流是北宋學術思想上的一個趨勢，而蘇轍很早就洞悉兩者相互的
關係。他屢言佛、道同源，「道論精微近入禪」〔註190〕道家義理的精
微處幾乎和禪理是不分的。

> 山連上帝朱明府，心是南宗無盡燈。過此敧危空比夢，年
> 來瘴毒冷如冰。圖書一笑寧勞客，音信頻來尚有僧。梨棗
> 功夫三歲辦，不緣憂患亦何曾。(〈和子瞻新居欲成二首之二〉《欒
> 城後集》卷二，《蘇轍集》冊三／頁894)

紹聖四年（1097），蘇軾在惠州白賀峰新居即將落成，蘇轍有和詩。
首句「山連上帝朱明府，心是南宗無盡燈。」明喻禪、道精神安頓身
心。蘇轍以蘇軾安於新居爲慰，敘音往來之間靠著禪僧的傳送，一方
面勸蘇軾參禪學佛，一方面以道家「梨棗功夫」修煉養生，能夠達觀
超曠，超脫是非，從此就可以遠離憂患了。事實上蘇轍被章惇黨派人

分，因往訪焉，相從甚樂，咨以心法順示古德搞鼻，因緣久之，有
省作偈呈順。」頁984，蘇軾非黃龍派居士。
〔註186〕〈次韻王鞏懷劉莘老〉《欒城集》卷七，《蘇轍集》，頁133。
〔註187〕《蘇轍文集》卷六十「尺牘」，頁1834。
〔註188〕〈和遲田舍雜詩九首〉之七，《欒城後集》卷四，《蘇轍集》，頁927。
〔註189〕〈穎濱遺老傳〉上，《欒城後集》卷十二。
〔註190〕〈答嚴復國博〉《欒城集》卷十四，《蘇轍集》，頁274。

士，冠上「朋姦擅國，責有餘辜」的罪名。〔註191〕正處於造訕欺天，理不可赦的地步。蘇轍貶雷州，蘇軾貶瓊州。

> ……居家出家人，豈復懷兒童。老聃眞吾師，出入初猶龍。籠樊顧甚密，俯首姑爾容。眾人指我笑，鞿鎖無此工。一瞬千佛土，相期兜率宮。（〈次韻子瞻過海〉《欒城後集》卷二，《蘇轍集》冊三／頁896）

蘇轍安慰東坡渡海的詩中充滿曠達樂觀面對的心情。子由學道以佛家語，自稱爲「居家出家人」，在家修道，學習的對象則是道家老聃。出入佛老間，仕途上無形的樊籠拘限了身心，不如將神仙世界作爲一種理想，找尋一塊佛教淨土的和道教洞府名山，在現實世界中構築美好的希望，在絕望中揚棄悲傷，因爲世事無常「幻中非幻人不見，本來日月無陰晴」，〔註192〕凡事必須積極面對。

在這一連串參禪學道的過程當中，蘇轍有感於：

> 中歲謬學道，白鬚何由生？（〈白鬚〉《欒城後集》卷三，《蘇轍集》冊三／頁912）

> 學道雖云久，沉痾竟未除。（〈病瘇〉二首之一《欒城後集》卷三，《蘇轍集》冊三／頁916）

學道雖久，養氣服食，煉丹修生，病症卻未能改善，「白鬚何由生」、「沉痾竟未除」表面上的修習功夫，讓他開始懷疑學道是否正確？蘇轍有由道漸入佛的傾向。

> 少年讀書目力耗，老怯燈光睡常早。一陽來復夜正長，城上鼓聲寒考考。老僧勸我習禪定，跏趺正坐推不倒。一心無著徐自靜，六塵消盡何曾掃。湛然已似須陀洹。久爾不負瞿曇老。回看塵勞但微笑，欲度群迷先自了。平生誤與道士遊，妄意交梨求火棗。知有毗盧一逕通，信腳直前無

〔註191〕《蘇潁濱年表》紹聖四年：「分司南京、筠州居住蘇轍，操傾冊尊臣之心，挾縱橫策士之計；始與兄軾爲詆欺，晚同相光協濟險惡；造無根之詞而欺世，聚不逞之黨以蔽朝；謂邪說爲讜言，指善政爲苛法。」《年表》見《蘇轍集》冊四「附錄二」，頁1404。

〔註192〕〈次韻子瞻獨覺〉《欒城後集》卷二，《蘇轍後集》，頁898。

別巧。(〈夜坐〉《欒城三集》卷三,《蘇轍集》冊一／頁 1184)

禪宗要人去執無罣,藉著參禪打坐的修煉,讓心靈沉澱,一心無著。從認識禪的本質是一種精神體驗、人生方式的感受開始,禪宗自由而有趣味,不再拘束於教義闡發吸引了蘇轍。脫掉宗教的外衣,那些「隨緣自在」、「行住坐臥盡是道」、「平生誤與道士遊,妄意交梨求火棗。知有毗盧一逕通,信腳直前無別巧。」

蘇轍修習南宗禪法,頗有心得。

老去在家同出家,楞伽四卷即生涯。(〈試院唱酬十一首──次前三韻三首〉《欒城集》卷十一,《蘇轍集》冊一／頁 208)

老去禪功深自覺,生來滯運與人同。(〈小雪〉《欒城三集》卷三,《蘇轍集》冊三／頁 1185)

習佛已成為日常生活不可缺少的作息,身在塵俗,而心存虛空,《楞伽》經卷就是生活重心的全部。習禪日久,蘇子由自覺禪功日深,佛法無分別心,隨時皆是佛。「佛法無用功處。只是平常無事,屙屎送尿,著衣吃飯,睏來即臥。……你且隨處作主,立處皆眞。」(《古尊宿語錄》卷四)

七十三年客,相從尚幾年?西方他日事,東魯一經傳。漸解平生縛,初安半夜禪。紛紛爭奪際,何意此心全。(〈除夜二首之二〉《欒城三集》卷三,《蘇轍集》冊三／頁 1186)

「予久習佛乘,知是出世第一妙理。」〔註193〕「予自十年來,於佛法中漸有所悟,經歷憂患,皆世所稀有,而眞心不亂,每得安樂。」〔註194〕經歷人生憂患,禪釋的超然曠達,閑適安樂,對境的「無心」,不起執著心、分別心,自無道家的「去我執」、「喪我」,就可離開紛爭,自心安適滿足。

「自從南宗禪起,早期佛教的人生哲學便逐漸由禁欲苦行轉向了適意自然。」〔註195〕禪宗提倡「即心即佛」,這種自由自在、自由心

〔註193〕〈書傳燈錄後〉《欒城三集》卷九,《蘇轍集》冊三,頁 1231。
〔註194〕〈書楞嚴經後〉《欒城後集》卷二一,《蘇轍集》冊三,頁 1112。
〔註195〕周裕鍇《中國禪宗與詩歌》第六章《自由的性靈抒發》,頁 215(高

靈的抒發，可說是心靈最佳的安定劑。

> 少年常病肺，納息肺自斂。靈液洗昏煩，百藥無此驗。爾來觀坐忘，一語頓非漸。道妙有至力，端能破諸暗。跏趺百無營，純白乃受染。至人不妄言，此說豈吾僭。（〈閑居五詠——坐忘〉《欒城後集》卷四，《蘇轍集》冊三／頁933）

> 早歲讀書無甚解，晚年省事有奇功。自許平生初不錯，人言畢竟兩皆空。空中有實何人見？實際心知與佛同。煩惱消除病亦去，閉門便了此生中。（〈省事〉《欒城三集》卷四，《蘇轍集》冊三／頁1201）

禪道的妙處，可以產生力量，破除現實面的諸多黑暗，比藥石還靈驗。以觀坐忘、黜肢體的修行，達到禪修解脫痛苦的目的。「修禪之法，形式上必須靜坐，此為參禪見性契悟涅槃妙心的法門。」〔註196〕禪定一行，最能發起自性的智慧。調食、調睡眠、調身、調息、調心。在行住坐臥之間，力行貫徹於生活之中。

蘇軾曾說：「子由在筠，甚自適，養氣存神，幾於有成，吾儕殆不如也。」〔註197〕又說：「子由在筠，極安。……子由近見人說，顏狀如四十許人，信此事不辜負人也。」五十八歲的蘇子由面色紅潤，年輕氣旺，可見禪定功夫助益不少。

故日後隱居許昌、潁濱，蘇轍仍舊不間斷的趺坐息念來延年養生、安頓生命。

禪釋意韻的人生安頓裡，蘇轍研讀佛理，與禪僧交往頻繁，他最喜歡《楞嚴》經，對其義理也最有心得。在貶居筠州的這一段時間，蘇轍的人生由極高處向下跌至谷底，幸好有宗教的安慰，暫時讓他忘記痛苦，並進而從中解脫出來，成為生命中對抗現實壓力的一帖良方。他晚年回憶說：「昔予年四十有二，始居高安，與一二衲僧游。……

雄：復文圖書出版社，1994年7月）。

〔註196〕張文達、張莉編《禪宗——歷史與文化》七（，黑龍江教育出版社，1988年12月）〈調和五事助參禪〉，頁203。

〔註197〕《蘇軾文集》卷五十二〈答張文潛〉第一簡。

二十餘年，而心未嘗動，然猶未睹夫實相也。即讀《楞嚴》以六求一，以一除六，至于一六兼忘，雖踐諸相，皆無所礙。」〔註198〕因爲無礙，所以不但可以安居，並且縱浪大化，安然自適。

蘇轍詩歌在思想的表現層面，積極的入世精神，主要集中在烏臺詩案之前，有爲而作，並效法春秋筆法，發揮斷事論理的自覺。在一連串的政治打擊後，他選擇以宗教力量安頓自己，用消極的出世精神，退避隱居，對抗惡勢力。

〔註198〕〈潁濱遺老傳〉下，《欒城後集》卷十三。